2020
民生散文选

古耜

主编

中国言实出版社

图书在版编目（CIP）数据

2020民生散文选 / 古耜主编 . -- 北京：中国言实出版社，2021.1
ISBN 978-7-5171-3184-7

Ⅰ.①2… Ⅱ.①古… Ⅲ.①散文集－中国－当代 Ⅳ.①I267

中国版本图书馆CIP数据核字（2020）第250167号

出 版 人　王昕朋
责任编辑　王建玲
责任校对　崔文婷

出版发行　**中国言实出版社**
　　　　　地　　址：北京市朝阳区北苑路180号加利大厦5号楼105室
　　　　　邮　　编：100101
　　　　　编辑部：北京市海淀区花园路6号院B座6层
　　　　　邮　　编：100088
　　　　　电　　话：64924853（总编室）　64924716（发行部）
　　　　　网　　址：www.zgyscbs.cn
　　　　　E-mail：zgyscbs@263.net
经　　销　新华书店
印　　刷　徐州绪权印刷有限公司
版　　次　2021年1月第1版　2021年1月第1次印刷
规　　格　880毫米×1230毫米　1/32　14.5印张
字　　数　360千字
定　　价　68.00元　ISBN 978-7-5171-3184-7

目 录

二〇二〇的春天 王蒙

病毒迎面而来

二〇二〇年一月十四日与几个老友聚会，听到了武汉可能出现流行病的消息，朋友说已有专家建议采取严格的隔离措施。我想，这得多大的代价？多大的影响？不免忧心忡忡，但愿不会闹大。

九天后，二十三日，春节假期前一天，得知了武汉前所未有地控制进出交通的决定，完全可以想象作出这个决定会有多么艰难，明白了严重性，预计将有一系列重大严肃的部署。又总是想着，即使是劫难，终将在有力的措施下平安度过，不能紧张，不能慌乱，天塌不下来。这一天本来晚上预订了与家人在餐馆餐聚，去，不去？全家人参与意见来回变了六次，最后改为取饭回家与部分家庭成员享用，算是迎接春节。我自觉态度还算淡定，但仍觉此次疫病，像一辆邪恶列车，直对着庚子春节冲撞而来。

有道是："对于灾祸，第一是要承认，第二是不怕，第三是要战胜它。""承认"云云，曾觉得是废话，灾祸有什么承认不承认的呢？现在终于明白了：这确实是个问题。须要承认，须要面对，须要正视！准备最坏的，争取最好的。这就叫实事求是。时事多艰，不能不丢掉侥幸心理。

大疫情大部署

面对疫情，迎战开始了。我们的文化传统、革命传统里，从来就有的战斗精神，团结协作、众志成城、一呼百应，随之激发。毕竟我们是多灾多难的民族，中国共产党是苦难辉煌的党，中华人民共和国是在铁与火的战斗中建立起来的社会主义国家，我们走过的每一步，都不是轻易的。中央下了决心，作了部署，我们就会像革命战争中那样，调动起人民力量，进行总体战、阻击战、围歼战、遭遇战、肉搏战，而且是科学迎战、行业迎战，全国一盘棋迎战，集中优势兵力谋求绝对优势，咬紧牙关，排除万难，不怕付出代价，一定要达到共克时艰、转危为安的目标。

宅在家里的这段日子里，除天天看疫情报告，看电视新闻与各项决策以外，又正好认真看了一遍 CCTV4 播放的电视剧《解放》。我看到在解放战争时一些大战役大布局过程中，党中央领导层磋商乃至于不同意见的交换，看到了在某些战役前的顾虑与选择；而人民解放军最终总是棋高一招、抢先一步，等到冲锋号吹响，我们集中三四倍于敌的力量，压倒敌人而不是被敌人所压倒。我为之赞叹，也更理解了大变局中的大运筹、大部署。

人民战争是我们的看家本领

到湖北去，到武汉去。抗疫开始，首先是各路医护人员，他们以尖兵出击的献身精神，冲在了最前面。他们是真正的白衣战士，冒着被感染的危险，近距离面对面地展开分秒必争的营救，从死神魔掌下夺回一条条生命。他们穿的防护服装，让人想起防化兵装备，这分明是人类与新型病毒展开的现代化战争。他们的勇敢令人肃然起敬。

当我们看到各地援鄂的医护人员回家时受到英雄般欢迎的时候，不能不想起抗疫拼搏中付出了生命与健康代价的医务工作者，想起了病殁同胞与他们的亲人。死生大矣，岂不痛哉！先天下之忧而忧，后天下之乐而乐。我们沉重地、小心翼翼地珍藏着对他们的纪念与哀思，思考着应尽的责任，顾念着仍在病榻上的重症患者们。

在白衣天使身后，是全中国人民。他们中有忙碌的志愿者，有穿梭的快递小哥，有较真儿的检疫人员，有交通要道上奔驰的司机，有严格的公安干警，有不厌其烦的社区工作人员，有每日运送大量医疗垃圾的保洁员，还有深入 ICU 采访的新闻工作者……尤其要向解放军致敬，子弟兵从来是我们的保护神。还要向那些医学专家道一声"辛苦"，你们以专业精神和不倦的调研，发挥了专业建言、引领普及的领军作用。

这是一场人民战争！是上上下下团结一心互相支援互为后盾的人民战争！

我们这些别无选择的宅家的众生，心系武汉，心心相印，时时牵挂。我们为火神雷神的"显灵"而鼓舞，为每一个出院的病人高兴，为每一句温暖的话语而动情，为医患的共同奋斗而欣慰。我们在思考：我们的人民是多么可爱的人民，他们人性中的善良是多么真诚。对于医患关系、警民关系、干群关系，如何引导使之更加和谐；

如何奖励褒扬以正祛邪；如何激发人们相互温暖、相互理解、相互支持的意愿；如何改变与消除戾气、化消极因素为积极因素；如何化解社会风气痼疾与多种纠纷；如何建立更加健康的人与人之间的关系；如何使全体人民更加团结起来，见贤思齐，向各行各业的专家学习，向勤奋的劳动者学习。

我们看到引领的力量、动员的力量、爱心的力量，我们看到了人性的可塑造可教化，看到人民坚毅负重、顾全大局。民为邦本、人心可用。我们也看到了科学的力量，医药学的力量，中医药学的力量，心理关怀的力量，各行各业的力量，舆论的力量。钟南山等专家频频出镜，防疫卫生知识空前普及、措施到位雷厉风行……这些，正是党的领导的力量，社会主义中国的力量。人民是中心，疫情是命令，防控是责任，我们经受住了考验，我们还必须迎接更多的考验。生于忧患，死于安乐，这是中华民族伟大复兴的应有之义。

以百姓之心为心

大家业、大发展、大格局、大事件，当然有各种声音。我们听到了万众响应的朗声呼喊，我们看到了严格防控的行动力量，我们收到了来自外界的各种赞扬，我们歌唱着各条战线先进人物的模范事迹。

同时也听到了多种多样的声音，需要我们了解与参考，警醒与注意。其中有困惑与忧疑，见解与角度，宏论与争议；还有诚恳的但不可能都是精当的出谋划策；也有信口开河，有磨磨叽叽。当然还有起哄与假新闻，有性急的吹嘘和居心叵测的谣言。

我们的初心，我们的根本在于为人民服务。发展迅速，成绩卓著，但显露一些短板，遇到各种考验，听到各种兴观群怨，实属必然。尤其在面临新的挑战的时候，我们需要更多的信心更多的担当，更多的包容更多的耐心，更有力的决断和更紧密与群众的联系。毛主席有名言：只有代表群众，才能教育群众。这个春天的抗疫，使我们看到了中国特色社会主义制度的优越性，也显现出我们治理体系和治理能力的短板。但是只要"以百姓之心为心"，及时"反省""自省"，短板可以补齐，教训可以汲取，困难可以克服，消极可以化解。经过抗疫的锤炼，我们的地方官员与行业官员，独当一面敢于担当的精神、处理突发事件与危机公关能力，应该得到提升；我们的医疗体系与预警体系，应该更加缜密完善；我们的信息传播、舆论引领，可以更加切近贴心、入理入情，亲和周密。"得民心者得天下"，各行各业，东南西北，没有最好，只能更好。可以慰国人，可以安天下。

免疫力

　　通过这个春季的特殊生活方式，我迷上了、爱上了，深深钟情了一个词："免疫力"。

　　免疫力，是指人的自身识别和排除的机制，说得通俗一点儿，就是立于不败之地的能力。免疫力是需要自身锻炼的，也是可以通过外界的有效干预和补充而加强的。疫情中幸而未中招的大多数人，能指望的首先是免疫力三个字。

　　个人和社会都需要免疫力。抗疫是公共卫生领域的斗争，流行病来势凶猛而且牵涉面大，病原体复杂而且万分紧急，在这种困难时期，共同面对才是硬道理，不能添堵，不能添晦气，更不可唱衰自衰。成见和偏见、咋呼与幻想都只能坏事。怎样面对人类共同的灾疫与意外，这是很好的人生功课，是三观功课也是心理功课。珍惜前人的付出，感恩前方的辛苦，充实自我，不敢萎靡消沉，不可轻浮失重，拒绝上当，不钻圈套，不落陷阱，我们应该追求正面与有定力的生活态度。

宅家的俩月很充实。我观看新闻，时时关心一线抗疫与国计民生，为每一步的艰难进展而欢欣鼓舞。我与武汉抗疫小朋友阿念互致问候，我发起了每天晚上在家庭群中的微信歌会，我完成了一部长篇小说新作，我继续着两年前开始的《荀子》研读笔记。我读书读刊读报，谨防新冠病毒与心理病毒的入侵。逆境中静下心来，清醒反思，降温降调，追求身心健康，以期国泰民安。

大考的启示

习近平总书记说，抗疫是"一次大考"，说得太好了。我们处在新的复杂多变的时代，这次疫情是对领导力量的大考，也是对中国人民的大考；是先在中国举行的大考，继而是对万国万民的大考。病毒不仅瞄着我们的喉头与肺部，而且不无阻挡国家经济发展、阻挡共赢"一带一路"的势头，我们的答卷决定着我们的命运，也影响着人类共同体的命运。

这次疫情告诉我们，各种本土的境外的生物的精神的心理的文化的经济的病毒与疫情还可能会出现，战疫正未有穷期。前进的道路上还有一场又一场考试，大考不断，中考连连，小考时时刻刻。不能松懈，不能自吹自擂，更不能在风言风语中迷失。

人民是考官，实践是考官。自我考量与自我审视，对照考量与对照审视，从灾难中我们学到了比平时更多的东西，有经验也有教训，有自信也有反省。中国人早就知道："多难以固其国""君子以自强不息"，这样的大考，只是前进道路上的八十一难之一。要立于不败之地，一是永不言败，二是不轻言胜，三是总结经验以利再战。

我们终于迎来了阶段性的胜利成果，湖北解封、武汉解封，桃红柳绿，我们交出了好的答卷。但全球疫情正呈蔓延之势，严峻复杂，给世界政治经济大变局又增添了变数。不能松懈，不能疲惫，不能忘乎所以。在抗疫的同时，我们还有远非轻易的脱贫攻坚任务、更加长远的经济社会发展任务，事比天大。

大考来了，大考还没有结束！我们学习了，我们还在学而时习之！二〇二〇之春的经验教训与启示，已经或正在成为财富。迎接新的大考，我们准备好了！

原载《光明日报》2020 年 4 月 8 日

聚集：有关的生活及价值观

韩少功

庚子年，人们谈了全球气候，又得谈一谈全球病毒——另一个来自大自然的剧烈变数。

新冠病毒肆虐范围远超任何一次世界大战、金融危机、自然灾害。活着还是死去，一道终极性考题，正检验世界每个角落的制度、文化、经济、技术、生态、治理、道德底线……一切都被翻个底透，以"现场直播"的方式接受云围观和云打分。卫生专家们警告，对手至今不明，因此疫情还可能持续数月，数年，甚至因病毒变异或疫苗难产（如艾滋病、埃博拉、寨卡、尼帕、拉沙、MERS、登革热等），从此与人类一再纠缠不休。

这就是说，眼下到底处于一个历史拐点，还是一次历史稍息，旧的路线图稍后照用，其答案尚不可知。

有关思考已随即展开。待喧嚣一时的假消息、嘴炮战、阴谋论、"甩锅"大赛等沉淀下去，真实问题的清单才会渐次明晰。其中一项也许值得注意。这是指在全球范围内，疫情中付出生命代价最多的是穷人和老人，与此同时，从总体上看，生活方式受到最大冲击的却是富人和青年——这构成了一个事实对比组。前者关乎性命，是社会学和政治的老课题，也许不值得太惊讶；后者关乎钱，关乎过日子，却稍显陌生，涉及衣食住行而已，看上去没那么急迫和严重，但增加了观察的新维度。

得从"不聚集"说起。这么说吧，"不聚集""保持社交距离"，是这次疫情中常见的经验，是阻断病毒传播最简单有效的办法。但光是这一条，就哗啦啦重创时尚圈和高端消费行业，使邮轮、航空、宾馆、度假景区、T台秀、夜总会、美容业、影剧院、职业联赛、奢侈品、会展庆典经济等顷刻间一片哀鸿，使关联度高的欧美富国和繁华都市，据说是医疗卫生资源最足的地方，地球人最向往的地方，却几无例外中招，最先成为疫情沦陷区——这恐怕不是一种巧合。相形之下，一般来说，倒是低消费地区的疫情稍缓，流动人口少恐是原因之一。还是从经济角度看，基本民生（如食品和药品）作为一种刚需，其生产、消费也要坚韧和皮实得多，行业损失相对要少。

这里的原因，无非是高处不胜寒。人心向富，但富有富的难处，富有富的风险。"时尚"往往"高端"——属于巨富未必稀罕、穷人却够不上的那一块，多是一般富人的标配。相关的吸金术，一直系于"人气"，借助人们从众、入时、跟风、赶潮、趋炎附势的心理潜能，对人员聚集有较强依赖性。想一想，一块名表，如果不是给别人看，只是为自己计时，搁在挎包或抽屉里，有啥意思？一款豪车，如果不是去拉风，只是给自己代步，去一下菜市场或奶奶家，是不是明珠暗投的犯傻？一个大人物，如果没有聚集性的前呼后拥、迎来送往、掌声如雷、杯觥交错、低眉顺眼，是否已少了太多滋味，只是一种没有观众的古怪演出？一位小提琴高手，如果没有卖出天价门票，没有聚集性的观赏、拍照、献花、握手、尖叫、求签名、荧光棒，只是去街头拉一拉，又有多少人能识货、能动心、能驻足忘返，成为音乐经典的真粉丝和真玩家？同样要紧的是，如果乐手们都这样玩，都这样清流，哪个投资人还愿对他们砸钱下注？

由此可知，在很多人那里，内外须有别，以至"发朋友圈的再贵也得买，私下用的怎么便宜都是亏"（网上流行语之一）。所谓显贵，非"显"不"贵"，无"人气"不贵，人们聚集的频度和密度是某种价值彰显、放大、暴增的必要条件，是资本逻辑的玄机之一。于是，以前不少描写失败者和倒霉蛋的词，如落寞、清冷、孤独、萧瑟、闲散、门可罗雀、庭前冷落、离群索居、形单影只、粗茶淡饭、灯火阑珊……难怪都有一种冷调子，指向聚集的反面，相当于串出一道人生价值的低位行情。不过，问题来了，依照公共防疫的通行标准，为何偏偏是这种"不聚集"，偏偏是这种朴素乃至卑微的日常，倒成了眼下最安全的生活、最健康的生活、最应看齐的公民模范行为？那么，病毒跟着聚集跑，是一心要同"好"日子过不去？往大里说，是"天之道损有余而补不足"（老子语），老天爷正在对某种可疑的繁华来一次急刹车和亮红灯？

曾几何时，聚集并非人类历史中的常态，过度的都市化更不是。"采菊东篱下""带月荷锄归""竹喧归浣女""独钓寒江雪"……中国人几千年来其实就是这样活下来的，其田园范儿至今还是很多人的旧梦，甚至让都市小清新们神往，没有什么受不了，算不上遭罪。何况，自有了互联网，有了网购和云数据，人类在工业化、后工业化时代也可"群"而不"聚","群"而少"聚",同样能活出业绩（如远程的学习或工作）、活出快乐（如网上追剧或游戏）、活出温暖（如利用视频陪伴或联络亲友）、活出大世界（在屏幕前上天入海游历万邦等）——却少一些奔忙之累，少一些交际和拥挤时的紧张。这有什么不好？好吧，退一步说，虽然这远远不够，虽然互联网不必也无法取消一切聚集，须兼容合理的公共活动，但它至少提供了一种新的可能，通过虚拟的足迹和现场，稀释不必要的人口密度，重新规划一种人际空间关系，重新定义有关幸福的词典。

事实上，都市病大多来自心理病。庚子年一座座"空城"的经验，至少让很多人发现，生活么，说简单也简单，并不需要太高的成本——很多成本都是人们自己折腾出来的。对于很多人来说，大笔消费开支，三分之二甚至十分之九的开支，可能都与自己的生物学意义无关，与自己真实的喜好和美感也无关，不过是一时恍惚，受"人气"的裹挟和诱导，去花钱给别人看，花给别人看自己如何看，花给别人看自己如何看别人如何看，诸如此类。这些人常有多动症，常有关注渴求，已无法忍受哪怕半天的独处，一脑子忧兮乐兮慕兮恨兮的官司，无非是憋着劲要去炫，或追逐、依傍、模仿、预演一下自己想象中的假奢华和准奢华，为心跳和传说烧钱，为狂野的气势和氛围烧钱——说白了，那不过是一种虚荣成本。由此构成的资金流注入，远远超过在这一过程中实惠获取的必要开支，支撑着"时尚"＋"高端"的消费游戏，支撑着人类社会中的面子经济、身份感经济、等级文化符号经济，一种消费主义时代虚高虚热的群起而"装"那啥。

事情在很大程度上不过如此。不幸的是，继全球气候变化，病毒再一次把很多东西打回原形，包括暴露出这种虚高虚热行业的脆弱，暴露出"时尚"＋"高端"是免疫力最差的领域之一。往后看，哪怕疫情结束，只要人们还心有余悸，还惦记着卫生，讲究一点温和的"社交距离"，或多或少拉低一点人们聚集的频度和密度，那么这一行业恐怕也会长久失血，再也回不到从前。最近很多数据已证明了这一点。据说王健林已栽在美国电影院线行业，巴菲特抛空了四大航空公司的股票，连笔者老婆的理发师也在感叹烫发染发的 VIP 近来几近绝迹……他们看来都嗅出了某种观念动摇的危险。

他们当然不必相信"时尚"＋"高端"从此消亡。往根子上说，每个人都难免有点虚荣，都会付出虚荣成本的。特别是荷尔蒙旺盛的青年，既然身处群居环境，就总会下意识同别人比一比，包括比出自己的本领与成功，比出自己的荣耀与激情，连鲁迅先生笔下的流浪汉也没闲着，曾比试看谁能把虱子掐得更响呢——那也是生活的一部分。好吧，那也是投资者们的一片潜在富矿。不过，人生之路千回百转，投资者们也知道，虚荣终究虚，华而不炫和惠而不奢的传统生活观，总会在历史的坎坷途中不时苏醒。当生命、安全、智慧、自由、公平正义等更多价值选项摆在面前，一旦与虚荣发生冲突，很多人未必不会去寻找一种新的价值平衡，一种新的生活方式。

疫情终会过去，但疫情来过了，留下了伤痕和记忆，事情同以前就不再一样。地球人永远面临新的故事。

原载《天涯》2020 年第 5 期

守护苍生

——记战『疫』中的钟南山

熊育群

疫情再度告急

2020 年 1 月 18 日晚，腊月二十四，钟南山赶到了人山人海的广州高铁站。正当春运，去武汉的高铁票早已卖光，事情紧急，颇费周折他才挤上了G1102 次列车，在餐车找了一个座位。

他走得非常匆忙，羽绒服都没有带，只穿了一件咖啡色格子西装。接到请他紧急赶到武汉的通知，他就感觉此行不同寻常。尽管疲惫，他还是打开电脑，仔细研究起每份材料和文件。

这一天，武汉不明原因肺炎患者增加到了 59

例。这种原因不明的病出现在新闻中，给这个漫长的暖冬带来一丝隐忧与不安。但人们不以为意，南来北往的人流正在向着家的方向聚集。人们奔波忙碌了一年，都在筹划着怎样过大年。谁也想不到，一个潘多拉魔盒正在打开。

钟南山不时看一看手表，实在困了，他在低矮的靠背上仰头睡一下。这张打盹的照片后来迅速在网上传开。照片里，乘客都在低头看手机，他几乎是唯一的老年人。四个多小时后，他在深夜时分抵达武汉。

在会议中心住下，钟南山的神经仍是紧绷的。武汉出现的病例让他高度警惕。这一路奔走，如同在梦境中穿行，不只是空间在跨越，时间似乎也在这个时刻恍惚。

17 年前那场令国人记忆深刻的抗击非典战争中，钟南山临危受命，担任广东省非典型肺炎医疗救护专家指导小组组长。那一年，也是春天，疫情在广东突然出现，不久，北京等地开始传播。疫情最初在广东河源、中山、佛山发生，患者急急送来广州。病人接触过的人倒下了，医生护士也不能幸免。患者发烧，面部、颈部充血，接着出现呕吐、干咳，肺部出现白肺，呼吸开始变得困难，病人多死于呼吸衰竭或多脏器衰竭。一时谣言四起，人们抢购罗红霉素、板蓝根、醋……

那一次，钟南山急了，他第一时间请缨，要求把所有的重症病人全部集中到他所在的广州呼吸疾病研究所来。病因不明、病症难治，糟糕的是疾病传播途径尚不清楚，个别医生有顾虑。钟南山知道事情的严重性，他坚定地说："医院就是战场，作为战士，我们不冲上去谁上去？现在是需要我们站出来的时候，不能丝毫犹豫，因为我们是医生，这是我们的职责！"

这一次，武汉的病人发烧、乏力，部分出现干咳，痰很少，少数有流鼻涕、鼻塞、咽痛、肌痛和腹泻等症状。这与非典既相似又不一样。他判断，两者相比，尽管有很多同源性，但应是平行的完全不同的两种病毒。这种新型病毒到底有多危险、会怎么变异，他并不了解。这正是他忧虑的地方。

抗击非典那年钟南山67岁，今年84岁，17年的岁月在他青丝上留痕，秋霜似的白发笼在他的额头。想不到耄耋之年的他还要与病毒交战！有网民说："他劝别人不要去武汉，他却去了。明知道老年人最易感染。"在高速行驶的车上，他不知是怎样一种心情。他嘴角深弯向下，不只是疲惫，还心怀悲戚。从此刻的忧心到后来多次哽咽、含泪，疫情的发展比他估计的还要严重。

武汉一夜，钟南山难以入眠。国家又一次面临考验，人民又一次受到瘟疫的威胁。他辗转反侧，等来了天亮。窗外，树叶落尽枝丫光秃，凛冽的北风刮过街巷。他实地调查研究，今天与昨天、昨天与前天，情况都在变化，两天内确诊了139例，出现了人传人的情况，还有医务人员被感染了，这是一个非常重要的标志……

历史似乎在重复，他最不想看到的一幕又出现了。当年央视《面对面》新闻节目，钟南山面对观众说出了真相。同样是央视，《新闻1+1》节目，他再一次说出了真相，郑重公布："现在可以说，肯定的，有人传人现象。"

此言一出，惊醒了国人，人们匆忙的脚步停了下来，迎大年的节奏打乱了。当年非典那一幕瞬间回到了人们的记忆中。

1月20日下午，他答新华社记者问，提出了对武汉防控的主张，即武汉减少输出，要对火车站、机场等口岸实行严格的检测措施，首先是测体温，有症状特别是体温不正常的须强制隔离；除非极为重要的事情，外地人一般不要去武汉。

他提醒疫情预防和控制最有效的办法是早发现、早报告，还有隔离、治疗。对已经诊断或者将要确诊的病人要进行有效的隔离，这是极为重要的！目前没有特效药，戴口罩很重要……

他呼吁各级政府领导要负起责任来，这不单纯是卫健委的问题。他提醒政府、医务人员、全社会都要关心，属地领导要担起责任。现在处在一个节骨眼上，春节期间得病的人数会增加。但他不希望呈现链式的发展。要防止它传播，要害是警惕在传播过程中出现超级传播者。

这些呼吁，在他赴武汉考察后及时发出。

天下救人事最大

事态急剧发展。年关逼近。钟南山在武汉、北京、广州三地奔波，再无喘息之机。

武汉在大年三十前一天"封城"。不久，紧挨武汉的黄冈"封城"，远在千里之外的温州乐清市、瑞安市、永嘉县"封城"……大小城市街道静悄悄，人影难觅。

庚子大年，烟花爆竹突然沉默不响了，大江南北一片寂静。人们关在家里，不再相聚相庆，不再串门拜年，喜庆之气被疫情冲得踪迹全无。

中央沉着指挥。1月25日（大年初一），中共中央政治局常务委员会召开会议。一场只能打赢不能打输的战争打响，保卫生命必须争分夺秒！

1月18日，钟南山到武汉，立即投身战斗。19日一早，国家卫健委、武汉卫生部门和专家召开会议，分析疫情，接着去武汉金银潭医院、疾控中心实地考察，下午专家研究，5点赶去机场，飞抵北京参加当晚国家卫健委召开的会议，子夜一点半散会。这一夜他只睡了

4 个小时。20 日 6 点起床，研究汇报材料后，赶到国务院，向孙春兰副总理汇报。中午 1 点半，国家卫健委召开高级别专家组会议，李克强总理出席，随即召开新闻发布会，直到 7 点结束。9 点半，钟南山以连线嘉宾身份出现在央视《新闻 1+1》中，公开了重要的疫情信息。21 日，他又在广东省首场疫情发布会上，介绍广东全面加强疫情防控情况……忙碌的节奏一直持续到除夕之夜，作为疫情应急科研攻关组组长的他，大年三十也回不了家。

钟南山再次成为新闻公众人物，他分秒必争的身影出现在大众视野中：29 日下午，他领衔广州医科大学附属第一医院专家团队与武汉前方的广东医疗队 ICU 团队进行远程视频会诊，5 个危重症患者出现在大屏幕上。会诊室里，他坐在中心位置，通过视频察看患者病情，十几个专家坐在他的身后，从用药到基因全测序，大家讨论着，关键时候，钟南山怕 ICU 医生听不清他的话，摘下了口罩。这一次会诊时间持续了 6 小时 18 分钟。

有"病毒猎手"之称的美国哥伦比亚大学教授利普金到访中国。30 日早上 6 点，钟南山与他会面。由于钟南山当天要赶到北京参加全国疫情防治策略座谈会，利普金教授在他前往机场的车上与他探讨疫情。白云机场到了，他们在航站楼前告别。飞机起飞，几个危重病人的治疗方案摊开在钟南山的活动桌板上，他要在飞行时间内确定救治办法。下了飞机出首都机场航站楼，北京卫视的记者接他上车，在路上对他进行专访，许多社会关心的重要问题需要他及时回答。目的地到了，下车后，他大步流星直奔会场……

座谈会在中国疾控中心召开，李克强总理参加，就进一步加强科学防控疫情听取专家意见。总理进入会场，对专家说，本该与大家握手的，但按你们现在的规矩，握手就改拱手了。会议结束，李克强总理与专家们告别，他特意走过来对钟南山说："还是握一次手吧！"

钟南山在会议结束后赶回了广州，他为又一批广州驰援武汉医疗队送行。广东是最早派出援助武汉医疗队的省，先后派出了二十多批。解放军医疗队也出动了。全国各地医护人员救援的调动规模和速度大大超过了当年汶川地震。白衣天使们义无反顾，就像军人开赴前线一样，子与父别，妻与夫别，儿与母别……虽不能说是生死诀别，但谁又能保证每个人都能平安归来？就算他们严防得再好，也难保在枪林弹雨中不被击倒啊！这些白衣战士有的是钟南山的学生，有的是同事，他得细细叮嘱。

在抗击非典期间，钟南山带领的呼研所医护人员像一队尖兵，向病魔发起了一次次冲锋。先后有 26 位医护人员倒下了，但全院没有一个人后退，有的治愈后又投入了战斗。当世界卫生组织的人询问钟南山："你们有没有医生离开？"钟南山自豪地告诉对方："一个也没有！"

这一次同样如此，没有一个逃兵。钟南山对他们说："你们是去最艰苦的地方、最前线的地方、最困难的地方、最容易受感染的地方进行战斗，我向你们致敬！我们等你们胜利回家！"他一直把他们送到车上。

随后，他参加了国家卫健委、广东卫健委和专家举行的电视电话会议，根据近期的疫情救治工作和病毒研究成果，对新型冠状病毒的流行病学特点、临床表现、诊断标准和治疗方案进行讨论、优化和修正，为新冠肺炎临床救治工作提出指导意见。最后专家们集中了三条意见，这些意见迅速向全国参加抗疫的医护工作者传达。

同一天，钟南山院士团队和李兰娟院士团队分别从新冠肺炎患者的粪便中分离出病毒。钟南山对新冠肺炎是否会通过粪口传播又接受了媒体采访……

冠状病毒形如皇冠，在微生物的世界里无影无形，藏在人的身体里，躲在空气中，四处皆暗藏杀机。它肆虐的速度就像人类高铁的速度、飞机的速度。人们惶恐、无助，盼望权威出现。于是钟南山频频出镜，及时回应社会关切，为大众答疑解惑。他的出现给了众人信心，安定了人们紧张的情绪。

钟南山亲自示范脱口罩的正确方式，回答一个个问题。哪些症状必须到医院就诊检查，哪种情况可以在家隔离？没有发热症状，怎么排查隐形的感染者或潜伏期患者？什么时候能够接种上新型冠状病毒疫苗？疫情的走势如何判断？返程春运拉开了序幕，对疫病防控会有什么影响？……他的发声甚至影响到了股市走势，很多炒股软件不放过他的每一句话。

这一切，对于一位 84 岁的老人意味着什么？他这是在用生命战斗！他把人民的生命看得比自己的生命更加重要！为他着急的莫过于他的家人。妻子李少芬看到熬红了眼睛的他，既生气更心疼，却又无可奈何。她知道自己劝也劝不住，天下救人事最大，他这一辈子最在乎的就是病人。

仁心乃本心

的确，作为医生，钟南山最牵挂的还是病人。死亡人数一天天上升，很快就突破了 1000，又升到了 2000。钟南山寝食难安，他变得容易落泪，容易伤感。病人对他而言从来就不是一个抽象的数字，而是一个个鲜活的人，他怜惜他们，心疼他们。除了指导决策、科研攻关等工作之外，只要一有机会，他就要去救人。

钟南山并不喜欢用手机，但他的手机 24 小时开机，为的是医院有什么请求，他可以及时处理。一个求救电话打来，无论什么情况，他都不会耽搁。看到这么多同行病倒，他十分揪心。在武汉抗疫一线有他很多学生和同事，他的团队有 7 位干将在武汉协和医院西院 ICU 奋战，20 个床位安排的全都是重症中的重症。这个重症隔离监护室并排放置了两台大屏幕，24 小时连线广州钟南山院士团队的 50 位专家。钟南山除了给重症病人会诊，每天都要了解医生护士的身体状况，询问隔离措施是否到位。有个学生给他发来武汉人民唱国歌的信息，钟南山顿时热泪盈眶。他知道，艰难时刻，士气非常重要。

抗击非典时就是这样，即使最艰难的时刻，他们的士气也是高昂的。钟南山带头进入重症隔离监护室检查病人，亲自制定救治方案。有一次，一个呼吸衰竭的病人等待抢救，但呼吸机还在调试，情况紧急，钟南山亲自帮忙将患者推到手术台，用简易人工气囊给病人做人工呼吸。这样做，感染的风险非常高。许多医生就是做人工呼吸时被病人从气管喷射而出的血和痰液感染的。但是生死一刻，需要的就是这样的勇气！

一生与病人在一起，钟南山心里装的全是病人，哪怕出差在外，他也不忘给病人打电话，询问他们的身体状态。抗击非典时钟南山病倒了，肺部出现阴影。他以家为病房进行自我治疗，第三天高烧刚退他就出现在病房里。现在，在他家门框一角还有一颗长铁钉，那是他自己给自己打吊针留下的纪念。如今八十高龄了，他仍然天天工作到很晚，双休日则安排工作会议，从来没有休过假，从来没有陪同妻子旅游过。

钟南山在病房查房时喜欢坐在病人身边细心听病人说话，拉着病人的手询问病情。有的病人身上散发出异味，他也不以为意。开专家门诊他总是提前半个小时到，一直看到晚上七八点，妻子不得不把饭送来。他认为，如果硬以上班 8 小时画一条线，那不是一个好医生。他是那么细心。冬天的时候，他会先搓暖自己的手，怕手凉让病人不舒服；巡房时，他会给病人送上生日祝福。病人治愈出院，是他最开心的时刻。他从病人的喜悦中找到了自己人生的价值和快乐。

敢医敢言是天性

网络上，流传着一张钟南山接受新华社记者采访的视频截图。他讲到"相信武汉能够过关，武汉是一座英雄的城市"时，两眼噙泪，嘴唇紧紧抿成了一道弧线。这张照片把他的刚毅与深情展露无遗。

所谓医者仁心。医者，需要学者严谨坚毅的意志，也需要一颗慈爱之心。钟南山就是二者完美的结合。智慧与拙朴，硬朗与宽厚，坚毅与脆弱，不屈与妥协，尊严与随和，铁面与柔情……这些性格在他身上实现了对立统一：前者更多表露在他那张坚毅的脸庞上，后者却深藏于内心。

钟南山是岭南知识分子最典型的代表，对人和生命有着最纯朴的理解，对事业和生活有着最单纯的热爱与赤诚。岭南多耿介之士，因为这片土地凝聚了厚重的务实精神。

钟南山的家安在一栋有水泥外墙的旧楼中，连电梯都是后来加装的。室内是20世纪的老式家具，天花板上悬挂着吊扇，墙上挂满镜框。钟家人聚在一起，谈的是医疗，讲的是学术追求，从来不谈钱。

钟南山的家有两大特点：一是运动器具多，有跑步机、单车、拉力器、单杠、哑铃；二是书多。这充分体现了钟南山的两大爱好——医学和体育。这两项也成了他家庭的最自豪之处。他的家庭，是医学世家，也是体育之家。他的父亲是儿科专家，母亲是高级护理师，都曾赴美深造。他的儿子是主任医师、博士生导师。他的妻子曾是篮球明星，担任过中国篮球协会副主席，曾作为中国女篮副队长出征 1963 年亚洲新兴力量运动会。他的女儿是优秀蝶泳运动员，曾打破过短池游泳的世界纪录，获得世界短池锦标赛 100 米蝶泳冠军。儿子也是医院篮球队的中流砥柱。钟南山本人则在首届全运会上以 54.4 秒的成绩打破 400 米栏的全国纪录，一举夺冠。1961 年，他还获得了北京市十项全能亚军。钟南山高龄之下抗击疫情的毅力与体力都能从这里找到答案。他奔走各地之间，两脚仍然生风。

他教导子女：要永远有执着的追求，办事要严谨要实在。看事情或者做研究，要有事实根据，不轻易下结论，要相信自己的观察。他一生记住的是父亲对他的期望——一个人对社会要有所贡献，不能白活。这句话成了他们家庭的人生信仰。

钟家墙壁上挂着一幅字：敢医敢言。这是四年前别人送他的，四个字道出了屋主人的风骨。敢医敢言是他的天性，是"一个人要说真话，做实事"的钟南山用一生践行的家风。他推崇讲真话。科学追求真理，如果连讲真话都做不到，何谈真理。对待科学，钟南山那股岭南人的耿介劲就像一头蛮牛——他只认真理不认权威。

早年留学英国，他挑战英国医学权威牛津大学雷德克里夫医院的克尔教授。钟南山在爱丁堡研究人工呼吸对肺部氧气运输影响时，发现他的实验结果与克尔教授论文的结论完全相反。钟南山毫不犹豫提笔写出了论文。有人说他胆大狂妄。在剑桥学术会议上，专家们被这个中国年轻人的发言惊呆了！先是一阵沉默，继而变为骚动。克尔教授的三个高级助手连珠炮一样提出了 8 个问题，钟南山一一作了回答。就钟南山论文能否发表举手表决的时候，全场鸦雀无声。接着，评委们一个个举起了手。在科学面前他们的手举得高高的，一个也不少。

当年非典的一场新闻发布会上，有人宣称疫情已经得到了有效控制。钟南山当场开炮："什么叫控制？现在病源不知道，怎么预防不清楚，怎么治疗也还没有很好的办法，特别是不知道病源！现在病情还在传染，怎么能说是控制了？"北京某些权威专家通过权威媒体发布结论："引起广东部分地区非典型性肺炎的病源基本可确定为衣原体。"在广东省卫生厅召集的紧急会议上，钟南山又站了出来，他不认为是衣原体，衣原体只是最终导致病人死亡的原因之一，而主要病因可能是一种新型病毒。他的观点随后被广东省卫生厅采纳，成为抗击非典的重要分水岭。

钟南山就是这样一个蛮人。他认真时连命都不顾。留学英国时，为了搞清一氧化碳对血液氧气运输的影响，他用自己当试验品——吸进一氧化碳。他请来皇家医院的同行，向他体内输入一氧化碳，同事不停地抽血检测。他血液中一氧化碳浓度达到15%时，医生和护士都叫了起来："太危险啦！"他们要他停止。这时钟南山就像连续吸了50到60支香烟，头脑开始晕眩。但钟南山摇着头，他不能半途而废，他要靠实验画出一条完整的曲线。他继续吸入一氧化碳，血红蛋白中的一氧化碳浓度在上升，直到22%，曲线完整显示。钟南山感觉天旋地转。在场的医生都被他的献身精神打动。

中国有个钟南山，这将是一个时代的记忆！

原载《光明日报》2020 年 3 月 1 日

与你的名字相遇
——写给白衣战士

李舫

一

这是庚子年的冬春交替，这是庚子年的乍暖还寒。

凛冬仍未过去，残雪和病毒藏匿在阴影里，"立春"的蓬勃朝气和"雨水"的葱茏丰泽却扑面而来。久违的阳光澄澈、明润，倾泻在空旷的街道、空旷的广场、空旷的楼宇、空旷的园林以及空旷的人间，如同一场魔幻剧，散发着饱经沧桑的痛彻、久经忧患的悲悯。一座城市被按下暂停键，陡然间安静如斯，一个民族擦去悲伤的泪水，同病毒加速竞赛，一个国家在灾难中同舟共济、守望相助。

除夕前夜，武汉封城的号令给人们带来的紧张、焦虑、惊恐，随着时间的流逝似乎渐行渐远。数不清的医务人员、公安干警、人民解放军、社区干部、志愿者……在一线奔波，他们昼夜奋战所流出的泪与汗，滴落在口罩、护目镜、防护服的背后。

这是一双双蔼然忧思的眼睛，这是一张张稚气未脱的脸庞——

一张照片迅速刷屏。1月18日傍晚，八十四岁的中国工程院院士钟南山一边告诉公众"尽量不要去武汉"，一边自己登上去武汉的高铁。高铁餐车上，钟南山睡着了，疲惫焦虑的双眉依然紧蹙，桌子上是摊开的文件。2003年，非典肆虐，时年六十七岁的钟南山说："把病情最重的病人送到我们这里来！"十七年后，新冠肺炎暴发，八十四岁的钟南山又一次挂帅出征。正是他的一声"人传人"的呐喊，惊醒了中国。

又一张照片迅速刷屏，这是一张对比照：1月24日，除夕，一名身着迷彩服的女兵扭着头、抿着嘴，挽起袖子接受注射；大年初六，口罩和护目镜已在她脸上留下了深深的勒痕。

这名女兵，是陆军军医大学医疗队队员、西南医院肝胆科主管护师刘丽。出发前，刘丽给妈妈打电话说有任务。七天后，她满脸压痕的照片被广泛传播，妈妈才知道，她是到了收治新冠肺炎病人最多的武汉市金银潭医院。

这是一个个勇往直前的战士，这是一个个舍生忘死的医者——

"同事们在前线勇往直前，我怎么能当逃兵？"春节前，武汉市中心医院麻醉科护士崔肖回到家乡黑龙江过年。随着疫情迅速发展，崔肖的心也不断揪紧："马上飞回武汉，恨不得插上翅膀回去支援。"2月1日，崔肖赶回武汉，立刻回医院报到。每天与病毒和危险相伴，崔肖毫不畏惧：这是我的责任，也是我的义务。

2月18日10时54分，五十一岁的武昌医院院长刘智明停止了呼吸，一个智慧、明亮的生命从此定格。

改造病区、腾挪病房、运送病人、调配人员、解决物资……他在同时间赛跑，也在同自己的生命赛跑。终于，就在武昌医院大规模收治病人的当天，刘智明自己也躺到了病床上，CT结果显示肺部严重感染，病毒核酸检测确诊为阳性。一起战斗！他向战友们发出邀请。可是，这一次，他没能跑赢死神，化作天空中最亮的一道光。

这是一场没有发令枪的接力赛，这是一场没有硝烟的战争——

朱海秀——二十二岁的朱海秀，是中山三院首批二十三名支援湖北疫情医疗队员中年龄最小的一位，清秀的眼眸天真无邪。

彭银华——二十九岁的协和江南医院呼吸与危重症医学科三病区的医生，在武汉市金银潭医院悄悄辞别了人间，此时，他身怀六甲的妻子正等待他回去举行婚礼，谁曾想，结婚照变成了遗照。

吴亚玲——母亲猝然离世，吴亚玲躲在员工通道的一个角落，通过视频同母亲诀别，当晚，脱下厚重的防护服，吴亚玲在狭小的宿舍哭了整整一夜。

韩家发、王琼娅——夫妻，一个是汉口医院放射科副主任，一个是汉口医院副院长，他们将孩子交给老人，果决地双双奔赴战场。

余平、李叶子——夫妻俩都在武汉市中心医院急诊科，但是疫情却让他们咫尺天涯。2月14日，余平给妻子准备了一份别样的礼物：科室刚发的防护服和N95口罩。"这个特殊的情人节，我们都要好好的！礼物奉上，请笑纳。"

曹志刚——三峡大学附属仁和医院急诊重症医学科主任。疫情发生后他第一时间投入战斗，成为医院专家救治组成员，从此他的生活里便没有了白天和黑夜。"爸爸，您是我的骄傲！"儿子给他的一封长信，让他双泪长流。

彭渝——陆军军医大学第一附属医院护理处处长、主管护师。她没来得及通知家里，就来到武汉市金银潭医院。几天后，丈夫还是从电视新闻中发现了她的身影。他在给她的信中写道："媳妇，见字如面：太了解你的脾气，又是一次艰巨任务，望规范操作，把握流程细节，切勿粗心莽撞，沉着冷静……你是我妻也是战友，务必牢记初心如磐，使命在肩，盼早日凯旋。"

还有多少在我们眼前飞驰而过的名字？它们像一道道闪电、一声声激雷，在空中高升、炸裂、凝固。谌磊、王强、沈雪、杨波……淳朴的父母用他们朴拙的心写下了对孩子最素朴的祝福。宋彩萍、赵玉英、黄团新……父母将他们美丽的期冀小心翼翼地包裹在孩子的名字里，希望他们有丰富的人生、卓越的建树。郭玮、贾娜，浪漫的父母是一张最动人的调色盘，他们祝福自己的孩子——天匠染玮烨，花腰呈枭娜。付靖、江世娥、余琳欢，父母将怎样宁静古老圆融的理想安置在孩子的名字之中，期盼他们娥媌靡曼，一生靖晏，平安无虞，满目琳琅。张定宇、夏思思，读这饱含忧思和神祇的名字，就知道他们的父母是如何将曾经苦难的中国托付给未来。是的，孩子们没有辜负他们的父母，沧海横流，方显英雄本色。

还有多少我们尚不知晓的故事？还有多少我们尚未探知的名字？还有多少被口罩和护目镜遮住的面庞？还有多少累得瘫在桌上、椅上、地上的身影？

二

此时此刻，我们用笔、用心写下你的名字，猜测口罩、护目镜、防护服背后的你的模样。很多年前，究竟是什么吸引着你走进医学院的大门？是什么让你选择了一个与灵与肉打交道的职业？从一个怀揣无数问号的学生，成长为一名守护神圣生命的战士，这之间曾经发生过什么？而你，又曾经遭遇过什么？

很多很多时候，我们猜测，你究竟在实验室度过了多少枯燥的时光，在解剖室受过了多少惊吓，在标本室看到了多少被肢解又被浸泡在福尔马林里的器官，在显微镜下观察了多久才知道了细胞与细胞的不同，在自习室默诵了多少遍药物的分子式以及它们的英文、法文、德文、拉丁文名字，你究竟是怀着怎样的勇毅和顽强完成了四年五年乃至八年十年的学业，才成长为一名合格的白衣战士。

当你拿起手术刀走向你的第一个病人，当你拿起注射器走向你的下一个病人，你在想什么？当你完成消毒走到无影灯下，当你完成例行的查房写下长长的病志，你在想什么？当你做完一台手术完成一场抢救，当你看着病人恢复健康走出医院大门，甚至忘记了向你道谢、与你告别，你在想什么？

成长为医者的过程，是漫长的苦行僧的过程，是与遗忘、与懒惰、与颓废、与寂寞，甚至与自己搏斗的过程。你首先要忘记自己，才能完成病人交付的一切。你还要习惯于生活里没有自己，才能习惯在每一个静谧的夜晚被急救的电话惊醒，在每一个需要你的时刻放下一切决然返航。

成长为医者的过程，是漫长的远航者的过程，是与暗礁、与风暴、与雷电、与枯寂，甚至与大自然搏斗的过程，你首先要放眼辽阔的远方，才能完成既定的航程。普利策的那句话说的何尝不是你——倘若一个国家是一条航行在大海上的船，那么你就是船头的瞭望者，在一望无际的海面上观察一切，审视海上的不测风云和浅滩暗礁，及时发出警报。

在医治病患之前，你要学会医治自己。成长为医者的过程，是你不断丰富自己、改造自己、完成自己的过程。你需要学会多少、经历多少，才能够让素不相识的病人在第一时间就信任你；你需要怎样的尊严和骄傲，才能够让自己抵挡无处不在的诱惑；你需要怎样的理想和信念，才能够在见过成千上万的病痛之后，免于可能出现的职业化的倦怠与冷漠，保持着曾经的赤子初心。

每一刻，每一天，我们在电视里、在微信中，在亲人的信笺上、在远方的思念里，寻找你的名字，默念你的名字。这些日子以来，我们也在懂得你，并学习记住你的名字。

可是，很多很多时候的你，没有名字。

脱下白色战袍，你是我们的父兄、姊妹、妻儿，我们的远亲、近邻，我们的同学、同事。可是，穿上了白色战袍，你又立刻变身，成为一个又一个被封缄在防护服里的"钢铁侠"，一个又一个化身拯救人类无所不能的"奥特曼"。

三

一袭白衣，到底有什么样的魔力，能让一个人不惧生死？

你还记得那个"神农尝百草"的典籍吗？"民有疾，未知药石，炎帝（神农氏）始草木之滋，察其寒、温、平、热之性，辨其君、臣、佐、使之义，尝一日而遇七十毒，神而化之，遂作文书上以疗民疾，而医道自此始矣。"上古时候，五谷和杂草长在一起，药物和百花开在一起，哪些粮食可以吃，哪些草药可以治病，谁也分不清。黎民百姓靠打猎过日子，天上的飞禽越打越少，地上的走兽越打越稀，人们就只好饿肚子。谁要生疮害病，无医无药，不死也要脱层皮啊！老百姓的疾苦，神农氏瞧在眼里，疼在心头，于是，尝百草，兴医道。

你还记得那个"悬壶济世"的传说吗？"市中有老翁卖药，悬一壶于肆头，及市罢，辄跳入壶中，市人莫之见。"连《西游记》记载神通广大的孙悟空成仙之道，都是与"悬壶"密切相关：孙悟空在炼丹房里，遍寻太上老君不遇，但见丹灶之旁，炉中有火。炉左右安放着五个葫芦，葫芦里都是炼就的金丹，于是他就把那些葫芦里的仙丹悉数倒出来吃掉，从此百病不侵。

你还记得那个"妙手回春"的故事吗？春秋时期，齐国的神医秦越人经过虢国听说虢太子猝死，问清太子的症状后，他认为虢太子只是假死，可以救活。秦越人叫弟子子阳磨好针，在太子的穴位上扎了几针，太子瞬间苏醒过来，不久便完全康复，秦越人赢得"妙手回春"的称号，由此被后世称为翩翩欲飞的"扁鹊"。

一袭白衣，竟然有如此魔力，能让一个人不惧生死。

有谁见过穿"尿不湿"工作的医生？

抗疫初期，医疗物资短缺，医护人员超负荷运转，为了争取更多的时间救治病人，不敢摘下口罩脱下防护服，不敢吃一点饭喝一口水。甚至为了尽可能不去卫生间，你随身准备了"尿不湿"。

有谁见过满脸都是压痕的护士？

值完一个班次，从隔离区走出来，你摘下护目镜和口罩，额头、脸颊满满都是深深的压痕，这样的痕迹甚至几个小时都清晰不散，不少人脸部的皮肤开始过敏红肿。

有谁见过这样绵延不绝的白色长城？

截至2月23日，全国29个省区市和新疆生产建设兵团、军队系统已调派医疗队330多支、医护人员41600多名驰援湖北、驰援武汉。

国有难，召必至。

我们见过冲锋陷阵的战士，见过慷慨赴死的斗士，可是，有谁曾见过天使的模样？

如果有谁见过穿着"尿不湿"的医生，见过满脸都是压痕的护士，见过防护服后背上写着"精忠报国"的"岳飞"，见过北协和、南湘雅、东齐鲁、西华西的硬核"王炸"，那他一定就会知道天使的模样。那就是——你，你也许愤怒于一次不公平的伤医暴力，却从未输过一次民族大义。

"我的心裂成了两半——一半为你担忧，一半为你骄傲。"

这是写给远行者的牵挂，也是写给逆行者的礼赞。

还有——那些只留下名字却不再有肉身的牺牲者。在废墟旁，在瓦砾间，在春草中，在云朵上，燃烧着的红烛在微风中发出"噼噼啪啪"的巨响，那是死者向生者的告别，生者为死者的祷告。

什么是医者仁心？什么是大爱无疆？

武汉立春之日，一个被新冠病毒感染的不到半岁的娃娃，隔着玻璃窗向医生伸手要抱抱，医生忍不住掩面而泣。医者，就是宣布赋予这温润柔然的小生命再一次新生的母亲。

缺少物资的那些时刻，高烧的病患走进急救室，护士不顾感染的危险搀扶他落座，为他测量血压、心跳，告诉他不必担心，可以尽快安排住院。医者，就是在关键时刻挺身而出护佑你平安的亲人。

几乎每一天都有这样的手术：气息奄奄的重症患者被火速推进ICU，呼吸科、传染科、重症科、心外科……各个兵种的白衣战士闻令而动。长长的插管探进脆弱的气道，锋利的手术刀绕过肋骨插入胸腔，手中握着鲜红、跳动的心脏，鲜血喷溅在护目镜、手术衣上，一个人的生命就这样尽在你的掌握之中。医者，就是引领黑暗中的行者走出生命中最黯淡迷宫的圣者。

也许还会有这样的时刻——一个新的生命在你手中呱呱坠地，他第一眼望向的是你，他清亮的瞳仁、清明的记忆里都是你；一个垂死的生命在最后的时光里凝视着你，他用无言的祈望向你求助，可是你竭尽全力却无法再挽留他一程，他带着对你的最后的印象、最后的记忆奔赴他的另一场重生。

还能有谁像这样信任你，将此生的生老病死都托付给你，将来世的牵牵绊绊都预支给你？

是的，片云会得无心否，南北东西只一人。

从医学院走出来的医者，都不会忘记他们甘于为之赴汤蹈火、万死不辞的"希波克拉底誓言"：

> 仰赖医神阿波罗·阿斯克勒庇俄斯，阿克幸及天地诸神为证，鄙人敬谨宣誓，愿以自身能力及判断力所及，遵守此约。凡授我艺者敬之如父母，作为终身同业伴侣，彼有急需我接济之。……我愿尽余之能力与判断力所及，遵守为病家谋利益之信条，并检束一切堕落及害人行为。……我愿以此纯洁与神圣之精神终身执行我职务。……倘使我严守上述誓言时，请求神祇让我生命与医术能得无上光荣，我苟违誓，天地鬼神实共殛之。

四

> 己亥末，庚子春，荆楚大疫，染者数万，众惶恐，举国防，皆闭户，道无车舟，万巷空寂。……医无私，警无畏，民齐心，政者医者兵者，扛鼎逆行永战矣。商客、邻家、百姓、仁义者，邻邦捐物捐资。叹山川异域，风雨同天；岂曰无衣，与子同裳。能者竭力，万民同心。

> ——摘自网络

这是庚子年的冬春交替，这是庚子年的乍暖还寒。也许，多少年后，人们会如此反复谈论起这个庚子年的这一场抗疫战争。

时光倥偬而逝，生命总有长情。汉江边，春柳萌绿；古琴台，樱花吐蕊；鹤楼巍峨耸立，龟蛇峰峦叠嶂；晨光唤醒性灵，晚霞映照东湖；夜色中的楚河汉街灯火辉煌、人潮涌动，千禧钟悠然鸣响；远方的游人在此朗声大笑：晴川历历汉阳树，芳草萋萋鹦鹉洲——这样的一天还远吗？

在这样的未来，散去的白衣天使，江城是否还记得你的名字？

有人提议，建一道长墙，将你的名字和影像镌刻于上；有人提议，建一个广场，让后世记得你的血泪和欢笑；有人提议，建一个公园，让大地和草木都来证明，凡今之人莫如兄弟，骨肉之亲析而不殊；有人提议，建一座博物馆，令子孙铭记灾难，铭记你拯救众生于水火的无私与无畏。

可是，或许，江城的人民更愿意拒绝肤浅的赞歌、拥抱生命的反思；更愿意将你的名字封印在这山山水水、人来人往的空中，封印在他们身边、在他们心底；更愿意在每一个餐霞饮露的清晨，在每一个寸心隐动的黄昏，在每一个情爱缠绵的瞬间，在每一个远别和相逢的时刻，在每一个字字锥心、声声泣血的怀念里，与你的名字相遇——

也与你相遇。

原载《光明日报》2020 年 2 月 28 日

立 春

2月4日（农历正月十一），立春日，立春的具体时刻是下午 17：03：12。时序好生奇妙，时钟滴滴答答走到那一刻，立春了。有些地方讲究，说这一刻要"躲春"，大约因为灰调子的冬天把人烦闷久了，人们一下子会受不住那亮闪闪的一刻。事实上，新冠肺炎疫情大面积肆虐以来，从正月初一到立春，人们已经在家封闭十余天了。这天，我忍不住，出门、去了河边。

黄河是兰州亘古不变的基底，是兰州城的根由。一年的这一时段，黄河最是妩媚，河水清澈，浪花翡翠一般。

河边的树还在沉睡。夏天，河水上涨，堤上的柳树每年都要让河水泡一遭，大都树根裸露、向河水歪斜着身子。白杨夹在柳树里很分明，树干笔直、雪白。光亮里，干燥的苇子上，麻雀们起身的一刻，竟像飞起一群蝴蝶。麻雀像苍生，颜色接近土地，说起话来七嘴八舌。杨树上喜鹊的叫声自在独立、干净脆亮，声音能传到很远。

白鹭结群飞过，静悄悄几乎覆盖了河面。细看，土里的草芽儿有的活过来了，眼睛忍不住要湿。

如若不是被封闭久了，想不到先前这些惯常的事物，这般惹人爱怜。天多蓝，太阳多亮，"春天"这个词儿多么可爱啊。但是，面对新冠病毒，人们那样惶恐无助。那么多人正身陷病痛，还有那么多人不幸逝去，心里还是沉淀着一层悲怆。

手机上刷新闻，新冠肺炎患者还在剧增，前一天全国就增加了3000多例。兰州确诊患者已经20人，很多周遭县区把兰州当疫区。一张网友拍在高速公路的图片，醒目的标示牌上写着"前往兰州方向的车辆立即返回"，作为注解，上面还有一行小字："截至目前，兰州已确诊新冠肺炎病例15例，其中，重症5例。"

冬去春来，大自然兀自安静地过渡时序吧，我且回陋室，继续封闭，继续关注身外的人世，继续心疼、感动、感激。

路过两家药店，习惯性地进去问问，依旧没口罩没酒精。脸上的口罩是从过年开始戴的。

西北的冬天很长，春天是缓缓来的，不急，只要疫情好转，什么都好说，真的。

雨　水

2月10日起，作为下沉干部，我和单位同事被安排到兰州东郊两个社区防疫点，配合社区守卡。值守任务结束那天，恰好春分。

因为疫情，因为守卡，我的庚子年的春天有了四个特别的节气。

首次守卡前一晚，怕迟到，半夜没睡着。清早寒冷，乘公交到卡点，路上一个多小时。早上6点值守到9点的社区人员冻得声音哆嗦，我们接替他们，从9点到中午1点半。卡点搭一顶天蓝色民政救灾帐篷，风吹过，门帘扑啦啦响。我们单位值守的两个卡点隔马路相望，北边是88—89号院楼卡点，南面是小树林卡点。两个卡点流动人口多，基本都是租住户。

守卡，就是严防死守，严格管理登记出入人员，向卡点住户及时传达防疫抗疫政策，发现问题第一时间告知社区。

这次守卡，让我对社区工作有了一些了解。作为政府序列最基层的部门，社区切实置身民众，细密的网格上固定着每一个住户，社区工作人员非常辛苦操劳。88—89号院楼是20世纪80年代的红砖楼，年前，不少租户回老家过年了，院楼的楼长频繁往来卡点，提溜着一摞表格，挨个儿查问外出的住户是否登记返家。

很冷，一直小跑。对面是高高的皋兰山，小树林卡点就在山脚，卡点大约因路口那片树林得名。太阳升上来后，渐渐暖起来了，面前干硬的大山，被阳光照出一层毛茸茸的枯草，山一下子变软了。

马路和街道少有的安静，两个小毛孩手拉手悠闲地溜达过来，一副置身世外的样子。问他们去哪儿，说去玩。五岁的哥哥领着三岁的妹妹，没戴口罩，看表情显然是溜出来的。说爸妈在上海，怕带回病毒，没回来过年。问清他们的来处，送他们过地下通道，到小树林那边，他们的奶奶果然正满马路疯找。"这个年真是操心死了，病毒老是不散，两个毛蛋子一眨眼就没影子了。"

小树林的树还完全枯着，树干褐色，树皮皲裂，枝杈上还挂着很多枯叶，路边公厕的管理员说，是槐树。

2月19日（农历正月二十六），雨水节气，庚子鼠年的第二个节气。疫情终于有所好转，人们心情都好多了，但到底摸不准病毒的习性，大家还是轻松不起来。

雨水节气缘何而来？是说这节点，北方农业地区天气由冷转热，雪开始变雨了。农业跟着节气走，纵然疫情不彻底消退，从新闻上看，各地春耕春种没有耽误，这叫老百姓心里稳妥。

雨水无雨，太阳还特别亮。卡点晒得很热，穿厚羽绒大衣，出汗了。楼上下来一位大妈，说快一个月没下楼了，就怕给社会添乱。说关家里，面粉吃得特别快，蒸一次馍，面袋子就下去一截，这不，叫卖面粉的人送一袋面过来。疫情让人和人关切起来，卡点住户出进时都愿意和我们闲聊几句，问寒问暖，说疫情，感动于一线医生的伟大。出乎我意料，这些老太太老爷子对国内外疫情的了解，一个比一个清楚。中午，有志愿者挨个儿给卡点送来热气腾腾的中午饭；在我们最缺口罩的时候，志愿者给值守人员送来了一盒口罩。从疫情开始，全国上下，真的是全民抗"疫"，十四亿人口啊，想想都感动。

明显的，快递员和外卖小哥到楼口的次数越来越多，感觉紧绷的全国各地开始渐渐活动起来了。

父亲和姐姐住，姐姐打来电话，说父亲和小区守卡人员吵架了。父亲八十多岁，腿脚不好，平时习惯每天到门口溜达一圈。他脾气倔硬了一辈子，这天出门，守卡人员劝他回家，说他年岁大了，外面有病毒不安全。父亲一听就躁了，我和姐姐知道，父亲生气的主要原因是人家说他老了。接了姐姐这个电话，我对卡点进出的老人说话就格外谨慎了。

好友微信问我在干吗，我发一张守卡的照片过去，她很吃惊，说她待在屋里还担惊受怕。她把照片发到朋友圈里，大家赶忙在圈里跑出来问候我，向我致敬，千叮咛万嘱咐，要我一定做好防护。我只是守卡而已，比起一线医护人员和志愿者，我做的事少得叫人惭愧，但朋友们一番激烈的反应，更叫我觉得守卡的重要。

和武汉一个朋友微信几句，他说情况好转，但每天还有人病逝，心里非常难过。我相信，疫情期间，东西南北，不分地域，每个人都心系湖北，湖北不好、武汉不好，每个人的心都放不下来。

惊 蛰

3月5日（农历二月十二），惊蛰日。

二十四节气里，惊蛰是带着声响的节气。按照老人们的说法，"瘟疫衰于惊蛰"，果然如此，国内疫情大有好转。

西北四季分明，蛰伏了一个冬天，每年一到惊蛰，由不得人，心里就开始蠢蠢欲动了，想外出，想看新鲜的春天。但今年，说什么也不行了。

已是守卡的第四周。这天是下午守卡，到卡点提前了三十多分钟，这么多天，同事们交接班，没一个人迟到，哪怕平日再懒散的人，都知道前一班的人有多辛苦。兰州的防疫等级一点点儿在降，形势越来越好。这些日子下来，我认识了常值守的88—89号院楼的大多住户。有个开电动摩托的人，很讲究，每天出入一两次，买各种吃的，摩托车前面用螺丝钉固定了好几个姿态各异的蜘蛛侠，车一开，蜘蛛侠们马上在车上动起来。他是单位大厨，现在宅在家里，每天的任务是想着法儿给家里人做好吃的。还有一对儿奶奶和孙子，隔一两天，下午出一趟门，孙子盲眼，紧紧挽着奶奶的胳膊，这天奶奶不知为啥很是开心，边走边大声唱歌。没风，太阳很暖，那个有腿伤的拄拐的住户，拿了板凳坐在楼下晒太阳，看上去很舒服。每天为社区做四次消杀的老张，风风火火，开一辆三马子，在楼口的土坡上很野地上下，车厢哐里哐当，有时车都要翻的样子，他说，不怕，先前开康明斯跑长途。我说呢。

望过马路，小树林槐树的枝叶似乎又绿了些。心想，槐树发芽，疫情就该结束了吧。

有人下楼来收拾楼边的小花坛，锄草松土，说花坛是他亲手垒的，他一辈子就喜欢花花草草。一棵瘦小的树苗已发出满枝小小的红穗苞，他说是榆树，用榆钱儿种的。

过年前再读苇岸的《大地上的事情》，心内安静敞亮，心想，不如也记记二十四节气，虽然日日拘泥城中，没有苇岸面对的那块农田，但也可以打开身心、关注一下周遭。但怎么也没想到，一翻年，疫情袭来，情况如此特殊。

傍晚，快交班时，卡口停下一辆出租，车上下来一家四口，说刚从临夏县来。妈妈领着个三四岁的孩子，爸爸还抱着个宝宝。他们取下行李，认认真真拿出当地开的健康证明和身份证，让我们一一检查。按要求，有健康证的本省外来人员可以登记进卡。测体温、入卡，他们很感激很欣慰的样子，说一会儿还要出来买菜买米买鸡蛋，今年的日子才开始呢。

春 分

3月20日（农历二月二十七），春分。直到2020年的这个春分，我才算搞清，春分并非春天一分为二之意，这日原是昼夜平分、黑白齐短的意思。

这天是我们守卡的最后一天，卡点二十四小时的值守将由社区人员继续完成。自此，我们已在两个卡点轮流值守四十天，身上的衣服，从最厚的羽绒大衣到现在的春秋薄衣。

这天，我在小树林守卡，太阳亮得刺眼，路口，一棵杨树上落下一地暗红的"杨吊吊"，先前我总是怕它们落到脖子里，像冷软的虫子，现在，它们一吊又一吊往下落着，有着一种异样的安静。

树欲静而风不止，我们小心翼翼怀揣着与疫情战斗得来不易的成果，但还是不敢有丝毫大意，这个阶段主要任务是严密监控外来入境人员。这场蔓延到世界的灾疫，已经是全人类的浩劫，苦难已把人类更紧密地结为一体，此时，我们祈愿的已是整个地球。

我总是忍不住看身后的大山，因为一团又一团粉粉的野杏花已经漫山遍野了。

中午，出入卡口的人最少，我拿出黑泽明的自传《蛤蟆的油》继续读，看到他写日本关东大地震。那天，童年的黑泽明，穿粗齿木屐在外面玩耍，轰隆隆，地震了，黑泽明慌忙跑回家，院子已成一堆瓦砾，让他惊奇的是，家人一个不少地从瓦砾里出来了，黑泽明真想大哭，可是被哥哥呵斥住了："小明，瞧你那副样子！光着两只脚，成何体统！"

那可是历史上伤亡十余万人的地震啊。我合了书，品味这个细节，品味黑泽明哥哥说的话。有时，读书会让人产生一种奇怪的感觉，比如那一刻，我恍惚觉得黑泽明讲述的生活仿佛与我们的生活正在平行进行，就在离我们不远的地方。

一个半月的守卡，我记住了两个卡点的很多人，都是平时我很少接触的人。鞋匠、穿破洞牛仔裤送液化气的小伙子、爱拉家常的公厕管理员、一个民办小工厂的每个工人、一位每次出进脸上都露出歉意的老奶奶，还有一位闷声闷气的环卫工。我记得，有一天下雨，渐渐大起来的雨，把我们和这位环卫工逼进帐篷，帐篷地势低，雨水流进来，再把我们逼到帐篷一角，他手里捏着的手机快响破了，他就是不接，问他缘由，说是老婆的电话，他说："她一天到晚打我，你们看，我的头顶都被她打秃了，我要给她一点厉害。"他摘下帽子给我们看，我们都笑。

因为疫情，这些非同往常的日子，一定会终生难忘。

一位朋友的儿子在国外留学，本来四月就要毕业，国外疫情越来越重，朋友日日焦虑，这天，她打电话说儿子已平安回国，虽然正在隔离，但心总算落在腔子里了。"还是咱国家好啊！"电话里她的声音悲欣交集。

坐在回家的公交上，我吃惊地看到，道旁的白玉兰开出大盏大盏雪白的花朵，美得叫人想流眼泪。

原载《广州文艺》2020 年第 6 期

邮轮上的阳光与暗影

金艺

一

深蓝色的大海，浅蓝色的天空，大海和天空之间，湖蓝色的游泳池镶嵌在歌思达邮轮威尼斯号十层船尾的阳光甲板上。蓝色条纹的遮阳伞在甲板上起起伏伏，三三两两的人或站或坐或躺，享受欢愉的海上时光。才1月份，甲板上长裙、短裙、衬衫、拖鞋、比基尼泳衣把季节提前带入夏天。

从来没有哪个春节像2020年春节让我如此期待。出嫁这么多年，上一次在娘家过年还是十多年前的事，那时双亲康健，做子女的多少有点不懂珍惜。后来我爸没了，陪妈妈过年的机会就双倍稀罕。这次姐姐和我们商定陪妈妈坐邮轮去海上过年。这艘有着2116间客房的超级邮轮在深圳蛇口太子湾启航，载着妈妈、姐姐姐夫、哥哥嫂子侄女、我和9岁的小女儿一起，迎着越来越暖的阳光一路南下。

姐姐发出邀请并准备好全家出行的船票时，小女儿是最欢欣雀跃的，她从1月6日起就因为班上流感盛行而停课，原定1月9号举行的期末考试又因流感推迟到开学后。没有了考试的压力，她每天笑得嘴角能渗出糖来。我是个平时貌似温柔、管娃学习就常常崩溃的母亲，孩子不上课，辅导作业的重担也随之卸下，顺利在单位走完公休假申请和出国审批程序，一大一小两颗心就长出了翅膀。

船票是1月21日下午4点的，1月20日到达深圳后，比南昌更宜人的气温让我之前一直拖着的感冒有所缓解。此时，朋友圈和微信群上的讨论已转向戴口罩勤洗手的提示。远在美国的外甥微信群里转发关于新冠肺炎的文章，留在南昌的爱人也反复叮嘱，武汉新冠肺炎新增136例，虽然现有的调查结果尚未发现明确的人传人证据，但不排除有人传人的可能，做好防护以防万一。所有这些叮嘱早化作两包医用口罩塞进了我们的旅行箱。

感冒还没好清，偶尔还有点咳嗽，担心引起周围人不适，喉咙痒时我就喝口水，把咳嗽压下去。取票、托运行李、出关，除了人多排队时间长点，一切都很顺利。邮轮中心只有常规安检，大多数旅客都没有戴口罩。我们全家嘻嘻哈哈拍下这次旅行的第一张合影，全部戴着口罩。我以前从未戴过口罩，很不习惯，呼呼的热气喷出来又反弹回鼻腔，呼吸很不顺畅。

那时我们都不知道怎么戴口罩才有效，现在回头看，当时唯一做正确的就是分清了正反面。

二

出门在外，我永远是一副没见过世面的样子，对什么都好奇。虽然之前查阅了很多资料，但这艘巨轮的气势还是超出了想象，以至于我们进船后不得不在旁边的休息椅上坐下以便好好辨认方向。登船口设在船的三层，走进来就是圣马可大堂，整个大堂可以看到三层四层五层。大堂悬空的半圆形表演台上，穿着银色晚礼服的欧洲女郎在年轻乐手的伴奏下歌唱。大堂四周悬挂着大红灯笼和年年有余、恭喜发财的中国结，三四层之间用绳子串起一条条三角形的红旗，仔细看是喜字和中国结组合剪纸。

房间看一眼就喜欢。两张并排的单人床铺着白色的床单和被子，铁锈红沙发配米色茶几，茶水台、衣柜俱全，让我惊喜的竟然有两个洗漱间，空调可以自由掌握温度，飘窗外两扇窗户是密闭的，能看到大海。

扫描房卡上的二维码，可以获得当日船上的节目单，密密麻麻，健身操、舞蹈课、猜谜、游戏、杂技、魔术、派对、歌舞表演，还有女士SPA。我只看过一次就再没关心过船上娱乐节目的时间地点，赶场让人晕，难得度假，随心所欲好了。

船上的社交媒体是支付宝，很不好用，船上也另外有付费的网络套餐，侄女在出发前就为我们买好了在越南本地的上网卡，只有姐姐办理了船上的网络套餐，但是只能上微信和微博，信号也是时有时无。习惯了每天发微信的姐姐在22日深夜发出一条微信："在密闭的空间看演出吃饭，没有一个戴口罩的，希望平安无事吧，Wi-Fi信号不是很好，所以比较少看微信，也没太顾虑病毒。"

空气温暖，海风和煦，似乎，病毒只属于遥远的陆地，我们这里，只需面朝大海，春暖花开。

三

武汉封城了！

早餐我们每次都会选一个靠窗的大桌子，一家人围坐边吃边聊。哥嫂说早上看了电视新闻，自 2020 年 1 月 23 日 10：00 起，武汉全市公交停运，机场、火车站离汉通道关闭。

我对 2003 年的非典还有一些印象，限制旅行、学校停课，江西那会儿疯抢板蓝根和醋，但没听说有哪儿封城，这次疫情的严重程度超过非典？封城后进出两难的人们怎么生活？病人能得到有效救治吗？传染性这么强医护人员怎么避免危险？

眼前浮现出韩国电影《流感》的镜头：隔离区，母亲给幼女梳头的时候发现她耳后出现红斑，那是感染致死流感病毒的典型症状，一旦确定感染就会像垃圾一样被扔去集中焚烧，母亲强装镇定，但内心的慌张、恐惧、悲愤通过一个轻轻啜泣、双肩颤抖的背影展现得淋漓尽致。

我看了一眼小女儿，她每天到游泳池游泳，和不认识的小朋友比赛闷水，啪啪地打水，仰面数天上的棉花糖，又嘻嘻哈哈地在水中追逐。

再抬头望天时，感觉明媚的阳光下有阴云游弋。

在越南的两天行程要在船上的旅行社付费报名，上船时已经有很多人到服务台去登记，名额有限。我们没报上，可以自由行，也可以待在船上不下船。

考虑妈妈年纪大，一家人又难得在一起，姐姐打电话给深圳的朋友，联系越南当地旅行社，高价包车，全家独立成团游览。下船是一个浩大的工程，报名参加旅行社的分不同的行程在不同的区域集合下船，自由行的另外领取不同颜色的下船牌，然后按广播通知依次下船。轮船 8 点靠港，轮到我们下船的时候已将近 11：30，出口处人挤人。

下龙湾很冷清，店铺基本都关了，好不容易看到一家小百货店，可怜地挂着几个民用口罩。

南昌市出现第一例确诊病人的消息刷遍朋友圈，我们正在岛上游览天宫洞。这个确诊病人居住地离我家不足三公里！我多半时间神经大条，在大是大非面前却有敏锐的感知，病毒已不是在遥远的武汉，它离我越来越近，可能在我的居住地迅速传播。心里掠过一丝担忧，南昌不会也封城吧？和感染者同桌吃饭、同坐一趟车同乘一趟航班都有可能被传染，回家的路似乎风险重重。

眼前这个喀斯特地貌的溶洞，原始而神秘的美远超在江西看过的被人工灯饰装扮得五颜六色的洞穴。疫情期间躲在洞穴里生活会怎样呢？我不时胡思乱想，眼神难免有些飘忽。

妈妈最懂女儿的心思，她拍拍我的肩膀：别担心，没事的。我妈一直都是这样，她会担心一些小事，比如儿女有没有熬夜，吃得够不够科学，但在大事面前，她总会以一种乐观坚定的精神力量给你支撑。

登船前，我们终于有机会远远地和整艘船来了一次合影。

摆渡乘客的大巴来回穿梭，在邮轮这个庞然大物面前显得那么小。下船前船员已通知过所有乘客不能带任何食品、水果、药品上船，每个回船的人都要开包检查，总有人心存侥幸，结果，所购心爱之物登船前被安检的船员顺手扔进垃圾桶。

我们审慎地和回船旅客保持了距离。

姐姐远在美国的儿子打来电话，他在美国寄了二十包一次性医用口罩和一千个 N95 口罩到深圳，嘱咐姐姐夫除了自留一些，多余的分给邻居，那一千个 N95 口罩寄给武汉。我记得很小的时候，他曾天真地问我姐："妈妈，你为什么要买那么多东西给外公外婆呢？他们自己不会买吗？"曾经吝啬的小男生变成有责任心有行动力的暖男，让我刮目相看。

四

邮轮靠港越南岘港。来接我们的越南导游，是个身材苗条、皮肤黝黑的女孩，中文说得很吃力。

为了自身安全，姐姐让导游代买口罩，她说越南口罩也快脱销了，但答应帮忙买一百个。

山茶半岛上鲜花盛开，可爱的猴子随处可见。看过灵应寺和岘港市区，走过美溪海滩细软的白沙，回船天已黑，远望邮轮像金碧辉煌的宫殿泊在海上。起风了，穿着单衣感觉有点冷。车上，姐姐把在灵应寺拍的照片发朋友圈，配文：此刻必须为武汉祈祷！

船上循环播放除夕夜的迎新安排，在甲板、酒吧、剧院、广场有各种各样的新春派对、欢乐中国年、新年倒计时活动。船上的日子每天都像过年，家人天天聚在一起，不关心今夕是何年，我们以上船第几天为计时标准，除夕这个一年中最重要的夜晚反倒淡化了团圆的形式。

姐夫和嫂子属于夜猫子，他们分头去凑了热闹。我们其他人回到各自房间看央视春晚，节目开场后不久就有一首朗诵诗向驰援武汉的医护人员致敬，当时白岩松说这可能是他们准备时间最短的一次朗诵。筹备半年之久的春晚，临时增加这个没有彩排过的节目，我知道意味着什么。

五

海风轻轻吹。女儿穿着上面大红色下面纯白色的越南奥黛，在十一层甲板以大海为背景录制视频，给远方的奶奶、爸爸、叔叔婶婶、姑姑姑父、哥哥嫂子拜年。虽然船上没有信号，但每年大年初一的拜年仪式不能少，一旦有信号就网络拜年。

十五层船头有一个付费才可以进去的威尼斯花园。这里的环境更为休闲舒适，有成片临海的躺椅，有三面避风的小茶屋，有桌椅有藤架，有秋千有摇椅，人也特别少，每一个地方都是极好的拍照点。我们上午去的时候天空蓝得出奇，拍出来的照片明媚通透。下午去看书，海上突然乌云密布，狂风大作，摆在茶桌上的一本杂志被海风频频翻阅。

船上的最后一个夜晚，终于有机会完整地欣赏一场演出，每天闹腾的女儿竟然也安静地坐下来。离演出开始还有五分钟，近千个座位几乎都坐满了，我和女儿在侧边的角落找到位置。演出的是经典剧目《威尼斯之恋》，演唱听不太懂，但大致知道是一个缠绵悱恻的爱情故事，主题是女性的经典难题：选择爱情呢，还是选择面包？女儿也被华丽绚烂的面具服装、新颖的舞蹈吸引。全场掌声不断。

这个夜晚逛免税店的人特别多，烟酒、护肤品、手表、服装……圣马可广场在举行抽奖活动，人头攒动。船上没有网络信号，欢腾的人们关注自己手中的抽奖号码。他们不知道，此时此刻，国内的人们都在为湖北、全国每日新增确诊和死亡病例数揪痛着心，媒体声嘶力竭地劝告大家不扎堆！不聚集！

六

广播一大早就通知游客们准备好行李箱，明天凌晨 2 点前放到房间门口。每个房间都发了带颜色的行李条，大家在行李条上填写完整个人信息放在箱子上，行李按惯例由服务生负责拿下船。

晚上 9 点左右，气氛突然紧张。广播通知所有的行李都不用拿出来，由游客下船时自行携带。所有的游客被要求填写健康情况调查表，表上大致要填的就是姓名、身份证号、居住地址，以及最近的身体状况，有无发烧、咳嗽等现象。传言船上有人发烧，正在核查，但是所能见到的船员都表示不知道具体情况。广播通知，明天早上大家都待在自己的房间里，所有人接受体温检测。

三楼服务台问询处，不停有人去打探消息。一个小个子大妈在大声喧哗，指责船上服务不到位，通知了会把健康情况调查表发放到每个房间，但是在房间并没有看到。服务生请她耐心等待，但她不依不饶。可能是心里的担忧让她如此焦躁吧，情绪夸张得连我心里都开始有涟漪荡开。

我们的手机都没信号，只有姐姐的手机断断续续地收到来自深圳的一些信息：我们这艘邮轮上有四百多武汉人，已经有十几个发烧了，现在海关正在商量怎么隔离这班人。有的说街道收到紧急任务，要求安排二百名船客入住，还有消息说对不同人员安置在不同的酒店采取不同的隔离措施。

这些消息让我们很难强颜欢笑。在湖北读过大学、持有湖北籍420 打头身份证的姐夫，一晚上接到服务台四五个电话，询问他的身体状况。我也几乎一宿没睡，晚上 12 点服务台打电话来问我有没有交健康状况调查表，凌晨 3 点手机突然有了信号，噼里啪啦的一通响，南昌的家人和朋友关心我们现在的状况，都说在媒体上看到这艘船不让靠岸。

5点左右女儿从她的床上爬到我的床上想在我旁边睡，我把她赶了回去。

姐姐常居深圳，各种说法不一的消息都来源于她。我们笑话她可能是谣言的传播者。我姐在三姊妹中排行老大，小时候做事最多，嘴也能说，长大后她一门心思想着报答父母并且做到了。她会不绕弯子批评人，也会扒心扒肺对人好。她认定的事千难万险也要去做，老天眷顾，每次都过关升级。面对可能的感染和隔离，她又抛出口头禅：不怕，凡事发生必于我有利！

但我心里还是很不安，即将靠港的邮轮极可能给深圳市民带来恐慌。

七

6:30左右到港蛇口，我们都老实待在房间里，等待平时负责房间整理的服务员戴着口罩拿着额温枪进行体温检测。船员帅小伙居多，他们胸前的工作牌写着名字和国籍，我们看见客房和餐厅服务生的工牌上分别写着印尼、菲律宾、越南、南非、中国等，除了中国人，大都不会中文。我们全家四个房间分属三个服务生，不知是船上有规定还是因为语言不通，他们不会主动和我们交流，每天默默地打扫房间，发放通知单。他们以前可能从来没有听说过，当然也不会想到，船员生涯里，还有为旅客量体温的职责。

测过体温后，我们早早到十层自助餐厅等候，赶在人还不多的时候尽快用好餐远离人群。船头、船中、船尾分别有一组电梯，电梯用的都是字母识别系统，只要按你想去的楼层，它就会显示你乘坐哪个字母编号的电梯，基本不用等，很快就把你送到那个楼层。因为在越南买了一百个口罩，我们的口罩很充足，在电梯口拍下全家此行最后一张合影，全部戴着口罩。

和第一张戴口罩合影的轻松心态不同，这次大家的眼神里，闪烁着对未来不确定性的隐忧。

一个老人家和两个年轻人在电梯边聊天。大意是说船上有一些武汉人，有人发烧了，已经安排在一个隔离区域，但具体情况谁也说不清。天空有点小雨，甲板上稀稀落落有些人，老人家坐在离我们不远处。我妈是个热闹人，看别人独坐在那儿，就问出了哲学的终极问题：你从哪儿来，和谁一起来，准备回哪儿去，就差问你是谁了。老人家也开朗，说他和女儿一家从四川来，今年八十多岁了，可是看上去很年轻很健康。船上大部分人都戴上了口罩，老人家没有，姐姐从包里拿出一个递给他，老人家一边戴一边连声道谢！

广播通知大家可以到三楼服务台领取口罩，我正好闷得慌想去逛逛。服务台附近，一个中年男子在和服务生低声交流，出于好奇，也出于对自己命运的关心，我停下来听。这个中年男子的孩子昨晚就发烧了，今早体温检测的时候退烧，这会儿又发烧了。我问服务生船上到底是什么情况，服务生也说不知道。

船上的广播，每隔一段时间就会请大家继续待在房间里，耐心等待下船通知。全家还是比较乐观的，在手机里看着与新冠肺炎相关的各种段子，颇具表演才华的老妈还给我们来了一个现场秀，笑得我们前仰后合。

小女儿巴不得下船，她愿意天天游泳天天看电视里的动画片。我们也对行程做了一次回顾，基本上是以家庭为单位进行活动，和别人也保持了一定的距离，唯独第一天在越南下船的时候拥挤，挤到前面人颈脖可以感觉到后面人呼出的湿气，再有就是女儿每天游泳，最后一天我俩去剧院看演出凑了个热闹。

八

下午 2 点左右，姐姐得到消息，不少医生、警察以及疾控中心、海关工作人员在邮轮周围待命，大约有三辆救护车已经接连驶入码头。3：30 左右，广播里终于通知持黄色行李条的乘客可以把行李放到四楼的凤凰大剧院，等待下船。

绷紧的神经终于松了下来，能下船实在太好了。姐姐又说不知下船是可以直接回家还是被拉去隔离，刚放松的神经又绷紧了。

全家的行李条分成三种颜色，姐姐姐夫是黄色，妈妈和哥哥嫂子侄女是灰色，我和女儿是橙色，这就意味着我们要分三个批次下船。一向很有主张的姐姐和船员交涉，希望全家能一起下船，免得彼此担心牵挂。

当我们把行李拿到四楼凤凰大剧院的时候，情况完全不是我们想象的样子。大剧院的门是关着的，有船员在门口把守，凭黄色行李条，可以把行李先放进去，人再回到房间继续等待通知。姐姐随口问了一个服务生，下船是直接回家还是去隔离，服务生只说特殊时期请大家理解。

看样子是真要被隔离了，而且不同颜色的行李条，应该是隔离在不同的酒店。我们商议是不是和别人去换行李条，把全家人的调换成一个颜色。哥哥嫂子一向循规蹈矩，他们镇定地说没必要调，因为每张行李条上都是登记了房间号的，如果打乱了，船上的工作也会很麻烦。我们现在颜色搭配，姐姐姐夫是黄色的隔离在一起没有问题，哥哥嫂子侄女和老妈一个颜色，他们在一起也可以互相照顾，我和女儿一个颜色隔离在一起也没有问题。于是大家继续安下心来，耐心等待通知。

后来我们才知道，黄色行李条为身份证湖北籍旅客专属。

6点左右，终于传来官方消息，危机解除，所有人很快可以下船。

被抛上抛下的心终于落定。姐姐姐夫邀我们先到三楼的大运河餐厅吃饭，吃完饭才轮到他们下船。按这样的下船速度，我们排队也要排到深更半夜。大运河餐厅中间有一艘贡多拉小船，它原本应该穿梭在威尼斯的水巷，现在却被摆放在这里营造意大利风情。和家人一起旅行的最后一天应该充满不舍和留恋，但是这种美好情感完全被下船的艰难取代。

我们就像这艘贡多拉，搁浅在暗礁上。

幸福往往来得很突然，就餐时广播响起，通知所有乘客都可以从三楼出口处自行下船。欣喜啊！一粒石子激活一池水，小船开始摇曳，餐盘里通红的基围虾似乎都跳动起来！匆匆几口吃完，飞奔回房间，拿了行李就去排队。

电梯从未有过地拥挤。从电梯到出口处几百米的距离挤满人和箱子。还好每个人都戴着口罩，我旁边一个很小很小的baby在推着的婴儿车里哭，可能是被闷得难受。

女儿去逗她，小婴儿乖乖地不哭了。

姐姐姐夫在出关处等着和我们会合，一起乘坐市里安排的免费大巴回家。

港口工作人员举着牌子，上面写着：幸运的你，欢迎回来！

九

下船后我们才从官微知道牌子上"幸运"二字的深刻含义。

我们这艘邮轮上共有旅客4973名，船员1249名，共搭载6222人，其中湖北籍旅客414名。在靠港的前一天，深圳市连夜部署应对措施，并在现场设立了指挥部。考虑到船上人员多、空间密闭等情况，指挥部决定邮轮上的全体人员先不下船，由专业人员登船进行排查检测，共筛查出 13 人有过发热并抽样送检，全部检测结果均为阴性，排除新型冠状病毒感染的肺炎。148 名有武汉旅游史、居住史和接触史的旅客被安排进行集中隔离和医学观察。

2 月 4 日，148 名旅客全部解除医学观察。

与此同时，在太平洋航行的另一艘邮轮命运却截然不同。载有 3700 人的"钻石公主号"邮轮 1 月 20 日由日本横滨出发，抵达香港后继续前往越南、中国台湾、日本冲绳等地，因一位八十岁香港男性乘客确诊感染新冠肺炎，该船 2 月 3 日提前返回横滨，直到 2 月 19 日船才靠港，海上滞留近一个月的乘客开始下船。截至 3 月 5 日晚，"钻石公主号"上感染人数达 696 人，累计死亡 6 人。

原载《中国作家》纪实版 2020 年第 7 期

一场秋雨一场寒。处暑过后，金沙便进入树树秋声、山山寒色的绵雨季节了。

金沙是乌蒙山区的一个中等县，人口五十七万，经济实力却名列前茅，是中国西部百强县。县域南部的乌江大峡谷，群峰屏列，碧水深流，奇洞幽穴，猿戏鸟鸣，现在已是观光休闲的热点景区。北部的赤水河流域，以得天独厚的生态条件成就了金沙、茅台、习酒三大名酒厂家，是我国酱香白酒的黄金产区，金沙位于赤水上游，生产的金沙酱酒醇柔典雅，有"二茅（台）"之誉，畅销各地。

我们是应金沙酒业公司邀请前去采访的。这家贵州省第二大酱酒生产企业，多年来热心社会公益事业，在省内外广受赞誉。从 2014 年起，每年春节前夕，企业都会派出一百辆大型客车，接在外打工的贵州籍老乡回家过年，单是这项爱心活动，投入的资金已达千余万元。今年，又与贵州大学合作，由企业出资，每年资助二十名贫困学生完成学业，受助学生毕业后，可以自主择业，愿来酒厂的，一律妥善安排。古人讲，一年之计莫如树谷，十年之计莫如树木，终身之计莫如树人。在我看来，这种送贫困子弟去大学深造以保障他们将来有稳定工作和收入的做法，是更实在、更牢靠、更长远的扶贫，这种真心实意为国分忧、为民解困的担当精神，是非常难得、非常可贵、非常值得尊敬的，应当在全社会大力提倡和发扬。在有企业员工和学校师生参加的媒体发布会上，我情不自禁地讲了我的看法，立即赢得热烈掌声，足见人同此心，心同此理。

发布会后，举行答谢酒会和文艺演出。酒会开始前照例要播放"暖场片"，内容无非是企业的生产环境、发展历程、经营现状等。意想不到的是，当介绍到金沙的人文历史和风景名胜时，屏幕上赫然出现"钱壮飞烈士陵园"的投影！这画面如电光石火，一闪而过，却引起我心底强烈的震荡。是真的吗？是那位危急时刻为党立下汗马功劳的钱壮飞吗？钱壮飞，浙江湖州人，1926年入党，长期从事地下情报工作，曾打进国民党最高特务机关，与李克农、胡底一起被周恩来称为"龙潭三杰"。他的传奇经历，党史资料多有记述，也被改编为影视等文艺作品。多年前我去湖州出差，曾专门到岘山的钱壮飞纪念馆参观，问及烈士的牺牲，讲解员支吾其词，语焉不详，没承想在这遥远的大山深处竟然遇知他的下落，真有点不敢相信。问身旁张董事长，答说千真万确，在后山镇，是多个中央部委联合调查确认的。

回到宾馆已是深夜。躺在床上，听着窗外雨打树叶的滴答声，久久无法入睡，钱壮飞的人生经历如电影般闪过脑际，断断续续，反复萦绕，时而清晰，时而模糊，恍惚之际索性起床打开电脑，再次搜寻那总也让我激动不已、泪流不止的一幕。

1931 年 4 月 25 日，钱壮飞在办公室截获武汉行营发来要特务头子徐恩曾"亲译"并注明"不要让你身边人（暗指钱壮飞）知道"的密电，得知中共中央政治局候补委员、中央特科负责人顾顺章被捕叛变，正转送南京途中，不禁大吃一惊。顾顺章长期负责党中央的保卫工作，熟知上百个中央机构和领导人的住址及联络方式，掌握中央最核心的机密，如果他把这一切交代出去，大上海又将是一场白色恐怖的血雨腥风。生死攸关，十万火急。千钧一发之际，他派女婿刘杞夫星夜赶往上海，找李克农、陈赓向中央报警，然后仔细处理好想到的善后事宜，于第二天一早离开南京去上海。为麻痹敌人、给党中央转移多留一些时间，离开时他有意把身边的孩子留在南京。他的长子钱江在回忆那天早晨父亲两眼含着泪光、嘴角挂着一丝微笑、轻轻抚摸着他的头发打发他上学的情景时讲道："绝没想到，这竟是与父亲最后的诀别。""把自己亲生的子女留给敌人，来换取时间，使党能安全转移，下这样的决心，做父亲的该是多么痛苦！"而也正是这种不惜身家性命的果断处置，使党避免了一场特大的灾难。

由于临近国庆，金沙的活动只有三天，日程十分密集。又因挂着采访团团长的名头，每场活动桌签总摆在显眼位置，很难自主行动。但自从知道钱壮飞烈士陵园的信息，我对接下来的议程多少都有点心不在焉，前去瞻仰的念头挥之不去。好在第三天下午安排的是参观酒厂荣誉室和书画联谊，仔细掂量后觉得时间似有余地，于是午饭后最先到书画室，根据金沙酒"端午制曲，重阳下沙，两次投料，九次蒸煮，八次发酵，七次摘酒"的工艺流程，提笔写了一张"千淘万漉虽辛苦，吹尽狂沙始到金"的条幅，落款"刘禹锡诗句，书为金沙酒业"，然后乘众人品评指点之机，找一把雨伞出了大门。

街上雨脚如麻，行人很少。我拦下一辆出租，司机说"后山啊，这样的天去不了"。又拦下一辆，司机笑笑，说"不好意思，去后山得四百多块钱"。问单程还是往返，说往返就算包车，不止八百。不等说毕，我拉开车门便坐了进去。一路颠簸，到后山已是三点。

后山是金沙东南、乌江北岸最大的镇子，红军南渡乌江的三个渡口都在镇南。钱壮飞烈士陵园建在离镇中心不远的一处平缓的高地上，四周山卫水护，树木蓊郁，环境十分清幽。走进园门，穿过一条长长的松林夹道，沿青石台阶拾级而上，迎面便是开阔的祭奠广场和广场北头耸立的墓碑墓冢。墓基高出地面两米有余，正面镌刻"钱壮飞烈士永垂不朽"一行隶书大字，两旁是"龙潭虎穴建奇功，黔山秀水慰忠魂"的挽联。因为下雨，无法按正规礼仪祭奠，我只好深鞠一躬表达对烈士的悼念，而后便在管理处赵主任引导下前往烈士事迹陈列馆。陈列馆院子中竖立着烈士青铜雕像——精干挺拔的身材，神采飞扬的面容，合体的西服与长筒马靴，一臂挽着风衣，一手斜插裤兜，都与照片上洒脱帅气的神情吻合，又比之更显生动传神。我婉谢了工作人员的讲解，只要求能提供几页纸、一壶水，并允许我独自在展室待到下班时间，这样我便能从容阅览那一百多件图文和实物资料，进一步分享此前若干尚不清楚的故事。

顾顺章事件后，钱壮飞因身份暴露奉命离开上海进入中央苏区。战士归家，倍感温暖。在到处充满阳光、朝气蓬勃的根据地，他多方面的杰出才能有了用武之地，得以充分施展。多年以前我到过瑞金，对叶坪红军广场上那圆柱形的烈士纪念塔印象颇深。塔体呈土黄色，像一枚蓄势待发的炮弹或火箭，立于五角星基座上。而基座前面用卵石铺砌的通道上，"沿着红军的血迹前进"九个白色仿宋大字，犹如一个铿锵有力的誓词，强烈撞击人们的心扉，唤起崇高的使命意识。八十多年前的江西老区，能有如此简洁朴实而又理念新颖、含义深邃的建造，真让人大为赞叹。只是我当时并未想到，这座建筑的设计者正是钱壮飞。此外，经他设计的还有中央大礼堂、红军纪念亭、红军检阅台、黄公略纪念亭、博生堡以及苏维埃政府大印、红星奖章等。他的字功力深厚，很漂亮，陈列室有一张他为筹集经费而用毛笔写下的借据，无论是书写的流畅儒雅还是章法布局的讲究，都堪称一帧小幅的行书精品，比时下某些冒牌的名家大师毫不逊色。

钱壮飞毕业于北京医科专门学校，而他在文化修养和文艺禀赋方面的才干尤为引人赞赏。早在1926年，他就拍摄过电影《燕山侠影》，参与其中的全是他的家人和亲友，他本人和女儿榛榛、挚友胡底担纲主演，妻子张振华、儿子钱江和钱一平都扮演了角色。受家风熏陶，钱家后辈均以献身电影事业为职志，薪火相传，一家四代都在影视界工作，可称电影世家。钱壮飞进入苏区，为发挥文艺战斗作用、活跃军民文化生活，身体力行积极推动各项文化活动开展，先后指导排练《暴动前夜》《阶级》《今古奇观》等多个话剧。特别是他与李克农、胡底根据亲身经历编演的四幕话剧《红色间谍》一经演出，大受欢迎，成为当时苏区的保留节目。不可思议的是，在敌人封锁、根据地图书资料十分缺乏的情况下，他还编写出无线电应用培训教材和《化学常识读本》，对提高部队军事素质起到重要作用。而他本人，也以热情、能干、多才多艺、生龙活虎而广受尊敬和爱戴。

1934年10月，中央红军被迫战略转移，钱壮飞继续担负情报侦听和破译工作。他根据破译的敌情，绘制敌军行动路线图，成为中央制定战略战术的可靠参照。遵义会议后，他被任命为红军总政治部副秘书长。战斗方殷，任重道远，然而，他却不幸在红军南渡乌江时，因敌机轰炸与部队失散，被地方反动武装暗杀，时年四十岁。

四十岁！红色间谍，一代奇才。铁血战士，传奇英雄。生如夏花，死如彗星。壮怀激烈，豪气干云。一腔热血，千秋忠魂。"国际悲歌歌一曲，狂飙为我从天落！"

我知道，艰苦卓绝的二万五千里长征路上，平均每三百米就有一名红军牺牲。我也知道，在为建立新中国献出宝贵生命的两千多万烈士中，不乏钱壮飞这样风华正茂、才气横溢的才俊。但此时此地，乌江畔上，乌蒙山里，面对这些颜色渐褪的图片和粗率真切的文字，我仍忍不住椎心泣血般地心痛和惋惜，以至血脉偾张、热泪涌流。

钱壮飞同志遇害后，当地群众冒着危险把遗体掩埋在堰田岩下。他们知道，他和那些衣履破烂、说话和气的人一样，都是红军、是好人，是为穷苦人翻身解放打天下的，逢年过节，上坟祭祖时总不忘为他点一炷香、烧几张纸。全国解放后，后山的干部群众自愿捐款投劳，将烈士的忠骸迁往新修的墓地。现在的钱壮飞烈士陵园是后来修建的。赵主任说，2009 年钱壮飞被评为"100 位为新中国成立作出突出贡献的英雄模范人物"后，来陵园瞻礼纪念的人数猛增，每年都在大几十万，崇拜英雄、学习英雄日渐成为人们的自觉，正蔚然成风。

暮雨潇潇，凉风飕飕。空气中氤氲着桂花的清香，远近的松竹愈显苍翠。离开陵园已是傍晚，偌大的园区一片宁静。走过墓地，我再次停下来深鞠一躬，向这位湖州人民的优秀儿子默哀致敬。安息吧，我们的英雄。埋骨何须桑梓地，人生无处不青山。共和国不会忘记，党和人民不会忘记，实现中华民族伟大复兴的征途上，奋进的行列里一定会有你的身影。你的功绩与世长存，你的名字永垂不朽。

原载《人民文学》2020 年第 2 期

就是悬崖我也要跳　李迪

我永远也忘不了妈妈的眼泪！

这是隆英足跟我讲的第一句话。

这样的话也让我永远难忘。

跟隆英足约了几次，她都很忙。

这天，她说晚上要到村委会来开会，我们可以在会后相谈。

我从梨寨子赶到了村委会。值班的人告诉我会已经开了不短时间，马上就要散了。我在大厅的角落里选了一张桌子，坐下来，等她。事先在微信里，我告诉她，我穿着红羽绒服、白裤子，戴了一个茶色小墨镜。谁也没见过谁，就当见面的暗号吧。

守候不多时，散会了。参加扶贫工作经验交流的代表们，说笑着陆续走出会场。人有点儿多。后来，村委会主任隆吉龙告诉我，我要采访的不少人都在这个会上。我当时心里很激动。

不过，天色已晚，我只能捉住隆英足了。

在陆续走出的人群中，一个瘦瘦小小的弱女子径直向我走来。

我的目光绕过她，往她身后看。

她忽然说，你还看谁呀？我就是隆英足！

哦！我不由得吃了一惊。

难道这就是传说中的奇女子吗？

这时，在灯光下，我看到了她那双大眼睛。

明亮的，聪慧的。

她在桌子对面坐下来，开口就说了那句让我难忘的话——

我永远也忘不了妈妈的眼泪！

李老师，那年开学前，妈妈把我家五姊妹叫拢，望着我们每个人，说，孩子们，咱家就那点儿地，一个人不到一亩，能打多少粮？爹妈实在抬不起头，供不起你们都上学了。可喊谁退出来呢？你们都是妈的心头肉……

说着，妈哭了。

那泪水不是流出来的，是大坨大坨掉下来的。

真让我心酸！

妈，你莫哭了！我说，我退出来！我的功课不如姐妹们的好，我不上学了。我出去打工，去挣钱。不让爹妈抬起头来，我誓不为人！

妈一把把我搂在怀里，哭得不能收拾。

第二天，我的姐妹们背着书包去上学，我揣起粑粑走上打工路。

带着对课堂的留恋，带着不像一个女孩儿的誓言。

我是1973年生人。那一年，我十四岁，是家里的老二。

老大是女儿，老二还是女儿。想要儿子的爹妈说，足够了，下一个该生儿子了。就给我起了个名字叫英足。意思是，应该满足了，该生儿子了。结果，一连生了三个，都是女儿。

打住，彻底满足了！

李老师，我的名字就是这么来的。很多人问我是啥意思，我都没说，有点儿说不出口。

老人们都说，穷家富路。可我哪儿有钱呢？听人家说，要打工，就要到省城长沙，那儿好找活儿。

我扒火车。被揪下来，再扒。再被揪，再扒。

几天几夜，终于到了长沙。

一看自己像个叫花子，不敢进城。咋办？

正是收谷子的季节，地里都缺人手。我在郊区黄花镇停下脚，帮人家收谷子。能管饭吃，还论天给钱。钱虽然不多，但却是我一块一块挣下的。

这一块一块的辛苦钱，是我人生的第一次。每一块在我眼里都是金块儿。

我把钱攒下来，在心口上都焐热了。然后，寄给了妈。

有一天，我给一家李姓大户收晚稻。我管户主叫叔。

稻田无边，转眼成垛。

李叔说，你真行，愿意留下来帮我喂猪吗？每月给你三百。

啊？每月三百！我顿时心跳加快。一张嘴，能跳出来。

李叔，我愿意！我在家就喂过。

我连想都没想就接过话。心想，不就是喂猪吗？

可是，当李叔带我跟猪见面时，我惊得合不拢嘴——

妈呀，一千多头！这还是猪吗？

李叔说，咋不是？你挨个看看！

我当真看了。的确，每一头都是猪。

从没有见过这么多的猪，我吓惊了。

李叔说，打扫猪粪清猪圈，你干不？

干！

没干过的人不知道，这是最脏最累的活儿。

我一干三年。累死累活，人熏成猪。

晚上钻进被窝，就像钻进了猪圈。

第二年，上百头母猪赛着要生猪二代。猪丁兴旺啊！

李叔一个人忙不过来，就教我如何给猪接生。

在家里，我从没给猪接过生，都是妈做的。

跟着李叔，我从一无所知、吓得惊叫，到一个可以拿奖的接生婆。

这些猪大妈们，没黑没白没计划，我生我快乐，活活把我练成了千手观音。你生你快乐，我接生我也快乐！

接下来，李叔又教给我，防病、治病、打针、阉割，没有他不教的，没有我不学的。

我看李叔家也是农民，但是日子过得飞起来，有房还有车。那个时候，有车有房的人家很了不起。他好像有两三个企业，喂猪是最大的。他为什么这么会喂？为什么懂得这么多呢？

我问他，你是大学生吗？

李叔说，不是，只读到初中。

我心里暗暗吃惊。又问，你只读到初中，怎么会懂得这么多技术，猪场搞得这么好。

李叔说，我都是学来的。跟你一样，跑出家去给人家干。从打扫猪圈开始，什么脏活累活都干。在干中我慢慢学会了这些养猪技术，就回来自己养了。光给人家打工不成，还是要自己干。

李叔的话，像种子种在了我心里。

我在李叔家一直干了五年。开始，他什么也不教我。三年后，他看我吃苦耐劳，什么时候脸上都是高高兴兴的，就特别喜欢我，把我当成亲人。

李老师，你想我怎么能不高兴呢？

我是从很苦很苦的日子里走过来的，从懂事起就没有吃过一次大米饭，天天都是红薯饭、萝卜饭、南瓜饭，里面只有几粒米。炒菜的时候，妈根本舍不得放油。那时候我五六岁吧，一看妈要炒菜就跑过去，馋啊。我家的灶很高，我搬个小板凳看妈炒。她用筷子卷个布条，往油瓶里插一下，往锅里抹抹，就把菜放进去炒。没有办法啊，家里养个猪到过年杀了，还要卖钱供我们几个读书。现在，我住在李叔家，好吃好喝，又有工资，跟到了天堂一样，我怎么能不高兴呢？后来，我知道，李叔一个月给我三百块是最高的。一般出来打工的能挣到二百就不错了。我心里好高兴，从不觉得苦、累。

李叔开始信任我了，有时候让我帮他们家做事。我什么事都做得很好。他就慢慢教我一些养猪的技术。他说以前到我这儿来打工的人不少，不像你这样，不怕苦、累，责任心又强。他们在我这儿干两三年，我什么技术都不教的。李叔不但教我技术，对我真的像一家人。一年给我买两身衣服，热天买一身，冷天买一身。

干到第五年的时候，李叔终于对我亮出了他最后的绝活儿：人工配种。就是取公猪的精子，直接配给母猪，成活率很高。这个技术以前我连听都没听说过。当然，在我那还很落后的家乡，更没人知道。要配种的时候，都是赶着公猪过去。山高路远。到了地方，公猪走得太累了，根本配不了，白白赶过去。这个人工配种技术，是我在李叔家收获最大的。

他那样认真地教我，不知道我心里的种子已经发了芽儿。我有了想法，什么都学会了，我要回去自己做，就像李叔当年学会了技术自己回来做一样。我要回家乡去创业，让爹妈抬得起头来。

这天，李叔对我说，你学会了人工配种，养猪这行，就没你不会的了。你勤快老实，是个值得信任的人。我想把猪场交给你，每月给你五千块，年终还奖励几万，你看行不？

每月五千块，年终还有奖金！

这对我来说，在梦里都没梦到过。

可是，我心跳正常。

说实话，我对不起李叔。我已经有了二心。

我说，叔，你对我这么好，谢谢你，再三谢谢你！我不想干了。

李叔吃了一惊，为啥？

我说，李叔，我家穷啊，家里有爹妈，有爷爷奶奶，还有四个姐妹在上学。一家人都指望我！可是，靠我在这里打工，叔给的钱再多，也养不活这一大家子人。我在这里打工也不是一辈子的事。我想回去创业，自己干。像你当初一样，离开打工的地方，回乡自己创业。我要回去开办猪场，挣更多的钱，让家里过上好日子，让爹妈抬头做人！叔，我对不起你，请你原谅我！

李叔听我这样说，半天也不出声，人好像在做梦一样。

我流泪了。

我又说，叔，我真的对不起你，请你一定原谅我！

李叔长叹了一口气，说，我培养你不容易，五年了，什么都教会了你，你却要回去。你走了，我怎么办？我不是不支持你回乡创业，你能不能再帮我干几年，到时候我拿出一笔钱来支持你创业。

我说，叔啊，我没有法儿再帮你了。如果再干几年，年纪一年大一年，回去就要结婚。我就是不结，爹妈也会逼着我结。我一结婚一生孩子，还创什么业啊？我回去要从零开始，被结婚生孩子一拖累，说不定就永远是零了，那样我也对不起你这几年对我的培养。

李叔说，你说的有道理，我留不住你了，你想回去就回去吧！我给你拿上八千块钱，当个本钱吧。如果不行了你再回来。

我哭成了泪人。

我告别了李叔，他送了又送。

一路上，我不知回了多少次头。

李叔对我这么好，我离开对吗？我的选择对吗？未来又会是什么样？

尽管一路回头，但我终于没有停足。向前走，向前走，向着家乡飞虫寨而去。

让我万万想不到的是，全家没有一个人同意我养猪！

养猪是我们苗家百姓的传统，家家都有两三头，过年杀了熏腊肉。

妈说，你看谁家靠养猪挣钱了？

爹说，养个猪一年到头能吃上就不错。要是害了病，过年只能看人家吃。

我说，我看到李叔养猪挣钱了。我不是养一头，要养成百上千头！

爷爷说，你疯了？成百上千头？你背得起猪菜吗？搂得起柴吗？煮得起食吗？

我说，我不用搂柴煮食，我是现代化养猪，喂饲料，菜也生着吃。

爷爷说，没听说过！

奶奶说，你快醒醒吧！就算天上掉下来这多猪，你在哪儿养呢？

我说，咱家不是有块地吗？我圈起来在那儿养！

话音没落，大人一起瞪眼，那是命根子！种上一年好赖有粮吃，让你弄废了，全家喝西北风吗？

我说，那点儿地种得再好也只够吃，一辈子都抬不起头。拿来养猪就不一样！李叔也是农民，也跟我一样念不起书，可人家现在过的啥日子？你们知道吗？

说着，我哇的一声哭了！

我边哭边说，猪我养定了，就是悬崖我也要跳！

听我这样一说，全家一下子软了。

想到我这几年来为家里拼命挣钱，他们决定把地拿出来。

爷爷最后叹了一口气，唉，如果你搞不好，往后家里的粮食到哪里去找？

其实，爷爷说得很对。在这山连山的地方，田地好珍贵，家家都靠这一块地吃饭。

我说，爷爷，我一定会搞好的，到时候就不是靠这点儿地吃饭的事儿了，是要脱贫走富裕路了。

爷爷摇摇头，没再说什么。

我开始计划钱了。要修猪圈，又要买猪，李叔给的八千块是不够的。跟谁借呢？我就找到了小姨。她是公务员，理念好一些。我说你能借我四千块钱吗？小姨想了想说，我知道你要养猪，我支持你。这钱以后你能还就还上，还不上也没关系。我说我有这个信心，一两年肯定会还你。

我家的地在山上，修猪圈就把李叔的钱用光了，还欠了施工方的。我说，放心，以后一定还上。

有了圈就开始买猪了。手上只有四千块，能买什么猪呢？来到种猪场，我看花了眼。一问价，惊得舌头吐出来收不回。那时候，一只品种猪好贵好贵，一百斤以上的要上万块。要买当然还是大的好，但我买不起。而且，就是买小的也只够买一只。要发展养猪，特别是要用上人工配种技术，只能先买公猪了。我真可怜呀，手上攥着这点儿钱，选来选去，买了一只才满双月的小猪，只有四十斤。这小猪我要喂一年才能起精子。没办法，买！

后来，我又厚着脸皮，跟熟人借了两千块，买了一只小母猪。

我心中伟大的创业，就从两头可怜的小猪开始了。

山上没水，更没电。水要到山下挑，手电就是电。

晚上，猪睡在圈里，我紧挨着猪睡在圈外的巷道。那时候，有人会偷猪的。我不跟猪睡在一起，晚上猪被偷了咋办？我把木板铺到地上当床，人就裹着被子睡在上面。

睡在山上好安静啊，静得吓人。可是，夜深了，起风了。风中传来咕咕咕的叫声，不知是鸟还是兽。这叫声让我害怕了，翻来覆去睡不着。

半夜，忽然听到沙沙的脚步声。

我大声问，谁？

没人回答。

脚步停在圈外，半天没动静。

我吓哭了。

哭着哭着，我一咬牙，英足，你哭什么？你怕什么？无非就是个死！你不是说了就是悬崖你也跳吗？现在咋了？害怕了？不敢跳了？要退缩吗？

不，再咋样，我也不能退。退了，家人笑话，村里人也笑话。

就这样，在大山上，一个女人，两头猪。

白天。黑夜。下雨。刮风。

人争气，猪也争气。一年后，猪长大了。人工配种成功，母猪一窝就下了十多只！吱吱叫着，可爱的，快乐的。

有一天，我看着这窝小猪，突发奇想，这些小猪要长大了，那得多长时间呢？什么时候才能还债？什么时候才能淘到第一桶金？哪怕是一小桶！我掌握的这门配种技术，简便易行，成功率高。如果推广开，不就能很快转化成经济效益吗？我们家乡的百姓，现在喂的都不是品种猪，说白了就是近亲猪，自家养的猪自家配种。下的崽既不好看又长得慢。条件好一点儿的，花钱请人家赶公猪过来。往往是猪赶来了，钱花了，没配上。我的公猪是品种猪，不敢说一配一成功，但八九不离十。只要下了崽，老百姓一看眼就亮了，绝对跟他们自己的不同。为了推广，我也不多要，配一次八十块，家家都能承受。

可是，我又一想，在这封闭的山村，谁家都没听说过这个事，哪里会相信呢？要做，就要从熟人开始。俗话说，骗子杀熟。可我不是骗子，我是天使！

我想来想去，想到同学小吴家养了一头母猪，正是发情期，配种肯定能成功。

我下了山，来到小吴家，找到小吴，跟她说了自己的想法。小吴听了又惊又喜，就带我去见她爹。

我说，吴大叔，我给你家的母猪配种吧！

吴大叔说，好啊，我正着急呢！你啥时候赶公猪来？

我笑了，说，我不用赶公猪就能配。

吴大叔两眼瞪成牛，啊？不用赶公猪就能配，你说什么呢？英足啊，你外出打工学会骗人啦？

我说，大叔，我不会骗你的。这样吧，我先不要你的钱，配成下崽了你再给我，行不？

吴大叔眨巴眨巴两只大眼，这行，我倒要看看你咋要我！

我永远不会忘记我推广的这第一家。

吴大叔点头了，我就动手了。

过了几天，大叔的老伴儿吴大妈赶集，碰上了我爹，离老远就尖起嘴巴叫，隆大哥，厉害了你的闺女！

我爹吓了一跳，她一个毛丫头怎么厉害了？

毛丫头？吴大妈的手尖尖地指过来，她骗人骗钱骗到我家来了，拿了小小一瓶水就要来配猪，张口八十块！幸亏我家那位多个心眼儿没给她！这毛丫头，真够毛的！隆大哥，你闺女外出几年学了坏东西，你要好好说说她！

那个时候，街上没有车，都是走路，一帮一帮地走路。他们看到吴大妈指着我爹乱叫，都停下脚来。

我爹哪儿还有心思赶集，低头不语。

吴大妈还没完，一看人多了，嗓门儿提高八度，你回去告诉你闺女，以后别再骗人了，要骗就到外面去骗，别骗本村的，让村里人看不起她！

我爹像疯了一样跑回家，跑上山，指着我一顿骂，恨不得抬手要打。

我说，爹，我没有骗人。你看到了，我这一窝小猪。

你自己搞搞就算了，还去骗别人，让我这老脸往哪儿放？

我说，爹，你先别骂了，我真的没有骗他们。猪差不多四个月就下了。你再见到吴大妈就跟她说，让他们一家人注意观察母猪的肚子，看到它肚子慢慢大了就全知道了。我现在说什么也没用。

爹说，我哪儿有脸去见人家，说出大天人家也不信！

我没有再回嘴。

过了一个多月。我在街上碰到吴大叔，大叔，你家猪咋样？

吴大叔抓着脑壳，这些日子也许我喂多了，肚子有点儿鼓。

我说，你们好好观察，好好喂它吧。

又过了两个多月。一天，吴大妈慌里慌张地跑到我家，迎面撞上我爹，直着嗓门儿叫，你闺女呢？

我爹一看来者不善，忙说，她没在家。

没在家？跑了和尚跑不了庙！

吴大妈说完，扭头就往山上跑。

爹不放心，怕她打我，就跟在后面追。

追到山上，只听吴大妈离猪圈老远就喊，英足闺女，大妈错怪你了！我家的猪下崽了！十二只，十二只啊，个个滚瓜烂圆，一色白色的！以前我家的猪崽耳朵都是塌下来的，现在都是往上升的，好漂亮！我要给你一百块！我要给你一百块！

我说，大妈，谢谢你，我说好八十块就八十块！

跟在后边的我爹一屁股坐地上，我的那个妈呀！

打这儿以后，吴大妈成了我的活广告，家里那窝小猪成了明星。追星族踏破门槛儿，手机相机咔嚓嚓响。

吴大妈眉飞色舞，连声叫着，我根本没有看到她赶公猪来，一小瓶水就下这么多漂亮的猪。当初，我真的不敢相信，还以为她是在骗人。我错怪了她，冤枉了她。现在，我要说正事儿了，谁想买我家的品种猪要提前预订啊！货不多，我自己还要留！

她这人就是这样，你差她把你说得差到地底下，你好她给你捧到天上。她走到哪儿说到哪儿。人越多，她说得越热闹。

就这样，我一下子红了！

桃李不言，下自成蹊。

十里八乡的养猪户都来找我。

一个月光配种就挣了八千多块，别说还给人家看猪病，打防疫针。

一天到晚，我从早上走到下午还没有吃上早饭，从一家跑到另一家。那时候，我没有钱雇车，乡下人又没车，都是靠走。不管路有多远，来一个电话，我就过去。只要过去，就是宣传，就是推广。凡是我去过的村寨，从此没有了赶公猪配种的。有时，对方用车来接我，我到他们家的时候就快一些。早配早生崽，小猪卖了就能挣大钱。

我是从穷人家过来的，特别理解穷人。有时候我给人家配种，看到旁边站着好几个老乡，眼巴巴的。我以为他们是来配种的，他们摇摇头说，我们买不起猪啊。虽然买一只小猪并不要很多钱，但是他们买不起，他们没有钱。我说，如果你们真的想养，就到我那儿去把小猪抱回来吧。我先不收你们的本钱。你们喂好了，把它卖钱了再给我。还有饲料，我也先赊给你们，等你们把猪卖了再还给我。这些老乡们一听，眼泪当时就下来了，哗啦哗啦的，让我看不下去。

说老实话，他们的眼泪，也更坚定了我往前走的信心。

我白天忙一天，晚上回来就数钱。

掏出两个口袋来数，都是八十元、一百元。

数着，数着，我哭了。

边哭边数，边数边哭。

我挣了钱，还清了债，让家里人有了笑脸。

但是，我冲着黑暗的大山喊，这不是我的初衷，不是！我要建一个养猪场，把猪多多地养起来！

根据我家的人口，又没有地种，靠我刚刚启动的收入，还是不行，被村里评为贫困户。爹妈还是抬不起头来。

没过多久，精准扶贫的春风吹进山寨，绣球抛给了我，银行送来了扶贫贷款的支票。

我喜出望外！

建猪场的愿望实现了！

很快，在那绿水青山的深处，在那白云缥缈的地方，一座现代化的猪场建起来了。我养的猪，最多时达到了 2700 头！

爷爷说，当真成百上千了！

我当时养了两种猪，一种是圈养的，一种是放养的。放养的叫湘西黑猪，放到山上，让它们自己去长。喂完早饭就把它们放出去。晚上要喂饭了，吹个哨子又跑回来了。放养的猪很少喂饲料，它们也不怎么吃。它们在山上吃草，抠土里的虫，回来也不那么饿了，我喂点儿玉米，甩到那里给它们吃就行了。因为它们很省饲料，我就多多喂这些猪。这些猪喂久了跟人一样，也有灵气。差不多下午三点半它们都集中到附近，等我吹哨子，一吹都来了，不用去找它，不用管它。只要把山围了就行。也有的猪走得太远，找不到路回来，就变成野猪了。湘西黑猪虽然养起来轻松省钱，可它们也有不足，每天在山里跑来跑去，一年了才长二百斤。而圈养的四个月就能长到二百斤。但是，湘西黑猪精肉多肥肉少，肉好香的，一卖起来就知道价格不同了。圈养的猪卖八块钱一斤，它们要卖十五块钱一斤。因为是放养的、原生态的，价钱虽然贵，但是特别受欢迎。一到过年，不少单位都到我这里来订。不问多少钱，只问多少斤？我说了，他们就给钱。我一年就喂一批，明年再说。那时候，我把玉米放到山上，野猪闻到味儿也过来了。湘西黑猪有时候配了野猪的种，生下来的小猪嘴巴好长，红的、黄的、白的、黑的，好好看，好可爱。很多人到我这里来参观，问我这是什么猪？我就跟他们说，这是湘西黑猪跟野猪配的杂交野猪。他们都笑死了，说从没有看见过这么好看的猪！这些猪虽然成了半野猪，但仍然很乖，一听我吹哨子就都过来了。杂交野猪的价钱更贵些，但是买家疯抢，供不应求。

养猪虽然没有很高的技术，但是我做得多了，说到哪一方面我都清楚。从我跟李叔学的时候起，到现在已经养了二十多年了。

经济收入如何？只要看看全家人的笑脸。

我的姐妹们，现在都是国家工作人员了，她们没有辜负爹妈，更没有辜负我。

爷爷说，我这一辈子也没见过这么多猪啊！

妈说，我看花了眼。可是，我看清了，个个都是猪啊！

说着，她就流泪了。

那泪水，不是流出来的，是大坨大坨掉下来的。

讲到这儿，隆英足停了下来。

李老师，你还有什么要问的吗？

我知道，随着十八洞村旅游事业的蓬勃开展，隆英足，这个传奇的苗家女儿又把目光投向了开发农家乐。

我说，英足，我没什么问的了，我只想说，你的名字起得太好了！

她笑了，我的名字起得有什么好呢？

我说，英雄永不停足！

原载《文艺报》2020 年 4 月 30 日

滔滔不绝

梁鸿鹰

　　我的记忆深处有幸留存了几个小城奇人行迹的点点滴滴，几十年来，这些人的音容做派就那么冬眠、蹲伏于某个暗处，可渐渐地，它们仿佛添了昼伏夜出的本领，开始纠缠我、踢打我，从背后挠我、推我，促使我重新回味。其中有一个姓张的人，在我们这些小孩子的眼里，和蔼可亲，风度翩翩，很有口才。他经常披着大衣，于各种公共场合旁若无人、口若悬河地讲上一通，开始听的人还多，后来就少了，于是，他不停换地方，但即使人走得一个都没有了，他仍然很有兴致地讲、讲、讲……

　　这是一个有阳光的初秋的下午，他披件大衣，在县医院大楼东门台阶上开始讲——

　　同志们、朋友们、老乡们，我的名字是张贵踵，大家一般叫我老张。

什么？哪个"踵"？噢，是足字旁过来一个重量的"重"，简单地说，就是脚后跟的意思。你问我为什么用这个字当名字？嗨，谁知道！老父亲给起的，当然，起这个名字的时候他还不老，也就刚过二十岁。人们问得多了，我请教父亲。他说，"贵"，你还不理解？就是希望发财、有人抬举、不受穷；"踵"是从汉语成语"踵事增华"来的，意思是继承前人的事业，使它更美好完善，老父亲说是在南梁萧统的《文选序》里挑出来的："盖踵其事而增华，变其本而加厉，物既有之，文亦宜然。"我父亲是教语文的，我父亲的父亲教过语文，我父亲的父亲的父亲也教过语文，大概我父亲也想让我教好语文，让我把他的事业继承好，干得更漂亮吧，你看我后来不也成了教语文的了吗？至于继承没继承好，干得漂亮不漂亮，我说了也不算，得靠大家评价。

1943 年端午节我出生在南梁台西马庄子东圪堵，那年是抗战关键时期，日本人在这里烧杀抢掠，傅作义的队伍奋力抵抗，正是很艰苦的时候，在枪炮声中，爹妈在心惊肉跳的担忧中添了我。我是张家老二。上面有个哥哥，名叫张贵蹬，哪个"蹬"？就是蹬腿蹬脚的"蹬"，老爹说用的是古语"功蹬王府"，我也不知道是什么意思。我下面有个妹妹，名字叫张有莲。

我爷爷是地主，我爸爸是地主，地主办教育，自己教书。地主很可恨，一个人有三个老婆，我好不容易才知道，我爸爸是爷爷最后一个老婆的孩子，前面两个老婆生的都是"赔钱货"，没办法娶了第三个老婆，又生了两个姑娘，最后才生了我爸。听人说，我爹出生后，闹水灾，闹虫灾，地里歉收，爷爷抽大烟，一天到晚泡大烟馆，经常打长工，摔家里的东西，家底快败光了还死要面子，到处摆谱。所以，我完全同意农民对地主实行"转战"，不，是"专政"。我爷爷接受过农民的专政，据说把他吓出了尿裤子的毛病。毛主席在《湖南农民运动考察报告》里说，农民对土豪劣绅的"专政"威力很大，连公婆吵架这种鸡毛蒜皮的小事，也要到农民协会去解决。农民一专政，不法地主被吓得到处乱跑。头等的跑到上海，二等的跑到汉口，三等的跑到长沙，四等的跑到县城，五等以下土豪劣绅崽子则在乡里向农会投降。我爷爷没有什么地方跑，他一跑，地里的庄稼就没有人管了。他从来就没有出过绥远，最远的地方也就是包头和五原罢了。

我父亲只娶了一个女人，一个地主家的女儿，就是我的娘。我娘的娘家在她出嫁的时候已经走下坡路了。她父亲早亡，母亲多病，就靠几十亩好田维持着一大家子的口粮用度。所以，我娘自小会管家，人很要强，靠着家里的书自己教自己文化。娘是天下最好的人，和我们说话最多。凡是和我说话多的人都是好人，凡是不爱和我说话的都不是什么好人。我都上学了还和娘一起睡，晚上偷偷拱娘的怀，闹着要吃奶。娘没办法就让我含她的奶头，奶头干干的，什么都吸不出来，我也不撒嘴。娘办事情很干脆利落，对孩子管教很严。有次我偷家里藏的一个小香炉换东西吃，被娘发现了，我还不肯承认，她解下我的细布条小裤带，让我爹使劲打屁股，打得惊心动魄，都皮开肉绽了。屁股真了不起，想想吧，一个人从小到大，承受了多少击打、嘲讽和谩骂！小孩的屁股、大人的屁股、方的屁股、圆的屁股、软的屁股、硬的屁股、白的屁股、黑的屁股，都逃不过被人蔑视和贬低的命运。你们看自己的屁股，裹在裤子里面，见不得人，见不得阳光，经常受到咒骂。但谁能没有屁股呢？它自古臭名远扬，但须臾不可缺乏，你可以没有双腿，可以没有双臂，但不能没有屁股吧。这里是我们县最大的医院，医院里每天来来往往的有多少人啊？谁没有屁股？谁又愿意提起屁股？屁股让人羞愧难当，像是别人硬塞给他见不得人的倒霉东西，一件赃物，一件不想要却不得不要的东西，一个每天都见面的穷亲戚，日日缠着你，跟着你，帮点微不足道、不足挂齿的小忙，添些不足为外人道的小麻烦。还有，离了镜子，谁也没法看到自己的屁股，屁股默默承受苦难，从来不争名夺利，它也没有资格。医院里什么器官的病都看，就是不用给屁股看病。屁股很皮实，很争气，从来不生病，在医院它除了挨针扎，一般不会露在医生面前。护士们面对各式各样的屁股毫无感觉，她们一视同仁，从容地将针头扎进去再拔出来，脸不红心不跳。我从小最怕打针，老实说，打针有时疼，有时不疼，链霉素就不疼，青霉素就很疼。疼我忍受得了，就是让漂亮的女护士看我的屁股，我忍受不了。我的屁股和大家的一样，终日不见阳光，白白嫩嫩，干干净净，如果被哪个丑老婆子看到，我即使不感到骄傲，也不会往心里去，如果暴露在年轻漂亮的小护士面前，我就会感到难为情。漂亮的女人总使人不自在、不知如何是好，别说能够看到我屁股的漂亮女护士啦。有一次，县医院注射室的大眼睛护士小何给我打针，我紧张得要命，半天不肯脱裤子露屁股，好不容易露出一块地方，可整个肌肉都绷得紧紧的，最后差点连针都拔不出来，我好担心，如果拔不出来，那该怎么办？难道带着针、光着屁股离开医院吗？我怎么回家，我怎么到学校？别人怎么看我？

话扯远了。

同志们、朋友们、老乡们！

说完我屁股挨打，该说我妹妹了。我妹妹有莲屁股挨打的时候很少，她生下来很正常很乖，当时家里已经有了两个儿子，爹娘不担心了，也不反感，满月、百岁、生日都叫亲戚们吃了饭。但两年过去了，三年过去了，有莲不会说话，不会走路，头发是白的，所以她小时候经常被带着上医院。听爹娘说，他们带着她上磴口、临河、包头，到各种医院看病，吃了各种药，用了各种办法，都不见效。有莲四岁那年，有个老头上门要饭，看到保姆怀里抱着个白头发的女孩，就上来询问，告诉保姆到东升庙里找马老和尚去看看。我爹不信，不肯去，我娘相信，她带妹妹去东升庙找老和尚，我也一块儿去了。其实，马老头不是和尚，是道士，头上戴个奇怪的帽子，一点都不推辞地收了妈妈给他带的家养的母鸡和地里的芋头玉米土豆。他扒拉开妹妹的眼皮，掏了掏她的耳朵，看了看她的牙，攥着妹妹的手，眯着眼睛使劲不停地捋啊捋的，最后开了个方子给我娘。娘照方抓药，妹妹的白头发治好了，走路和说话是后来才好的。

对人来说，说话最重要。不会说话有多难活啊，嘴不只用来吃饭，还用来说话，这更重要。说话才能和人交流，说话才能得到你想要刨闹的东西，当然说话也可能让你失去不少东西。什么？你问我为什么这样说？好吧，我告诉你，我就是因为说话多丢掉了老婆。

我老婆当初是我们南粮台十里八乡都有名气的美人胚子，是村子里木匠老罗的儿子罗大头介绍我认识的，名叫吴改梅。她父亲是另外一个村子里的吴铁匠，家里只有一个小子，倒有四个女儿，她排行老三。人们都说豆腐房里出美味，皮匠家味道臭，铁匠家的人五大三粗，可吴铁匠家的小子瘦瘦的，闺女细溜漂亮，尤其是这个老三，不说沉鱼落雁，也有些闭月羞花之貌。

大概上高中二年级的时候吧，罗大头经常带我到二黄河边的小河里游泳，认识了吴铁匠家的儿子吴大海，家里的老大，长得一点也不结实，大家嫌他像女人，小瞧他。

游泳的时候罗大头反复给我说起吴大海的妹妹吴改梅，过了几天，就答应带我去见吴改梅。看到这个羞怯、秀气的大辫子姑娘时，我想起了红色小说里面时常出现的那些农村姑娘。她们初见陌生人时两手绞着长辫子，低头看着自己的条绒方口布鞋，睫毛长长的——乡间有着无数这样的姑娘，天真、勤快、可爱，她们化成巧芳、彩莲、改枝的名字，本质是一致的，水灵灵、粉嘟嘟，是人间的彩虹、雏鸟，地上的嫩苗、小树，河里的小鱼、蝌蚪，她们口气清新，笑脸迷人，带着羞怯，带着热情，在姑娘间说个不停，在小伙子面前却没了话。头次见面，我俩也没多说话。

改梅小学毕业，成绩很好，招民办教师的时候考到邻村小学里当教师，数学、音乐、图画、语文，什么都教。和我结婚后，她搬过来和我住，不再帮娘家种地。我们都教书，都喜欢教书，都喜欢和老乡说话。特别是我，喜欢和老乡，和学生说话，喜欢和每个与我打交道的人说话。每个人都有命运，我的命与运就是说话，我把说话当成了生活的目标，不指望逃避无常的命运，也要搭建起生活的桥梁，通过说话，不断到达多个地方，多个目标。说话是一种路途，通向一些与自己产生联系的人，规避一些障碍物，特别是要带领改梅过文明生活。改梅长得标致，但人很土，我想矫正她，修理她，掸掉她身上的土，长出文明的翅膀，让她顺着我的指引，飞向文明的未来。我下课回到家就帮她提高文化，给她念书，我让她阅读《红岩》《欧阳海之歌》《敌后武工队》《三家巷》，反对她读《青春之歌》《苦菜花》《野火春风斗古城》，怕她看了那些有大段卿卿我我描写的小说长心思、添本事。我给她讲北伐、抗战、解放战争、抗美援朝，孩子出生后，让孩子与她一起听我讲鸦片战争、义和团、太平天国、辛亥革命、军阀混战、土地革命，他们在我富于感染力的倾诉中昏睡过去。

对了，还没说我们的孩子呢。结婚第三年，1966年中秋节那天，改梅给我生了个儿子，叫奔子。我希望他活泼，身体健康，将来能奔上更好的生活。我娘说奔子的名字不好，容易碰着、磕着，她反复叮嘱改个名字，我不答应，娘就改叫奔子为柱子，说柱子常见，好活。儿子来到世上激发了我们对生活的想象，这个小小的家更有意思了，我又多了一个说话对象，我的情绪从来没这么高涨过，无论温暖炎热、潮湿阴冷，还是风雨雷电、霜雪严寒，我都热情地倾诉、说理和议论。不过这改变不了缺吃少穿的现实。当教师的没有地，不种田，就靠那点微薄的工资，穷是我们最富于标志性的资本。没别的本事，为给改梅和孩子补营养，我这个笨人学会了掏麻雀，麻雀虽小五脏俱全，除了嘴都是肉。我爬到树上，登梯子凑到屋檐下面，到可能有麻雀的地方，像找书本一样找麻雀。我也光临人家的马棚、驴圈，偷马料，偷驴吃的，捡里面的豆子回家煮着吃。

一家人吃饱了，我就跟改梅和奔子说话，给他们讲四季天空上飞过的鸟，讲黄河水面时时呈现的细微差异，让他们知道，山制造了大地景观，水孕育了生命，人就是在羊水里度过前十个月的，所以，大家别不爱吃羊肉，羊肉是好东西。我本子上记过李时珍在《本草纲目》里说的话："羊肉能暖中补虚，补中益气，开胃健身，益肾气，养胆明目，治虚劳寒冷，五劳七伤。"还有人说，羊肉能治虚寒哮喘、肾亏阳痿、腹部冷痛、体虚怕冷、腰膝酸软、面黄肌瘦、气血两亏，你看羊肉有多好……

可我爹一辈子不吃羊肉，他说羊是世间最珍贵的家畜，是洁净的兽类，是献给珍爱的人的。他从来不看人屠宰羊，不穿羊皮、羊毛衣，这是我们谁也不理解的。我娘总说，快一辈子了，就是这件事情不理解我爹。等到我爹病得快死的时候才告诉我们，小时候在野地里迷了路，是一只山羊把他引了出来。我们都不相信。真实的情况是，他小时候喜欢的一个女孩，从小爱养羊，和小母羊一起睡觉，不许杀羊，不吃羊肉，她九岁的时候不幸发天花死了，爹一直都记着这个女孩。

改梅起初在我的滔滔不绝中偶然仰起脑袋，眼睛里满满的倾慕，我受到她眼神的鼓舞，越发来了精神。我没有一天不给改梅讲生活中的各种奥秘以及中国发展的历史，我一说起话来，就什么都忘记了。我忘记了时间的飞逝，忘记了家里没有粮食，忘记了给老岳父祝寿，忘记了认认真真地看看老婆的身子，忘记了她肚子上的那个痣在左边还是在右边，只记得是在肚脐的上面。我忘记了她是否爱打嗝，是否抱怨过我缺少对她的爱抚，我甚至忘记了她右眼还是左眼眉毛下长的那个瘊子是怎么给治掉的，是冷冻，还是开刀，是在县医院，还是在公社卫生所。我在教室里说，回家说，我爱说不爱听，即使听，我也只爱听那些让人高兴的话。改梅每个月总有几天不高兴，她说这个时候不能行房，所以，既不爱说话，也不爱听我说话，但我想不通，人怎么能不说话呢？我们活着有多美多好啊，还有什么比说话、倾诉、发誓、宣讲更了不起的啊。世界上根本就没有不能被解说、阐明和展现出来的东西，没有表达就没有世界，没有生活，没有人的价值。别看四季运转不停，黄河水不舍昼夜，如果没有人的认识和表达，这些统统不会有任何意义。

又扯远了。

同志们、朋友们、老乡们！

说到哪了？噢，我刚才说到了四季和黄河水。四季是老朋友，只有它们有能力指挥万物的荣枯，安排人的作息和衣着，决定人类的聚会或交往。平静的河水流淌着人类的时间，也受到人类的影响，黄河同样如此。黄河在成河的过程中，运动不息，受人类活动的矫正、苛求与日俱增。人类每天受益于黄河，又每天祸害着黄河。黄河从磴口县流过，给小城带来四季不同的景色，而潜藏在水之下，砂石砥砺，河泥累积，地质变化，自然灾害频发，没有预兆，突如其来。我们家几代人生长在黄河边，被自然环境所塑造和规定，爷爷喜欢睡芦苇编的席子，爸爸爱吃黄河鲤鱼，改梅爱在黄河边洗衣服。

有了孩子后，改梅不再喜欢我的言谈，经常打断我，有时候在我正兴致勃勃的时候，她问我要不要买猪仔，要不要牵只母羊，要不要养些来杭鸡，给孩子补补营养。在我正要给她讲"社教"运动的重要意义的时候，她偏插嘴说小翠家最近买了收音机，兰子家墙上挂着挂历，城里卖好看的被面，脸盆有个好的图案，这些咱家都需要添。我反对家里有收音机，有了收音机人就不交谈了，改梅更不爱听我说话了。后来她还添了个毛病，经常回娘家——这次说岳母不舒服，下次说有个鞋样子要取回来，再不就说娘家那边的亲戚要订婚、结婚，要不就是孩子过满月、过百岁、过生日，找个理由就离我而去，在娘家逍遥。尤其是假期，带孩子一住就是好长时间，慢慢地，我知道了，她是在躲我，她烦我说话。没有假期的时候她就带儿子去串门，到野地里玩，去河边洗澡，夏天游泳，冬天滑冰车。

又扯远了。

同志们、朋友们、老乡们！

不过，说到滑冰车，我的故事就长了，我要从我的哥哥张贵蹬说起。哥哥是个运动健将，运动项目他没有不会的，跑跳投，游泳篮球排球足球乒乓球，他还特别喜欢冬天滑冰，就是不喜欢和女人来往。我有了孩子他还没结婚，这在农村很少见。1971年快腊月的时候，哥哥处了个供销社女售货员，长得还好，就是脸长，有虎牙。我最烦脸长的人，虎牙更难让人忍受，况且是女人。她老子是公社的头头。这就都好办了。

也怪了，一般人都待在家里谈对象，我哥谈对象却约了去滑冰，而且还非要带上我们家奔子。奔子高兴极了。所谓滑冰其实也就是滑冰车，用钢筋条和木板做成简易的冰车，人坐在上面撑着两个冰锥，在冰上自由滑行。冰车是木匠之家和铁匠之家一起做的，我想罗大头和吴大海都贡献过力量，简直称得上是稳扎稳打、牢固可靠、坚不可摧。而且，滑冰车那天，天气出奇地好，万里无云，阳光明媚，黄河冰面一望无际，洒满光明，没有黑暗，没有水、声音、气味、烟雾，甚至也没有飞鸟，只有人的自由的心灵在寒冷的天气里像鸟一样地飞啊飞啊飞。想想看，两个大人牵着一个小孩，画面一定很美。三个人兴致勃勃，像是画家笔下巨大景观的一部分，被各种莫名其妙的兴高采烈鼓舞着，想必，那诗意的情绪、高涨的情绪、强烈地想要大展身手的情绪把他们包围了、淹没了、攻陷了。事实是，坐在冰车上的奔子被淹没了，他的冰车不知什么时候消失了，离开了他大伯，蒸发一般踪影全无。但证据是铁定的唯一的，无边的冰面上就只有他们三个人。两个大人本来是想找清净地方的，不过清净得太过分，太纯粹，太王八蛋，太要命，太天涯海角，太无依无靠，太一览无余，太没有证人，太什么都没有。我们不想知道当时的情景到底是什么样的，肯定是这位大伯心大得太没圈儿，与新认识的女店员陷入说话的泥潭，不知道他的侄子会被冰吃掉，被河吃掉，被深渊吃掉，被陷阱吃掉，被太阳吃掉，被天空吃掉，被万物吃掉。我的心肝，我的太阳，我的小家伙，我的一个人滑冰的小家伙，我的依然大概高悬的太阳，我的仍然那么晴朗的天空，我的世间没有谁看到奔子是怎么消失的天空啊。

到哪儿去找奔子？你根本没地方下手，几尺厚的冰啊，无边无际，老天怎么就偏偏不放过我们家奔子！我到哪儿去说理！老天怎么了？怎么这么不给人活路！奔子才五岁啊，学还没上呢，我和改梅都没有机会给他买铅笔盒和书包，更不用说给他讲课了。

天塌了，天不存在了，地塌了，地不存在了，我们家彻底、永远、完全陷入了黑暗、空洞、虚无。

奔子走了，改梅回娘家，她不打算回来了，她不愿意听我说，她不愿意跟我说。我不愿意让她走，她不愿意不走。没有她在身边，没有奔子在身边，我不愿意做任何事情，不愿意感觉一切，不愿意得到任何意义，世界像戴着无数只巨大的面具，对我不愿意的苦难无动于衷，对我不愿意过的生活无动于衷，语言从来没有这么空洞过，语言从来没有这么无力过。

我不再教书，我的课堂太小，我教的孩子太小，我的课本太小，我的黑板太小。我开始走出家门，打算向全人类敞开自己的内心，告诉他们老天的不公，我的苦难，问世间还有没有道理可讲。这些年来，我到过磴口县所有的大地方：火车站、县委、新华书店、红旗电影院、县医院、西副食、东副食、邮电局、五金公司、糖厂、汽修厂、拦河闸，我到哪里演讲，哪里就人山人海。不过，好日子没多长，三年前有人把我拦下，带我坐到一辆带栅栏的大汽车里。车上的人穿白大褂，戴白帽子，彬彬有礼。他们把我拉到远远的地方，不让我出路费，最后卸进一个大院子里，这些穿白大褂的和我同样留在了这个院子里。我在那里有吃有喝，风不吹，雨不淋，无忧无虑。在那里可以随便说话，随便演讲，就是觉得听众有些怪，他们歪歪扭扭，站没站样，坐没坐样，有的听不懂我说的话，表情很怪，大喊大叫，扰乱秩序。

妹妹有莲来看过我，她胖得简直不像个样子，脸长成了个大月饼，腿粗得赛过院子里的树，胳膊比男人的腿都粗，站起来肚子挡着脚，眼睛小得快见不着了。她见了我就哭，烦，麻烦死人了，哭甚？一哭眼睛就更看不见了，只能看见脸，我这才发现她脸上红一块，紫一块，让男人打的，还是在哪儿碰的？从小不顺，她一直不甘心，娘一直不甘心，娘是在她家里去世的，死的时候两口子都在地里劳动。

我在那里患上了头疼，就是头疼，也不是偏头疼，疼起来是整个头都疼，不想吃饭，不愿喝水，不爱见人。我要出去，不想在那儿了，我给哥哥贵蹬写信，他来了，把我接到他家里。他和供销社的那个长脸没结婚，以后再没找过女人——不管是长脸女人还是圆脸女人，不管是牙好的还是牙不好的，他都不碰。接我那天，快到腊月了，哥哥给我带了一件棉大衣，这个大衣双排扣，我就喜欢双排扣。双排总比单排的好，两股道比单股道好，两个人力量比一个人大，但两个人在一起坏的事情，犯下的罪，也肯定比一个人犯下的大……

　　老张那天照例把天讲黑把人讲没了，只剩我和同班的进东听到最后。能想起来的，能开动脑筋补充的，我搜肠刮肚都写在这儿了。当然，遗漏错讹肯定很多，可惜无法找到补充和核对的人。前几年我碰到进东说起这场演讲，进东说老张是在新华书店台阶上讲的，根本没提到妹妹张有莲。我问进东，老张在我走后怎么样了。他说老张在他哥哥那儿住了好长时间，最后同意回到有白大褂照看的地方。

原载《上海文学》2020 年第 5 期

到黄埔去

蒋子龙

"到黄埔去"——是一百多年前流行的一句口号。

是谁第一个喊出来的不得而知，或许就是发自社会的"时代强音"。但第一个响应并身体力行的惊天动地的人物是孙中山，他这一去，首先创立黄埔军校，"北伐""东征"……"平冈之石齿齿兮，黄埔之水淙淙；屹丰碑以万世兮，将以垂纪于无穷""升官发财请往他处，贪生怕死勿入斯门，革命者来"。于是，黄埔军校不仅成为闻名世界的"将帅摇篮"，还吸引了众多仁人志士，成为"近代民主革命的策源地"。中国的历史由此开始变向。

为什么是黄埔？黄埔位于珠江东西两翼的交汇处，是保护广州安全的最后一道屏障。晚清重臣张之洞总督两广时，曾在此修建了较为完备的军事设施，这也是孙中山选择在这儿建军校的一个原因。两千多年前，作为"古港""良港"的黄埔，曾以桨声帆影连接起中国和世界，见证了古代最长的航道"海上丝绸之路"的繁华。

明万历二十六年，朝廷在黄埔港修建了收泊海望标志的"海鳌塔"："九级浮屠，屹峙海中，壮广形胜……"。明代中期，海禁有所松动，朝廷颁令："宁波通日本，泉州通琉球，广州通占城、暹罗、西洋诸国。"到清乾隆二十二年，面对日益猖獗的海寇和西方实力在东亚海域的潜在威胁，政府下令关闭福建、浙江的所有海关，规定广州为"夷人贸易唯一之商埠"，而且夷商来粤，"市舶皆聚于黄埔"。

如此，黄埔港竟维持了近百年的"一口通商"的辉煌，并开启了中美通航的历史。著名的美国商船"中国皇后号"，历时188天，从纽约到达黄埔港。1785年5月11日，"中国皇后号"满载中国货物回到纽约，船长山茂召的航行日记在报纸上发表，轰动全美，满船的中国商品被一抢而空。当此船第二次将远航中国时，收到了美国总统华盛顿的订单，要为他的夫人采购"中国白色大瓷盘、白色小瓷碗和好看的薄棉布……""中国皇后号"一个来回，虽历时一年多，"其利润却高达1500%"。当时在美国，"广州是成功与繁荣的代名词，令没有到过中国的人艳羡不已，在美国23个州里，都有不少城镇和乡村以广州（Canton）命名。"

一时间，"到黄埔去"——似乎成了一句国际流行语。所以，1917—1919年间，孙中山制定《建国方略》时，要在黄埔建设一个"南方大港"。过了六十多年，作为首批国家级的广州开发区在黄埔诞生，面积近五百平方公里，处于珠江三角洲的核心位置。这很快便成就了一个神奇的佳话："流行"的本质是短暂、流动、流过，像一阵风，刮过去就完了。然而，"到黄埔去"，流行了一个多世纪，于今竟又注入了新的生命力，势头愈加强劲，内涵愈加深广，也更具号召力。

中国科学院和工程院的院士、国家"千人计划"中的成员、各地科技领军人物以及企业精英，陆陆续续到黄埔来了，开始是一个个，后来是几个、几十个、几百个，一批批……他们中有许多人是辞掉海外优厚的职位，来到黄埔重新组建科研团队，或重新创业。如分析化学和应用物理学博士周振，先后任职于德国、美国、俄罗斯的质谱仪器研究部门，全职回到黄埔创立禾信分析仪器公司。什么是质谱仪？只在这一个领域先后就诞生了六位诺贝尔奖得主，可见其地位的重要。十年前，国家领导人向二十位科学家问计，其中有周振，十年来，他的禾信公司制造出了第三台质谱仪，"打破了发达国家的封禁，在核工业中发挥着重要作用"，同时也可用于大气层的实时在线监测，"一秒钟可以检测到空气中几百种污染物质及其源头，目前全国有一百多个城市在应用，每年可节约数百亿元污染防治费，目前在国际上都是唯一的"。天开奇局，豁辟蹊径，有功于国家，也有功于世道人心。

还有苏环宇，曾先后任职法国国家信息与自动化研究所、加拿大北电，回国前是美国罗克韦尔公司的副总裁兼 CTO，拥有六十三项已授权的美国专利，十多年来，代表美国出席各种国际标准委员会，如国际电联。在黄埔创建广州质音通讯技术有限公司后自任总裁，目前已经研发出多项超越世界最前沿的核心技术，如最佳音质的跃音™ CFS'、洁音™ NCS' 以及风噪消除等。"自遇一何高，独立迥无双"，黄埔的广州开发区，给自己设定的功能就是"创新枢纽与产业引擎"，其"高新区"已经跻身科技部十大世界一流的科技园区。

其实，第一个落户黄埔的海外学人是王文明，刚在伦敦大学电气工程系完成哲学博士学位，利用回国探亲的机会，在广州、深圳、珠海等几个珠江三角洲的城市走了一遭，受到震撼，也得到启发，随之引进世界上最先进的"蜂窝纸芯"生产项目，在黄埔创建"荷力胜（广州）蜂窝制品有限公司"。人活着就是为了做决定，曾有人将哲学比喻为"明白学"，看得明白，想得明白，就容易作出适合自己的决定。荷力胜的产品广泛用于航空、航天、建筑、交通等众多领域，冷战时期属于西方发达国家对中国禁止出口的高科技材料。

——黄埔发力，就是集中在"卡脖子的关键领域"。

美国凯普无线通讯公司高级研究员、技术总监贾鹏程也到黄埔来了，创立广州程星通讯科技有限公司。

就职于日本大金空调技术研究所的冯自平博士到黄埔来了，先创办广州鑫誉蓄能公司，几年后看准机会又创办广州朗谱新能源科技公司。

加拿大索答公司创始人、答案式搜索引擎主要发明者和国际搜索引擎领域顶尖专家石忠民回来了，创立广州索答科技公司，并主持多项国家和其他省市科技项目的研发和产业化。

王国田创立的非思智能科技股份有限公司研制出"全球第一款人脸识别系统"。

密苏里大学终身教授兼计算机视觉和机器学习实验室主任、无人驾驶研发和应用的先导者韩旭，2017年4月，在美国硅谷创建文远知行 WeRide 智能出行公司，到12月，就发现广州开发区才是他们的福地，遂将全球总部设在黄埔，并成立国内第一支可运营的无人车队。笔者有幸第一次乘坐无人驾驶出租车，就在黄埔，车内荧屏极清晰地显示着车外前后左右环境的变化，准确及时，不会因人的情绪变化而发生"路怒"现象，变道、超车、让路，似乎比人类驾驶更精准。公司的一位高管说："我们到黄埔后完成了很多'第一次'的实践，当你找到了好的福地，就要呼朋唤友，把最高精尖的上下游企业引过来。"

柏林自由大学的医学博士尹良红，1994年发现在德国购买一台血液透析机的价格，居然仅是国内同类型进口机的十分之一，于是卖掉房子，组建团队，经历一次次失败，画了八千多张图纸，终于制造出了中国第一台有自主知识产权的血液透析机，并很快获得欧盟质量体系认证（CE认证）和国际质量认证（ISO13485认证），中国成为世界上除德国、瑞典、日本、意大利外，第五个能制造这种设备的国家。失败是成功的机会，"好事尽从难处做"，人之所以必须努力，就是争取选择生活的机会，而不是被生活所选择。

来到黄埔的医药界高端人物和企业太多了，曾就职于美国食品药品管理局的唐时幸和他的广州熙帝生物技术公司，控释药物科学家刘荣，首创"全免疫"体外诊断系统的科学家楼建荣，广东华南联合疫苗开发院董事长彭涛，等等。

熙熙浩浩，灼灼一时，在三十多年的时间里，广州开发区吸引了三千多名世界各地的科学家和海外留学人员落户黄埔，同时还聚集了两院院士三十二名，国家"千人计划"人才五十名，创新科研团队十六个……曾是"古港""良港"的黄埔，正在成为现代"国际人才港"。

《人才学通论》上讲，经济结构的升级，本质上是技术结构的升级，而技术结构的升级又取决于人才结构的升级。众多奇思峥嵘、超轶绝伦之辈来到黄埔，炳灵所致地创造出许多科研奇迹，也带来了神话般的经济效果，建成了新一代信息技术、人工智能及生物制药三大世界级的产业集群。广州开发区从1984年的两万元起家，到2017年已成为全国首位财税总收入超千亿的高效益之区。此外，还创造了多项全国第一：科技创新、营商环境、知识产权保护、上市企业总数等，在全国二百一十九个国家级经济开发区中均排名第一。

于是，"到黄埔去"的口号，有了新的注释："创新到黄埔，创业到黄埔，创造到黄埔。"前贤有言，有什么样的世界观，就会看见什么样的世界，不相信世界的美好，就不可能拥有美好的世界。古老而年轻的黄埔，休休有容，俊采星驰，正一派大千气象。

原载《天津日报》2020 年 6 月 11 日

回沁源

高洪波

凡是第一次去的地方，一般都用一个字叫"走"；凡是曾经生活过或者住过的地方再次踏访，一般也用一个字"回"。所以贺敬之的名诗叫《回延安》。"几回回梦里回延安，双手搂定宝塔山。"这是当年我在少年时期记下的名句。但是沁源我从来没有去过，为什么用了一个"回"字呢？因为沁源对于我的生命记忆确实是太特殊了。

在1969年的初春，我以一个北京中学生的身份参军入伍，八天七夜的"闷罐车"，说长途旅行也好，说军车运行也好，反正到了遥远的边疆云南，成为当时的中国人民解放军陆军第十四军四十师炮团的一名新兵。

这支部队，由于保密的原因，在我离开北京的时候对其一无所知，但当我成为它十年的成员的时候，我最先知道的两个词，或者说有四个字，是大家挂在嘴边上的地名：一个是临沧，这是我的老部队四十师刚刚调防换防的云南边疆，去年我终于和一批儿童文学作家朋友踏访了临沧；另一个就是现在我说到的沁源。临沧是我身边的老兵们、连长指导员们念念不忘的地方，他们的青春留在了临沧，他们的战斗故事留在了临沧，甚至他们的爱情也和临沧有关。可是沁源不一样，沁源属于团以上、师以上，乃至军以上和军区首长们口中的话题，这是他们的故乡，是"三八"式老战士们念念不忘的地方，或者说这叫"沁源情结"。

于是我知道了四十师最著名的战例中有长达三十个月的沁源围困战，这是在抗日战争最艰苦的时候，面对日本侵略者铁桶般的围困，在太岳军区陈赓司令员、薄一波政委的领导下所进行的一次特殊的战争，史称"沁源围困战"。这场历经三十个月的战斗最后被延安的《解放日报》高度评价，也获得了毛泽东主席的赞许和表扬。

当然，伟大的抗日战争，无数支八路军、新四军的劲旅都在自己所在的防区进行过英勇卓绝的斗争，一个又一个战例标在我军的军史上，成为一个又一个闪光点、骄傲的回忆。但是沁源，知道的人真不多，如果我不是四十师的一名战士，我肯定不知道沁源，也不知道沁源围困战，更不知道当时沁源八万的英雄人民所付出的巨大牺牲。

四十师的前身是决死一纵队，它的第一任政委是薄一波。四十师有两个主力团，一个是一一八团，一个是一一九团，在沁源围困战的时候，它们的前身是太岳军区三十八团和太岳军区二十五团，而我所在的团是炮兵团，在围困沁源的时候，我们团还没有建制，它是在更晚的时候才诞生的。

四十师的确是支英雄的部队，如果我要说出和我一起参军的同龄人的名字，很多人会很熟悉，比如著名的"老山英雄团"就是我们师的一一八团，我的战友刘永新，后来的将军，曾经是一一八团的团长；我一个党小组的伙伴周忠仕，后来因为车祸去世了，他曾经是一一八团的政委，当年打完老山战役，是他率队到北京和全国各地进行宣讲；他的部下史光柱，两只眼睛在战斗中被打瞎了，后来史光柱成为诗人，也是我们四十师的副政委；还有一个英雄陈光洪，当年是一一八团的战士，后来在北京当过西城区的武装部政委，在自卫反击战的战场上，他一个人消灭了十七个敌人，付出的代价是一只眼睛。

我们在北京的战友有过一次聚会，团长刘永新来了，营长臧雷来了，还有另一个老战友尚福林，曾经的证监会主席，也来了。大家看着史光柱和陈光洪，默默无言，感慨万千。此外，四十师一二〇团还出了一个著名导演，大家熟悉的陈凯歌，他是一二〇团篮球队的主力。说到打篮球，此次回沁源我才知道沁源居然是篮球之乡，在沁源随便一个人都可能是灌篮高手。乡乡镇镇都有像模像样的篮球队。

这次回沁源，不为别的，只为了一个山西女作家蒋殊所写的一本特殊的纪实文学《沁源1942》。这是一本具体阐述人民战争的书，也是一本深刻揭示什么叫民族精神的书，同时它还是一本向历史和前辈致敬的书，是2020致敬1942的书，它同时还是女作家蒋殊用心灵和行走的方式合成的一本具有女性视角描写战争的书。

在阅读完这本书之后，我曾经用微信和我四十师的一帮老战友沟通，因为书中写到了三十八团、二十五团，当然它主要写到的是沁源的民众。由于涉及我的老部队，一个山西籍的老战友告诉我："我们四十师的山西籍领导中沁源人占到60%。"可见沁源子弟在抗日战争时为我军输送了大量的生力军，所以"沁源"两个字，在我这个四十师的老兵面前意味着军旅的故乡。他们在微信上开玩笑地说："洪波，你回到了四十师的老窝了。"沁源，真的是我们四十师的发祥地。

来到沁源，意外地见到了我的一个老朋友金所军，他是一位诗人，是"长治诗群"的主将。若干年前我曾经主政《诗刊》，长治诗群有一批以郭新民为主的诗人群体，他们注重红色题材，立足沁源大地和长治大地，他们的诗中有小米的味道，有大枣的芳香，还有八路军留在历史天空的喊杀声。

金所军曾经是《诗刊》的一个重要诗人，他参加过著名的"青春诗会"，但是我已经有十几年没见他了，这次蒋殊的《沁源1942》的研讨会，出版者是山西经济出版社，但幕后的倡导者就是金所军，他在沁源县将近三年了，从到达的那一天起，他敏锐地抓住了沁源围困战这一个特殊的历史事件、特殊的战争题材。于是，当山西女作家蒋殊用自己的行走和采访，用自己2020致敬1942的虔敬心态完成了这部充满感情、充满回望，也充满怀念的特殊作品时，金所军给予了极大的支持，所以蒋殊在扉页的题记上这样写道："谨以此书献给1942—1945年的全体沁源英雄军民。"她的确是真诚、认真地实践了自己题记上的这几句话。

这本书让我们回到了三十个月围困沁源的时光，回到了沁源乡亲们对日寇不屈不挠的斗争岁月。沁源是一座英雄的城市，沁源人民是值得致敬的人民。三十个月，风风雨雨，他们离开家乡，围困占领了县城和乡镇的侵略者，在十公里的范围形成了反包围，坚壁清野，哪怕喝泉水、啃草根也决不参加"维持会"，这在中国抗日战争历史上是极其罕见的一个地区。沁源，八万人，在抗日战争中，在沁源围困战中牺牲了将近一万人，负伤了将近一万人，后来参军入伍南下也将近一万人，这是多么大的付出、多么大的贡献、多么大的牺牲啊！七十五年过去了，沁源人口也刚刚翻了一番，由八万人到了十六万人，这不是个人口大县，但却是一个人气大县，是一个闪耀着中华民族精神的了不起的大县！

致敬沁源，也就是致敬我们的人民，致敬我们的历史。对于我来说，是致敬我英勇的前辈，致敬我四十师的抗战老兵。离开军旅的时候，我带回了一本《中国人民解放军陆军第四十师战例选编（初稿）》，时间是1976年4月，这本书伴随着我在《文艺报》、在《中国作家》、在《诗刊》、在中华文学基金会、在作协党组书记处，这么多年的文化岁月。这次到沁源我把它找了出来，在翻阅的时候，我突然发现青春时期的阅读和进入古稀之年的回望具有不同的质地、不同的感觉，尤其是当你走过沁源之后，在沁源的土地上一步一步丈量过当年陈赓司令员、薄一波政委和李成芳、蔡爱卿、胡荣贵这些前辈们曾经战斗过的地方，以及以一个个烈士的名字所命名的村落，他们牺牲和被捕过的窑洞，他们慷慨就义的大槐树，当你看过那高耸入云的纪念碑，以及一个小村子里一批烈士的名单，你的感觉和纸面上的阅读顿时有了截然不同的感受。

我们参加了一次独特的研讨会——"行走的"研讨，我们为《沁源1942》所震撼，但是我更高兴的是，回沁源的时候，不仅仅回到了历史的岁月和历史的时光，我们面对的是沁源美丽的现实。

在和金所军聊天时，他开心地告诉我："沁源的绿化已经达到了60%。"沁源有很多珍禽，最有名的是褐马鸡，经过他的调查和专家们进行技术搜索，发现褐马鸡在沁源有三千多只，他顺手拿出手机让我看了好几个录像，这是一个农民发给他的对褐马鸡的观察录像。褐马鸡，又叫鹖鸡，在赵武灵王时代是武士头上高贵的装饰，在清代的顶戴花翎上，也只有孔雀的翎毛和褐马鸡的翎毛有资格装饰。褐马鸡在当地还有一个非常美丽的俗称"青凤凰"。褐马鸡从来不祸害庄稼，它勇敢、好斗、守信、忠义，是禽界的勇士和义士。

我没想到，在沁源不仅有褐马鸡，还准备大量养殖香獐取麝香。此外，金所军还告诉我，他们的药材种植已经从几百亩扩展到数万亩，沁源已经成为造福乡亲们的北药基地。

同时更重要的，沁源围困战纪念馆建立之后，为了让沁源的孩子们记住这场特殊的长达两年半的围困战、中华民族的一次抗争史，沁源的幼儿园小朋友为我们表演了情景剧。近三百个幼儿园大班的孩子，分别饰演八路军、民兵、医务兵、担架兵，当然还有后勤保障的民工，他们磨面、蒸馍馍、支前，也有最不愿意扮演的一批小不点们，他们是"日本兵"和"汉奸"。这是一次精彩的演出，是我所看到的在中国大地上幼儿园编排的、全员参与的一次特殊的情景剧，这情景剧只能诞生在沁源这块英雄的土地，也只有这方土地上的后人们、他们的孩子们有资格来诠释、扮演沁源围困战。

可爱的孩子们，他们仿佛是在游戏，但又不是在游戏，因为老师告诉我们："小不点们都愿意扮演八路军，谁也不愿意当鬼子兵和汉奸，只能轮流来充当这样的角色。"幼儿园大班的宝宝们，他们对这个世界了解还很少，他们的眼界还很狭隘，他们心灵的空白点还很多，但是我觉得只要参加过情景剧的演出，在他们幼小的心灵必定铭刻下"沁源围困战"五个字，他们会记住七十五年前他们的长辈们是怎样用顽强、用血火、用拼搏赶走了侵略者，夺回了属于自己的土地、山川和天空。

所以，短短的两天时间，我回沁源的同时回到了历史。一天的时光非常短暂，我们抽空去灵空山。在山上，我意外地见到了一处奇景"九杆旗"，这是一株有八百年树龄的油松，耸入云天，一棵树生出九枝干，每条枝干都挺拔、昂扬、粗壮，它们挥舞着的枝叶如绿色的旗帜，浮云摩天。当和九杆旗合影的那一刻，我突然觉得九杆旗就是沁源的标志性符号，它意味着沁源围困战艰苦卓绝的三十个月，这漫长的两年半的奋斗、两年半的抗争，最后使侵略者精神崩溃、狼狈逃窜，是沁源人民用鲜血和意志浇灌了这九杆旗下的土地。

回沁源，我留下了一首自己写的小诗："英雄碧血染山川，动地惊天困沁源。军民戮力抗敌寇，我以我血荐轩辕。"与此同时，我还有另一首小诗留给沁源，诗是这样的："曾忆美味合子饭，十载戎马滋味甘。晋阳子弟云南老，此生有幸走沁源。"这是真话，也是实在话，因为我入伍的老部队每天的早餐都是合子饭，用大米、面条，还有些蔬菜煮在一起的合子饭，这是山西特有的。

在最后告别沁源的时候，东道主专门给我们上了一碗合子饭，此时我才发现正宗合子饭的主要成分是小米，而不是我吃了十年的云南大米，但无论是云南版的合子饭，还是沁源版的合子饭，吃起来绝对是回味无穷的，因为这是历史和青春的滋味。

原载《文艺报》2020 年 10 月 9 日

女医生是外科王冠上的宝石

毕淑敏

　　二十岁时，我完成了部队医学院校的理论学习，到新疆某驻军医院进行临床实习。第一站是内科，之后是外科。

　　实习军医们非常忙碌，每天就餐都是食堂最晚的那一拨。

　　先到内科再到外科最好。同学对我说。

　　我嘴塞食物，差点噎着，说，嗯，从基础做起。

　　同学刚从外科轮岗出来，对我说，提醒你，外科主任非常严厉。

　　第一眼见他，倒非凶神恶煞模样。玉树临风，戴无框金丝眼镜，温文尔雅，语气柔和。不过，他说话吐字异常清晰，字字如钢针唾地。让任何人都不敢假装没听到或日后以没听清来搪塞。

第一次打交道，是在全科会议上。他说：这有一份病历，写得很好，言简意赅、重点突出、逻辑清晰、有理有据。大家可一看。

他未说是谁写的病历。众人看过，方知书写者是新来的实习医生——毕淑敏。

我一下陷入某种尴尬困境，不服气的大有人在。人们嘟囔，病历写得好算什么啊，咱们是外科，最主要是手上功夫，柳叶刀底下出英雄。

这正是我的短板。从小笨手笨脚，缝个补丁，指头要戳几个血洞。手术台上，我伸手预备接止血钳，等来的不是钳子，而是狠狠一记扑打。

我吓了一跳。器械护士的冷笑如残菊透过手术口罩，从白纱布四周漾出，说，你伸出的是哪只手？

我意识到左手被她打得生疼，透过菲薄的乳胶手套，看出掌心红肿。

她说，不打你，你便记不得。手术台上，你永远要用右手接器械。

我喏喏点头。这种方式，让我觉得自己不是医学生，而是木匠学徒。在某种程度上讲，外科确有匠人之风。

从此，我苦练手法。和同学们聊天时，大家问，你手在军服兜里忙什么？好像揣了一只耗子，折腾个没完。

我说，我在练习用右手大鱼际肌轻轻一触，就能松开止血钳这个动作。

我加紧操练，总算把双手练得如窃贼一般灵活，能顺利完成外科基础手法。

某天，同学说，手术安排表上，都是你为术者，我是助手。咱们是同学，怎么也该五五开吧。

我说，估计排班表写错了。我去问问。

手术室答复道，是主任特地让这样安排的。

我对同学悄声说，明天换一换，我当你助手。

同学说，主刀手起刀落，皮开肉绽鲜血涌出那一瞬，非常有成就感，如同上战场。

我说，那你在战场上英勇杀敌吧，我好好配合你。

每逢外科主任执刀时，众人围观。主任百忙中，见我缩在人群外围，就说，小毕医生，你站到前面来。

主任的话在科里如同圣旨。从此，我每次都能在最好的位置观摩他的手术。

又一次，主任指令我担任他的第三助手。

手术室护士长私下唠叨，主任通常只要两个助手，这次居然让上三个。一个实习医生，能干什么呀？

此顾虑完全成立。手术中，我什么忙也帮不上，干看热闹。

但我恍惚明白了，看——正是主任给我的工作。

外科大查房，所有医生神经紧绷。他带队，率先垂范，众人随之，任何人不得僭越。长长的医院甬道，肃穆的医生群阵，脚步齐整，神气凛然。

进入某病房，主管医生跨前，向主任汇报。众医生呈拱形站立，一并聆听。

某次，外科主任的某个难题，难坏了大家。主任云淡风轻道，这个问题，你们查一下某某书，某某页上有答案。

大家按图索骥，果得详尽解释。

众人感叹，主任不但知道答案，还能把页数记得那么清楚，真乃神一般记性。

我说，他或许刚刚查阅过此书也说不定。

人们大惊，说，你竟然敢怀疑主任？

我说，谁看书时，不停地注意这是第几页？他肯定是先看了病例，再去翻书，这才记下了页数，并提示给咱们。

大家笑我不知天高地厚。

某次，大查房到一个并非我主管的病人。我躲在白衣群的僻远处，悠然走神。突然主任点名要我回答问题，着实吓得不轻。幸好那人病情特殊，之前我好奇地看过相关书籍，才勉强作答。

听罢，外科主任未置一词。

我庆幸逃过一劫，但此例一开，令人紧张不已。应对之法是科里但凡住进特殊病种，不管是否我收治，都多加留意并勤查医书。

果不其然，以后我又被外科主任单独拎出来考问过几次，幸好有所准备，大致平顺过关。

当我就要结束外科实习时，有天晚上，护士长通知我到主任办公室进行个别谈话。

日光灯非常明亮，发出咝咝之声，好像灯管里潜藏着一条白蛇。

外科主任一指办公桌对面的椅子，说，坐。

我本以为谈话速战速决，站立着就可捱到收尾。这有点持久战的意思，遵嘱惴惴坐下。

外科主任说，你可知道，外科是医学的王冠？

我点头。很多行业的人，会对自己从事的工作赞美有加。我未必赞同，但可以理解。

外科主任继续说，野战外科是军队医院的最高境界，是王冠。现代医学的鼻祖希波克拉底曾经说："医生有三大法宝：语言、药物、手术刀。"

我赶紧点头。在部队待过的人，基本都擅长点头。不然你就得口齿伶俐地不断答"是"！

外科主任接着道，女外科医生，是王冠上镶嵌的宝石。

这一回，我没敢点头，吃不准这说法是外科主任的一家之言，还是真理。疑是前者。

外科主任接着问，小毕医生，你有没有发现我对你特别好？

这回我非得开腔不可了。我说，对不起，主任，没发现。如果让我实事求是地说，我觉得您对我，是比对一般人还不如的。

主任惊诧道，此话怎讲？难道不是我经常在大查房时提问你吗？难道不是我把更多的手术机会安排给你吗？难道不是我把你放到第三助手的位置上吗？难道不是我经常翻阅你的病历和病程记录吗？难道……

我说，主任，您大查房时，提问本不是我所诊治的病人的相关问题，让我万分紧张。您把手术机会多多分配于我，让我不堪重负。当您的第三助手，让很多渴望得到此机会的医生嫉妒我，同学们也迁怒于我……所以，我很不安。

外科主任难得愣怔，浮现错愕神情。我从未见过他这表情，面对病人，面对下属，在所有时间内，他都是运筹帷幄的镇定。

片刻，他调整了思绪，说，在任何一个行业里，你若想出类拔萃，除了痛下苦功之外，也要忍受风必摧之的考验。

我觉得这话更像是他说给自己听的。

他接着讲，不管怎么说，你会成为一个好的外科医生。我看人，就像我看病一样，很准。如果你愿意，我会想办法让你留在我的外科。你有成为一个优秀外科医生的基本素质。我指的不仅是你爱病人、爱学习爱思考，病历写得好，还有你个子高，身体素质不错，能承担长时间高强度的复杂手术……

我猛然悟到，若真正尊重他的苦心，应该立刻打断他的话。

我说，主任，谢谢您对我的厚待和期望。但有一个最重要的问题，您并没有问我。

主任再次愣住，疑惑道，什么问题？

我说，您并没有问我，愿意不愿意，喜欢不喜欢，成为一名外科医生？

主任第三次愣住了，说，这个，我的确没有问过你。不过……

我知道这个"不过……"后面，是主任认为全世界的人都以成为一名手起刀落的外科医生而骄傲。

我说，现在，就算您没问我，我也要回答您。我不喜欢当外科医生，不喜欢看到淋漓鲜血皮开肉绽……

主任说，你晕血吗？我观察过你对手术的反应很正常。

我答，我并不晕血。

主任松了一口气，道，不晕血就好。暂时不热爱外科，这不算问题。你会在今后一次又一次的外科实践中，慢慢热爱上这门科学。野战外科有魅力，正确地讲，是有魔力。只要你沉浸进去，会发现其乐无穷。你什么都不用管，一切按照我的安排走就是了。

那一晚的谈话，至此戛然而止。

他的不懈努力，终以失败收场。军区告知他——毕淑敏所属的西藏阿里军分区，是一线边防部队，任何单位不得以任何借口截留该部送学人员。

学业结束后，我即刻返回藏北高原继续戍边，共待了十余年。顺便说一句，中印边境西段的加勒万河谷地区，就在那儿。

我再也没见过外科主任，不知他到多大年纪，才会让手中的柳叶刀停歇。

原载《人民日报海外版》2020 年 8 月 22 日

在故宫书写整个世界

祝勇

一

　　我常说我是一个没有故乡的人。我出生在沈阳，那是东北土地上的一座大城，是由中国腹地通向东北，或者由中国东北通向华夏腹地的必经之地，有多少蛛网似的道路在这里汇聚，因此也铸就了它历史的沧桑和现实的繁华。但无论书本上沈阳多么重要，我似乎从来不曾喜欢过这个城市。我生于斯，长于斯，却从来不曾把它当作自己的故乡，最多是我生命中的一个驿站，我的生命，只有一部分属于它，随着年龄的增长，那部分越来越小，以至于离开沈阳的许多年中，我几乎想不起它。

　　我羡慕那些有故乡的人，无论来自湖南云南海南，还是江西山西广西。那里的文化，渗透在他们的身体里，然后通过日常生活的每一个细节悄然流露出来，甚至连他们的方言，都是文化的一部分。但这些，沈阳好像都没有。在我的印象里，沈阳没有任何值得炫耀的文化符号，也不曾在我的身体里楔下深刻的文化印记，连口音，我都有意识地，或者无意识地，把它改掉了。

我把我对沈阳这座北方大城的漠然，归结为它在文化上的弱势——它远在关外，在这个巨大的国度里从来不曾成为文明的中心，最多也只是区域性的中心，它的文化，在这个国家里从来不曾占过主流，甚至经常连亚文化的地位都没混上。几乎每个时代，它都跟在别人的屁股后面亦步亦趋。清朝皇帝，入了关就拼命学习汉文化，草原王朝在文化上的弱者地位，从一开始就注定了这是一个纠结的王朝——既强势又弱势，既自信又自卑；进入现代，沈阳的工业笑傲江湖，但时代的转型，又把它送入难解的困局；从港台热到韩流，各种流行趋势一轮又一轮地掠过这座城市的上空，但总是抹不去它内在的土气，尽管它的楼越盖越高，马路越铺越宽，少女的打扮越来越时尚。它似乎从来不曾引领过潮流，最多引领过小品的潮流，但小品的气质也是土的——往好听里说，叫充满乡土气息。

我在这座城市里长到十八岁，决计离开这里，像余华写的那样，十八岁出门远行。

二

我在北京求学、工作和定居，后来又穿越了大半个国土，被那些文化底蕴深厚的区域深深吸引。我爱一个人，有时已经分不清是爱这个人，还是爱凝结在她身上的文化。但我依然没有故乡，我身上几乎找不到来自沈阳的文化印迹（那印迹应该是什么呢），我的沈阳时光，那么平淡就过去了，水过无痕。

我写江南，写西藏，写那些异质文化在我心中造成的冲击与欣喜，却很少写过沈阳，唯一一部关于故乡的书，是《辽宁大历史》，但那是在辽宁出版集团俞晓群、柳青松几位朋友的威逼下完成的（连利诱都没有）。我的作品越来越多，但我的写作始终有种无依感，就像一只鸟，在天上飞了很久，却找不到一棵树可以落下来。

大雪停时，我发现自己正站在紫禁城里，四周是宫殿飞檐围出的起伏的天际线，头顶是一方碧蓝的天空。那里是我们华夏五千年文明的汇聚地，当年的大清王朝，也是在这里落了脚。我走了大半个中国之后，在这座城，找到了自己的根。那是文化上的根，紫禁城的一切，让我既熟悉又陌生，既刺激又安静。我终于有了自己的约克纳帕塔法，有了自己的呼兰河，有了自己的高密东北乡。我写《旧宫殿》，写《血朝廷》，写《故宫的隐秘角落》，写《故宫的古物之美》，我自己都无法解释，我的寻根之旅，怎么就寻到了故宫——一个本属于帝王将相的生存空间？它就像一个宽厚安稳的容器，不加挑剔地接纳了我，而我，竟然也感觉与它精准地合一。我隐隐地感觉到，在这浩大宫城的石板下面，有着一组巨大的根须，贯通着我身体里的筋脉血肉，让我的情感永远波澜起伏。于是，帝王将相、嫔妃宫女，纷纷汇聚在我的笔底，演绎他们的悲欢，永不停歇。在走遍中国之后，我发现我的故乡就在故宫，远在天边，近在眼前。

我终于明白，所谓的故乡，未必只是一个地方，它可能是一种文化，一种让你折服、让你激动、让你朝思暮想的文化。

而我，从来没对沈阳朝思暮想。

而沈阳，几乎退成我生命中的一个远景，联系日益淡薄。

我也不会想到，我对这座城市的感觉会发生变化，连自己都猝不及防。那时，我已经离开沈阳三十年。我每次回来住的华人国际酒店，就是我读书时常常经过的农垦大厦。傍晚时分，从大厦出来，天刚好落雪，是冬天的第一场雪，天气很冷，是沈阳独有的冷，冷得通透，冷得过瘾。

那一刻，我突然有些恍惚。

雪幕抹掉了城市的喧嚣，让我恍然置身少年时的街景。我穿好大衣，到街上走走，觉得自己一拐弯，就会撞见少年时的自己。那时的沈阳，单调而沉静，清贫而朴素，苏童写《白雪猪头》，我在自己的记忆里见证过，因为那些平静而温暖的市井纠葛，只有那个年代才有。

暮色降下来时，我想循着街道，走回我从前的家。

窗子里，有我的父亲母亲。

他们在厨房里忙碌，准备晚饭。那时的他们，比我今天还年轻吧？

三十年过去了，如今，父亲已逝，母亲已不能走路。

那一刻，我的眼眶突然潮湿。我突然意识到，我与这座城市的联系并没有被阻断，它只是在某一个阶段被掩盖了。这座城市原来就潜伏在我心底，从来不曾离开。

三

我突然想起来，其实，在我心底，早就藏着一个故宫。那是沈阳的故宫——公元 1625 年，努尔哈赤决定在沈阳定都，就开始修建这座皇宫，十余年后的 1636 年完工，一直到风雨如晦的 1644 年，清军入关以前，这里一直是清朝的皇宫（公元 1636 年皇太极将国号由"后金"改为"大清"，到入主北京紫禁城前，"大清"王朝已经存在了八年）。在我的儿童与少年时代，那座空寂的宫殿，曾是我奔跑的广场（20世纪70年代少见游客，更没见过今天这样的旅行团），尽管那时对它的历史，还一无所知。

在北京故宫查找院史资料，查到"文革"后期在奉先殿举办的"泥塑《收租院》展览"，我才猛然想起，我读小学时，亦曾在沈阳故宫看到过相同的展览。后来越来越多地涉猎清史，我发现沈阳故宫越来越回避不开。它是历史进程中的一个重要的坐标，有了它，才有清朝的紫禁城。曾任沈阳故宫博物院院长的武斌先生用学术话语将它表述为："我们把北京故宫、沈阳故宫、台北故宫博物院以及承德避暑山庄和北京的其他皇家建筑群都称为'大故宫'，是因为它们具有高度的同质性，具有相同的文化内涵和历史内涵，也是因为它们之间具有密切的关联性和互补性。"当然，对沈阳故宫的记忆，连同我对历史、对古典艺术的兴趣，也已深埋在我的身体里，只不过我自己没有察觉而已，在北京故宫那座巨大的宫殿里，才被一点点唤醒。

我想说，不管你承认不承认，每个人的心底都有自己的故乡。所谓故乡，就是隐伏在内心深处，不知不觉，却可以在某个生命节点被突然触痛的情感，是一到某个特定时候就会涌现出来的旧时光，是我们生命的底色。我们可以疏远，可以忘记，却没有人能够抗拒——三十岁时可以抗拒，到六十岁，你绝对抗拒不了。

或许有人会说，乡愁是农业文明的产物，现在连"乡"都没有了，还"愁"啥呢？故乡的意义，是被过去时代的地域差异凸显的，所以过去的诗人，才会"举头望明月，低头思故乡"，如今已是全球化时代，地域的差距早已被抹平了，城市的面貌像一个模子刻出来的，信息、物产甚至风俗，都可以分分钟共享，他乡与故乡，差不多已经等值。

但故乡仍然是在的，因为它不仅体现为空间，也体现为时间。

它是注定回不去但我们在内心里一次次重返的岁月。

它就贮存在我们的身体里，存得越久，利息越高。

我终于明白，我对故乡的那份情感，为什么会因一场普普通通的雪而被激发——故乡，就是永不消逝的电波，在这场雪中被突然接通。

我也明白了，自己为什么会将故宫当作自己的文学的故乡，那也是一种乡愁，一种更大的乡愁，那故乡，在我出生以前，就已经埋藏在我（们）的血脉、基因里，所以才在文字里，爆发出强大的能量。

四

北京城、天津卫、上海滩，在中国，真正叫城的地方并不多。北京人民广播电台主持人米夏这么说的，我一想，的确是这么回事。大上海，原来只是个滩；天津呢，只是个卫（明朝建立了卫、所制度），很多年中，它都像卫星一样存在着，自身的光芒反而被掩盖了；只有北京是城，货真价实的大城。

当然在中国，可以叫城的地方还有许多，但一般并不在城市名后加个“城”字，比如我喜欢的成都，就很少称为“成都城”。宁肯说他住东方太阳城，我住的小区也以“城”命名——某某新城，在北京这座城里，不知藏着多少座“城”，那么，“城”与“非城”的界限到底在哪里呢？

中国正在进行城市化转型，“城”越来越多地覆盖了“乡”。在我看来，城并不只是一个由城墙建筑围合出来的物质空间，而是体现为一种人伦关系。今年四月份，我因为故宫博物院的一个学术项目，沿着抗战时期文物南迁线路进行考察，去了一些三线四线城市，发现这些城市的发展极为迅猛，街景漂亮，环境优美，房价便宜，交通方便，但我没有在那里买房的意愿，因为我无法与这座城市、这座城市里的人建立起联系。我是一个孤立的人，一个孤家寡人。当然人也需要私密空间，需要离开人群，回归自己。所以人与人群的关系，要既近且远，若即若离，这种关系非常微妙，或者说，是一对矛盾，但历史上的北京成功地解决了这个问题。明清两代北京城，虽是皇城，城市空间以皇权为中心，但在皇权以外的部分，这座城市依然具有人情味儿。老北京的居住空间是四合院，关上院门，是一家人的私密空间，互不干扰，四合院之外，胡同就是公共空间，把一家又一家人串联起来。

在一座城里，人与人的关系，不只是横向的，也是纵向的。这纵向的关系，就是现实中的人与历史中的人的关系。我们的城市面貌可以更新，北京也可以有"大裤衩"，就像巴黎可以有埃菲尔铁塔，但我们与古人的精神联系不应该断线，变成一个在时间中孤立的人。

一座城就像一个人一样，是有记忆的。通过记忆，一个人可以找到过去的城，也可以找到过去的自我。我还怀念着北京 20 世纪 80 年代的样子，那是我最早目睹的北京。我 1986 年到北京上大学，那时的北京就像一个大村庄，我生活的西三环（西三环是后来的名称），没有立交桥，道路两旁是高大的银杏树，每逢秋天，都会叶落满地，脚踩在上面，沙沙作响。那时候的公主坟还是一个环岛，环岛里面是大片的树林，还有长椅，可以坐在里面，呆呆地望天。那时国贸一带还不叫 CBD，甚至一座高楼也没有，它当时的名字叫大北窑，开往通州（当时叫通县）的长途汽车从那里发车。当然我也喜欢现在的北京，我从不厚此薄彼，不会保守到否定今天的北京，但过去的北京也不曾简陋到羞于提起。年轻的时候，我们想得更多的是未来，比如读什么专业，做什么工作，找什么样的对象，都与未来有关。但我今年已年过五十，我发现一个人一旦到了一定年龄，想得更多的是过去。

或者说，过去的事不用去想，自己就会找上门来。人的成长是连续性的，一座城也是。北京城是一个六百岁（自朱棣重建北京城算起）高龄的老人，应该让它安然地找到自己的过去，否则，它将很难知道自己是谁。

　　这横向与纵向的联系，组成了一座城市的坐标系。没有这两条轴线，一座城，就会成为一叶不系之舟，只能随波逐流。我和宁肯都试图在文字里，重建城市里的人与他人、与自我的联系，因此有了他的《北京：城与年》，以及我的那些写故宫的散文。

五

　　站在六百年的故宫、两千年的秦始皇陵，乃至亿万斯年的青藏高原，我一眼就看见了生命的短促。二十五岁时见到黄永玉、冯骥才、刘心武，他们用不同的口音说着相同的话："你真年轻。"如今人到中年，见到他们，还是这句话，因为他们已经分别过了九十岁和七十岁。那时北京活跃着一批文化老人，冯骥才、刘心武老师还是年轻人，也就是我现在的年纪，比他年长的有周有光、张仃、杨宪益、丁聪、黄苗子、黄永厚、高莽……历经磨难的他们活得那样潇洒和通透，又那样年轻和可爱。我只遗憾，我没见过沈从文，他1988年去世，那时我正在北京读大学，完全有可能见到他。现在回想起来，21世纪的第一个十年是我生命中的黄金时代，也是北京城的黄金时代。有那么多的文化老人活在这座城市里，为这座城市增添了色彩，也为我的生命增添了色彩，我们在一起时，亲如家人，比如在黄永厚、高莽先生家里，赶上饭点，就一起吃饭，有一段时间，我甚至住在张仃先生的别墅里写作，每天早上，看张仃先生在书房里写字。他们的年岁就像他们的成就一样永远让我望尘莫及。他们的年龄让我安全，有他们在，我永远是孩子。我不想长得太着急。

不知谁为那个尽头起了一个名字——死亡。在中国人心中，谈论死亡被认为是不吉利的，但是孔子早就说过："未知生，焉知死？"道理反过来说也是一样的，未知死，焉知生？唯有死亡，能让我们认真地对待此生。鲁迅说："我梦见自己死在道路上。"其实每个人都是死在道路上。死不是一个动作，而是一个过程，一个漫长的、不易察觉的过程。生命的全过程，就是一点点地被你损耗、一步步走向死亡的过程。

那段时间，我最痴迷的一本书，就是西蒙娜·波伏瓦的《人总是要死的》，书名与伟大领袖的一句名言如出一辙，但这是一部小说，一部历史小说，讲述了一个六百年不死的人，名叫雷蒙·福斯卡。他以为有了更长的生命就有时间去缔造一个更加完美的人生，却只见证了更多的贪婪、凶残和毁灭。他意识到，没有休止的生存并没有多少意义，只有受到时间限定的人生，才能尽可能地趋于完美。

归根结底，生命中的重大事件，都需要一个人自己去承受和面对，犹如对于父亲，无论我怎样爱他，也无法帮助他克服疾病，无法在死神面前，让他多停留一秒。每个人都在寻找着自己的面对方式。记得有一次，遇见一位来自唐山的大姐，独自骑自行车入藏，理由很简单——她患了乳腺癌，切除了一个乳房，对于一个女人来说，它对精神的打击要远远高于它对肉体的摧残。她说，每次洗澡时，看到镜中的身体，她都痛不欲生。那种痛苦，我甚至不敢设身处地地去想。但在我见到她那一刻，我看到了她神情中的光芒，我想那一定是藏地赋予她的光芒。我不知这样的变化是怎样发生的，只知道它发生了。她没能拯救乳房，但她拯救了自己。

六

出于对外部世界的渴望，2002 年，我递交了一封辞职信，与原来的单位诀别了。世界上的路很多，唯有在单位里，我一眼就能望见自己的尽头——从那些一辈子纠缠争斗又一辈子无所成就的人身上，我已经清晰地预见了自己的未来。我要跟这样的未来说再见，去开辟另外一种未来，尽管那种未来还一直保持着神秘感，难以琢磨。

那一次我去了南方，至少，南方的山川草木气息能让我透气、吸氧，让我的大脑和肺泡同时充盈和活跃。我花了一年多的时间，完成了一本散文集，交给了作家出版社。我给它起了一个朴素的名字《蓝印花布》。

从那次辞职到现在，已经过去了十几年。有人说我"勇敢"，有人鼓励我"祝祝勇勇敢向前"，也有人封我为逃跑主义者、冒险主义者、机会主义者。但是我想，人生有涯，做自己想做的事，直奔主题，最多可以叫简约，谈不上勇敢。

从那时开始，宽宽窄窄、起起伏伏、摇摇晃晃的路，穿过我的岁月，也穿过我的字里行间，让我想起陶潜的诗："少时壮且厉，抚剑独行游。"

有一年在雁荡山，我和农民兄弟姐妹、阿妈阿爹以及各种家禽团团挤在一辆长途汽车里，在《蓝印花布》中，我写下一段文字以志纪念：

> 由于山脉的阻隔，地图上相邻的两个小点，可能得走上半天。到处是弯路，汽车始终在旋转，像个打着旋子趔趄行路的醉汉。我被夹在中间的过道上，四肢保持着标准的立正姿势，望着挤到眼前的女人面孔，表情呆滞。在这唯一能和陌生女人

亲近的场合，我的思维竟完全被脖子上的汗珠所吸引，想着什么时候能把手解放出来，把汗珠擦去。男人们身着破旧的西服，袖子上皱褶的颜色深浅不一。车子颠簸得厉害，脚下永远踏不稳，如同站在漂泊的船上。居然有人在打瞌睡，鼾声嘹亮。

那时全凭一腔热情，似乎要以这样的方式对沉闷的现实生活作出抵抗，尽管抵抗得无声无息，也没人看得见。然而，我却时常为自己的旅程陶醉，每到一个村落、一座小镇，看到炊烟升起，看到老人戴着老花镜坐在竹椅里看报纸，孩子在弄堂里奔跑，内心都会异常地动情。

七

我就这样，瞎子摸象一般，在大地上爬行摸索。说是在现实中逃窜也好，说是向着理想冲锋也好，总之自己的生命，好像随着空间的拓展而得以延长，我的写作也不知不觉地变化着，像块海绵，自如地膨胀和舒展。我懵懵懂懂地闯进了藏地，去丹巴美人谷，去昌都，去藏北草原，去喜马拉雅山下的村庄，在那里住下。喜马拉雅山脚下的定结乡，不在前往珠穆朗玛峰的旅游线路上，路途遥远，也很少有外人进来。这里没有自来水，去河边取水要走出很远，回来倒在桶里，听河水的珠串跌落在桶里，感觉那声音无比美妙。出于对水的珍惜，我可以一个星期不刷牙，脸晒得像黑炭，目光却日益明媚，笑声也日益响亮。

也有不可预知的风险——在四川藏地，向雅拉雪山挺进的时候，是 2005 年的盛夏。出发的时候，我只穿着一件单薄的户外服，然而当我走进草原的腹地，一场漫天大雪却不期而至，能见度只有几米。

风雪中我迷失方向，知道自己会被冻死，但感谢上天有好生之德，几乎在生命的极限，奇迹发生了，我看见了牦牛，先是一只，接下来出现第二只、第三只。我知道，牧民就在附近。果然，在牦牛的指引下，我找到了一个黑色的帐篷，祖孙三代正在里面烤火。恍惚中，年轻的藏族姑娘卡初，犹如神山派来的仙女，为我端来热腾腾的奶茶。

年轻时代，很傻很天真，也正因如此，那终将逝去的青春才值得怀恋。青春是那么的单纯，盛不下老谋深算的利害计较，就像写作这事一样。

八

直到今天，我最庆幸的一件事是，我去了丹巴。

从成都出发，过卧龙、四姑娘山，一路向西，进入甘孜藏区的腹地，十个小时的颠簸车程，把我带到了丹巴。到达丹巴之后我才意识到，所有困顿的旅程都是那么的值得。因为唯有如此，我才能目睹它那被封存已久的、惊人的美丽。很多天，我就坐在一个藏族人家的"拉吾则"（屋顶平台）上，把纸页平铺在双腿上，写下对丹巴最初的印象：

> 巨大的雪山占据着蓝天最显要的篇幅，雪线下是红白相间的藏式民居，散落于大山三分之二的高度上，绵延的山势如同风中飘动的裙摆一般此起彼伏，被鲜嫩的黄栌和火红的枫树所装饰，而山脚下翻腾的河水，刚好是它们卷曲的花边。神灵已经在雪山上生活了几十个世纪。在一片花海中，古老的碉楼倔强地耸立，暗示着时间的悠远……

连我自己也没有想到，许多年过去，自己会娶一个藏族姑娘。2007年，初遇康珠的时候，我并不知道她是丹巴人，或许，这正是上苍冥冥中的安排吧。我的人生从此发生了根本性的变化，不再是一个想象中的世界，而变成了沉实的生活。糌粑、酥油茶、风干肉，我发现自己的口味与藏人是那么吻合。和全家人一起，再去布达拉宫的时候，我已经不再是一个来自大城市的观光客，而是一个来自藏地的朝拜者。去哲蚌寺挂经幡，也成为这个家庭必做的功课。我庆幸自己成了藏地的一部分。这块古老而神秘的土地，竟然如此真切地成了我的日常生活，它改变了我，让我在那遥远的地方，开始了死心塌地的生活。

在生命的内部，充满了各种各样的路口，在其中任何一个路口拐弯，我都不会走到今天，变成现在这个自己。

我并非"生活在别处"这一信条的盲目追随者。生活就像一棵坚强的树，在每一个缝隙里都可能萌发、生长。但生活绝对是一道多项选择题，一个人是可以选择自己的生活的，每个人都对他自己的生活享有主权。

而我，不过是不甘以一生为代价完成一篇强加给我的命题作文而已。

我对康珠说，在我岁月的尽头，无须在城市里争购一块价值连城的墓地，只要把骨灰埋在丹巴的山上，埋在一棵梨树的下面就可以了。每当春天到来，梨花盛开的造型，就是我的纪念碑。

九

2005年，我在北京房山一个名不见经传的小镇上，度过了我生命中的一段艰难岁月。那小镇叫窦店。在那里，我体验到生命中最真实的痛感，也验证了自己的耐力与韧性。我本来是由于一次偶然的机会，才在那里买下一套房子，好让在都市的紫陌红尘居住已久的自己，有一个透气的机会。那是在京石高速公路的边上、房山区政府所在地良乡镇与著名的周口店之间的一个点，我没有想到的是，当我的生活出现重大变故，在城市中已经拥有的生活骤然失去，我像一粒尘埃，被狂风卷走，那个遥远而模糊的点竟然成为我生命中重要的甚至是唯一的落点。

人的命运就是这样：你永远无法预测下一步。从小在沈阳长大、在沈阳的街道中游走和嬉耍的少年，怎会想到他会在北京找到自己一生的事业，怎会想到这城市郊区——即使在北京地图上也要仔细寻找的一个点，竟然实实在在地成了我的生活空间？人生是最大的谜，每个人都在用一生的时间，等候着戏剧性与神秘性降临在自己的身上。

我知道，那里将填补我的一段岁月。于是，纵然是那么一套简单的公寓，我依旧精心地布置——当然，是在力所能及的情况下。家具基本上是宜家的，简洁明快，更重要的是价格不贵。我的那些书，尤其是需要好好安顿的——它们是我最忠实的盟友，无论走到哪里，我从不舍弃它们。有它们在，我的心就不慌。我努力让自己沉静下来，让生活平静而坚定地将我包裹住。我做到了，或者说，那个小镇让我做到了。我渐渐地喜欢上了这里的安静，晚上睡觉的时候，即使开窗，也不必担心被噪声所扰。我感觉好像有一个神秘的按钮，控制着世间的声道与音量，它隐去了噪声，让自然的声器最大限度地浮现出来。我会发现风在不同的植被上弹奏出的声音是不同的，那些来路、质感都不同的声音，又在隐约中汇合成一股和声，像音乐一样，有旋律，也有节奏。还有下雨时，第一粒雨点落下的声音，也是可以被分辨出来的。在云南，抚仙湖边，和马原谈到夜晚的声音，他说在西双版纳的家里，睡眠时能够听到的声音，只有风过茶园的沙沙声和泉水流动的声音，我立刻就想到我在京郊窦店度过的夜晚，尽管我当时的居所与他的田园相比堪称陋室了。远离城市，远离朋友，那是我最寂寞的一段时光。但是寂静并没有加重我的寂寞，相反却在消减这份寂寞。因为寂静不是让世界消失了，而是让我感觉到我与万物同在。

窦店一点也不繁华，甚至不够现代，仿佛沉浸在20世纪80年代。有人抱怨房山发展缓慢，窦店更慢，但这正是我喜欢的，因为它保留了温暖、朴素的品质。街道边有肉铺、五金铺、小饭铺、镇政府、邮局、信用社，甚至还有天主堂，没有KTV、按摩店、洗脚屋，至少那时没有。那里民风淳朴，居民老实本分，说话时略带口音，有点接近河北音调，没有北京腔。最不可思议的是，这小小的镇子，居然是多民族汇聚之地，有汉、满、回、壮、苗、黎、彝、藏、蒙古、朝鲜十个民族在这里生活，在这北京城郊的小镇上与他们擦肩而过，无疑是一种神奇的经历。

今天的窦店，如同许多城镇一样，都在快速发展。那里不乏万科这样的大楼盘进驻，现代化的商场也盖起来了，还建起了汽车产业基地，但是我更惦记十字路口的那个早点摊。后来我远去美国，在大海边的伯克利小镇上居住了很久，心里最想念的，却是那早点摊子上炸油饼和豆腐脑儿的味道。

十

伤痛是不会那么轻易地消失的，它时常会在你不经意的时候折磨你。一个人，孤立无援，所有的问题，必须自己面对。在窦店，无处可去，我时常在树林里散步。从我居住的小区向东，快到高速公路，是一大片树林，午后的时光，只有树影，不见人影。风过树林，树叶沙沙作响，像细小的海浪声，轻柔绵密。在这样的时光里漫步，思绪会像风筝，在轻风里越飘越远。

往西走，有一个神秘的地方，那是一座土城，是用夯土打造的，我查了资料，说它是战国末期的城池遗址，分内外两层，外面一层是郭，里面一层是城，都是方城，一公里见方，现在还能看到西南转角八米多高的城墙，考古学家说，从地表散布的碎陶片和城墙夯土中包含的篦纹和绳纹灰陶的情况来看，城垣的建筑年代初步断定为战国末期。那时，这里是燕国的上谷郡。这样一个历史的遗址，在很多时候是属于我一个人的。它深藏在树林里，没有人来，我有时会穿过村庄和树林来到这里，围着那轮廓模糊的土城走圈儿，在这个有着两千年以上生命长度的遗址前，度过属于自己的时光。

散步，是一个与自己对话的最好时机。感谢那段时光，给了我静思的机会，回望和反思自己的路，偶尔，也会想想文学。那段时光里，我急切的心渐渐地冷却下来，开始重新品味人生。现在回想起来，那一份艰辛来得及时，因为它会像一把钢锉，锉掉了太多的幻想，让我更耐心和坚韧地面对人生。

近读《苏轼全集校注》，对他在黄州的那段岁月尤其多了几分体会。年轻时的苏东坡，才华横溢，名满天下，二十多岁就让皇帝折服，说又得了两个盛世宰相（指苏轼、苏辙），性子难免有几分桀骜，但"乌台诗案"给了他凶猛一击，虽是一桩冤狱，却最终磨炼了他的性子。当他流落遥远荒僻的黄州，没有人认识他，不再有人找他签名，甚至连温饱都成了问题，必须自己在没人要的瓦砾场上开荒种粮，他的心才慢慢沉静下来，才有了历经世事风雨之后的那份从容淡定，像他自己写的：

回首向来萧瑟处，

归去，

也无风雨也无晴。

　　那时的他，已然从幽怨与激愤中走出来，走进一个更加宽广、温暖、亲切、平坦的人生境界里。所以，在《在故宫寻找苏东坡》里，我写下这样的话："一个人的高贵，不是体现为惊世骇俗，而是体现为宠辱不惊、安然自立。他热爱生命，不是爱它的绚丽、耀眼，而是爱它的平静、微渺、坦荡、绵长。"

原载《芙蓉》2020 年第 1 期，收入本书略有删节

花间集

肖复兴

一

儿时住的大院里，很多人家都爱种凤仙花，我们管它叫指甲草。凤仙花属草本，很好活，属于给点儿阳光就灿烂的花种。只要把种子撒在墙角，哪怕是撒在小罐子里，到了夏天都能开花。

凤仙花开粉红和大红两种颜色。女孩子爱大红色的，她们把花瓣碾碎，用它来染指甲，红嫣嫣的，很好看。我一直觉得粉色的更好看，大红的，太艳。那时，我嘲笑那些用大红色的凤仙花把指甲涂抹得猩红的小姑娘，说她们涂得像吃了死耗子似的。

放暑假，大院里的孩子们常会玩一种游戏：表演节目。有孩子把家里的床单拿出来，两头分别拴在两株丁香树上，花床单垂挂下来，就是演出舞台前的幕布。在幕后，比我高几年级的大姐姐们，要用凤仙花，不仅给每个女孩子涂指甲，还要涂红嘴唇，男孩子也不例外。好像只有涂上了红指甲和红嘴唇，才有资格从床单后面走出来演出，才像是正式的演员。少年时代的戏剧情景，让我们这些半大孩子跃跃欲试，心里充满想象和憧憬。

特别不喜欢涂这个红嘴唇，但是，没办法，因为我特别想钻出床单来演节目。只好每一次都让大姐姐给我抹这个红嘴唇。凤仙花抹过嘴唇的那一瞬间，花香挺好闻的。其实，凤仙花并没有什么香味，是大姐姐手上搽的雪花膏的味儿。

二

北大荒有很多花，其中最有名的当属达紫香，这是一种已经被从北大荒那里出来的作家写滥了的花。

对于我，最难忘的是土豆花。土豆花很小，很不显眼，要说好看，赶不上同在菜园里的扁豆花和倭瓜花。扁豆花，比土豆花鲜艳，紫莹莹的，一串一串的，梦一般串起小星星，随风摇曳，很优雅的样子。倭瓜花，明黄黄的，颜色本身就跳，格外打眼，花盘又大，很是招摇，常常会有蜜蜂在它们上面飞，嗡嗡的，很得意地为它们唱歌。

土豆花和它们一比，一下子就站在下风头。但是，每年一冬一春吃菜，主要靠的是土豆，所以每年夏天我们队上的土豆开花的时候，我都会格外注意，淡蓝色的小小土豆花，飘浮在绿叶间，像从土豆地里升腾起了一片淡蓝色的雾岚，尤其在早晨，荒原上土豆地那一片连接天边的浩瀚的土豆花，像淡蓝色的水彩被早晨的露水洇开，和蔚蓝的天际晕染在了一起。

读迟子建的短篇小说《亲亲土豆》，第一次看到原来也有人对不起眼的土豆花情有独钟。迟子建用了那么多好听的词儿描写土豆花，说它"花朵呈穗状，金钟般吊垂着，在星月下泛出迷离的银灰色"。我从来没见过对土豆花如此美丽的描写。在我的印象里，土豆花很小，呈细碎的珠串是真的，但没有如金钟般那样醒目。我们队上的土豆花，也不是银灰色的，而是淡蓝色的。如果说我们队上的土豆花，没有迟子建笔下的漂亮，颜色却要更好看一些。

三

三十多年前，春末，在庐山脚下歇息。不远处，有几棵树，不知道是什么树，开着白花，雪一样的白。再不远的山前，有一个村子，炊烟正缭绕。

一个穿着蓝土布的小姑娘，向我跑过来。跑近，看见她的手里举着一枝带着绿叶的白花。小姑娘七八岁的样子，微笑着，把那枝花递给我。常有游客在这里歇脚，常有卖各式小吃或小玩意儿的人到这里兜售。我以为她是卖花姑娘，要掏钱给她。她摆摆手，说：送你！

那枝花是刚摘下的，还沾着露珠，花朵不小，洁白如玉，散发着清香。我问她：这么香，叫什么花啊？

她告诉我：栀子花。

我正要谢谢她，她已经转身跑走，娇小的身影，像一片蓝云彩，消失在山岚之中。

我一直到现在都不明白，小姑娘为什么送我这枝栀子花。

那是我第一次见到栀子花。真香，只要一想起来，香味还在身边缭绕。

四

北京的孝顺胡同，是明朝就有的一条老胡同，中间有兴隆街把它分割为南北孝顺胡同。这条胡同里老宅很多，既有饭庄，又有旅店，还有一座老庙，虽地处前门闹市之中，却一直很幽静。十五年前，我去那里的时候，那里正要拆迁，不少院落被拆得有些颓败零落，但依然很幽静，一副见惯春秋、处变不惊的样子。

在胡同的深处，看见一户院门前搭着木架，架上爬满了粉红色的蔷薇花。架上架下，都很湿润，刚被浇过水。蔷薇花蕾不大，密密地簇拥满架，被风吹得来回乱窜，上下翻飞，闹哄哄的，你呼我应，拥挤一起，像开着什么热烈的会议。由于颜色是那么鲜艳，一下子，把整条灰色的胡同映得明亮起来，仿佛沉闷的黄昏天空，忽然响起了一阵嘹亮的鸽哨。

我走了过去，忍不住对满架的蔷薇花仔细观看，是什么人，在马上就要拆迁的时候，还有这样的闲心侍弄这样一架漂亮的蔷薇花，给这条古老的胡同留下最后一道明亮的色彩和一股柔和的旋律？

有意思的是，在花架的对面，一位金发碧眼的外国小伙子，也在好奇地看着这架蔷薇花。我们两人相视，禁不住都笑了起来。

五

在美国的布鲁明顿小城郊外一个叫海德公园的小区，每一户的房前屋后都有一块很宽敞的绿地。很少见像我们这里利用这样的空地种菜的，一般都会种些花草树木。我住在那里的时候，天天绕着小区散步，每一户人家的前面种的花草不尽相同，到了春天，姹紫嫣红，各显自己的园艺水平。

在一户人家的落地窗前，种的是一排整齐的郁金香，春末的时候，开着红色、黄色和紫色的花朵，点缀得窗前五彩斑斓，如一幅画，很是醒目。

没过几天，散步路过那里，看见每一株郁金香上的花朵，像割麦子一样，整整齐齐地全部割掉，一朵也没有了，只剩下绿叶和枝干。我以为是主人把它们摘掉，放进屋里的花瓶中独享了。

有一天散步路过那里，看见主人站在屋外和邻居聊天。我走过去，和她打招呼，然后指着窗前那一排郁金香，问她花怎么一朵都没有了呢？她告诉我，都被鹿吃了。然后，她笑着对我说：每年鹿都会光临她家，吃她的郁金香，每年她都会补种上新的郁金香。

这让我很奇怪，好像她种郁金香不是为了美化自家或自我欣赏，而是专门给鹿提供美食的。

这里的鹿很多，一年四季都会穿梭于小区之间，自由自在，旁若无人。这个小区花的品种很多，不明白，为什么鹿独独偏爱郁金香？

后来看专门描写林中动物的法国作家于·列那尔写鹿，说远远看像是"一个陌生人顶着一盆花在走路"。便想起了小区的那些爱吃郁金香的鹿，它们一定是把吃进肚子里的郁金香童话般幻化出来，开放在自己的头顶，才会像顶着一盆花在走路吧？当然，那得是没人打扰且有花可吃然后悠闲散步的鹿。

六

我一直分不清梨花和杏花，因为它们都开白花。两年前的春天，我家对面一楼的房子易主，新主人是位四十岁左右的妇女，沈阳人。她买了三棵小树，栽在小院里。我请教她是什么树，她告诉我是杏树。

彼此熟络后，她告诉我：明年开春带我妈一起来住，买这个房子，就是为了给我妈住的。老太太在农村辛苦一辈子了，我爸爸前不久去世了，就剩下老太太一个人，想让她到城里享享福。孩子她爸爸说到沈阳住，我就对他说，这些年，你做生意挣了钱，不差这点儿钱，老太太想去北京，就满足她的愿望吧！到时候，我就提前办退休手续，让孩子他爸爸把公司开到北京来，一起陪陪老太太！

她是个爽朗的人，又对我说：老太太就稀罕杏树，老家的房前种的就是杏树。这不，我先来北京买房，顺便也把杏树种上，明年，老太太来的时候，就能看见杏花开了！

听了她的这一番话，我的心里挺感动，难得有这样孝顺贴心的孩子。当然，也得有钱，如今在北京买一套房，没有足够的"实力"支撑，老太太再美好的愿望，女儿再孝敬的心意，都是白搭。还得说了，有钱的主儿多了，也得舍得给老人花钱，老人的愿望，才不会是海市蜃楼，空梦一场。

第二年的春天，她家门前的三棵杏树，都开花了。我仔细看看杏花，和梨花一样，都是五瓣，都是白色，还是分不清它们，好像它们是一母同生的双胞姊妹。

可是，这家人都没有来。杏花落了一地，厚厚一层，洁白如雪。

今年的春天，杏花又开了，又落了一地，洁白如雪。依然没有看到这家人来。

清明过后的一个夜晚，我忽然看见对面一楼房子的灯亮了。主人回来了。忽然，心里高兴起来，为那个孝顺的女人，为那个从未见过面的老太太。

第二天上午，我在院子里看见了那个女人，触目惊心的是，她的臂膀上戴着黑纱。问起来才知道，去年春天要来北京前，老太太查出了病，住进了医院，盼望着老太太病好，可她还是没有熬过去年的冬天。今年清明，把母亲的骨灰埋葬在老家，祭扫之后，她就一个人来到北京。

她有些伤感地告诉我，这次来北京，是要把房子卖了。母亲不来住，房子没有意义了。

房子卖了，三棵杏树还在。每年的春天，还会花开一片如雪。

七

桂花落了，菊花尚未盛开，到丽江不是时候。想起上次来丽江，坐在桂花树下喝茶，喷香的桂花随风飘落，落进茶盏中的情景，很是留恋。

不过，古城到处攀满三角梅，开得正艳。三角梅，花期长，有点像月季，花开花落不间断。而且，三角梅都是一团团簇拥一起，要开就开得热热闹闹，烂烂漫漫，像天天在举办盛大的 party。

在丽江古城，三角梅不像城里栽种整齐的树，或有意摆在那里做装饰，只要有一处墙角，或一扇木窗，就可以铺铺展展爬满一墙一窗，随意得很，像是纳西族的姑娘将长发随风一甩，便甩出了一道浓烈的紫色瀑布，风情别具。

从丽江到大理，在喜洲一家很普通的小院的院墙前，看到爬满墙头的一丛丛淡紫色小花。叶子很密，花很小，如米粒，呈四瓣，暮霭四垂，如果不仔细看，很容易忽略。

我问当地的一位白族小姑娘这叫什么花，她想了半天说：我不知道怎么说，用我们白族话的语音，叫作"白竺"。这个"竺"字，是我写下的。她也不知道应该是哪个字。不过，她告诉我，这种花虽小，却也是白族人院子里常常爱种的。小姑娘又告诉我，白族人的这个"白竺"，翻译成汉语，是"希望"的意思。这可真是一个吉祥的好花名。

八

那天，去崇文门饭店参加一个聚会，时间还早，便去北边不远的东单公园转转。往前回溯，这里原来是八国联军入侵北京后他们的练兵场。新中国成立之后，将这块空地，由南往北，建起来一座街心公园和一座体育场。这座街心公园便是东单公园，应该是北京最早也是最大的街心公园。

小时候，家离这里很近，常到这里玩。记得上了中学之后，第一次和女同学约会，也是在这里。正是春天，山桃花开得正艳。以后，很少来这里了。特别是有一阵子，传说这里的晚上是谈情说爱之地，很有些聊斋般的暧昧和狐魅，和少年时的清纯美好拉开了距离，更不到这里来了。

如今，公园的格局没有什么太大的变化，假山经过了整修，增加了绿地和花木，还有运动设施。中间的空地，人们在翩翩起舞，踢毽子的人，早早脱光了衣服，一身热汗淋漓。工农兵塑像前的围栏上，坐着好多人在聊天或下棋。黄昏的雾霭里，一派老北京悠然自得的休闲图景。

我在公园里转了整整一圈，走在假山前的树丛中的时候，忽然听见身后传来一声清亮的叫声"爷爷"！明明知道，肯定不是在叫我，还是忍不住回过头去，看见一个四五岁的小姑娘正向她爷爷身边跑了过去。她的爷爷站在一个高大的元宝槭树下面，张开双手迎接她。正是槭树落花时节，槭树伞状的花，米粒一般小，金黄色，很明亮，细碎的小黄花落满一地，像铺上了一地碎金子。有风吹过来，小姑娘的身上也落上好多小黄花，还有小黄花在空中飞舞，在透过树叶间的夕照中晶晶闪闪地跳跃。

我的小孙子也是用这样清亮的嗓音叫着我：爷爷！

那是两年前的夏天，也是在公园里，不是东单公园，是在北海公园；不是槭树花落的时节，是紫薇花开得正旺的夏天。

原载《文汇报》2020 年 1 月 4 日

时间深处的泰州

王干

一

祖母经常说到的一件事，就是李明扬过五十大寿的时候，她曾代表全家前去祝寿。这让她自豪了一辈子。祖母是一个非常低调的人，在我的记忆里一辈子为人低眉顺眼，平时吃饭从来不上桌，也从来不和左邻右舍争论什么，但这件事她多次提起，说明在心目中的地位。

李明扬在抗战期间对新四军做过贡献，当时新四军与韩德勤的部队在黄桥决战，李明扬和李长江的部队硬是按兵不动，让陈毅粟裕的部队险胜了韩德勤的伪军，让黄桥战役成为彪炳军史的奇迹。电影《东进序曲》就是讲述陈毅当年为了统战，三进泰州城和"二李"秘密接触的故事。祖母当年能和这样的影响过历史的大人物接触，自然是难忘的。

虽然信任祖母，但根据我从事党史采访工作的经验，我对祖母的话还是留有余地。2014 年国庆，父亲病危期间，我和父亲有个长谈，我录了视频。我向父亲提起这件事。父亲告诉我，祖父当时在泰州有实业，叫"六成行"，小时候不懂这个"六成行"的意思，父亲说，赚六成就够了，不能太贪。我慢慢明白王家人做事的风格为何如此了。

我也查了资料，1940 年，李明扬确实在泰州办了五十大寿的庆典，新四军还派人悄悄去祝寿。父亲说，李明扬先是从政，后来从商，抗战爆发后，又从政，抗战结束以后，又从商。抗战期间，李明扬依然在上海、泰州有生意。祖父当时经营的项目和他的生意有交集，祖母能够去祝寿，也是很自然的。肯定不是什么贵宾，但借着李明扬的大树好乘凉也是自然的。

这是我对泰州城的最早记忆，是和电影《东进序曲》连在一起的。

二

对泰州城的具体记忆则是留缘照相馆。母亲有一张照片，记录了年轻时的青春靓影，每个人到我家里来，都要夸这张照片拍得好。母亲说，在留缘照相馆拍的。留缘照相馆在泰州市中心坡子街，坡子街相当于北京的王府井、南京的新街口，现在《泰州晚报》的副刊名字还叫"坡子街"，而留缘照相馆在坡子街是一个地标性建筑。

等我识字以后，看到母亲相片上的"留缘"二字，这该是这家照相馆的 LOGO，字体是行书，明显的民国风格。说实在的，我很难把照片上的明星似的美女和现实生活中的母亲联系起来，当时母亲已经生过四个孩子，生活的疲态在她身上的每个部位都能体现出来，照片像个传说，或者说，留缘更像个传说。我最大的好奇是想去留缘看看这个传奇是怎么诞生的。

七八岁的时候，母亲代表服装厂又去了趟泰州，我们很好奇地问她有没有去留缘照相馆再拍一张照片，她说，留缘没有了，改成工农兵照相馆了。她带回了一个在坡子街买回的面包，让我们兄妹三人分着吃，面包松软，比馒头好吃多了。看我们舍不得吃完的样子，母亲叹了口气，没有粮票了，要不就一人买一个了。

三

等我真正有进入泰州城的记忆，已是1976年的夏天了。

那时临近高中毕业，因为我是班长，同学们委托我去泰州买些纪念品作为留念。那天我带着四块八毛钱坐早晨的轮船去了泰州，还是挺兴奋的。这一次终于可以在祖辈生活过的泰州城逛一逛了。很遗憾，当时的泰州城实在没什么可以逛的地方，坡子街的百货大楼也和我们的供销社差不多，没有什么特别之处。我帮同学买了些笔记本和手帕之类的小物品，就回到了下坝轮船码头。

泰州是里下河的门户，下坝轮船码头又是门户中的门户。里下河地区水网密布，公路交通极不发达，直到20世纪90年代中期，兴化和泰州之间才有了一条正式的公路。当时的交通工具主要是轮船，这个对今天的年轻人来说有点生疏的交通工具是泰州最常见的。泰州有几个轮船码头，南边的码头是去长江的、去上海的、去镇江的，在高港上船；下坝码头主要是连接广袤的里下河地区，通往盐城、建湖、兴化、东台、姜堰、高邮、宝应等地。

下坝码头的人气还是很旺的，乞讨的、卖唱的、玩花牌的也时常出现在候船大厅里。那天我早晨出发，晚上坐建湖班回家，第二天早晨到周庄，可以省一夜的住宿费。中午我忙着购买纪念品，也没顾上吃饭。等我买完船票，发现口袋里只剩下五分钱了。

饥肠辘辘，我在轮船码头的一家小馆子里，用五分钱买了一碗米饭。没想到这碗米饭居然是陈的籼米，散发一股呛人的霉味，我吃了几口，实在难以下咽，很想要一份三分钱一碗的神仙汤。"神仙汤"是里下河一带的"美食"，家里没菜的时候，挑一块脂油（猪油），倒一汤勺酱油，然后用开水冲饮，便是神"鲜"汤了，如果加几片榨菜，撒一把胡椒粉，简直就是超级享受。遗憾我囊中羞涩，看着对面的顾客饕餮一样豪饮神仙汤，只有艳羡。

又吃了几口，还是咽不下去。这时来了一位搬运工人模样的大叔，他坐在我对面，也要一份五分钱一碗的干饭，但他从口袋里掏出来一块萝卜干助食，清脆的磕碰声，在我听来像美妙的音乐。这位大叔似乎看出我的窘，他从口袋里又掏出一块萝卜干递给我，说："南门酱醋厂的。"我毫不犹豫地接过萝卜干，小心翼翼地小口用舌尖舔着萝卜干，清脆的香甜，在夜空中划出一道绝妙的弧线，我有些醉了。以至于大叔什么时候走的，我都没有察觉。

这是我一生吃到的最好的萝卜干，连米饭也变得香甜。

四

再次回到泰州城，已经是 1986 年了。之前，三叔也早已调回泰州，在酱醋厂当工会主席，还生了小女儿名叫红旗。祖母也回到了泰州，帮助照顾小孩。那年秋天，祖母去世了，我在南京开会，一大早赶到泰州，全家也从各地赶到泰州来。

祖母在 86 岁高龄辞世，她重病卧床期间，父亲和母亲建议她离开泰州到老家养病，祖母不同意，说，我就要死在泰州，要在泰州火葬场变成骨灰。那天我们全家从泰州火葬场回来之后，父亲哭得很伤心，他说，看到祖母躺在灵柩上，眼里充满了泪水。我也看到了，一直梦见祖母噙着泪水的样子，后来写了散文《怀念祖母》，记录这件事。父亲看到说，这是你写得最好的文章。父亲病重的时候，我用册页抄了《怀念祖母》那篇旧文，并承诺父亲，您去世后，也会写篇怀念您的文章，也抄在这本册页上，清明节的时候，一起"烧"给您。

祖母的骨灰在三叔家存放到第二年清明，才回到老家和祖父合葬在一起，坟向南，面朝泰州。

五

1999 年再次来到泰州时，泰州已从县级市升为地级市三周年了，当时江苏有线电视台有个非常火的综艺节目《非常周末》，收视率最高四十点，在今天简直是天方夜谭了，为了庆祝建市三周年，他们请了《非常周末》来直播。我是作为特邀撰稿和编辑来到泰州的。当时江阴大桥已经通车，泰州的经济社会发展也非常迅速，我们几个主创人员还住到了五星级的春兰宾馆里。记得当时的主持人今波陪我去看我童年经常光顾的下坝码头，昔日的繁华和忙乱已经不再，零零星星的轮船看上去只是运货的，当年的候船大厅已经变成了货房，"拆"字醒目地横立在上面。我知道，一个时代结束了。

自那之后，我就经常带一些朋友来泰州。2007 年我邀请王蒙先生在泰州大讲堂做了一堂精彩的讲演，王蒙先生还饶有兴致地比较了扬州美食和泰州美食的差异。2009 年春天，我带一帮作家来到泰州凤城河采风，他们回去佳作迭出，结集成书《印象凤城河》，其中很多篇被收入各种散文年选，这些美文至今还在流传。

六

2020 年春天我们遭遇罕见疫情，我当时正在泰州陪老母亲过春节，没想到随着疫情的发展，我和太太也回不了北京了。这些年我离开家乡，在扬州、高邮、南京、北京等地辗转，和家人相处的时间越来越少。而这一次，我和母亲朝夕相处了五十天，八十六岁的母亲坚持帮我洗衣服。我说，放洗衣机里就好了，她说洗衣机洗不干净，我想也是，多少年了，母亲没有帮我洗过衣服了，现在能让母亲找回年轻时的感觉。每天，我陪着母亲在小区里散步，告诉母亲，隔壁是梅兰芳的梅园，那边是柳敬亭的柳园，不亦乐乎！

很多年前，马可·波罗来到泰州城，写道，这个城不很大，但各种尘世的幸福极多。也就是说，泰州的吉祥如意，是因为幸福多多。之前我对于这个城市的感觉还是乡情乡愁，今年五十天的居住，真正体会到幸福如此具体。疏朗的城市，淳厚的文化，美味的餐食，质朴的人情，都是尘世的幸福元素。

当然还有记忆，没有记忆的幸福感是空洞的。

原载《光明日报》2020 年 8 月 7 日

　　我先后三次到过原解放军第八医院。那时，我们口头上都称它为八医院。如果说日喀则是海拔最高的边防军分区，那么八医院就是当时全军海拔最高的医院了。当年部队进驻日喀则，医院就是几顶帐篷，后来修了土坯房。门诊部、住院部、办公区以及医护人员的宿舍，全是土坯房。黄黄的一片，与四周光秃秃的山浑然一体。一直到20世纪90年代末，医院才搬进水泥楼房。

　　我曾有幸两次去八医院采访，两次都住在土坯房里。第一次去的时候，我住的那个土坯房是里外两间，外面那间堆满了汽油桶。我整夜在汽油的熏陶下入睡，梦境因此而气味浓郁。土坯房很矮，关窗时我发现窗户坏了，关不上，心里多少还是有些发怵。在那个房子里，我住了五天，采访了十几个女军人。

十多年后，我认识了一个在日喀则长大的孩子。她三岁进藏，随父亲辗转数地，少女时代就在八医院度过，如今已是个女少校了。我问女少校："记忆里的八医院什么样？"她说："一排排的土坯房和高大的杨树林。"我说："我也是这样的，对这两点记忆尤甚。一想到八医院，就是三个色调：天湛蓝，树碧绿，房子焦黄。"

我们说的那些树，是杨树，就在八医院住院部的旁边。我对树总是敏感，在采访中特意询问它们的来历，于是得知，这些树就是最早建设八医院的军人们种下的。几十年的岁月，已让它们成长为高大笔直的树汉子，粗壮、健美。虽然是冬季，但也并没有呈现出被寒风肃杀的凄凉景象。白亮的树干在冬日阳光的照耀下依旧朝气蓬勃。我非常喜欢它们，采访的空隙，总是在里面徜徉，呼吸着它们的清香。

在西藏，树林被称为林卡。这片林卡，是四十多年前第十八军的战士们栽下的。如今树已成林，栽树人却没有享受到它们的阴凉。一位老十八军女战士、如今已经退休的女军医对我讲述了这片林卡的来历。"医院刚搬来时，这里蒿草遍地、乱石成堆、野狗窜没。我们顾不上这些，搭上帐篷就开始接收病号工作了。我记得有一次上夜班，刚走出帐篷，一只野狐狸从我脚下窜过，吓得我把马灯都扔了。后来工作走上正轨，我们年轻人就开始憧憬未来。那时我们也谈恋爱，但连个说悄悄话的地方都找不到，每个帐篷住七八个人，外面又是一片荒凉。我们就开始栽树了。刨开乱石，填进泥土，小心地种下树苗。在西藏栽树是很不容易的，没有自来水，浇树的水全靠我们到雅鲁藏布江去挑。可浇下一桶水，哧溜一下就让干涸的乱石滩吸干了。我们的肩膀磨出了老茧，腰也挑弯了。第一年栽下的树苗只活了三分之一。但我们没有气馁，第二年又栽。我们想，要让这树林和我们的青春同步。一年又一年，这些树终于活下来了。西藏的树一旦成活，生命力是很强的，它们迅速地成长为一片树林。不过，等这片树成为林卡时，我的青春也早已过去。但每当我看到年轻人在里面开心地唱歌跳舞时，心里就感到极大的安慰。不管怎么说，这林卡伴随了我的青春，还将伴随许许多多军人的青春。后来，我离休时，领导问我还有什么要求？我想了半天，说：'欢送会能不能在林卡里开？'领导同意了。散会后，我一个人穿着大衣走进了林卡。我忽然觉得天地间一下安静了，只留下我和那些美丽的白杨树。我想，今生今世，我再也不会忘掉它们了。"

这位女军医不愿让我写出她的名字，我只能尊重她的意愿。可以告诉大家的是，她已回到了成都。很可能她每天就走在那些普普通通的老太太中间，买菜、做饭。但她的心里，将永远想着西藏，想着那片静谧的林卡。

也是在那次采访中，有一位叫陶秀英的女医生，让我第一次知道了半个多世纪前就有女兵走进西藏的史事。陶医生不是第一批女兵，但却是第一批进藏的医护人员。她在日喀则度过了她的大半生，并且，她的四个孩子中，有三个在日喀则工作，一个在拉萨工作。她的孙子也在日喀则上学。她说，我们真的是献了青春献子孙。我第一次听到这句话，就是从她那里。

写到这儿，我忽然很惦记这位老军医，又是十几年过去了，不知道她是否回到成都？是否健在？她的孩子们，还在高原吗？都好吗？

那次对女军人的采访，让我深受教育：即对自己的生活知足。能够住在氧气充足的地方，能够每天看到儿女，是那些女人们最渴望的事情。对于这种幸福，我却浑然不觉。所以无论条件怎样艰苦，我都没停止采访。在最最难熬的日子里，我总是对自己说，别忘了你也是军人……

1997年，我再到八医院时，是五月，景色与冬天有着很大的差别。阳光澄澈，连土坯房都色彩鲜艳。杨树林更是生机勃勃，在风中铺展着它们的美丽，树冠绿油油的，树干是灰白色的，漂亮极了。你走近看，会发现树干上还有很多"大眼睛"。我不知道它的学名是什么，树结疤吗？不好听。但它们真的像眼睛一样。

那次去八医院，是原西藏军区创作室的冉启培陪我去的。我自己住在医院里，他去了日喀则军分区，他在那边也有采访任务。小冉走时，给我介绍了一个护士，叫高静。我提出当晚跟高静一起值夜班，院里同意了。老实说，那个时候我还没想好写什么，只是有个大概的想法，想写西藏军人，男女都写，所以想体验一下女军人的生活。

就在那天晚上，发生了一件奇事。

由于我经常进藏，并且经常在西藏部队采访，我的一位女友就委托了我一件事，她托我到西藏后打听一个人。这个人是她少女时代暗恋过的男同学，他大学毕业后参军到了部队，然后到了西藏。这些年他们失去了联系。她很希望我能帮她打听到他的下落。可是除了他的名字、职业（军医），她再没提供别的信息了。

我当时想，怎么可能找到呢？西藏那么大，军人那么多，军医也那么多，我跑的地方却是有限的。所以答应归答应，我并没采取什么行动。这回从拉萨到山南，从山南到米林，又从米林返拉萨，再从拉萨到日喀则，一路走来，一点儿与之相关的信息我也没碰到。

那天晚上9点，我跟着外科护士高静去上夜班。高静是河北人，个子高高的，脸庞红扑扑的，健康开朗。她忙碌，我跟着看，抽空和她聊天。毕竟在西藏当护士，还是有很多常人没有的见识和经历。我挺有收获。

到了夜里，她刚闲下来，走廊上忽然传来一阵嘈杂。高静职业性地跳起来冲出门外，很快就没了人影。我也跟了出去，看见医护人员簇拥着一副担架进了急救室。过了一会儿，高静跑回来对我说："重伤员，要输血，我得去叫护士长。"我说："我和你一起去。"我们俩拿上手电筒就往外跑。

天很黑。西藏的夜晚通常都有大月亮的，偏偏这天晚上没有。我和高静互相拉扯着，深一脚浅一脚地跑出医院。路上高静告诉我，送来的是个小战士，施工时开挖土机，挖土机翻了。小战士想保机器没有跳下来，结果被压在了机器下面。晚上6点受伤后，一直昏迷到现在。我问："为什么现在才送来？"高静说："部队离这儿太远了，一百多公里的路，路况差，天黑还不能开快。"

护士长是个藏族人，家就在医院外面的一所藏民院子里。高静冲着院子叫护士长，最先回应她的是狗吠，接着灯亮了。高静说："走吧，我们回去吧。"我说："你不等护士长出来？"她说："不用等，她会马上来的。她已经习惯了，经常被我们半夜叫醒。"果然，我们刚回到科里，护士长卓玛就来了。卓玛一来就上了等在那里的救护车，到附近的采血点采血去了。高静告诉我，病人每次输血时都是现去采集，因为没有好的贮存设备。医院为此在当地建立了一个比较固定的献血人群，以备急用。

回到病房，高静开始填写那个战士的住院资料。小战士才十九岁。我问她："谁送伤员来的？"高静说："肯定是军医。""军医"这个词触动了我，我说："这军医叫什么名字啊？"高静说："不知道。他们吃饭去了。"我暗想，不会那么巧吧？但既然遇见一个军医，总得问问，也许同一个行当的，容易了解情况。

过了很长时间，也没见人上护士办公室来。我惦记着那个受伤的小战士。高静说："你可以上手术室去看看他。"我就上去了。手术室黑着灯，显然手术已经完成了。可伤员送到哪儿去了呢？我想找个人问一下，却四下无人。我一间一间病房找，终于在走廊尽头，发现一个亮着灯的房间。我走过去，一个护士正好出来，我问："今晚送来的那个受伤的小战士呢？"护士说："就在这儿。"我进去，见小战士躺在床上，身上插满了各种管子，输血的、输氧的、导尿的。让人看着心悸，心痛。床边还趴着一个人，一动不动，好像睡着了。

我问护士："脱离危险了吗？"护士说："眼下生命危险倒是没有了，但很惨。"我说："怎么，残疾了吗？"她说："是的。"他才十九岁啊，就在突然之间改变了一生的命运。他还能遭遇爱情吗？他的父母还有别的孩子吗？他醒来之后，发现这一切时，会是怎样的心境呢？我非常难过，心里堵得慌，不知说什么好。

这时，一个老兵走进来。我问他："你们是哪个部队的？"老兵回答了我。我随口问："你们那儿有没有一个叫某某的军医？"老兵朝着床边那个人努努嘴说："他就是啊。"

"他就是？"我就像小说里写的那样，瞠目结舌，吃惊地张大了嘴。老兵说："对呀，他去年调到我们卫生队的。"

我真是万分惊讶，惊讶得有些心跳加速。这样巧合的事，是需要天意的。我毫不掩饰我的惊喜，我说："太巧了，我就是想找他！"

老兵有些疑惑地看着我，我连忙主动介绍说："我的一个好朋友和你们军医是同学，很多年没联系了，托我打听他，没想到在这儿碰上了。"老兵释然了，但并不和我一起惊喜，也许他觉得这很平常。他说："那好吧，等会儿他醒了我就告诉他。"

"等他醒了？"意思是我现在还不能叫醒他？我不解。老兵说："他太累了，刚才吃面的时候睡着吃着就睡着了，面都没吃完。让他再睡会儿吧。"这我相信，在我们说话的过程中，军医始终没动一下，睡得很沉很沉。可是，我真是想马上叫醒他，告诉他我所受之托，看看他惊喜的样子。

但我最终没叫醒他。我留下一张纸条，上面写着我的名字和大概事由，还有那位女友现在的单位和电话，就离开了。我一再嘱咐老兵，他一醒来就告诉我，我要和他说个重要的事情。

　　回到病房已经是凌晨2点了，我困得不行，连打两个哈欠，眼泪都出来了。高静在看书，好像很习惯夜班了。她说："你去睡会儿吧。"我说："好，我去睡会儿。如果军医来了你就叫我。"高静说："好的。"我去了值班室的小屋，脚上暖着高静给我灌的热水输液瓶，很快进入了梦乡。一觉醒来时，走廊一阵嘈杂。我拉开灯看表，7点了，不明白高静何以没有叫我。我连忙爬起来穿好衣服走出去，高静还坐在那里看书，好像我的离开只是一瞬间。她抬起头看见我说："怎么起来了？我还想让你多睡会儿呢。"我说："那个军医呢？他还在睡？"高静说："不知道，一直没来过。"我觉得不对劲儿，咚咚咚地跑上楼去。

　　跑到那间特护室，看见受伤的小战士仍插着各种管子躺在那儿，但在他身边的已不是军医了，而是那个老兵。我连忙问："军医呢？"老兵说："走了，4点走的。"我大吃一惊："怎么走了呢？他不知道我要找他吗？"老兵说："知道，我告诉他了，也把你的纸条给他了。"我很失望，怎么会这样？早知如此我就不睡觉了。

　　老兵从上衣口袋里拿出一张纸条，说："喏，这是他留给你的。"

　　我连忙接过，打开看，上面是龙飞凤舞的一行字："对不起作家，来不及和你见面了，我必须8点以前赶回部队，家里没其他医生了。谢谢你，我会和她联系的，也请你把我的电话和地址转给她。"后面就是他的电话和地址。

　　我就这样错过了一次精彩的邂逅。我放好纸条，走过去看小战士，看这个十九岁就遭遇了重大挫折的孩子，眼泪忍不住掉下来。不知是不是麻药的作用，此刻他的脸上毫无痛苦的表情，安详、平和，充满稚气。我心里默默为他祈祷着，好半天才难过地离开了病房。

太阳升起来了，天地通明。我走出医院，到街上的邮局给远在北京的女友发了一张明信片。简单地告诉她我昨夜的遭遇，最后我说："我是因为你才遭遇这个夜晚的，但这个夜晚对我来说，其重要性已经超过你了。"

我想她不会明白的，就像没来过西藏的人，总也无法想象风雪高原有怎样的风雪。我把一张小小的明信片写满了，然后意犹未尽地丢进了邮箱。丢进去后我才想起，我忘了写上那位军医的地址和电话。

很久之后，我的女友告诉我，军医给她打了电话。其实我已经不关心后面的事情了。我对他们的关注，到那天晚上为止。

在西藏，总有奇迹发生……

原载《解放军报》2020 年 4 月 8 日

在抗美援朝战场与巴金相处的日子

焦凡洪

九十岁的老兵程茂友一直珍藏着著名作家巴金在抗美援朝战场上给他的题词，"祖国人民的心永在你们的身边"。

尽管战争的硝烟已经散去，战地笔记本上的纸页已经泛黄，但程茂友每看到这句充满深情的话语，他在朝鲜战场上与巴金相处的那段时光便会浮现在眼前……

一

1953 年 10 月的一天，师参谋长曹海炳给程茂友交代了一项任务："作家巴金同志要来我们师采访，师领导决定由你跟宣传科谷科长负责接待保障工作。巴金同志可是国内外闻名的大作家，你要协助谷科长安排好他的工作和生活，特别是要确保安全！"

当时程茂友在志愿军第四十六军一三六师司令部通信科当参谋，接到这个任务，他感到既光荣又意外。说意外，是觉得这接待作家或记者的任务与他分管的工作是两条线，让他参与接待，可能是首长认为他写过一些新闻报道，属于师里的"文化人"，也可能是首长认为派一个军事干部能够更好地保证巴金同志的安全。不管首长出于哪种考虑，程茂友都感到十分幸运。他读过巴金的长篇小说《家》《春》《秋》，还看过巴金第一次来朝鲜战场时写的《我们会见了彭德怀司令员》。他对巴金怀有特别的崇敬之情，决心要把接待保障工作做好。

程茂友见到巴金是一天午饭后，在师长住的木板房里。当时巴金还不到五十岁，但在年轻官兵心中他是一位有大学问的长者，程茂友称他"作家同志"。巴金亲切地握住程茂友的手说："我是来向英雄们学习的，直呼我的名字就行。"巴金和蔼的一句话，一下子拉近了彼此的距离。师长对程茂友说："我和巴金同志已经说过，就住在师部，虽然这里的条件也很艰苦，但总比一线连队好些。下部队接送就用我坐的那台吉普车吧。"程茂友观察着巴金的态度，见他微笑着没有吱声。

程茂友想到住处帮巴金收拾一下东西，就说："巴金同志，您只带上笔和本子就行了，咱们晚上还回师部。"巴金说："我已把所有'装备'都带齐了。"程茂友一看，巴金的手里拎着一个小包，里面装着文具、洗漱用品和几件换洗衣服，他的行装竟如此简单。这时，谷科长已安排好了车。巴金对谷科长和程茂友说："咱们就不要到团机关了，直接去连队。"

<h1 style="text-align:center">二</h1>

嘎斯吉普车在山路上颠簸着直奔四〇七团一连。这是一个英雄的连队，驻守在板门店一线后侧的大德山里。一到连队，巴金就向谷科长、程茂友和连队干部表明了态度："我就住在这里了，战士睡在哪儿，我睡在哪儿；战士吃什么，我吃什么，对我不能有任何特殊的地方。"他的语气非常客气，但也非常坚决。

这个连的连长在战斗中牺牲了，指导员空缺，主持工作的是副指导员马玉臣。马副指导员私下找谷科长和程茂友说："巴金同志吃住在连队我们当然高兴，可这条件实在太苦了。我们尽量将生活安排得好一点，吃饭让炊事班单独做。但你们看巴金同志对自己要求这么严，我们给他开小灶肯定得挨批，请你们给巴金同志先做做工作。"谷科长为难地说："我们去讲也得碰个软钉子。我通过和巴金同志接触，感到他说话做事是一个非常认真的人，处处为官兵着想。那在生活上，就按巴金同志的意见办吧。工作上，我们多为他提供方便。"

晚餐，巴金与连队官兵一起吃的是大锅饭，就寝是在战士们戏称的"沙发床"上——在地上铺一层草、上面盖一块雨布。那天晚上，因谷科长到其他部队检查工作去了，程茂友和一个战士与巴金住一个帐篷。程茂友紧挨着巴金躺在地铺上，说："巴金同志，让您受苦了。"巴金乐呵呵地说："这已经很好了，我经历的战争多了，什么艰苦的环境都体验过。"

经过"观察"，程茂友感到，巴金没有一丁点大作家的架子。他说话虽然不多，但每一句话都不敷衍，特别替对方着想，让人感到温暖。那晚，他见巴金兴致很高，便与巴金无拘无束地聊了起来。他问："巴金同志，凭您这么高的水平，在国内听听汇报、看看材料不照样可以写作嘛，为啥还这样辛苦地出国到前线来采访？"巴金说："你们是用枪杆子战斗，我是把笔杆子当枪杆子用。我们这个民族既多灾多难又英勇不屈，作家是和国家的命运紧密相连的。我这半辈子尽跟战争打交道了，上海抗战一打响，我就跑去了上海；上海失守，进行武汉保卫战，我又奔向了武汉；日本鬼子对重庆大轰炸，我又赶到了重庆。我了解的都是战场上的真实情况，这样写出的东西才真实。可以说，我的前半生是在战火中生活的。这两年，我来朝鲜战场两次了，来了才更加懂得我们战士的可敬可爱，才更有创作欲望。这对我也是一种精神的陶冶和工作的激励，跟战士们在一起就想着战斗。人活着就要为奋斗活着，牺牲是为奋斗做了一个总结。"

巴金在这弥漫着火药味的帐篷里，轻声慢语地谈着自己的体会。这对于同样在战争中成长起来的程茂友来说，句句都温润着他的心灵。他说："巴金同志，您讲得太好了，我还读过您解放前翻译的书，也都是励人奋斗的。"巴金说："我是把翻译的作品作为一种武器。那时我们的国家积贫积弱、任人欺负，一些国人特别是青年人缺少思想、缺少精神，我到欧洲留学就是去寻找精神武器的。我翻译的书主要是针对青年人的，给他们送武器，鼓励大家为民族解放和复兴而奋斗。"

虽然帐篷里四处钻风，透着阵阵寒气，但巴金的话让同样是年轻人的程茂友听得热血奔涌。巴金还与躺在身边的另一位战士唠家常，问他的家乡在哪里，家中还有什么人。那位战士开始很拘谨，后来也很放松地加入了聊天。他们的话题，把帐篷里的夜色越唠越浓，一直唠到了下半夜……

第二天一早，巴金就和他们一块起床了。他提出，要去阵地上看看。马副指导员劝阻说:"巴金同志,阵地您可不能去。虽然宣布停战了,但敌人经常打冷枪冷炮,那里非常危险。"巴金说:"你们常年战斗在枪林弹雨中都不怕,我上去一次怕什么。"程茂友也想说服巴金不要上去了,只见巴金和颜悦色但又异常坚定地说:"同志们的好心我晓得,来到战场我也是战士。你们不让上去,我怎样工作、怎样战斗!"程茂友和马副指导员只好与巴金爬上陡峭的山坡,攀上山顶。这里是与敌人对峙的阵地前沿,坑道和交通壕纵横交错、星罗棋布,每条都有一米宽、两米深。巴金被官兵们在敌人的炮火下一锹一镐挖出的这庞大的工事群震撼了,禁不住赞叹:"这工程太伟大了,战士们太伟大了!"

这一天从早到晚,巴金上阵地、下坑道、抄看连队板报、找官兵采访,又是到很晚才睡。

第三天,巴金开始做程茂友的工作了,说:"你的工作那么多,就不要陪我了。打仗,通信的事情很重要。我和战士们在一起,你回去就告诉师首长放心吧。"

程茂友见巴金蹲在连队不走了,知道他决定的事情是不会轻易改变的,只得恋恋不舍地离开连队。

三

半个月后,程茂友借下连队的机会去看望巴金。一进连队,官兵们便纷纷对他说起"我们的巴金"。

马副指导员说:"巴金同志的工作真是太认真、太辛苦了,他与我们连的干部战士每个人都谈了一遍,有的还反复聊。战士们有什么心里话都对他说,都把他当成亲人,他有着一颗金子般的爱兵心。"

一名干部说:"看巴金同志文质彬彬的,但是条硬汉。那天我们刚把一条坑道打通，下面是泥水，上面还落着沙石，他不顾危险就钻了过去，我们想拦都拦不住。"

一名战士说："巴金同志对俺们兵讲真话、说实话，跟俺们处得就像这胸前抱着的武器——铁！"

还有的战士说："巴金同志什么事情都亲自干，想帮他打扫一下卫生都不让。他还自己跑到小河沟里，用冷水洗衣服……"

这一天，巴金已从帐篷搬进了房子里。说是房子，其实就是半掘开山壁搭起的草棚。里面有了桌子和凳子，也是就地取材用木头临时钉的。这样，我们的作家就不用蹲在地铺上撑着膝盖写字了。

一见到程茂友，巴金像久别重逢的老战友拉着他唠起来。巴金说："这些天我太受教育了，我们的官兵真是祖国的优秀儿女，是最可爱的人。这个连的连长牺牲得惨烈啊！还有那位小卫生员，他是拿着爆破筒与敌人同归于尽的。我看到他生前写下的遗嘱，他说他是一名中国共产党的预备党员。如果牺牲了只有一个请求，希望组织能为他转正，他要把仅存的四十块钱留作党费上缴……"说到这里，巴金禁不住热泪盈眶。

程茂友也流下了泪水，他一方面为自己战友的英雄事迹而骄傲，一方面也为巴金这样深入细致地采访、掌握了那么多生动的创作素材所感动。

四

巴金结束了在四〇七团一连的生活，又去了其他部队。

程茂友最后一次见到巴金是 12 月 18 日。师里召开表彰大会，特邀巴金参加。程茂友被选为机关干部代表在大会上发言，两人在那样隆重而热烈的场合又一次会面都非常激动。师首长请巴金在大会上讲话。他的讲话很简短，但主题鲜明，就是"祖国、人民、战士与爱"。这也是程茂友与巴金在一起时，听到他讲得次数最多的话。他最后说："你们爱祖国，为了人民幸福和世界和平浴血奋战，祖国人民也深深地爱着你们，你们是祖国最可爱的人！"他的讲话赢得了全场官兵雷鸣般的掌声。

巴金就要离开师里了，程茂友捧上事先准备好的笔记本请求说："巴金同志，请您给我题个词吧！"巴金谦虚地说："题词不敢当，就算临别赠言吧。"于是，他轻轻地掏出了那支写过许多精美作品的笔，把一句饱含真情的话语永远烙印在了一位志愿军干部的心上……

"祖国人民的心永在你们的身边"，这也成了鼓舞程茂友为了人民的美好生活而不懈奋斗的箴言。这位清楚地记得 1952 年 9 月 19 日跨过鸭绿江时走了 11 分钟 805 步的老兵，于 2019 年 10 月 1 日又受邀参加了新中国成立 70 周年的国庆大典。当他所在的"致敬方阵"驶进天安门广场的时候，面对欢腾的人潮花海，他更加理解了这句话所蕴含的深刻意义和无穷力量。那天，他庄严地举起手臂，致敬祖国和人民的同时，也致敬那位了不起的人民作家巴金同志。

原载《解放军报》2020 年 11 月 6 日

北面山河（节选）

杨海蒂

一

　　第一次到陕北时，瞬间被击中了：脚下是世界上最广最深的黄土，地球上最大的黄土高原，被鬼斧天工切割得千沟万壑，气势磅礴地伸向天空；中华民族母亲河黄河，狂怒咆哮一泻万丈，浩浩荡荡泥沙俱下……

　　而当我来到陕北偏北的榆林横山，目睹"龙隐之脉"横山山脉穿过黄土高原横亘天际，亲见无定河蹚过塞北沙漠漫延横山全境，我对这片土地充满了敬畏。当得知在这片神奇辽阔的黄土地上，一代代帝王将相大展雄才伟略，一位位英雄豪杰泼洒热血，一曲曲历史交响激越昂扬，一首首壮丽诗篇千古流传，我对"龙兴之地"横山高山仰止。

二

西夏亡国四百多年后，李自成出生于李继迁寨。

旧县志写道，李自成降生时，家里土窑"洞壁现蛟蛇奇纹，层剥不没"。我钻进过他家窑洞，没有看到"蛟蛇奇纹"，或许因为我俗人凡眼吧。土窑下方有一个被淤的隧洞，据说是李继迁的兵器库，民国时村民从洞中掘出过冷兵器。土窑前方地势平缓，是李继迁的练兵场，窑后梁峁相连的"蟠龙沟"，时而高挺时而平缓，犹如巨龙盘旋。登高四顾，千壑拱四周，万塬拜其下，的确风水宝地。

"王侯将相宁有种乎？"《明史列传》称，李继迁是李自成的远祖，李自成是李继迁的后裔。当年，有少数西夏王公贵族从元军的血洗中侥幸逃出，隐匿民间，或游牧或农耕。穷人家的孩子李自成，七岁到长峁墕打童工。"天地一笼统，井上一窟窿。黑狗身上白，白狗身上肿"，这首别有趣味的《咏雪》诗，被认为是少年放羊娃李自成之作，可看出他从小就胸有丘壑。如此说来，李自成才是"打油诗"的鼻祖。历史推进到公元 20 世纪，湖南人毛泽东万里长征来到陕北，尊崇李自成为"陕人的榜样"，也在壮丽的黄土高原上咏雪："北国风光，千里冰封，万里雪飘。望长城内外，惟余莽莽；大河上下，顿失滔滔。山舞银蛇，原驰蜡象，欲与天公试比高……俱往矣，数风流人物，还看今朝。"其青云之志，其文韬武略，使"秦皇汉武，略输文采；唐宗宋祖，稍逊风骚"。

关于李自成，有很多民间传说、演义，最神乎其神的是说他乃天宫紫微星下凡，他在仙界佩戴过的九龙宝刀，随之同时降世，落于李继迁兵器库，直到 1946 年，横山游击队队员还拿着它攻过波罗围过榆林，此后宝刀不知下落。长峁墕留有"坐龙墩""坐朝峁""旗杆""饮马泉"等遗址，加上三代土龙碑的传说，还有"六月天冰冻黄河"的传奇，以及闯王台闯王显灵的传言等，都神话着这位土生土长的"真龙天子"。民间最为津津乐道的是：崇祯皇帝让人挖了李自成的祖坟以断其龙脉，李自成攻入北京逼得崇祯皇帝上吊自尽；还有康熙御驾巡幸陕北，明察波罗城堡，暗访闯王故里……

话说李自成率起义军从陕北出发，一路攻城略地，好不威风。"剑光闪闪亘长虹，百怪惊逃竞避锋。点缀江山无限景，吟身疑在画图中"，这是闯王自题，何等意气风发。李闯王定陕西，灭明朝，龙袍加身，登上大位，国号"大顺"，建元"永昌"。当时的形势，对李自成及其大顺政权来说一派大好，谁也没有想到很快就翻了盘，真是"其兴也勃焉，其亡也忽焉"。这一曲历史悲歌，引得多少人扼腕。底层的人一旦掌权，难免把握不住自己，智识的盲点、道德的弱点、文化的缺点，使闯王和他的执政团队迅速忘掉了"初心"，权争、骄奢、腐败、怠政四起，焉能不败。

大顺政权像一颗流星，在历史的天空划过，闪过一道短暂而耀眼的光芒，然而，它在世界农民战争史上留下了浓墨重彩的一笔，在中国历史长卷中写下了绚丽的篇章。

雄伟的高原，巍峨的横山，奔腾的无定河，养育了无数横山儿女，塑造了他们独特的精神气质。简直不可思议，以李继迁寨为中心，区区方圆几十里，横山竟然出现过大小八位帝王。这些枭雄豪杰，在黄土高原上搅起历史风云，在刀光剑影中书写铁血人生。

革命是陕北男人的本色。榆林地接甘、宁、蒙、晋，又是明清朝廷流放京官之所，历史上多民族的融合，赋予横山人强健的体魄，壮阔绝域对民众人格的潜移默化，使横山人拥有悍勇刚烈的性格。

在中国革命史上，横山游击队之壮举之盛名，可与铁道游击队、平原游击队相媲美。"没有陕北闹红，就不会有中央红军来陕北。"横山人自豪地告诉我。中央红军爬雪山过草地抵达陕北后，作为陕北红色革命发源地的横山，成千上万的群众跟着队伍要求参军，加上兵强马壮的横山游击队员，只剩下六千勇士的中央红军得以迅速发展壮大。《横山里下来些游击队》，就是那时候诞生于横山的一首陕北新民歌，真挚的感情、优美的旋律，使它从陕北风靡全国，被编入音乐课本，成为红色经典，至今传唱不衰。

三

横山武镇高家沟，这个"山大沟深土层厚"的乡村，有着深厚的耕读文化传统，也有着悠久的尚武精神传承。

高家沟村民为我们演唱《横山里下来些游击队》。这是天然的艺术，是灵魂的歌唱，朴实无华，含藏不尽，有黄土地的气息，征服我们的心灵。天辽阔，地苍茫，残阳似血，山峦如画，望着宇宙八荒，听着天籁之音，心底百转千回，顿生苍凉之感。"念天地之悠悠，独怆然而涕下"，是文人情调的感伤，陕北劳动人民有自己的情感宣泄方式：吼信天游。

当孤独的牧羊人，失意地踟蹰在拦羊的崖畔上；当辛勤的庄稼汉，孤寂劳作在空旷的圪梁梁上；赶牲灵的脚夫，独自行走在荒凉的山道上；当窑前院落的婆姨，想起离家远行的那个人……信天游就油然而生脱口而出。高亢悠长的曲调，随天而游跌宕起伏；九曲回肠的歌声，唱尽了人生的况味。

贝多芬说："音乐是比一切智慧、一切哲学更高的启示，谁能参透我音乐的意义，便能超脱寻常人难以自拔的苦难。"理论终究是灰色的，而信天游是活色生香的。

谨遵孔老夫子谆谆教导的汉民族，"非礼勿视，非礼勿听，非礼勿言，非礼勿动"，多少人失了本心本性，陕北人却普遍例外。"城头上跑马还嫌低，面对面睡下还想你""对面山的那个圪梁梁上那是一个谁，那就是咱们那要命的二妹妹""山挡不住云彩，树挡不住风，神仙挡不住人想人""你若是我的哥哥哟，招一招的那个手；哎哟你若不是我那哥哥哟，走你的那个路。"……天真未凿，真挚热烈，大道至简，至纯至美。有时候听到它们，全身就像过了电，这样的歌曲，拥有摧毁人的力量。难怪王洛宾感慨："最美的旋律最美的诗就在西部，就在自己的国土上。大西北的民歌，有欧美音乐无法比拟的韵味和魅力！"

面对这样的艺术，今天的音乐家们，只能甘拜下风，承认自己无能为力。

不知为什么，陕北民歌总是让我感觉到苍凉，或许因为过美的事物，往往让人内心脆弱。旋律明快的管弦乐曲《春节序曲》，以陕北民歌、唢呐和秧歌音调为素材，用以表现人们喜气洋洋过佳节，然而在热闹欢腾的深处，我始终感受到一种隐隐的忧伤。"城头上跑马"的旋律，被马思聪演变成闻名中外的《思乡曲》，更是直抵我内心最柔软处，从中丝丝缕缕抽出难言的怅惘。

腰鼓、说书、信天游，陕北这三大文化遗产，全都源自横山。横山盲艺人韩起祥，曾在延安给中共"三巨头"说书，担任过新中国首任曲艺协会主席。

横山老腰鼓又称"文腰鼓"，是现存唯一的老腰鼓，根据庙宇石碑的文字存证考据，它出现的年代可追溯到明代中期。古时戍守长城的士兵，身佩腰鼓作为报警工具，发现敌情即鸣鼓为号，一传十传百传递消息。在骑兵集阵冲锋中，也以腰鼓助威，激发将士斗志。鼓角是冲锋的命令，鸣锣是收兵的号令。打了胜仗，将士击鼓起舞狂欢；鼓手行走的队列，诸如"黑驴滚轴""转九曲""十二莲灯"，便是作战阵图。边民久居塞上，也习而为之，于是腰鼓逐渐应用于民间娱乐，演变成激昂刚劲、带有军旅色彩的腰鼓艺术。

而高家沟给我们展示的是武腰鼓，比老腰鼓还要威猛的武腰鼓，又一次带给我们绝大的惊喜。

苍天下，厚土上，一群强壮的农家汉子，带着憨厚的笑容，身着闯王起义服装，以黄土地为舞台，手中的鼓槌一飞扬，立刻龙腾虎跃，如万马奔腾，似狂飙突进。雄迈的鼓点、雄健的步伐、雄强的舞姿、雄壮的呐喊……令地动山摇，令目眩神迷。女子为数不多，在队伍中只是点缀，但牢牢抓着观者的眼睛。俏丽的花衣、动人的身姿、羞涩的神情、纯真的眼神，使她们清新妩媚得就像崖畔上的野山花，那种自带而不自知的风情，让我感叹有人煞费苦心装扮却只是徒劳。

这种反差强烈的混搭堪称极致。同行的各界大佬不住赞叹："男是男，女是女，真好，真美！"我嚷嚷："还以为本宫已如老僧入定，刀枪不入百毒不侵了，今天又乱了芳心！"

我情不自禁哼唱起《赶牲灵》。听到"白脖子的那个哈巴哟朝南的那个咬"时，音乐界大神田青老师没好气地打断我："黄土高原上哪来的哈巴狗？原生态陕北民歌，怎么会出现这样的歌词？'白脖脖的那个下巴哟朝南的那个窑！'注意没有，陕北的窑洞全都是朝南的。"我弱弱地为自己辩护："我也一直纳闷，但看到歌本、影碟都这么写……""都这么写，就一定正确吗？"他丝毫不留情面。田老师特立独行，极力挖掘推广原生态民歌。

早在延安时期，红色文艺家已致力于搜集、整理、传承、创新陕北民歌，使信天游老树发新枝，成为革命艺术中一枝奇异花朵。对延安艺术家来说，音乐不是殿堂艺术，不是沙龙风雅，而是信仰与奋斗的精神，是革命人格的象征。

"文字铭心，音乐刻骨。"朝代兴替，山河易主，一代人去了，一代人又来，陕北民歌生生不息，在天地间永远传唱。

原载《北京文学》2019年第11期，《散文海外版》2020年第1期转载

生命里的大河

剑钧

如果说，有一首歌足以伴我走过漫漫人生路，我可以不加思索地说，那就是《我的祖国》。

——题记

一

"一条大河波浪宽……"记不清哪一年、哪一月、哪一天，我第一次听到这首歌了，那会儿，我还太小。我是听着这首歌走过了幼年，唱着这首歌走过了童年，伴着这首歌走到今天的。

母亲告诉我，当年，她带着懵懂的我，在锦州城边的军营操场上看了电影《上甘岭》。军人们席地而坐，我依偎在母亲怀里，那一年我三岁。一首

《我的祖国》，唱哭了现场每一位从朝鲜战场归来的战友。此后，我无数次看过这部影片，无数次听到和唱起这首歌，一条大河的浪花就拍打着我的胸襟，让我心绪潮动，让我浮想联翩……

小时候，我好奇地问过父亲："一条大河是哪条大河呀？"父亲沉思片刻说："一条大河可以是长江，也可以是黄河；可以是金沙江，也可以是雅鲁藏布江，她流淌在中华大地上，你无论走到哪里，哪里就有心中的大河。"

这句话，我记住了。少年时，我站在科尔沁草原的西拉木伦河畔，望着翻卷的浪花，唱起了这首心中的歌，我将绿草茵茵中的萨日朗花，看作了江南的稻花，将牧羊的歌声，当作了艄公的号子。我会静静地坐在岸边，望着碧野，闻着花香……

有一年，我在西拉木伦河边碰到一位蒙古族老人，他穿着一件褪了色的旧军装，在孙女陪伴下散步，手里拿着老年随身听，放的就是"一条大河波浪宽……"。我被感动了，迎上前和他攀谈起来，老人自豪地对我说，他1947年入伍，是内蒙古骑兵二师的骑兵，1950年10月1日，在天安门广场参加了国庆盛典。之前，他和他的战友从西拉木伦河畔，驰骋千里，抵达了北京清华园驻地。

"那天，骑兵方队从天安门前通过时，广场上欢声雷动，我看到毛主席、朱总司令、刘副主席、周总理在天安门城楼向我们微笑着挥手……"说到这儿，他眼角噙着晶莹的泪花。

我告诉老人家，我看过当年的纪录片，内蒙古骑兵方队好威武！我还说，我岳父也是内蒙古骑兵，时任内蒙古骑兵一师二团副团长，老人家生前告诉我，内蒙古骑兵参加过三次天安门广场国庆阅兵式。他虽没能亲历那些载入史册的盛典，但他好多战友都参加了，他一直引以为豪。

十九岁那年，我在下乡插队两年半后，进了故乡一家筹建中的毛纺厂。不久，我第一次来到首都，在北京第二毛纺织厂实习。半年间，每逢周末，我和同伴们都会游览京城的名胜古迹。我会站在永定河畔情不自禁地哼起这首歌，歌声会带着我的思绪飞扬。

永定河是北京的母亲河，什刹海、积水潭、龙潭湖、高粱河、莲花河都为古永定河河道的余脉，顺着这条余脉，人们甚至可以走到天安门前的金水桥。据《元史·河渠志》载："金水河源出于京西宛平县玉泉山，流至义和门南水门入京城，故得金水之名。"沿着这一脉络，我寻见其源头从玉泉山向东流入紫竹院湖，与高粱河汇合后，分而为二，一入护城河，一注积水潭；经东南出，入什刹海；向南出，入北海；从南海引太液池水，沿南护城河顺流东下，直抵长安右门，穿过天安门前的金水桥，再到皇城的东南墙，向南入南护城河，最终汇入城外的通惠河。来京10年间，我多次穿行在这些水系之间，渐渐地熟悉了永定河，也感受到她的秀美。每每从河边走过，我都会联想起那首动人心扉的歌，因为那每一条河的细流都是祖国这条大河中的一朵浪花啊。

二

"一条大河波浪宽……"我从出生地辽宁省锦州市，唱到了内蒙古科尔沁草原，又从大草原唱到了首都北京。几十年弹指一挥间，走南闯北，我走过无数条秀美的大江大河，唱过无数遍动听的《我的祖国》。而今，我虽然老了，但这首歌并没有老，还像歌里唱的那般年轻，"姑娘好像花儿一样，小伙儿心胸多宽广"。

歌声里，一条大河从远古流过来，带着五千年文明的呼唤，带着"奔涛振石壁，峰势如动摇"的雄浑，多少次听得我热血滚烫。这是一首从战火硝烟里飞出来的歌，饱含着英雄儿女的赤子情。抗美援朝战争结束不久，电影《上甘岭》的导演沙蒙拿着写好的歌词找到作曲家刘炽，想请老友谱曲。刘炽看后说，歌词有情感但缺乏美感，欲请乔羽重写。乔羽认为歌词应加大与影片战斗基调的反差。为此，他冥思苦想10多天，终于从旖旎的长江两岸风光中寻觅到灵感，进而一气呵成写出了《我的祖国》。刘炽拿到歌词，足不出户，又是10多天，一首旋律优美的主题曲诞生了，歌曲经歌唱家郭兰英演唱，顿时好评如潮。随着影片公映，《我的祖国》蜚声大江南北，传唱六十余载，依然长盛不衰。

20世纪80年代初，我有过一次夜航长江的经历。那晚，"汉江轮"驶出险滩纵横浪涛急的西陵峡，已是月上中天时分。我披上外衣，走上甲板，借着月光，望着浩浩大江水，不觉有种心潮涌动的惬意。船过荆州，航道明显变宽了，两岸楼宇连绵，灯火阑珊，除却千年古城风姿，又平添几分现代气息。这座又名江陵的古城，背依长江，是荆楚文化的发祥地，得益于改革开放大潮的洗礼，变得年轻了。转念一想，我亲爱的祖国不也如此吗？恰如歌词所写："为了开辟新天地，唤醒了沉睡的高山，让那河流改变了模样。"我的祖国就像一艘巨轮，从历史急流中冲出，历经无数急流险滩，绕过无数危岩暗礁，寻找到了一条大江阔千里的主航道，除了昼夜兼程外，已没有了别的选择。

1992年春，也就是邓小平南方谈话那年，我因公出差，第一次来到改革开放的前沿深圳。那年，我38岁。站在深圳河河畔，我看到涌动的河水和翻卷的浪花，心里有种莫名的激动。那天下午，我路过蛇口工业大道，看到成群结队的打工妹穿着色彩缤纷的衣裙，拎着花花绿绿的饭盒，步履轻盈地走出"三资企业"，走向五光十色的外部世界，顿时，我眼前流淌过来一条五彩斑斓的河。她们晃动着飘逸的秀发，操着天南海北的口音，掀起笑的声浪，竟掩住了深圳湾的涛声。陡然，我耳边仿佛又响起那首熟悉的歌："在这片古老的土地上，到处都有青春的力量……"我的眼前仿佛看到了故乡草原迈向明天和未来的脚步。后来，我将这段感受写成了散文《打工妹》，收入在我的散文集《多梦的花季》中。

三

"一条大河波浪宽……"2008年国庆节前夕，我从北至南，穿越多条大河，来到了海南岛的五指山。我坐在万泉河边的椰子树下，倾听着泉水叮咚的鸣唱，由心而生一种怀旧的情愫。我来五指山不光是来观光的，也是来寻梦的，当年，父母所在的第四野战军四十军将红旗从东北一直插到了海南岛，部队曾在五指山一带短暂休整。我久久流连于如诗如画的峰峦溪水间，追溯着母亲讲过的往事。父亲当年是——九师的敌工科长，他乘的木船属于第一梯队，虽说已经千疮百孔，仍幸运地成为最早一批登陆船。登岛前，父亲和母亲还不相识，不承想在五指山脚下却生出一段美好的记忆。我登高瞭望万泉河，犹如一条银色哈达自五指山峰飘然而下，多情的河水不会忘记，为了一个新中国，有多少仁人志士把热血洒在了这片土地，恰如歌中所唱："这是英雄的祖国，是我生长的地方……"

2018年春，我来到丽江古城，对着流经古城的一条玉河出神。河水源自黑龙潭，从古城北端的象山之麓飞流直下，朝西北方流到玉龙桥下。我依在桥头，久久沉迷于依山傍水的古城，又逐随小桥下的流水，行走在以红色角砾铺就的街巷，不知不觉中，我走到了古城众桥之首的大石桥，桥下如镜的河面映衬着玉龙雪山的倒影。当地人说，这桥是明代木氏土司所建，又名映雪桥。也就在那一刻，我沉醉了，沉醉于"在这片辽阔的土地上，到处都有明媚的风光"的诗意中。

2019年5月，我和六位作家来山西永和采风，主人盛邀我们去了享有九曲黄河第一湾之称的乾坤湾。阳光辉映下，我坐在悬崖边硕大的巨石上，凝神于流淌了一百六十万年的母亲河。她蜿蜒环绕在群峦叠嶂之中，在这里绕了个"S"形大弯。极目远眺黄河，我既看到她穿峡裂岸的雄壮，又看到她宁静从容的大美。当年红军东征溅起的浪花，而今化作了黄河岸边的槐花。从咆哮的黄河，到安宁的黄河，"在这片温暖的土地上，到处都有和平的阳光"。我此时在想：难道我们不应感到幸运吗？

2020年8月，我去浙江参加龙港笔会。当晚，我沿着鳌江河堤往前走，一路都在欣赏现实版的"龙港现象"。三十六年前，这里还是一片滩涂的小渔村，而今一座美丽的城市拔地而起。龙港是我国首个镇改市，也是我国最年轻的城市，更让人叹为观止的是：这还是一座农民建造的城市。在瓯南大桥边，我悠然望见一轮圆月，"落入"宽敞江面，犹如一盏明亮的河灯熠熠生辉。我迎着徐徐江风，走向瓯南大桥，远方仿佛飘过一曲深情的歌声，"这是美丽的祖国，是我生长的地方……"

"一条大河波浪宽……"多少年来，这首歌伴着我行走天涯，在乌苏里江边，在鸭绿江畔，在海河岸上，在扬子江头，在嘉陵江中……每当我走近一条大河，耳畔就回响起这首歌的旋律。每当我唱起这首歌，心中都会想到父亲的话："你无论走到哪里，哪里就有心中的大河。"写到这里，我心潮难平，热泪盈盈，禁不住轻轻地哼起了这首歌："这是强大的祖国，是我生长的地方……"

哦，我的祖国，不光是我心中的大河，也是我生命里的大河，那汹涌的波涛已然融汇于我的血液里，激扬起生命的浪花，和着祖国前进的滚滚浪潮，正奔向辉煌的明天，奔向更加美好的远方……

原载《解放军报》2020年10月11日

回乡记（节选）　江子

六

20世纪70年代中后期，我的家族终于走出了深渊。整个错位的世界重新归了原位，又开始驶入了一个新的轨道。报纸上到处都是"拨乱反正""落实知识分子政策""改革"这样的字眼。村里的田埂上，干部们忙着拿工具测量田亩的面积和质地。不久，村里的土地分配给了各家各户。一个新的时代来临了。

伯父的一家分到了属于自己的田地。这时候的他，已经是十口之家的家长了。堂弟繁根和两个妹妹先后出世。养活他们成了伯父最重要的任务。伯父比以前更忙了。他依然要管理着整个村庄的电力，为全村的农田灌溉、照明服务，同时又要领着全家老小下地劳动。他是一个读书人，更懂得耕作的原理。他种的地，比别人要多收不少粮食，他家养的牲畜，也总比别人家壮实。他家的生活，比起别人家明显要好一些。

伯父差不多已经忘了自己是一名国家留有档案的人了。有一天，伯父的家中来了两个陌生的人。他们穿着整齐的中山装，胸口的口袋别着钢笔。他们操着外乡的口音，用的是与村里农民完全不一样的口气。他们是上面派来的。他们查阅了1962年伯父所就读的中专学校的档案，了解了伯父的动向。国家正在落实知识分子政策，伯父正是该落实的对象之一。他们问伯父是否愿意离开家乡去新的工作岗位上发光发热，重新为国家的建设出一分力？

老实说，从进门开始，伯父就从他们的打扮和口音闻到了一种远方的气息。那是他久违的气息。他顿时记起自己其实是一名长期潜伏在故乡的人，而此刻他们通过言辞、穿着和举止，暗示他有着另一个组织，并向他发出了接头的暗号。为了这一刻他已经等了十余年。他等得太久太久了。

伯父找来了他当年的书箱。他打开，翻出了当年的毕业证书。那是他的青春与才华的证明，是他心仪的远方的通行证。他满以为它会一直崭新如昨，可他发现，那原本挺括的毕业证书已经被老鼠、蛀虫和莫名的水渍弄得面目全非。毕业证上他早年的照片也已经模糊不清。

就像毕业证书无法保留原样，伯父发现，他已经无法背起行囊响应远方的呼唤。他已经是年近不惑的人了。他已经背负了太多的东西。他是七个孩子的父亲。他还有寡居的过继母亲与目不识丁的妻子。他如果出走了，那这一大家子谁来养活？他一个人的薪水只能是杯水车薪。而留在村里，家乡的田地及其他资源可以让他们勉强活下来。再说，家乡一千四百多人的电力维护，谁来接手？电这个可以随时置人于死地的危险东西，会趁他不在搞出什么幺蛾子？他离开了，可能是他一个人过舒坦了，那全村人的生活，又会受到怎样的影响？他是个读书人，当然应该以勇于担责和服务大众为要义，怎么可以随便撂挑子不干了？

伯父想起十多年前他挑着箱子回到家乡的情景。他现在才意识到，那条弯弯曲曲、坑坑洼洼的路，不是可以渡他到理想彼岸的一根苇草，而是一根将他扣为人质的绳索。

伯父想起十多年前明清书记交给他的工作。他现在才意识到，那个他常常绑在身上的、让他看起来像战士和英雄的电力工具袋，不是英雄的标志，而是囚禁他的镣铐与枷锁。

伯父向着来人无奈地摇了摇头。

七

之后的日子，在人们的印象里，伯父十分坦然地接受了在家乡当一名农民的命运。人们发现，他把锄头砸进泥土的动作要比以往狠一些。他低头看路的时候越来越多，抬头眺望的时候越来越少。他不再像过去，独来独往，寡言少语，而是与村里人打成一片，喝酒吃肉，插科打诨。他的眉头越来越舒展，那些怀才不遇的烦忧都已放下，目光里越来越有了认命的成分。他早就把排灌站小屋里的铺盖搬回了家，以此表示他对世界已不再存有非分之想。他越来越愿意倾听村庄的声音，相比过去那些他所热衷的不着边际的国际国内大事，村子的土地上的刮风落雨、生老病死似乎更让他上心一些。

伯父全力投入到对自己一大家子生活的照料之中。赣江以西的农村人多地少，分田到户激发了乡亲们的干劲儿，可靠着田里的收成只够温饱，伯父着手培养自己多方面的技能，以挣取生活所需的更多资费。他是赣江以西十里八村闻名的爆米花匠，每到春节将临就挑着爆米花机到赣江以西的十里八村打爆米花。他还是村里有名的地理先生，20 世纪 60 年代末，他曾被住在村中心礼堂边的地理先生冠德老人挑中，冒着被发现的危险偷偷把阴阳之术传给了他。冠德老人死后，为婚丧嫁娶挑选吉日良辰和为阳宅选风水自然就成了伯父的重要工作。他还是乡村族谱延修的技术顾问。20 世纪 90 年代，赣江以西流行重修族谱，伯父从家乡曾姓族谱的修缮中悟到了族谱的延修之术，之后经常被各个村子请去担当起族谱延修团队的总指挥，为赣江以西十里八村的人们整理瓜蔓血脉，在别人家的村子往往一待就是十天半月……

伯父还全力介入村庄的大小事务之中。他是个读书人，在大多数人都是文盲的村子里，他的作用无可替代。除了整个村庄的电力维护需要他，村子里的大小事项也需要他到场：那些有人在外面的人家需要他帮着写封信；那些讲不清道理陷入争吵的人需要他帮着理一理是非黑白；那些生了娃的人需要他给娃取一个好名字；那些买了种子、农药或肥料的人需要他详细讲一讲特性和用法；有婚丧嫁娶事的人家需要他帮着出出主意；家里出了逆子赌棍的需要他去帮着劝一劝……

伯父或者走在为乡亲解决电力事故的路上，或者端坐在村庄婚丧嫁娶的现场。天大的事他都能处变不惊，再混乱的场面他都显得如水平静。在人们的眼里，他多像古老部落里的酋长：个子高大魁梧，皮肤黝黑，目光坚定，具有强大的道德自律力与场面驾驭力。他的神情里兼具首领的镇定与菩萨的慈悲。他赢得了全村人的信赖，比他辈分大的和与他同辈的人都称他为"老大"——那不仅仅因为他是我们村曾姓庆字辈最年长者，更因为他是人们愿意托付、值得尊敬的人。

八

伯父在家乡安身立命，似乎也甘之如饴，可是由此就认定伯父绝了远方之念那就大错特错了。几十年来，伯父总是时不时地露出他对远方的惦念与不舍。这样一份情感，坚韧而无望，随着伯父的年岁渐长越来越让人动容：

——20 世纪 80 年代末，伯父用他多年的积蓄盖了一栋两层楼的房子。房子建好后，他爬上楼梯在匾额上用蘸墨的毛笔写下"潜志"两字。他向人解释说这是取自他和伯母的名字。他族谱上的名为"潜"，而"志"的确是伯母的名字。可是它们写在新房子的匾额这么重要的位置，难道不是欲盖弥彰地表达他的心志，他对自己滞留家乡的不甘？

——在我和堂哥繁生很小的时候，他就不断地用远方诱惑我们，经常鼓励我们要走出村去，要去更大的世界闯荡。他总是说，好男儿志在四方。1986 年我和繁生同年考上师范，这本不是什么值得显摆的事情，伯父竟怂恿我父亲和他一起大操大办，请来村里的头头脑脑及亲朋好友来庆贺。他还郑重其事地带着供品及香烛、鞭炮领着我们来到山上，要我们跪在死去多年的大祖父及才去世不久的祖父的坟前。鞭炮炸响，香烛点燃，他领着我们对着两位长辈的墓碑念念有词：请你们多多保佑儿孙幸福平安。咱老曾家几代人，终于有人走出了农门，端上了国家的饭碗！

——他反复向他的儿女灌输读书的理念。他经常告诫他的儿女，砸锅卖铁也要让孩子读书。只有读书，才会发现不仅有着老家的一亩三分地，还有远比家乡更为宽广的远方。他把他的孩子一个个都送进学校，虽然最终以考试走出乡村的只有堂哥繁生一人。他的孙辈们在读书上你追我赶，纷纷考上了大学，毕业后留在了不同的城市。这等于是，他们接过了他的火炬，帮他完成了走出村庄的夙愿。

——他与村里几乎所有在外工作的人们都匪夷所思地保持着亲密联系。他们回乡省亲，都会到伯父家串门。伯父呢，就会换上一种与平日完全不一样的郑重语气，话语中还不断夹带大量的、不土不洋的书面词汇。20世纪80年代中期，我们村著名的儒者学稷老人退休后返乡安度晚年，伯父成了他身边最为亲近的人。他帮助老人修葺祖屋，为老人担负起掌墨裁纸的工作，同时揽下了为老人购买花钵、到小镇邮寄信函等日常事务，经常给老人送上新鲜的蔬菜、鱼肉和刚收获的花生、麻油……他爱赖在学稷老人的家中，听学稷老人讲着自己的过往、见闻。老人去世那天，他跪在棺木前，把头磕得砰砰响，哭得比老人的儿子还要伤心。人们不能理解，是什么原因，让他对这个与他其实并无血缘和亲缘关系的老人如此恭敬？这个经历丰富、蓄满了远方风雨的老人身上，到底有什么让他这般着迷？

九

岁月无情，转眼就到了21世纪，伯父已是古稀之年的人了。伯父以为依他这样的年龄，此生应该再也不会与远方有何瓜葛，一切恩怨随着晚年的到来都得到了清算，他与远方的暗恋纠缠早就到了该放下的地步，整个世界在他眼前应该是一幅平静无波的景象，却不料，远方正式向他发出了邀请，命运再次给了他出走的机会。

这样的机会乃是拜与伯父年轻时不一样的新的时代所赐。随着改革开放的渐次深入，人们纷纷走出村子，奔向异乡。过去只有考学与参军才被获允的离村进城，现在变成说走就走的便当事。进出村的那条路显得拥挤而喧嚣，路两边的野草更加污浊而蓬勃，到了春节前后就更是如此。

二十岁的人离开了村庄，三十岁的人离开了村庄，四十岁的人离开了村庄，五十岁的人离开了村庄……原本人声鼎沸的村庄，顿时变得寂寥起来。随着大量的青壮年离开了村子，村庄变得不完整了。村里的医生孔野德去了县城，开了一家私人诊所，听说生意好得不得了。可村里人生了病，就必须去三里路远的西沙埠小镇了。村里的老屠户曾生保已经老得提不起猪的后腿了，年轻的屠户刘润生去城里打工去了，村里没了屠户，要吃猪肉就必须去小镇上了……全村的户口簿统计的人口依然有一千四百多，可掰指头算算，依然留守村庄的，只有两百多人了。

　　伯父就是这两百多人中的一个。当然陪着他的还有同他一样老的伯母。而他的亲人们，都已经离开了村庄进了城：他的所有儿女都已经在县城购房居住。我的堂姐妹们通过打工都已在县城安家落户，当教师的堂哥繁生更是把家安在了县城，在省城做家具修理师的堂弟繁根把房子买在了市里。除伯父之外，我的父辈们也都已随着儿女在离家几十里外的县城居住。在故乡的伯父，真真成了"孤家寡人"了。

　　伯父的兄弟和儿女们纷纷劝说伯父到县城生活，伯父思索了一番决定成行。通往城市的那条路本就该是他的路，那座村里无数人抵达的城本该就是他的城。他想着他到晚年有了出行的机会，不过是命运给他的一次迟到的补偿。老天爷之所以把他年轻时候的机会给夺去，说不定就是特意为他保存着，等他到晚年时再还给他。

　　伯父把家里的铺盖和洗刷用具打了包，租了一辆面包车，踏上了通往县城的路。车开动，他徐徐打量车窗外的世界。那是他憎恨又感恩的乡土，是曾经贫困潦倒却又人声鼎沸、生机勃勃的生命场，是他心怀不甘却又无怨无悔为之服役的灵魂居所。如今，它已衰老。今天他隆重出行，路上竟然空无一人，只有远处的一条狗抬起头朝他望瞭望，又继续把头缩进蜷着的身体里。

　　车子驶过了村口，伯父把视线投向了不远处赣江边的排灌站小屋。那曾经是安放他的灵魂的地方。现在，它孤零零地站在那里，他知道它已颓圮。如今的村庄，已经没有人种地了，当然也不需要灌溉。当年全村节衣缩食买下的轰轰作响的排灌设施早已废弃，被当作废铁卖给了废品收购站。那间曾经被村里视为心脏一般的排灌站小屋，已经徒有其表、形同虚设了。想起这些，伯父不免有些伤感。而面包车似乎懂了他的心意，速度明显加快了许多。它跃上一个陡坡，穿过西沙埠小镇，快马加鞭地向着县城奔去。

十

　　伯父与伯母来到了城市。他们住进了堂哥繁生的家里。堂哥与堂嫂忙于上班，伯父和伯母每天要自己照料自己的生活。伯父并不缺乏城市生活经验，除了早年读书，作为村里的电力维护专业人员，他要经常到省城、市府出差购买电力设备，县城更是经常往来，所以面对城市并不显得局促。伯母是个十足的乡下人，在各种电器煤气设备面前多少有些手忙脚乱，但因为有伯父的帮衬，事情总不会坏到哪里去。他们与儿子媳妇的饮食口味和生活习惯不同，可因为是至亲之人，总归有相互忍让、和谐共存的空间。菜场买菜、超市购物也不会有多少障碍，在里面的买方和卖方也大多是来自乡下的人，有些甚至是与他们的口音毫无分别的同乡。经过一段时间的适应以后，他们感到城市生活远不像他们最初想象的那样不易，两颗心也就放松了下来。

　　伯父与县城有了一段时间的蜜月期。他与伯母发现，在城里生活的最大好处，就是过去那些散落各地的亲人，现在变得触手可及。

他的几个在城里居住的女儿女婿，会隔三岔五地去探望他们。过去曾患难与共、相濡以沫的兄弟们，现在经常以做寿、孙辈生日等理由聚会，说着家长里短的闲话。有时候在菜市场买菜，冷不丁有人叫着他们的名字，一看竟然就是本村进城的乡亲。那一瞬间他们竟有了依然在村里的错觉！

伯父还有了与他早期读中专时候的同学往来的机会。他们有的当了县长，有的当了局长，也有的做了技术专家。现在他们都已退休，时光消弭了他们之间的距离，他们似乎重新回到了当年的课堂。他们经常邀请伯父聚会叙旧。他们谈起当年伯父的种种优秀表现及后来的际遇，谈起许多不在眼前的故人，都对人世间的种种变故唏嘘不已。他们依然恭敬地称呼他为文体部长。聊起五十多年前的往事，他们苍老的面庞上，竟然浮现出了少年才有的激情和红晕！

可是这样的蜜月期并不长久。伯父慢慢感觉到了哪里不正常，他越来越没有了精气神。起先他埋怨的是堂哥的家在五楼，每天上下楼让膝盖吃不消，自己在村子里住平房就不存在这种问题。然后他感到他的内心被一种叫空的东西给占满，那是一种类似于被虫子噬咬的难受感觉，那是一种无所事事、一无是处的空，一种寄居他乡、形单影只的空。虽然有那么多熟悉的人，可是伯父依然感到空虚和孤独。那也是一种无力之感。他发现在城里的自己对每一个新的一天都不抱期待。他走在干净硬实的街头越来越感觉到脚步飘忽，远不像走在故乡污秽的、坑坑洼洼的田埂和机耕道上那么让人踏实。

他的睡眠越来越不好，远不像在村里时一觉睡到大天亮。他经常做梦。有时候我从上班的省城回到县城去看他，他会嘟嘟囔囔地抱怨说睡眠太差，做的梦稀奇古怪。他说梦里多是赣江以西的下陇洲，比如死去多年的过继父亲，比如一场大水把整个村庄淹没，比如他提前造好的放在老宅子里的棺木被水淘走，比如村里早已不再耕作的荒芜的田地里到处是爬行的蛇……

伯父决定离开县城，回到赣江以西的家乡。他认为所有的梦都在催促他回家。他的兄弟、儿女都无法说服他。他说叶落要归根，人老要回家，当年学稷老先生就是这么干的。他说他在这城里是个无用之人，可是如果他回去，说不定那留守的两百多人还会有用得着他的地方。他说眼看着快过年了，家里关门吊锁的，一点喜气都没有怎么要得。说到回家，这个年过七十的倔强老头儿，神情里竟有了当年说到远方的那种向往。

十一

伯父领着伯母回到了家乡。他们重新开辟了一小块菜地，并买来一群刚出壳的鸡鸭。鸡鸭叽叽喳喳叫着，他的家就重新有了许多生气。他擦净了堂前落满灰尘的大祖父大祖母的瓷像，并把在县城居住时请人做好的自己与伯母的瓷像摆在了他们旁边。他想要不了多久，他们就将成为自己子孙们的列祖列宗。把瓷像做好，不过是提前做了该做的事而已。

回家的消息传出，他们家就重新恢复了热闹——虽然相对过去一千四百多口人居住时候的热闹，今天的热闹早已不可同日而语。那些家里老鼠咬断了电线的人来寻他，婚丧嫁娶挑选吉日吉时的人来寻他，打工挣了钱在家里盖个房要选个好风水的人来寻他。村里有老人去世，他被请去帮忙张罗各种礼仪——那些即将被人遗忘的古礼儿全装在了他的心里。大年初一，他坐在曾家祠堂的首席位置。他的面前是摊开的族谱。烛光摇曳，香烟袅袅，众声喧哗（那些在城里的人纷纷回了家），鞭炮声不断，他在人们恭敬的目光里，郑重地手持毛笔，把去年曾姓新出生的男娃的名字和生辰八字书写在族谱相应的空白处——这几乎是村庄最为庄严的时刻。

伯父走在了村庄的屋头巷尾。他已经老了，走路的速度明显慢了下来。他的背驼了不少，可他的脚步是有劲儿的，那是走在自家地里的感觉。他的表情也不再是城里居住时的惴惶虚弱，而是有着老酋长巡视自己领地时的坚定与慈悲。

住在村里的人越来越少了。伯父的家前后左右四五排房子都空空荡荡。每到夜晚，整个村子就一片死寂，野猫的叫声孤单而凄凉，可伯父并不感到孤单。在他心里，那些在村里活过的人都在。比如他的祖父、祖母，他的过继父亲、小脚母亲，以及他的亲生父母，都会一直陪着他。有的时候，他们会进入他的梦中，与他说着陈年往事。有他们在，他会生出无比踏实的感觉。

他知道，不管那些离开村庄的人走得有多远，离开时怀着怎样的决绝，只要村庄还在，他们最终都会回来。这里是他们的根，是他们埋下祖宗、存放族谱，记录他们血脉缘起与绵延的地方。他留守在这里，就是要看着他们一个个地回来。

我的家族中在村里人口中褒贬不一的堂爷爷曾文治回来了。他活了九十岁。据他的老伴说，他曾反复交代说死后要把骨灰送回家乡。他早年的时候没有好好孝敬父母，他死了就要埋在他们的身边。而他的老伴，一个上海籍的与下陇洲并无多少瓜葛的城市老妪，也表示，她百年之后也要埋在下陇洲的土地上，与我的堂爷爷曾文治相守在一起。按照村庄的古礼儿，她也算是下陇洲的人氏，是族谱上留有名讳的人。

与他们一起回来的，还有堂爷爷的儿子女儿，他们都在上海或者武汉工作。他们的成长与下陇洲并无任何交集，可是他们说，他们都是下陇洲人。以后年年清明，他们都要回来，看望九泉之下的父亲和血脉相连的族人。

伯父主持了堂爷爷的葬礼。伯父把堂爷爷的亲人送出了村。他站在村口，望着进出村的路。他知道不管这条路通向的外面的世界有多辽阔，人们走得有多远，以后的日子里，一定会有越来越多的人沿着这条路回到村庄的怀抱中。

原载《人民文学》2020 年第 10 期

我的无物之阵

王十月

21 世纪的第一个十年结束时，应《天涯》杂志之约，写过一篇回顾过去十年的散文《我是我的陷阱》。现在回看，虽有些颓废，心底总还是亮着希望，且这希望是炽热的。第二个十年过去了，我也将到知天命的年纪，却越发糊涂，看不明白。这不明白，大抵有两层，一是对这时代的不明白，二是对自我的不明白。这十年，科技大爆炸，带来人们社交方式的全面变化，世界进入加速度运转，生活变得眼花缭乱且变化莫测，生活经验在快速更替，不仅旧的经验在失效，新的经验也在迅速失效。这对每个人都是极大的挑战，无论是执政者、普通百姓、作家，还是其他从业者。中国近些年的变化，更是出人意料。人们的思想，变得多元起来。多元是好事，然则任何一件公共事件，互联网上的声音，必然出现截然的对立。

人们虽有分歧，但社会凝聚人心的大方向是一致的，我们在向着富足、自由、民主、公平的方向迈进，虽有曲折，但水流千转终归大海，众多小目标汇集成一个大目标。而现在，在有些人看来是常识的问题，却经常要面对另一些人的质疑与纠缠。人们并没因多元而变得宽容，反倒变得暴戾，动辄诛心。好好说话，心平气和地讨论问题，变得越来越困难。争论的双方，都认为自己真理在握，认为对方是键盘侠。身处这样的时代，对于作家来说，是幸，也是不幸。幸，是时代巨变，为写作者提供了取之不尽的素材；不幸，是作家同样置身这时代旋涡之中，面对海量的、片面的、零碎的、混乱的、被引导的信息，每个人只愿相信自己相信的。而基于大数据算法的某些网络平台，会根据你的喜好，推送符合你想法的内容，于是你以为全世界都在支持你的想法，你在互联网上，看到的都是志同道合的声音。

你坚信自己真理在握。

我们对这时代，难以作出准确把握。大多数作家，自身都是一本糊涂账，又如何能真正写好这时代？作家们感叹文学的无力，怀念 20 世纪 80 年代的辉煌。读者则指责作家无能，指责作家缺席公共事件。他们的知识结构，对处理农耕时代的社会经验相对来说得心应手，处理工业时代的社会经验已经捉襟见肘，面对信息时代，作家们无力处理这样的复杂多变。明时的东林党人，尚且说"风声雨声读书声声声入耳，家事国事天下事事事关心"；而现在的一些年轻写作者，热衷于架空历史的网络文学写作，另一些年轻的写作者，则抱着纯文学的僵尸不放，两耳不闻窗外事，对时代和社会无力关注、无心关注。中东事务研究专家殷罡曾半开玩笑半认真地调侃，说过去的写作者是一个时代的精英，而现在，一流人才在搞金融、IT，二流人才在当公务员，至于作家嘛，都是善良的好人。

殷罡连三流人才的末座都不愿许给作家。

偏激吗？

但另一方面，我们又欣喜地看到，在微信上活跃着一批新的写作者，他们正直、敏锐、有文学才华、有胆识、视野开阔。文学并未缺席时代。殷罡说的作家，显然并不包括这一批人。

这几年，人们流行用"熟悉的陌生人"来概括人与人之间的隔膜与陌生。我们的文学作品中，也出现了许多的"零余人"或者"陌生人"的形象，但看来看去，脱不了加缪小说《局外人》主人公默尔索的影子。在我看来，我们最熟悉的那个陌生人，是我们自己。好吧，不用我们，用我。

我最熟悉的陌生人是我。

我最陌生的熟人也是我。

我每天都觉得我是陌生的。我并不了解我。不了解我何以变成这样一个人。我的行为和我的内心是如此矛盾。明明有许多的话要说，可说出口的话，却是违心的另一种言语。明明可以这样写作，可写出来的，却是另一种文字。以我做编辑十多年的经验，这样的矛盾并非出现在我一个人身上，绝大多数中国作家皆是如此。不能用社会流行的"精致的利己主义者"来概括我们。我们内心有良知，行事有底线，利己之外也愿意利人。只是，终究少了些风骨。中国多了读书人，而少了士人。在齐太史简，在晋董狐笔，只能是士人们心中的传说和遥远的绝响。您会说，站着说话腰不痛。错了，我正弯着腰，知道痛点在哪儿。

人是环境的产物，我并不知道，若再换个全新的环境，我又会是怎样的人，会怎样去思考问题，怎样打量这世界。三十岁时的我是淡定的，骨子里有点老庄，总想着归隐田园。到了近五十岁，反而时常愤怒，想和这世界干一架，却又不知从何下手。想做战风车的愁容骑士，却又明明知道那骑士必然的结局，于是，也就是想想罢了。我更多的是恨我自己，恨自己像大家调侃的那样，终于活成了自己讨厌的样子。而这时的我，已经失去了年轻时的冲动，失去了不管不顾的锐气。

我知道，这是即将进入老年的征兆。

这是多么无奈的悲哀！

外部大环境，作用于我们每个人。平凡或者伟大，蝼蚁或者权贵。有人逆风而行，有人选择现世安稳。我的命运转变，有两件事值得一提。一是我进入了体制内，由无拘无束但每月要拼命写稿换取生活费用的自由写作者，变成了每月有固定收入的"公家人"。未进入体制之前，我对安定的生活是充满向往的。十六岁出门流浪，我渴望安定。从十六岁到三十六岁的二十年间，我换了二十多种工作，打工时只要和老板处得略有不快就辞工走人。东家不打打西家。人生道路万千条，我们可选的，其实只有已经选择的那一条。进入《作品》杂志社，先是当编辑。没有名分却实际主持《作品》杂志的编辑工作，同事们给我取绰号"二婶"，"二审"的谐音。现在，新来的同事叫我王老师，之前的编辑叫我"二婶"。四年前，算是名正言顺分管编辑工作，我可以在这本刊物寄托我的文学理想，将杂志按照我的理想来改造。这些年，同事给力，领导放手，才有了杂志的口碑。进入体制的好处还有安定，还算体面。出门时，人家尊一声"王主席"或者"王老师"时，心里多少也有些虚荣，和之前被人称为"打工仔"相比，似乎多了些尊严。但这样的感觉，在一日日消退。冥冥之中，这世界有神奇的平衡力量，你在一些人面前获得了尊严，必然要在另一些人面前丢失尊严。获得尊严的总量似乎并未改变。

天之道，损有余而补不足。

所谓的尊严，在另外一种无力反抗、无力拍案而起的规则下日日消磨着你，你如同陷入泥淖的水牛，空有一身蛮力，越挣扎越窒息。物质生活自然是比之前要好了，正是这好了，让你时时掂量着，在听从内心和选择苟且之间一次次选择苟且。我佩服那些厮混了几十年的人，他们如鱼得水，他们习惯了，习惯了，也就会麻木，许多事情，他们并不觉得这有什么不对，习惯开毫无营养却又冗长的会议，习惯了将时间和精力消耗在做表面文章上，习惯在会议上作自己大而空的发言。

每当这样的时候，总有一种生活被虚耗的恐惧与无奈。

如果是从前，我可以一拍屁股走人，现在，当我想这样做时，另一个声音告诉我，这里有你想要的安逸。是的，就是安逸。我特喜欢的是电视剧《我的团长我的团》里，团长"死啦死啦"说：

"命都不要了，就要安逸。"

我们都要安逸。这是国人骨子里的禀赋，是我们民族的基因。古往今来皆是如此。

"暖风熏得游人醉，直把杭州作汴州。"这是安逸。

"商女不知亡国恨，隔江犹唱后庭花。"还是安逸。

"死啦死啦"还有一句经典台词："我想让事情是它本该有的样子。"

事情本该有的样子就是求真。改革开放之初，吹响改革号角的，是一篇社论——《实践是检验真理的唯一标准》。这句话，到今天，依然可以激动人心。我无比怀念20世纪的80年代，那是我的青春期。青春期而生逢那个年代，是我一生的幸运，也奠定了我一生行事、思考的底色。我怀念那个野蛮生长、生机勃勃的时代。那个时代，诞生了中国现在最好的作家、画家、导演。那是理想主义的时代，生长在那理想主义时代的70后，命中注定不合时宜。当人们抛弃精神生活，变身为纯粹的经济动物时，我们不合时宜。有人说70

后一代作家是晚熟的一代，也有人说是被遮蔽的一代。事实上，我们只是不合时宜、无所适从的一代。20世纪80年代在我们的灵魂深处种下的种子，顽固的青春病，小众而孤立的一群。20世纪80年代的精神，成为我们生命的底色。

我终是内心极其矛盾的人，向往安逸，却又不能将头扎进沙子里去安心于这安逸，无法漠视日日发生的那些不合理，想让事情呈现它本该有的样子，却又一次次将心中这仅存的火焰自我浇灭。我不是"死啦死啦"，充其量，是"孟烦了"。

两个不同的我日日拉锯，将我的灵魂消耗得千疮百孔。这十年，我就在选择安逸和让事情回到它本来的样子之间折腾着。我深感对不起我的同事、我的领导们，无端给他们添堵，我并不是冲着他们，我只对事不对人。

我的朋友张伟明，许多年前写过一篇小说《我们INT》，INT是电子厂的质检用语，意为产品接触不良。这篇被认为是打工文学滥觞的小说，写的是从乡村进入都市的打工者与这世界的接触不良。我在长篇小说《无碑》里，写了一个患有过敏症的孩子，过敏，是我们身体和环境的接触不良。十一年了，我和现在工作的机构依然INT。很多在大家看来司空见惯的事，在我看来却是匪夷所思。

对自我的不了解，自我的陌生，自我的INT，来自于不适应。可我还不能表达，当我这样表达时，我的同事们，往往用一句话就将我怼了回去："不适应你可以辞职。"是的，我们在网络上，经常看到这句话的模板，当有人批评某某时，就会被人怼，"不爱你可以走啊"。可是，我们批评并非不爱，而是深爱，爱之深，责之切。对自己的陌生，还源于我在上一轮中国股市最高点时进入了股市，傻乎乎的小白，一入股市，就经历股灾，经历熔断，经历漫长的低迷。我差不多研究过上千家公司的财报，也研究过各种各样的股票操作理论，我关心国际国内的时政、经济，从宏观到微观，可我依然一次次被收割。分析财报于股票交易而言根本没有用，一个又一个的雷埋在你不知道的地方，不知何时爆响。炒股在损失金钱的同时，自然也有收获，我发现了另一个陌生的我。从前自诩"每逢大事有静气"，可当你买到P2P爆雷的股时，你会发现，所谓的静气是遇到的事终究不够大。从根本上来说，炒股就是一个低买高卖的问题。可问题是，你认为买在了地板价，地板下面还有十八层地狱，你认为上面还有九重天，获利丰厚舍不得出，最终从盈变亏割肉出局。炒股说到底不是人与市场的较量，不是散户与庄家的较量，是自我人性的较量。我们要战胜的，无非是恐惧与贪婪。而这两点是最难战胜的。我炒股，才知道我的恐惧有多深，我又有多么贪婪。这恐惧与贪婪本就隐藏在我的灵魂深处，是炒股让我面对了这个不一样的自己。

写这篇文章时，中国正在遭受巨大的灾难——新型冠状病毒正在肆虐我的家乡湖北。如果说，21世纪的第一个十年，我面临着的最迫切的问题，是怎样活下去，那么第二个十年，我想的不一样了。从前是怕死的，总想着这一生，理想之花尚未开放，许多心愿未了，夜深人静，想到人是要死的，心底里升起的是无限悲伤和对这人世的依恋。现在我总在想着怎样死。

我感觉胸更加闷，窒息如影随形。

我知道我们患的不是新冠肺炎，虽说年前我回过湖北，虽说我从正月初三开始咳嗽胸闷，虽说我女儿从正月初一开始高烧、咽痛、肌肉痛、角膜炎，每项症状都和新冠肺炎相符，但我们还是选择了在家隔离自我治疗。我的咳，是陈年旧疾，童年时落下的支气管炎，每年冬天必犯，咳嗽起来没完没了，我童年时有个绰号"齁包爹儿"，湖北方言，是指咳嗽起来没完没了的老人。童年家贫，何况这病除了没完没了咳嗽，也未见别的伤害，到了春暖花开，自然会好起来的。

也就这样一直拖着，成了宿疾，每年必犯一次。回到广东，我就开始自我隔离。不怕一万，只怕万一。

什么时候突然从害怕死亡到不再恐惧死亡，或者说，开始思考着我该怎样去死的？不清楚，或者是突然明白的。四年前，一次出差太原，飞机快到太原上空时，突然遇上超强气流，飞机直线下坠，所有的人都失声尖叫。飞机下坠一次后，稳住，开始剧烈颠簸。那一刻，我感到无边恐惧，听从指令，双手紧紧抓着前面座椅的靠背，将头抵在座椅靠背上。我想我可能要死了。这样持续了可能一两分钟，飞机再次下坠。所有人在尖叫。不，不是所有。两个女孩子在笑，很大声，笑声里有惊恐，也有无畏。第二次下坠稳住后，飞机又开始剧烈颠簸。我突然释然了。我想，好吧，死亡要来临了，也没什么可怕的。唯一的遗憾，是女儿面临高考，我的死，可能会影响到她的高考成绩。除此之外，我对这世界真的没什么留恋。要说还有遗憾，就是觉得，死于空难，太没意义。既然凡人皆有一死，何不死得有意义一些？

空难没有发生，飞机再次直线下坠之后真的稳住了。

从那以后，我发现，我不怕死，而是怕死得不值。

人生有死，若死得其所，夫复何恨。

而我终究还是安逸并痛苦着。我是个怎样的人，我不清楚。对自身的认知尚是那样肤浅，何况身处的世界。这十年，我陷入了自我认知的无物之阵，左冲右突，越陷越深。五十知天命，再过三年，我就五十。到那时，我能知天命否？能安于天命否？能挣脱我的无物之阵否？我不知道。我在无物之阵中叫喊、愤怒、悲伤。然而这无物之阵密不透风。然而我终究安逸着。

原载《天涯》2020 年第 3 期

从图书馆到助学路

陈涛

一

　　我任职的池沟村有一所小学，名字叫池沟小学。

　　我到村里报到的当天就去了那所学校。那天，单位人事部的同事陪同我到池沟村委会与村里的党员干部见面。见面会由镇党委李书记主持，十多人围坐在村委会二楼的会议室，村党支部李书记与王主任分别介绍了村子的大概状况，至于他们讲了什么，我屏气凝神也基本不能听懂他们的话语，其间同事中途侧身小声问我听懂没有，我轻轻摇头，俩人相视咧嘴苦笑。会议时间不长，散会后赵镇长说带我熟悉一下环境，我们在村里兜兜转转之后见到了这所小学。学校在搬迁点的入口处，离穿村而过的大路不远，依坡而建，我只在大门口站住往里看了看，正前方六七十米处的四间粉墙灰瓦的平房是幼儿园，左侧同样六七十米处十多级台阶上的三层黄色小楼则是教学楼，楼前旗杆上的五星红旗在蓝天的映衬下格外红艳，猎猎作响。楼门口一侧是食堂，另一侧摆放着几张乒乓球台，在如此贫困的地方、在群山的缝隙里能有一座崭新敞亮的教学楼，实属珍贵，以至于几个月后想起犹能清晰记得初次见到它时的温暖与感动。

小学是两年前山上的村民搬迁至山下时一并修建的，从选址到建成，相关人员做了许多的工作。今年9月，新小学正式启用，目前有十位教师，学生有八十人，分布在四个年级，分别是一年级十八人，二年级十八人，三年级二十六人，四年级十八人。这些学生并不仅仅来自池沟村，邻近的高庄村也有一部分。有次闲谈与学校教师谈起那些仍旧住在山上的学生以及距离更远的邻村学生，感慨他们读书之辛苦，需要走很久的山路时，刘校长以及几个教师纷纷表示这样的条件较之前些年已经大大改善了，并且给我讲了一些在我看来闻所未闻的艰苦，所以现在也就没什么好抱怨的了。

在村里工作的前几个月，我每天都随着镇、村干部一起在搬迁点工作，查看新村委会的建设、道路的硬化、村民住宅的装修以及环境卫生的治理等，时常会从村小学的门口经过，那里聚满了等待孩子们放学的村民，他们在校门口闲聊，眼睛不时穿过大门与围栏的缝隙向院内望去。这几个月我竟再没进去过，哪怕像第一次那样走近大门的情景也没有，虽然在我的内心深处，从第一眼看到它就产生了要为里面的孩子们做一些事情的念头。

或许是我还没有做好如何面对它的准备吧。我曾经这样考虑过。直到有一天，当我用毛笔蘸着鲜红的墨汁在校外的院墙上写到"学习改变人生"中的"人生"二字时，我想我是应该走近学校，走进教室了，我应该认真看看孩子们的学习条件，用心感受他们的精神面貌，再与老师们一起好好聊一聊，找寻一些可以让孩子们的人生变得日益丰富、愈发美好的可能。

之前听村干部提过村小学的条件很好，从外观看我觉得他们的话很对，但进去之后却发现要改进的地方还有很多。推开一扇扇门，进入一个个教室，面对一张张纯真可爱的脸，问校长学校有哪些困难，他有些犹豫，吞吞吐吐不说话，再问他几次，答复无非是缺乏办公桌、教具等，我说这些先不着急，毕竟县教育局都会慢慢配置，重点是孩子们目前需要什么。他想了一下，没有给我答案，其实我的内心同样茫然，我该给孩子们做点什么事情呢？后来我在三楼看到一个空荡荡的房间，几摞书堆放在墙角的桌子上。

"这个房间是做什么的？"

"噢，这是我们学校的图书室。"刘校长回答我。

我走到墙角随手翻开桌上的图书，发现这些图书大多老旧不堪，并且适合小孩子阅读的也少。

"这就是给孩子们读的书吗？"我转身问刘校长。

"噢噢噢，是着呢。"

"你们这个图书室就这样啊？有没有进一步的打算？"

"这个还没有，得再等一等。"

"等？等什么呢？要不这样，我帮你们把这个图书室完善一下，起码有个图书室的样子，你们看怎么样？"

面前的几个老师面露喜色，连声说好，此事也就这样定了下来。

图书阅览室首先要有书架，问他们可否先做一些书架，答复说没钱，于是我去管理各村小学的镇中心小学，镇中心小学的李校长答应得爽快，他说他来解决费用的问题，我又与村小学的老师一起研究了书架的规格尺寸，一个月之后，书架做好，靠墙安放整齐，屋内中间也摆放了两排书桌用于阅读，一个有模有样的图书室呈现在我们面前，除了没有书。

村小学的图书阅览室整理好后，我通过单位人事部的领导、同事的协调，收到了中华文学基金会捐赠的一千零二十册图书。这些图书是我的同事们根据小学生的需求精心挑选，并在短时间内快递来的。与此同时，镇中心小学也为村小学准备了几百本的图书，两相结合，总数达到一千五百册左右，数量虽不多，但却是一个不错的开端。

11月的冶力关已下过几场雪，天空总是阴沉沉的，本想找个阳光温暖的天气让村小学将这些书取走，但镇党委书记得知此事后，一定要搞一个捐赠图书的仪式，并立马安排了下去。我拗不过也就同意了。

仪式是下午两点半开始，天气阴冷，两个副镇长、中心小学的校长、村里的干部以及池沟村小学的全体师生都参加了。刘校长让我讲些话，当我拿起话筒，阵阵凉意袭来，面前的几十个孩子望向我，许多想说的话顿时不想再说。我问他们冷不冷？他们异口同声地说"不冷"，我提高了一些声音说你们真不冷吗？回答仍旧是"不冷"，我笑着说："你们肯定没有说真话，因为我坐在这里都有些发抖了。"孩子们听后有些就笑了。天凉，我知道我要尽量少说几句话，可我知道我又必须要去说一些。这些话不仅说给孩子们听，更是说给在座的所有大人们听，毕竟孩子们还是白纸，而帮他们涂抹的人才最重要。

这个下午，我给他们讲阅读的重要，用尽量浅显的话语去告知他们这样一个道理。其实我还有很多的话想跟他们讲，我知道我的发言无论如何的流畅都难以抚顺我内心的纠结，我不知当我怀着悲伤的眼光看待这群尚不知悲伤为何物的孩子时是不是一种巨大的悲伤。我想对孩子们说，在你们的人生当中，智育永远都不是第一位的，好好学习、努力学习非常重要，却不是唯一。德育、美育、体育甚至在今后很长的时间内会远远超过智育所带来的影响。我想为你们带来可以让你们欣赏音乐与美术之美的老师，但是我目前做不到。我只能努力去找来一些适合你们阅读的图书，让你们从中丰富自己的人生。

仪式结束后，我跟村小学及中心小学的教师进行了交流沟通，最后村小学的校长答应我以后每周至少有一次阅读课，中心小学的校长以及镇里、村里的干部也答应说他们会积极支持村小学的发展。离开时，我扭头对身后村小学的校长说：等你们把图书室彻底整理好，尤其是图书的分类排列工作做好之后，我还要来看的，我也要参加你们的阅读课。刘校长笑着说好。同样是离开时，碰巧是学校放学，一个又一个的小孩子见到我后向我敬礼，说着"老师好"，还有一个小男孩直愣愣冲到我面前，我以为他有事要跟我讲，没想到他却快速地跟我敬礼，大声对我说"老师好"，他与我相视一笑后接着跑远了。

二

捐赠仪式结束后的第二天，小镇落下了我到此之后的第二场雪。昨夜被冻醒，伸脚碰了一下暖气，早已通体冰凉，于是起身加盖一条被子将自己紧紧裹住再次入睡。早晨8点醒来，窗下清晰传来唰唰的声响。拉开窗帘，窗外核桃树上挂满白雪，门卫陈师傅正在清扫积雪与落叶。轻轻拉开窗户，一股清冷的风从缝隙中嗖地钻进怀里，只好急忙关上。突然想起仪式幸亏是昨天，若是今天该有多狼狈。当然，这一天也不好过，水电都停掉了。到了晚上，出门去吃饭，只见全镇一片漆黑，冷风吹，仅有两家饭馆亮着灯，门外的发电机轰轰作响。一家爆满，几十人挤得满满当当，去到另一家，同样如此，其中还有一桌围坐着七八个喇嘛，二十多岁到五十多岁不等，有人在看手机，有人在谈笑。到饭馆时不到七点，坐定点菜吃饭时已是一个多小时后的事。喝了一点朋友自己酿的青稞酒，简单吃了些东西，了无生趣，旁边的嘈杂加重了这种虚无与迷惘。离开时，饭馆陷入黑暗之中，发电机的汽油用光了，店主燃起一根细细的红色蜡烛，喊醒旁边睡觉的小女儿，小女孩揉揉眼，打个哈欠，慢慢走到摆好两盘青菜、三碗米饭的小桌前坐好，全家人开始吃晚饭。回到住处时，依然停电，无处可去，只好去门卫陈师傅的房间。他的房间不仅有烛光，还有炉火。推门进去，几个人在屋里聊天，我的镜片布满雾气，用烛火烤了一下，然后找了个地方坐下，大家借着摇曳的烛光有一句没一句地说着话。听到俄罗斯的一架飞机坠毁，二百多人，十七个儿童。当有人讲出这个悲剧时，屋内陷入沉默。而我，只觉心肺寒凉。

在我帮助池沟小学创建阅览室的过程中，曾接到许多师友希望提供帮助的信息，我都一一婉拒了，因为我不知道这些学校、这些孩子们真正需要什么，我不清楚我们所认为的那份好心是否就是他们眼中的美好。当我们面对山区的孩子们时，我们常常会陷入一种误区，即使我们的心意是好的，但是我们容易做错事，毕竟并不是所有的好心善意都可以达到美好的预期。所以我在村里工作期间，先后去了其余的几所村小学，了解他们的现状与需求，在通过调研掌握了所有村小学相对完整的信息后，便想为全镇村小学的孩子们做点事情。做事先要有人，我与几个驻村干部创建了微信助学平台，组建了一支由学校领导、镇政府干部（主要是负责池沟、高庄两村的干部）、村干部组成的助学团队，以期通过一场助学活动能够最大可能地帮助这群孩子们。

2016 年 3 月 12 日，我拟定了一份助学倡议书并且在微信平台上发出。其实，在助学倡议书发出之前，我的内心依然充满了太多的不确定。在我的房间里曾有一盆普通的绿植，无人照看的它早已枝干枯萎，我偶尔会浇一点水，不那么期望它的复生，只是心存侥幸幻想奇迹的出现。直到有一天奇迹真的出现，我惊喜地发现在枯萎的枝头生出了翠绿的一小片嫩芽。我小心翼翼地将那截枯枝剪下插入盆中，从此耐心照看，竟然生出了几片叶子。我想助学活动也像这嫩芽，它是困难与迷惘中的一丝希望，与其设想太多，不如真正开始，如若用心，假以时日的话助学活动应该也会如同这嫩芽一样枝繁叶茂吧。

　　一件事情的开始有人支持，也会有人批评，这些都会遇到，也必须要去面对。我承认现在的确有一些捐助、助学开始走向了初心的反面，但是我们更应该清楚地看到这些年通过捐助、助学改变了很多人的人生轨迹这一事实。一件于民、于后代有益的事，有所偏差的时候需要的是纠错、改正，而不是禁止它前行的步伐。这些不同的意见与声音于我同样充满意义，它们让我在放下无望的高谈阔论开始做一些力所能及的事情时，开始思考并懂得如何去负重前行，如何让自己的人生轨迹拥有更完美的弧度。

三

　　从 3 月 12 日到 11 月 12 日，我们的助学活动已经进行了整整八个月的时间。当我这样想的时候，我正坐在安静的房间里，窗外漆黑一片，八个月来的活动情景从我的脑海中不断闪过。

　　前几天，与助学小组的几个朋友到了离冶力关镇最近的八角乡举行了一场助学活动，为莲花山村小学与牙布山村小学的孩子们送去了图书、书包、玩具以及一些衣物，这也是 2016 年的最后一场助学活动。这两所村小学，地处偏僻，其中一所在大山深处，道路曲折环绕，沿途成群的野鸡飞来飞去，我们竟然迷了路，把车开进了一片管控的区域，有人凶狠地问我们要做什么，并勒令我们抓紧出去。这两所学校分别有五个教师、五十三个孩子与一个教师、九个孩子，我们把物资交给他们，孩子们将玩具与书包紧紧抱在怀里，我想这些应该会让他们在寒冷冬日里感受到丝丝欢乐与温暖。

现在还记得我们在微信平台发出助学活动的倡议时，全国有那么多的师友们第一时间表示了支持，他们不断地转发，近万次的点击量，那些天，我的手机就没有停止工作过，无数的人打来电话询问所需的帮助与物资，无数个包裹如雪花般飘来。那些天，我们一次次地去邮局，让这个平日没有多少业务量的邮局始终在繁乱中运转，他们偶尔会埋怨，但当他们听说是给孩子们的物资时便又重新变回了和颜悦色的模样。那些天的包裹真多，我还记得一天最多时收到了九十六个。由于修路的缘故，运送包裹的车无法送到邮局，打电话给我讲放在了邮局对面的大路边，他让我抓紧来拉走，否则容易丢。我只好急忙联系村人，最后还是一个小伙子开着一辆三轮车才把它们带回去。

来自全国各地的爱心与爱意浓烈、炽热，让我们始终处于一种感动与激动之中。北京大学附属中学七八级五班的十八位同学在得知我们这里的孩子需要助学时，大家共同出资，然后精心挑选了适合孩子们的体育用品与学习用品，并且先后捐赠了两次。鲁迅文学院就读的第十七届中青年作家高级研讨班的作家学员们也奉献出了他们的爱心，他们不仅集体组织来到冶力关助学，还以全班的名义出资为高庄村小学购置了滑梯一部。中国狮子联会在得知冶力关助学的消息后，集体奉献爱心为孩子们捐赠了图书、益智玩具、儿童识字卡、文具、体育用品、衣物等，勉励孩子们勤奋学习，走出大山，走向世界。山东青岛大学附属医院"彩虹志愿方队"的志愿者们为池沟村幼儿园的孩子们专门购置了三十九个爱心邮包。还有许许多多的熟悉的、陌生的朋友，我只有在心底默默地对他们反复说着：谢谢了！回顾八个月来的工作，或许不够尽善尽美，但起码做到了尽心尽力，师友们的爱心，我们做到了最大程度的珍爱与传递，这是对他们最好的尊重与感谢。

我也特别想对助学小组的朋友们说一声：辛苦了！

助学活动是纯粹的公益活动，小组的成员大多是镇村干部，他们一方面要完成本职工作，一方面还要抽时间跟我去做助学活动，我知道这会让他们两难，但他们却没有任何的烦躁情绪。有些人不仅要出力，还要出车，自己承担油费，这让我有些内疚。许多次，我跟他们一起整理包裹，认真统计；一起在颠簸中奔波，到偏远的乡镇；一起搬运、发放物品，等等。慢慢地，我们形成了十五人的小团队，大家彼此支持，互相鼓励，收获了快乐，获得了成长。他们多是一群充满爱心与热情的年轻人，积极向上，踏实优秀，正是在他们的帮助下，我们的助学活动才能如此顺利圆满地完成。

在这八个月中，我们也做了一些事情，我们先后为冶力关镇、石门乡、羊沙乡、八角乡等乡镇举办了八场助学活动，去每个地方的路途都很辛苦，在山里驱车几个小时才可以到达那里。我们为冶力关镇的七所村小学、幼儿园，石门乡的两所小学，羊沙乡的两所小学，八角乡的两所小学送去了图书、玩具、文具、衣物等物品；为十所村小学、幼儿园创建、完善了图书室；为两所小学添置了滑梯；为三所小学布置了几十幅书法作品；为乡村教师举办两次活动，送去了慰问物品；我们顺便还为六个村子创建、完善了农家书屋。算下来这也是一批价值不菲的物资，但我们大家都懂得每份物品内含的爱心是无价的。

八个月的努力，让我们的助学平台有了不小的影响，在不同的场合，有很多人在见到我时跟我提起，有时我坐车去邻县，出租车司机都会跟我讲起这项活动。省报、甘南州与县电视台对我们的活动也有报道，这些反馈让我们觉得为之付出的努力是有意义的。我知道还有很多朋友想表示爱心，但是实在忙不过来，所以有些也就谢过后婉拒了。

回望这条助学之路，快乐与困惑同在，喜悦与惆怅同存，其中况味百感交集。助学活动本身是公益活动，这意味着我们不会也不可能每次都特别主动去赠送这些物品。万事有度，越过则乱。毕竟有些物品是要自己来取的。只因我无比珍视这些来自全国各地的爱心，我只想将它们送给那些懂得感谢的人手里，我不会要求你的回报，只是希望可以看到哪怕是一丝一毫的谢意。

　　在助学活动中，对任何一所学校而言，我所赠送的第一件同时也是最为重要的物品，永远是图书，是按照不同年级特意选购的图书。我曾经用五千元为幼儿园购图画书，那两个小箱子里所承载的价值远远超过它本身的价格。对任何一所学校而言，当我看不到你对图书的尊重时，请原谅我无法满足你的要求。当我说出这些话的时候，一些人可能会理解我当初为何的缘由。

　　还有一些远方的朋友与陌生人，他们给了我很多的建议，有些可以说开拓了我的思路，有些我只好当作没有听见，也有些人执意讲给我听，我若不听，就会批评。其实一件事只有亲身投入其中的时候，才会获得切身的感触，对于生活，我们常常自以为是，推己及人，其实并非如此，我们所感觉的那些，无非是想象罢了，我们在想象的生活中提出自己的解答，无懈可击的完美难以触及真实生活的皮毛。

　　教育重要，是我从未改变的认知，乡村教育尤其重要，是我八个月来愈发感触到的。当我一次次在大山中穿行，在煎熬中驶过曲折环绕的盘山路，最终来到大山深处的学校时，这一点感触就愈发强烈。我们的乡村教师，能在大山之中坚守，献身教育事业，值得尊敬。尤其是一些民办教师，每月少得可怜的工资，坚持了很多年，甚至有些还要坚守下去，令人唏嘘。乡村小学的儿童，很大一部分都是留守儿童，本身已然缺乏父母的关爱，若教师与社会不去更多地关注他们，等到他们长大，将是怎样的面貌？我想不出，甚至不敢去想。当他们长大，他们会是这片土地的主人，他们是怎样，他们脚下的大地便会是怎样。

我们去为孩子们送一些东西，只是单纯地希望给他们带去一些欢乐，记得有次去池沟村小学，上楼时见五六个小女孩蹲成一圈用两个圆圆的卡牌敲打玩乐，我在她们身后俯下身子问：你们会踢毽子吗？她们很害羞，没有回应我。我又问了一次，才有一个小姑娘点点头。我又问她们，你们想踢毽子吗？她们再次害羞不说话。我告诉她们过几天就带毽子来给你们玩，说完转身上楼，身后传来她们兴奋的叫声。还想起了"六一"儿童节，我问手拿毛绒玩具的五十个孩子开不开心，他们大声说出开心时的笑脸。我还曾经从一个接过玩具的小男孩眼睛里看到了快乐的光亮，它从心底瞬间涌出，仿佛带着清脆的声响，以及可以纯净我们灵魂的力量。

十年树木，百年树人，助学活动的时间不长，很难产生立竿见影的影响。如若有影响，也要待以后才会显现，唯愿我们所做的一切，如同那个孩子眼神中快乐的光亮，照耀他们的人生之路，愿他们有朝一日走出大山，有更多完成精彩人生的可能，开创属于自己的未来。

原载《作品》2020 年第 5 期

上　白

　　这地方有点怪。

　　村名咋叫上白呢？上下的"上"，黑白的"白"。

　　村民说话也怪怪的，语气很重，说：上、白，上——白——。明显地把"上"音重重地压低，再吐出一个清脆爽朗的"白"音，余音袅袅。这样听起来，"上"也重音，"白"也悦耳。

　　问村民：有上白，那下白在哪儿？村民答：上白就上——白——，哪有下白？！话没说完，就狠狠地扫了我一眼，走了。

　　上白的人尚白。大都着素白的衣裳，孩子们一个个齿如齐贝，老人们一个个鹤发松姿，喜欢风、花、雪、月般白净的世界，把白马、白鹿、白兔、白鸟、白燕等看作祥瑞之物。村口前的河水也白，缓缓地流，尤其河里的沙子是银白的，在月光映照下，泛闪着朦胧的白光。河边长着一丛丛白苇，繁繁茂茂，蓬蓬勃勃，齐腰身，临风摇曳，起起伏伏，婀娜多姿。

上白人办白喜事，马虎不得。起白棚、挑白幡、扎白花、穿白衣、戴白帽、挂白布、贴白联、烧白纸、燃白烛，送的是白包、吃的是白饭、盛的菜是白豆腐……一切都有讲究。老（死）了人，当大事，得把白喜事办得三清四白，办圆满了，走的人才能清清白白安安心心地走，这一方的人才会平平安安无灾无祸。

赵德安这会儿想着自己快死了，他把自己的一生放电影一样放过来倒过去。他是上白人，老辈人留下的规矩，心里当然明白。一定要把自己一生捋得清清楚楚、熨得明明白白，一定要让自己落得心安、行得清白，才能白净条条来白净条条去。

赵德安想到自己的老婆，想到自己的儿子，想到以前那个老伙计虎娃……只有赵德安知道，自己的老婆不是自己的老婆，自己的儿子不是自己的儿子，自己也不是自己。听起来有点糊涂，其实这一切都是真的，都是有故事的。

赵德安是个上山砍排树的，吃的是力气饭。每天闷声闷气地砍树，砍得山摇地动，砍得群山发笑，也砍得自己全身光溜溜的就像一尾从水里捞出来的鱼。砍排树，不光是力气活，也是技术活，得掌握火候。砍的时候，得一斧深一斧浅，一斧上一斧下，一斧正一斧侧，一斧左一斧右，不能闪腰，不能抢偏，也不能断丝。什么时候入斧，什么时候收斧，什么时候顺势轻轻一推，都得有个准儿，都得带个眼法。

有一天，他和老伙计虎娃在山上正砍着一棵百年老树。突然，一只可爱的小白兔蹦跳了出来，虎娃想扑上前一把捉住，好带回家给儿子做伴。却不料，赵德安正顺势轻轻一推那棵大树，倒下来的大树把老伙计虎娃严严实实地砸个正中。

赵德安傻眼了，扒出老伙计虎娃，把他搂在怀里，就像搂住一棵荒草一样轻飘。老伙计虎娃歪着头，说：我要走了，你得答应我两件事，不然我做鬼也不会放过你……

赵德安愈发搂得紧，忙不迭地说：我答应，我答应。一百件，我也答应！

老伙计虎娃说：我走后，你就是我。一是得替我照顾好我的老婆和孩子，不能饿着，不能冻着，也不能受半点委屈；要当成自己的儿子，要当成自己的老婆。二是我老婆的性子烈，她不是心甘情愿你就不能强求，你就不能乱来。你一定得答应，你要对天起誓，若是没做到，就会遭报应，砍排树也会把腿砸断！老天在天上看着，我也在那边看着。

就这样，赵德安一肩把责任和爱扛起，结了婚成了家，悉心地照料妻儿，也没违拗老伙计虎娃妻子的心愿，只是名义上的夫妻，同房不同床。赵德安守口如瓶，没走漏半点风声。赵德安有时就恍恍惚惚，感觉自己也不是自己。不过，有了自己信守的承诺，他干起活来全身有使不完的劲儿。

慢慢地，儿子大了，上到高中愣是不肯再上，南下打工去了。从此，没有再回来过。有人说，在那边发了财；也有人说，在那边时好时坏。

又过了几年，妻子秀英婆也突然不明不白地离开了他。赵德安跑到乡党委书记办公室哭诉，说自己的妻子跟了修水电的贵州佬走了。

大伙就叹了一口气，说赵德安就这命！大伙再看赵德安，仿佛他一夜之间瘦了矮了老了，人也没了干劲儿，哪像一个砍排树的伙计？过了不到一年，有人看到他，说赵德安仿佛老了二十岁，毫无生气。

赵德安还时不时地上山去砍排树，不过他已砍不动大树了。砍着砍着，他就常常出神。有一天，他竟然被一棵小树砸断了左腿。虽然不是很严重，但走起路来，一跳一跳，看起来更加让人觉得可怜。

乡里村里见到他的情况，就为他办了低保，还让他当上了村里的看林员，加起来每月也有1000多元，维持生活是没有问题的。

可是，一个人过着的赵德安，却越来越老，越来越憔悴，越来越让人心酸和可怜，常常上气接不了下气，走气路来，仿佛没有声音，像一把干草飘浮在空中。有人说，怕是要干了、没了。

赵德安临死前，托人把村支书喊了来。没等赵德安说话，村支书一口应承：村里会安排好一切，白喜事也会按老辈人的礼数，你尽管安心地走。

赵德安这时竟抽泣起来，带着哭音说：我有过，我有罪，我欺骗了组织，我欺骗了大伙。村支书脸一下青了，向赵德安吼：这个时候，还乱说什么……村支书是想制止赵德安继续往下说，但这时的赵德安根本不看村支书、不怕村支书。他带着哭腔挣着喉咙说：我不说出来，我心不安！我不能毁了秀英婆（赵德安妻子）一世的名声，她和修水电的贵州佬没有半点卵事！秀英婆根本没跟贵州佬跑，她是去城里给儿子看小孩去了。

村支书黑青着脸不说话，瞬间反应过来，喊大伙马上准备后事，该干啥干啥！大伙显然是听到赵德安的话，都吃惊不小，一片惊讶声。但看到村支书的脸，忙各自散开，各自寻自己的事去，忙活起来。

不知是谁带了信，在赵德安快咽气的这会儿，秀英婆带着儿子媳妇和孙儿一家老少赶了回来，紧紧地围在他的床前。

赵德安笑了，他低头看见那条被树砸断的左腿，自言自语地说：

"我该下去和那个老伙计虎娃讲清楚……"

不一会儿，爆竹声响起，瞬间成了白色的海洋，洁净的世界。

血 红

这些年，上白的青壮男子大多外出打工了。他们一走，似乎让人感觉到炎夏的太阳也少了些火红和热度，白白的、淡淡的，上白的水田里也少了些男性健壮的骨骼和冲天的干劲儿，上白的空气里也让人老是觉得少了些血性，少了些忠肝义胆，少了些爱恨情仇，少了些吵闹和打斗，也就少了些生气。

好在，还有一个外号叫花狗的青壮男子在家，在村子里晃荡。

花狗没有外出，那也是有缘由的，他有一个晕血的毛病。一看到红红的血，他就会立马被吓晕过去。他也在城市里待过，城市的灯红酒绿，让他很不适应。回到上白，他才感到放松，他才感到自己就是自己，他才感到自己还算个男人。

这个花狗终日无事，骑一辆摩托车，开得飞快，车上的音响放得震天响。他也跟着尽情地喊，尽是一些爱得死去活来的流行歌曲，或热辣高亢，声嘶力竭；或伤感低沉，如泣如诉。

花狗最爱去的地方是村里的医务室，大伙都叫诊所。这诊所，打针卖药，也卖烟酒糖果副食小吃。最热闹的当数长年累月总围着的一桌牌，几个女人有说有笑，把日子弄出些声响。那牌面上的十个数字，也是千变万化，让人有喜有忧，有失落也有期待，有无聊也有些乐趣。一日一日，就这样流水般地打发着日子。花狗一般不打牌，大多时候是在看，有时也替去解手、去奶娃或去做饭的某个女人打一两手牌，随这些女人忧而忧喜而喜，日子过得飞快。

花狗喜欢往女人堆里扎，嬉皮笑脸，一天过得飞快而有乐趣。

不久，就传出他跟几位留守女人有那档子事，说得有鼻子有眼。还说这些女人里，有比他年纪小的，也有比他年纪大的；还说这些女人，也没图他个什么，就是生活寡淡得很，也想品尝个滋味，一来二去就往他怀里送……当然，这都只是一些传言。

慢慢地，传开了，传远了，传到外头那些打工的男人耳朵里。就有人把话抛回来，说要花狗好好地等着，白刀子进红刀子出，要放他的血。这可不得了，别说放他的血，花狗远远地见着牛血猪血狗血鸡血鸭血鹅血，就得立马吓晕过去。

不想，花狗还是出事了。福牛家的婆娘怀孕了，福牛急慌慌回家，眉不开眼不笑，黑青着脸，一声不吭。回到家，就把四门紧闭。福牛开口就要婆娘把肚子里的孩子打掉，女人死活不肯。福牛就打，就骂，就吐唾沫，女人起先还护着脸，后来就一味地护着肚子，不哭，不闹，也不反抗。女人还是先前的样子，娴静得很。以前在诊所里，她也很少打牌，静静地待在一边看，不多嘴，也很少和花狗闲扯，就是搭声腔也是细声细气，又生得乖态，就很是让花狗多看了几眼。花狗看一眼，再看一眼，就看得福牛的女人满脸绯红。

福牛今天的无名火，只有他自己晓得。福牛和女人结婚了好几年，也没日没夜拼命地种，女人这块好"菜地"就愣是没破土没发芽。两人都上过医院做过检查，女人的"菜地"是肥沃的，自己的"种子"却坏死了。他把那个狗屁诊断书撕了个粉碎，吞到自己的肚子里，连自己的女人也没露只言片语。

循着吵闹声，花狗和几个人从诊所赶过来，嘭嘭嘭用力敲门，大声地喊门，均无济于事，门从里面闩了，进不去。听见声响，花狗断定：这福牛定是把女人往死里打，这会儿打得女人在地上滚来滚去，女人仍然不哭，不闹，也不反抗。福牛气急败坏，不放手，不停歇。

过了好大一会儿，没有声响了。花狗又用肩重重地撞了几下，门太牢实，还是撞不开。这可不得了，花狗忙从门缝里瞧，见女人眼泪双流，趴在地上动弹不得，血顺着大腿根牵线线地往下流，血红血红，不停地滴到地上，汇成一摊血，如河水四溢。

一地的血，染红了他的双眼，花狗仿佛看见一个血红的大太阳。一声大叫，他踉踉跄跄，晕倒在地。

福牛开门见状，朝花狗身上吐了一口唾沫，抛下一句：孬种！便宜了你。大伙看见福牛手上紧紧攥着一把明晃晃的小刀，旁若无人，笑着大踏步扬长而去。

从那以后，花狗不再去诊所了。据说，他晕血的毛病也忽然好了，要到城里闯世界去了。

福牛女人的话说得更少了，天天坐在自家门口晒太阳，呆呆地望着对面的诊所。

诊所里的牌桌上有说有笑，没有人注意福牛女人，只有太阳还时不时来到福牛家的屋顶上。

太阳呢，若无其事一般，还是那般白白的、淡淡的。

瓦　蓝

去看留守儿童小呆。

白白的阳光下，我一路走，一路寻思：现在的农村，大多富裕了，房子漂亮了，路面也整洁了，却少了一份生气。偌大的一个上白村，寂寂无声，连一声狗吠也听不见。

小呆这个小孩，我见过一次，不残、不病，无伤、无缺，也无营养不良，长得清秀匀称，却爱独处，爱发呆，不爱说话，偶尔说句囫囵话，也是自言自语，没人能懂。

我知道小呆的大名，是第一次去看他。给红包不要，几本童话书他倒没有拒绝。他不看我，也不说话，把书翻了翻，放在餐桌上。然后，他在禾坪上用木棍一笔一画划出了他的姓名：宁瓦当。我想问他为何叫这名字，他一转身走了，一个人朝着河对岸走去。

我在想，这名字有点意思——宁、瓦、当，宁是宁为玉碎不为瓦全的宁，瓦是瓦蓝的瓦，当是瓦当的当。

父母在外打工，小呆和奶奶生活在一起。原来我以为是奶奶照顾小呆，后来才知道是小呆在照顾着奶奶。

小呆和奶奶在一起。小呆听奶奶讲故事，小呆听奶奶唱童谣，小呆给奶奶一口一口喂饭，小呆给奶奶一口一口进水，夏日里小呆给奶奶摇蒲扇，冬夜里小呆给奶奶暖脚……小呆和奶奶在一起的时候，小呆是最快乐的。

我问，奶奶怎么就变成这样了？小呆这时竟流下了眼泪，久久地不说话。然后，发了疯一般朝着旷野里狂奔。

从此，他就喜欢上了说"瓦了"。他说"瓦了"的时候，你就感到他不呆，有表情，甚至很懂事。

对人对事对物，对天对地对世界，小呆动不动就说"瓦了"。

小呆对着菜地说，瓦了；对着水田说，瓦了；对着小溪说，瓦了；对着一棵树说，瓦了；对着一地的草说，瓦了；对着疯跑的风说，瓦了；对着太阳斜斜的影子也说，瓦了……

小呆上了几年学，后来就再也不肯去学校里，劝说多次，也无用。他开口就说同学瓦了、老师瓦了、教室瓦了、操场瓦了、每堂课瓦了瓦了的；小呆也不肯看电视，他说电视节目瓦了瓦了的；小呆也不肯打游戏，他说游戏也是瓦了瓦了的……小呆看见什么，只要不高兴，都说：瓦了，瓦了瓦了。

小呆说：瓦了、瓦了……大伙就说，这小呆怕真是得了傻病，没得治了，完了、完了。

小呆的父母在深圳打工，也带小呆去大城市里诊过一回，诊不出所以然，只好又送回来。送回来，小呆还会说"瓦了"。

好在，小呆的呆，是他自己的事，又不祸及他人。慢慢地，就没有人顾及他。慢慢地，大伙就忘掉了他。

大伙记起小呆，是小呆奶奶八十大寿。如今农村红白喜事，都要大操大办，有钱要办，没钱也要办，不办会让人瞧不起。小呆父母回来办寿，几辆大客、十几辆小车一溜儿，把村子里的老老少少拉到县城的酒店。场面很大，一顿热闹。大家吃得高兴，玩得开心，满意而归。

小呆却待在家里，陪着瘫痪的奶奶。小呆一大口飞痰，重重地落在太阳孤孤的影子上，又冲口说了一句：瓦了，瓦了瓦了。

我见到小呆，小呆没看我，他一个人正在河边打水漂，气定神闲，眼睛看着前方，拼出了吃奶的力气。

"一、二、三""一、二、三、四""一、二、三、四、五"……"一、二、三、四、五、六、七、八、九"。

一回又一回，一回比一回打得多，打得远。不知多少回，他始终没有能打到十个。他却有些高兴，转过身来看着我。我忙凑上前去，也陪他打起了水漂，不知什么原因，打了几回，也没超过十个。

我记得小时候，在伙伴中玩打水漂可是我的强项。猫腰，侧身，提神，屏气，用力，出手，嗖的一声，瓦片立马在河中央水面上跳起了欢乐的舞蹈，二十一个水漂的最高纪录就是我当年创下的。那时，伙伴们还给我起了一个"三七碗"的绰号，戏谑我饭吃得多，水漂也打得多，不管三七二十一。

小呆看着我，我也看着小呆。小呆笑，我也笑。小呆也许在笑我没他能耐，其实我在笑我小时候的趣事。小呆再笑，我也跟着笑。

小呆把刚刚打水漂剩下来的石子给我，咧嘴又是一笑，不说话。

我接在手上，往空中抛了抛，突然明了：原来问题出在这里，这打水漂的工具是石子而非我们小时候惯用的瓦片！

想起小时候——天晴时放着牛羊，躺在草地上，看瓦蓝的天空缀着朵朵白云悠悠；几棵屋顶上的瓦松，就是我们童年里企盼已久的春天，大伙高呼，像中了春的魔怔；阴雨天，呆呆地在家看着自家屋顶上的瓦片，一片挨一片层层叠叠像鱼鳞似的，在平静如水的天空中像浪花般生动起来；就是在冬天里，瓦檐下的滴水像珍珠结成冰凌，我们常偷偷地用竹竿敲下来放在嘴里吮吸，也欢快着呢……

放眼四顾——咦，乡村的房屋一夜之间，屋顶上的瓦全没了。

再去看，屋顶上的炊烟也变了样，没有根似的；我们童年的春天——屋顶上的瓦松，也不见了；还有小春日和，燕子衔泥归来，四处找瓦檐，何处能安家……如今这无瓦的年代，无遮无掩无羞无耻，也让人徒生无尽的惆怅。

小呆看到我的惊讶和惆怅，双手一摊，似替我惋惜地说：瓦了。

瓦了？我重复着他的话。

他再一次肯定地、重重地说：瓦了，瓦了瓦了。

我抬头看天，瓦蓝的天空也变了。

小呆看看我，又看看天，带着哭腔地说：瓦了了。

风一边疯跑，一边诡笑，重复着小呆的声音：瓦了了……瓦了了……

这时，天空暗了下来，我的心也像天空一样灰暗。

原载《湖南文学》2020年第9期

此刻

李晓君

通过卫星地图，你会发现，小区内的空间大部分是一些盒形的房子，剩下不到三分之一（可能更少）是空地和路面。这些盒子形状不一，有长方形、矩形、工字形、7字形、凸字形。十三栋房子，密密匝匝分布在一个更大的梯形盒子里。有的楼栋以字母、有的则以数字加以区分，分别是：H1栋、H2栋、J1栋、J2栋、C栋、5栋、6栋、E1栋、E2栋、E3栋、F栋、G栋，还有一栋居然没有标上代号。我们就生活在这些几何图形里，一个规整、理性的空间，高低大小不同的盒子，建筑水泥的小树林。此时此刻，我正站在这里，在这个空间内部，而不是借助高德地图来对它进行俯视。我在这个小树林里散步，从一栋楼，走到另一栋楼，穿过阳光和楼宇投下的阴影。就像鸟必然要在树枝上搭建一个巢那样，我们必然也要安排一个栖身之所，以便身体得到保护，同时让灵魂在这个地方停顿、沉静下来。我们还要携带妻小，追随我们的脚步，在一个地方安一个窝，藏身在这坚硬的水泥壳子里，免受来自外部的伤害。我们如同一个个活动的物品，收纳在各个楼栋的"抽屉"里——谁在珍藏和回忆他收藏的这一切？一些物件在时光中消失，一些新的物件又加入进来。记忆就像江河，永远不会干涸，永远不会空缺，它无时不在、奔流不息。

一些楼侵占了过去的田地、屋舍、水域，将这些有形的村庄粗暴地夷为平地，同时将发生在村庄里的故事、传说、谚语、信仰，将村民的情感和灵魂，一同踩在脚下，垒砌进水泥浇筑的地基里，如同被仙人许真君锁在井底的蛟龙，再不得现身。一片被混凝土荡平的村落看起来就是一张工业的白纸，它从设计师的桌案移到大地上，一些水泥壳子在白纸上搭建，就像积木一样，有着积木的外形和结构。水泥积木越长越高，最后封了顶，安上窗户、门，外墙贴上瓷砖，刷上涂料，切割机在室内嘶鸣，如同医生切开肌肉，埋进水管电线、墙面刷上白粉、乳胶漆，空地里栽下从别处移来的草木，整个焕然一新，像是工业机器生产的一个商品，完好无缺。人们纷纷住进来，来自四面八方，过去的原住民早已不知去向，迁走散佚，下落不明。

越来越多的东西带进来，越来越多的东西开始被时间淘洗、变旧。地上越来越多的石子儿、宠物的粪便、落叶、纸巾、包装盒、破烂的鞋子、鸟的羽毛、机动车落下的零件、饭盒、避孕套。一些草早已死去，有些是被人不断踩踏，变黄枯萎的，有的居然活过来，经历一个又一个冬春，生生不息，倔强地在地上露出青绿的颜色。那些香樟、丁香、女贞，已经开始习惯这里的土壤、气候、风雨，它们开枝散叶，婆娑婀娜，始终保持着自然的本色和亲和力，不像那些水泥建筑，一栋栋让人仰望，枯燥、僵硬地立在这里，在夜晚像一个个黑色的巨人。人们建造这一个个高大的建筑来让自己仰望，感到自身渺小，恐吓自己，怜悯自己，同时又使自己身心得到安慰，心满意足地走进一个个狭小的空间里去。

这些四方形建筑，在夜晚，用灯光来昭示存在。这发光的物体，用黄色光亮驱赶周围的黑暗。窗户里，看得见孤单的人影。每一个窗户的景象都是相似的，每天同时上演相同的无声的默剧。那些脑袋，像一个个蘑菇，在夜晚的窗户里，在灯光下生长。在白天，窗户紧闭，一无所见，像缄默的眼睛。我经常行走在这些窗户下，在一栋一栋楼之间，逡巡、漫步，在这小树林里，踩着想象中的落叶，看见想象中的野兔，感到想象中的露水浸湿了足背，听到想象中的泉水叮咚，用脚踢开想象中的枯枝。这是属于我的空间，我的小树林，供我消遣、散步和思索。多年来，我已经养成了一个习惯，当开始思索时，我可以迅速地进入自己的内心，屏蔽掉身外的嘈杂（小区里孩子的嬉闹叫喊、大人的聊天招呼、远处汽车的声音，我通通听不见）。我心安理得地在这几何图形里，在这一个个盒形的积木之间行走，或者站在某个单元门口，眼睛空洞地望着前方，陷入恍惚之中。越来越强烈地，我喜欢退回到内心里，在一片自我的小树林里沉思和幻想。我的一个多年的朋友，谈不上非常亲密，但时断时续，一直保持着松弛的交往。他是一个大学老师，有一天，在城市郊外的山上，自己盖了一栋房子，水泥砖木混搭的，有个简易院门（真正实现了"柴门闻犬吠"）。他把他这些年从江汉平原搬到京城的图书（又在京城购置了数十倍的图书），一起搬到山上的房子里，每日拥灯夜读，不与俗世交往。有一年大雪，他在微信里晒出雪后的山，孤零零一个房子，孤单的橘色灯火，一行脚印。政府鼓励居住在山上零散的村民移迁到山下的平原，农民都下了山。而他却相反，一个人住进这渺无人烟的山上。

想象中的松针、腐叶、榛蘑，覆满了小树林子。这是个自足的、独立的世界。我们寻找并栖身于这样一个世界。我们向内挖掘自我的矿藏，聆听来自内心的声音，我们过往的经验、经历过的事情、见过的风景、听到的温暖或冰冷的话语、异性的抚慰、陌生人的善意、来自亲密者的诋毁、童年时的欢笑阴影、旅途的见闻、阅读过的书籍文章，甚至梦境——所有的这些，一并沉入记忆的矿土里，一层一层，采之不尽，用之不竭。平常，我们在人群中行走，在喧闹的世界里，在既定的游戏网格间奔忙，完全对往昔无视和忘却。在一个光影交错的世界里，在一个声色与虚妄的世界里，在一个写满荣誉、名利、欲望的世界里，我们像战场上的斗士，一往无前。我们终日在外部奔忙，没有时间来聆听自己内心的声音。

那外部磨损了我们的一切，使我们的容颜变老，脸上开始出现褶皱，两鬓爬满白丝，体态臃肿，不再那么讲究，胸前滴着油渍，器宇轩昂的风度化为风中迟缓的身影。有一天，我们开始喜欢后退，退回到那几何形状的狭小空间，退回到针尖大小的内心，退回到往昔和回忆的位置，看到那日日奔忙中没有看到的东西，看到那么多熟悉的声音、面孔、温暖的絮语、柔和的眼睛。只有你不断地后退，真正退到一个最卑微和最弱小的位置时，你才看得到、听得到。当你志得意满，脸上写着骄矜和喜悦的时候，你不可能看到这些。那时，你是个盲人，你目光炯炯，你以为世界在你面前纤毫毕现，可是你什么也没看到。你不断行走，害怕裹足不前，其实根本无法迈动一步。你以为你一直在得到，却不知一直在失去。在失去时间，失去记忆，失去强健，失去耐心，失去曾有的淳朴，失去见到秋天第一片落叶时的感伤。你满世界寻找，有些时刻，你感觉到达了人生的巅峰。你不知道宇宙便是吾心，吾心便是宇宙。而当真正停下来时，你听到内心的另一个自己在说话，奔忙中蓦然回首之际，在灯火阑珊处的另一个自己，在阴影中无限哀怜和慈悲地望向你。那时，你被定住一般，呆呆地看着这个陌生的自己。

不是要陷入所谓唯心主义和道家的消极。不是的。一直以来，正是这形而上的东西消耗了你，限定了你，禁锢了你的身心。你只是要反躬自省，试问你的内心是否安宁，是否真正感到了幸福。你需要内心的镇定和沉静，来应对世界的风雨。外部的世界，那众声喧哗的一切，容易淹没你，让你陷入慌乱，你在这纷乱的世界里，渐渐成为一个演员。你在你父母的眼中、同事的眼中、熟悉和不熟悉的人眼中，渐渐脱离开内心的自己，成为一个惟妙惟肖的扮演者，以至于连自己都分辨不清。你从小是个积木爱好者，痴迷于这简单的游戏。搭建的乐趣、推倒的乐趣，哪一样都能让你迷恋其中，不能自拔。从小，你不是个循规蹈矩按部就班的小孩，你喜欢野蛮生长，像个风中的少年，你在你的世界里奔跑，沉醉其间。你是个课堂上的游离者与母亲视线中的逃逸者，你在课本的边沿，在那空白处画下一个个图案、形象，你沉湎在一个由图像构成的世界里。大人说，你一贯如此，在你刚学会走路的时候，你就在家门口的水泥地上，在一个公社的谷仓门口，用瓦片在地面画下一个个歪歪扭扭的图画，你还在墙上画，在木门上画——这时，瓦片变成了木炭。你的内心里有无数的形象，像野草般生长，小鸟般鸣唱，你迫切地将它们释放出来，在你面前随便什么地方，开出花来。但不知从什么时候开始，你身上的野性开始消失，你越来越温文尔雅，越来越规矩刻板，你甚至再也不画画了，你阅读的书页干干净净，甚至从不画线和批注。你看过的书，还是新的，像买来时一样。你在一种众人喜欢的形象里消失了你自己。

你与周围的一切越是看起来和谐，其实越暴露出一种不平衡。你对人说话委婉、客气，从不挖苦人。你对人迁就低首，不与人争锋。你不去批评人，甚至你对自己也和颜悦色，从不面对自己的弱点。你失去批评自己的勇气，你与身体里的自己握手言欢、胁肩谄笑。你在讨好别人的同时讨好自己。你不再是那个风中任性的、奔跑的少年，就像你现在居住的贤士花园，用一个个水泥盒子，将过去的村庄碾压，用四面八方的人把那些原住民赶跑。那规整的、几何形状的房子，就是你现在的表情，就是你单调、刻板、僵硬的内心在外在世界的映象。那在夜晚看起来高大的巨人一般的身影，不过是黑暗中的一种幻觉。在白天，在周围医院高大的住院部和写字楼的压迫下，它们仅仅是些灰扑扑的、低矮的水泥壳子。

　　你说：我看到阴影中的那个我，那个从身上分离出来、失踪多年的我，在烟花和灯光的照射之外，在那似曾熟悉的位置，在那浓荫处，微笑地注视着我。就在此时此刻。

原载《散文》2020 年第 6 期

仙界

范晓波

　　住新区的不便显而易见，周边没商业街，没菜市场，没餐馆，甚至连超市都没有，想买瓶矿泉水都要开车进城。好处也与此相关，不喧闹，不拥挤，散步无须与人擦肩，出门就能与水泥地边撒着欢儿活命的野花野草迎面相逢。

　　从小区出城，车子出地下车库，无论往左还是往右，只需十多分钟就可以上绕城高速。在高速上以一百迈的速度跑一个小时，就能到达许多老人租房养生的某生态县。下高速再开半小时，就进入了用云雾掩藏了千万种秘密的自然保护区，那里是动植物的日常，却是人类的仙境。我曾无数次地开车去那里，酷热时去游泳、小住，烦闷时去淋雨、散心。

　　往左开车去高架桥时，会路过一片池塘。这片池塘具体是一块还是两块，印象不是特别清晰，路过此处时车速一般是七八十迈，两块水面也可能被速度折叠成一块。我从未步行去过那里。

以前出小区散步，习惯性地去江边的湿地。湿地紧傍大江，植物种类繁多，水域有五六亩，有观光木栈道在水面上迂回。湿地边上还有各种花卉主题公园，长廊彼此相衔，亭台遥遥相望，适合跑步、散步、赏花、闲坐。每到周末，树林和江边草地上就会冒出各色帐篷，一些家庭带着烧烤和干粮来此过周末。这一带也是本市的婚纱摄影基地之一，常有穿成仙女的新娘在新郎的搀扶下磕磕绊绊地做各种奇怪的动作。

春节在家里闭关太久，偶尔开车去很远很荒僻的江边放风。车子进出小区时保安和防疫人员特别关注，不仅查通行证量额温，还要查看车里有没有藏人。后来尝试步行出小区，关注度果然小很多。步行去过湿地公园两次，第一次遇上戴着口罩和耳机跑步的人，呼哧呼哧的，裸露的胳膊和小腿蒸腾着热汗的臭味，但 N95 口罩把大半个脸捂得严严的，我赶紧躲到一边让路。第二次，在紫藤花长廊里遇见一对戴口罩的老年夫妻，他们戴着口罩，我也戴着口罩，长廊有两三米宽，但目光相触时，彼此都有些吃惊和犹疑，那时正流传气溶胶传播，防疫专家要求能不出门就不出门，每一个人都警惕着来历不明的陌生人。

蛰伏了一段后突然想到那片野池塘，再出门时就步行去那里。

路上的一片小树林边有株桃树，看树径有十多岁，在这一带开发成新区前，它应该就在这里生活了。那时它是住在野山，还是某家农户的门前屋后呢？它身边还站着一些桂花树和紫李，如果不是枝头隐约炸出的小红点，我都没注意到它是一株孤独的桃树。每次走到这里，我都要停下来拍照。

池塘远看是一片，近看是两片，像一只巨型蝴蝶的两翅，每一片都有一亩大小。蝴蝶的躯干上种着垂柳、石楠和其他各种树。因右翅布满铜锈似的绿藻，我的目光自然地就被左翅吸引。左边的池塘里也有一些植物：花瓣鲜黄里染着猩红晕迹的睡莲，还有深褐色的残荷，远处靠山林的那边还有大片芦苇，但水质很清澈，没有绿藻，无数耸立的枯荷的茎秆让水塘有了油画的质感，用手机都能拍出很好的图片，饱和度和对比度都不用调。

这片池塘，除了野钓者，平常应该是极少有人光顾的，边上没有长椅等可供驻足的人工设施，只有蝴蝶躯干中间有条走得多了也便成了路的黄泥小径，隐隐约约地在草丛里静候着什么。水塘边的草坡都是蓊郁的植被，没有被践踏的痕迹。

我步行到这里，四顾无人，就把口罩摘掉挂到树枝上，像少年时憋气比赛刚结束那样猛烈呼吸。水面的腥湿、水生植物的青涩，野生池塘才有的种种味道扑鼻而来。

水中和岸上生长的许多植物似曾相识，那齐刷刷从水底射出水面的墨绿色箭镞，我以为是菖蒲，用形色识别，名叫东方香蒲，和菖蒲完全不是一家子。叶片肥硕簇拥成一堆的，像棕叶，其实是泽泻，用作中药可以利尿养五脏。比泽泻更高大更茂密的那一大团，是风车草，最高处差不多有成人那么高。还有不少逐水而居的植物，我没有问它们的姓名，只是知道，水边令我心醉的空气，由它们的体香共同组成。

一开始我在此停留的时间都不长，呼吸一阵甜美空气就回家。那时空气里还有寒气，也有不想大意失荆州的警觉——此刻没有遇见人，不见得刚才这边也没有人。

3月份气温升高后，出门的人渐多。虽然每个人都武装得像个外科大夫，但微信里的好消息越来越多，人们之间的相互嫌弃渐渐减弱，不会遇上陌生人就心跳加速。

路上那株桃树的姿色开始显山露水，两片池塘边的三株桃树也遥相呼应，一株打开水红的花瓣，另两株碧桃开嫣红的花，比口红还浓酽。它们开花之前，我都没注意到池塘边也有桃树。

地面上的草也一天比一天厚，白花车轴草的白色小花这边一簇，那边一堆，像在绿地毯绣花。芦苇边还有块袖珍菜园，里面一小片油菜花与桃花相映成画，值得带相机来拍。不过没过几天，一位戴着遮阳帽用旧毛巾遮脸的中老年女性骑着破电动车来了一次，油菜就被铲倒，日光一晒，枝叶萎缩枯败，做了红壤的肥料。她在红壤里播下菜种，用破渔网挡住菜园进口，临走时在水边采了点野菜。我凑过去看，白塑料袋里装的是鼠麹草和野芹菜。

与此同时，忽然在水塘边的草丛里发现了蝌蚪。之前没有见过蛙卵，它们的出现像是一场魔术的结果，我甚至没看清魔术师的出场和手势。蝌蚪每处一二百只，在水草茂密处彼此不离不弃地拥成一团，噘着细小的圆嘴巴吃藻类和微生物，有些胆大的会浮至塘水与空气的交界处呼吸，然后欢快地摇动着尾巴下沉归队。

每次去池塘边，我都会去拍蝌蚪。天晴时它们会无限靠近岸边，照片和视频都特别清晰。雨天它们会沉到更深的水域，远看黑乎乎的一团，每次到水边，都要定睛仔细寻找。它们不会在一个地方待太久，和草地上的牛马一样，蝌蚪们可能也是游牧民族。

中途有几天，所有的蝌蚪集体退场，一只也不再有，像集体去读了幼儿园。我以为它们搬家了，目光向岸上的花草转移。一场雨之后，水面上涨淹没了过去的草地，蝌蚪们又回来了，颜色由漆黑转灰黑，椭圆的肚子下面缀着两只还很绵软无力的小腿。

有天早晨，我去拍蝌蚪，忽然发现，两片池塘中间，除了桃花，一些过去没关注过的树也忽然绽放花朵，花瓣像小铃铛，色泽嫩红，树形比桃树矮小，起初以为是樱花，仔细查看是垂丝海棠。

垂丝海棠树不开花时貌不惊人，枝干还有硬刺，以致我长期视而不见，以为是普通的绿化树。五六株海棠在春季早晨的薄雾里夹道绽放的效果有两个：一是那条黄泥小路上的空间显得拥挤，路过时面颊很容易蹭到花瓣染上花粉；二是整个池塘边变得富贵而玄幻，像古装戏里的人工布景。有天天还没有黑透，月亮早早地在池塘上空升起，清辉洒落在海棠花树上，真有种仙境的静美和神秘，我多次回头舍不得离开。

城市边缘的仙境不可能完全没有人迹，除了那个偶尔来菜园的中老年女性，还有不定期出现的垂钓者。垂钓者一般选择池塘最远边缘靠近芦苇的位置安放马扎，那边水深，也不会被我这样的闲人打扰。

起初，他也在东方香蒲很多的这边的岸上垂钓过，我戴着口罩路过，用眼睛瞟帆布水桶里的收获，一条鱼也没看见，倒见他慌忙把下巴上的口罩推到口鼻之上，眼神里充满戒备和拒绝。我见状快步走远，蹲下去找蝌蚪。第二次见他，他已搬到芦苇丛边，我远远地眺望，再也没有靠近那个区域，似乎在默契中和他做了一次领土瓜分，承认那里是他的私人领地。

远远的身影除了他，还有一个锄地人。他在另一片池塘最远的弧线那端，在一片芦苇背后的土坡上开垦出了一片菜地。我考察过通往菜地的线路，需要穿过一大片夹竹桃和芦苇，线路在临水的陡坡上，人走过时需要猴子的敏捷和山羊的平衡能力，一不小心就会失足落水。奇怪的是，他似乎永远在锄地，锄头叩击泥土的声响掠过水面传来，吭，吭吭，吭，沉闷而有力，像是某种深沉的恳求。每次发现他都是如此，每次我离开时他还在锄地。有一次到了晚上 7 点，吭吭吭的声响还没有停下来，只是间隔越来越长，声响越来越弱，让我想起吴刚砍桂花树的传说。

我只在两片池塘间那条小路的起点见过他的自行车，有时很端正地站着，有时歪倒在草地上，也不上锁。

最神秘的是一位总是很规范地戴着医用蓝色口罩的女子。因口罩遮住半张脸，看不出年龄，但身材和步态都很矜持，她爱穿宽松的掩藏身体曲线的户外服，举手投足间会不经意泄露端庄又柔媚的女性之美。

吸引她的可能是绿藻很多的那片池塘里的黑水鸡。

池塘里每天有二三十只红嘴黑水鸡活动。每次走向池塘时，都会遇见几只在岸上吃草根和昆虫，离着五六米远，它们就会迈开瘦腿快步奔窜回水面，然后半张翅膀踩着睡莲的圆盘狂奔数米，哗啦一声破水潜入，几秒后在更远处的水面探出头来。绿藻很多的那片池塘中间有片小草洲，春节天冷的那段时间，每天都会云集几十只黑水鸡。有时也会有一两只野鸭从不知何处飞来降落塘面。黑水鸡们不欢迎野鸭，虽然体型不如野鸭强健，群体的合力却不可小觑，一番言辞激烈的示威和争吵后，势单力孤的野鸭讪讪地滑翔起飞，笨重的身影掠过桃树顶端飞离这一带，翅膀震动空气的响声有力而失落。

她可能看见我在拍蝌蚪，才把注意力转移到左边的池塘。但她时刻和我保持着距离，我走远后她才踩着我的脚窝俯下身去看蝌蚪，有时还伸出手掌浸到水里去，对蝌蚪作出邀请的手势。很少看见成人如此温柔地对待那些小生命。

更多时间，她在观察水面渐次开放的睡莲，或在桃树和垂丝海棠下流连，默默地长久地观望。有时她也会取下口罩仰脸去闻海棠的花香，然后又迅速戴上。因为隔得远，一直没看清面容，但看得见挺直的鼻梁和五官的大致轮廓。

路上的桃树缀满碧绿的叶子后，池塘边的桃花和海棠逐渐凋谢，蝌蚪也彻底消失。这时水边七八株垂柳开花了，柳絮蒲公英一样地四处飘散，近岸的水面滚动着白色的小丝绒。

春色美到巅峰后，池塘边的色彩逐渐向单一的绿色过渡。我有些不舍，有时会在水边坐到天黑，池塘里老蛙的叫声越来越洪亮，听上去显得孤独而倔强。

4月之后，各地景区开放，我恢复了出差和旅行，到池塘的次数逐渐减少。

塘边钓鱼的人比正月时多了不少，每个角落都有。塘对面锄地的声响一直在延续，但那位独自看风景的女子再也没有出现。记忆里最后一个画面是，她身姿挺拔、步履富有弹性地穿过一片富贵的海棠和玉兰花，隐没在暮色里，手里没有带走一花一叶。

她就住在附近？还是开车来这边散步？甚至，是不是从池塘里冒出来的鲤鱼精？我小时候看过一部戏曲电影《追鱼》，一度对里面鲤鱼变仙女的情节信以为真。现在我也觉得，以上三种猜想都有可能是真的。

这位谜一样的女子消失后，树下的草深厚了许多，几乎要淹没两片池塘间的黄泥路。

池塘边的鸟越来越多了。八哥成群地落到地面觅食，有时会与从水里上岸来的黑水鸡发生对峙。乌鸫像燕子一样身姿敏捷，它很少像八哥那样在一个地方停留很久，稍有动静就箭一样从低空飞走，落在远远的树上。但它的雏鸟似乎比八哥更笨拙，很容易从窝里掉出来。

暮春时我在草地上发现一只灰色的小乌鸫，身形接近成鸟，双翅羽毛渐丰，但尾巴短促，还没有远距离飞行能力，两只大乌鸫在远处焦急地飞来飞去。我把它放上一根支撑树木的木桩，踮着脚放到一般人够不着的高度。第二天一早去看，小乌鸫已经转移到一株杜仲树的顶端，腿脚半直立，明显比昨天更强劲了。它是怎么转移过去的？我没观察到，但很显然，成鸟在喂养和引导它。第三天再去看，它不见了，昨天停留的杜仲树下遗留着白色的粪便。

最近一次去池塘边，一辆橘色的共享单车被打捞出水，轮胎扭曲成麻花，铁质部件锈迹斑斑，姿势难看地歪倒在我过去常落座的草坡上。

它到底在冰冷的塘水里度过了多少日子？又是谁把它扔进这么美好的池塘里的呢？扔它的人对这辆单车所代表的世界到底有着怎样的憎恨呢？他后来还来埋藏了心事的池塘凭吊过吗？

起初我觉得，自己对于仙境的种种幻觉，就是被这辆丑陋的共享单车破坏的，它把池塘从城市边缘拉进现实。后来开车路过池塘出城时，我特意放缓车速滑行，一伙家长正带着一群孩子在水边野炊钓鱼钓青蛙，还支了几顶小帐篷，大家围在一起唱歌吃东西，不再有人戴口罩。

这时我意识到，春天真的已经过去了，这个属于我和极少数人的仙境，就此关闭。

原载《散文》2020年第9期

云深不知处

钱红莉

一

　　每次换机票，会选择舷窗边座位，以便更好地望见宇宙中那无限的蓝，消失了方向感与参照物，借助飞行器快速通过一段段时空。有时望着望着，再想一想短暂的人生，真是空无所得——倏忽一生，一无所有，一无所得啊。我的心里空落落的，再也不能装下任何俗世里的东西，所有的牵绊、思念、热爱、不舍、沮丧、低落、忧愤，此刻，它们都不在了。

　　人类最高级之处，莫非拥有感情？也就是所谓的情志，即"我在""心在"，这是我们的肉体向外界敞开的一扇扇窗口，随时开启，分别以抒情、懂得、体恤、理解、哭泣、悲伤、困苦……释放自己，但，我们更多的时刻都是庸常的，所以，人类渴望鸟一样飞翔。这架巨大的钢铁飞行器搭载着两三百人，飞行于广大而纵深的虚空，那些机身下的云层，不晓得可嫌弃发动机这样高分贝的轰鸣，它们一动不动，庄严肃穆，如万物之神，入定。

一次次的飞行中，我仿佛听见了云层内核的轰鸣，这种洁白是吸音的，渐渐地又被自己的广大所消耗掉了，所以，仍旧一派寂然。有时，云层又是汹涌的，山风海涛一般澎湃，如耸立的山巅，如狰狞的怪兽，相互挤压，似惊雷阵阵，如狮吼虎啸驴鸣。这些神物于天上走马飞龙，彼涨此消。飞行器的速度也是惊人的，慢慢地，我们就都把那些云层甩在身后了，迎接我们的依然是无边无际的蓝，极目处，依旧存在天际线的，是宇宙蓝与云层相接处，荒漠一样亘古即在。

飞过岭南的群山，经过武夷山脉，掠过两湖区域，渐渐地，大别山山脉极目在望。时至深冬，我们从热带的岭南恍如暮春的温暖里，一点点地向内地亚热带进发，巨大的轰鸣声中，群山渐渐有了层次感，仅仅两小时之内，借助飞行器，我们一瞬间自暮春抵达寒冬，如此神奇而魔幻的，于横无际涯的棉絮上飞翔——我童年站在屋里看小驼子弹棉花的岁月，一次次，如在目前。倘若以科学家的语言来解释，这样的云不过是环绕我们小小星球的大气层而已。而我们，一直幸运地被它们所包裹，有效地阻挡了来自太空的辐射。大气层环绕我们，如抱婴儿，人类得以繁衍生息，一代一代无穷无尽。

二

去深圳，住在外商投资的一家酒店，酒店名翻译成中文为——茵特拉根，德语"两湖之间"的意思。

人一旦来到山里，则大大不同，灵魂似乎找到了舒适区。

凌晨的云有篱菊烟柳的簇新，新鲜神秘，方正有态，一块一块，均匀地贴于天际，凌空蹈虚般，仿佛左思的《三都赋》，点横撇捺，竖折提钩，何其的多，起码要写上十年才能完成啊。是的，这么美的云，仿如行楷，枯淡清疏，自成一格，如花中的晨露，点染时空。东边的天空宛如洒了金箔的彩宣，绚烂峥嵘，那是朝阳把一片片白云变成了印章，一枚枚地盖过去，要费掉多少橘红的印泥？中天的云彩终于把《三都赋》写好，蓝底白字，非常规则醒目，东面的云适时盖好印章递过来，两者合二为一，配合默契，就是这样的神奇，一幅书法长卷铺满整个天空，高悬于群山之上，以云的趋简趋淡，以晨露的洁净无尘——这样的清晨，在我的一生中何其难得。

三

夜云更美。

月在中天，将身旁的薄云照亮，连那些高树上的紫花都看得入迷，不再随风拂动。

夜里，一个人慢行于山道，伴着山巅的月，林下的风，空气里无所不在的芳香，肉身隐遁而去，一颗小小的灵魂自然而然地融进山里，默契合衬。纵然独自徘徊于山间，也丝毫没有恐惧感。路边堆着工人白天割下的藤蔓，遍布甘甜的香气。这朴素的香气，使人茫然地思念一个人，这份无以名状的情愫，淡淡地来，淡淡地去。夜间的云与白日比，更加洁白干净，苍穹漆黑，唯有那月色紧紧跟随了那一片云——望得久了，不禁叹气。

东面的天空一片橘红，朝阳升起来，我还要赶路。抬头望天，云还是那样的薄云，这样的云总教人温习一个成语：义薄云天。被朝阳橘红的光照耀，是众多的云母片镶嵌于天上，有序列地铺铺排排。

明月尚在，晨星一样白，偶尔，有云锦一样的一两片薄云自云母上脱离开来，一直往西面飘，越飘越远，再也不回。山巅坐落一座巨大的佛，金光缭绕，每每望之，有迫人的压力。森林如暮春，郁郁苍苍，苍翠里杂有钴蓝，厚重、沉稳。

人在两山峡谷间，渺小如尘。

我仿佛一只鸟，衔着一只旅行箱飞速下山，坡道旁的栅栏上攀着藤本野薄荷，深紫色小花身姿绰约，在晨风里微微地晃动，不晓得有多美，但它们不自知罢了——自然界的一切东西都是美而不自知的，天然、平和，从它们的身姿里，可以让人类领略到，什么是真挚和老实。黄昏，我跪在草地上，用手机把野薄荷那些绣球一样的花束拍了又拍，微小的花瓣，五六七八朵点缀于同一条花枝上，倒挂而下，或可迎风而立，美得端庄而了无挂碍。

四

深圳机场建在大海上。香港启德机场同样填海而成。

黄昏，飞机自万米高空缓降，慢慢抵达碧波无垠的大海之上，似乎贴着海面飞过去。浮云自机身边掠过，如坠仙境。深切地感知着自己原本滞重不堪的身体倏忽遇到了神启，醺醺然地松弛而轻盈，想象中，闭起双眼，两只胳膊幻成两只巨大的翅膀，正紧随这架飞行器一起飞行，平行于碧蓝的大海……自舷窗往下望，海面舟楫隐隐，更远处，那些大大小小的支流干流水系一齐归了海，飞机下方不时掠过鸥鸟的身影，宛如一条条白色闪电闪耀于大海之上，短暂而珍贵的七八分钟的飞行里，一个人被一份巨大的快乐和自由给钳制住了，动荡不得。要怎样描述那样的心境呢？仿佛之前二十多年写下的文字都荒废了，无法精确地把它还原出来，唯有于记忆里一遍遍呈现。

小半生倏忽而去，只见识过厦门海域、香港海域。当下，得见深圳的大海。

香港海洋公园毗邻的海域，那种深厚而广博的高纯度的蓝，一直留在我的记忆里。白色游艇如鸥鸟静静泊于海湾，远海上偶或也有几只，被大海深邃的纯蓝映衬着，格外纯白，天上同样飘着薄云——某年除夕，我坐在香港海洋公园一角，望着天上的薄云以及近在咫尺的大海，忽然想家了，想一岁多的孩子……

萧红说，女人是没有故乡的。实则，女人除了没有故乡，同样是没有家的——中国的家族为祖上铸造的墓碑上，从未刻下女人的名字，连繁衍出的后代也是随了男人的姓氏。年轻的时候，我非常不快乐，抑郁幽暗，第一次去厦门，感受不到大海的碧蓝，只觉得是万万千千瓶碳素墨水被倾倒于海天相接之地了。那年立秋过后，一出厦门车站，湿热黏稠的空气汹涌地扑过来……让人猝不及防地憋闷。

五

离开深圳，飞机在不断爬升的过程中一直朝向北面的内地而去，将南面的大海忽略，我一直贴着舷窗搜寻，到底不见海的影子，深圳城市上空依旧雾气缭绕，直到飞至群山之上——即便是深冬，岭南的山依然是一幅幅青绿山水长卷，历经几千年之久，永不褪色的画卷。这山水的伏笔里是加了浓郁的松墨的，点染成了钴绿，有沉甸甸的气息，薄云缭绕，丝丝缕缕的牵绊，在山腰，在山巅……薄云的这一缕幽柔宁和，莫过于"墨中求白"，也是"大白天点灯"，似乎一直是中国文人的精神追求，颇似求道过程中的至境。当你于万米高空望着岭南这绵延无尽的群山，心上踏实、妥帖、安稳。浮云走走停停，有浮生一梦的恍然，那种舒卷、自由、不羁聚啸的风范，连风都奈何不了它们，只合力抬着白云走。

小时候，我们小孩子最喜欢村里来棉花匠弹棉花，跟着他一家家地看，简直痴过去。棉花匠左手一个绷子，右手一只木槌，一声声咚咚作响，简直高山流水遇知音。棉花絮在这样的弹奏下，纤维四射，翻滚，复落下。这个棉花匠自小落下背疾，村里大人一律称他"小驼子"。

小驼子在咚咚的弹奏中，头发渐被花絮染白，眉毛也是白的了，他的衣服上都被弥天的繁花染白了，如若白眉大侠，武功了得，咚咚咚，咚咚咚，三个节律，循环往复，永无完结的意思……隔了三十多年，那些童年里的棉花一齐飘到了天上，在万米之上的天上，在群山，在荒原，在城市上空滑翔，自由自在。这需要种植多少万顷良田的棉花，才能够铺得这么广阔无边啊。

如若童年没有遭遇过弹棉花的场景，你是体悟不到这份巨大的喜悦的，那么深广浩瀚的喜悦，总是叫人无言。文字是无力的，文字不是狙击手，它永远不能精准地击中一个人内心的澎湃程度——犹如一瓢水，如何明了大海的深邃博大？它是苍苍茫茫的人世，亘古即在的，文字是后来演化而来的，但，一个人的内心秩序是与宇宙万物同在的，也是亘古即有的，所以，文字有时无法丈量一颗心的深度与广度。

喜悦是有深度的，喜悦也是深渊无限，如大海，如星辰。

六

我们的飞机，越飞越远，群山不见了，地表消逝，进入另一层时空。白云堆积得更厚了，是弹棉花的小驼子，终于把一床新絮做好。面对这一床的蓬松柔软，孩子们就想往上躺，顺势打几个滚儿。

小驼子这时会在蓬松的棉絮上，用红头绳盘两个双喜字，隔着这两个红双喜，再铺很多条细棉线，用以把棉絮固定起来，不然风会把它们吹跑，如若地球上的经纬线，纵横排列，一丝不苟，极有规律分寸，丝毫不乱。经纬线铺好，小驼子会拿一只极沉极厚的圆形木盘在棉絮上来回碾压，直至瓷实。一床洁白如仙的棉絮上，喜鹊一样蹲了两个红双喜，这头一个，那头一个，即便你家不嫁女儿不娶媳妇，小驼子也都会一丝不苟给你盘这两个字。红彤彤的喜字，端正大方，那么红，红如缠斗的鸡冠，也好比一道道符，充满着生生不息的民间巫气。那两个喜字，仿佛可以走动，随时都要飞起来。它是一个个动词，鸟一样歇脚于寒夜，覆于人的身体，驱寒、取暖、令梦境安稳。

天上的云就是这样的棉絮啊，越积越厚了。飞机在这巨大无边的棉絮上飞行，没有边际的棉花田，没有了参照物，太阳灼热的光直射过来，眼睛盲了似的一阵黑。飞机舷窗周围的金属材料非常烫，胳膊肘偶尔触及，烫得一凛——烫如冷一样，总是把人给惊着了，灵魂上发出无声的"呀"。眼界之上的天，一如既往的钴蓝，是人类一辈子付诸心血都得不到的蓝，比大海还要幽深宽广。

不知道宇宙到底是如何的广大无垠，它为什么在视觉上给了我们这样的蓝？一生都依赖的蓝。四面八荒，空无所有。空，是哲学意义上的一个概念词，实则，它什么都有，人类历经几千年繁衍进化，于智力上，认知系统始终是有局限的——是眼界限制了我们，我们不能看见更远的星系。宇宙间运行的许多东西，也是我们的肉眼所不能穷尽的。

距离地球最近的，只有一个月亮。就是这颗小小行星，曾激励了地球上的诗人谱出多少卓绝的诗篇，国外的就不必提了，仅仅李白、苏东坡就有许多关于月亮的诗词。这两位诗人，月光一样不朽。

除了月球这个行星之外，日日与我们相近的，就是太阳这颗恒星了，科学家发现并命名的九大行星，我们的肉眼无法捕捉。太阳系之外，还有银河系，银河系以外，还有数不尽的亿万星系，宇宙的浩瀚是我们人类暂且不能穷尽的。

在我的幼年，有幸领略过漫天繁星。来到城市，再也没有这个机会了，一年年，只见过几颗寥落的星子，除了北斗七星，除了启明星。非常渴望有机会乘坐夜航班机，或许，那时的万米高空上，就可以望见灿烂的银河系，凡·高画笔下那神盘一样旋转流动着的银河系。早年，台湾有一首歌《昨夜星辰》，歌词别有怀抱：

> 昨夜的，昨夜的星辰已坠落，消失在遥远的银河，想记起偏又已忘记，那份爱换来的是寂寞。爱是不变的星辰，爱是永恒的星辰，绝不会在银河中坠落……

每一个年龄段，听林淑容唱这首歌，总是万千感慨。而今，唱歌的她老了。再听她唱，一把好嗓子犹如深埋地下经年的酒，愈发醇厚，心上依然风雷滚滚。

爱与星辰一样，永恒不灭。

七

去过三次云南。

飞行于云贵高原，群山莽莽苍苍，大气雄浑如交响乐，每一个乐章之间没有明显的停歇，似乎一路高歌咏叹，那口气真长啊，直直飞行数小时，依然群山巍峨，是绛赭色系的山之长卷，许多峰峦褶皱沟壑。高原上的云，与岭南比起来，自是两样，它们是一个个云团组装而成的，疏朗有致，一个个，放荡不羁，各自为阵，肆意游走。透过机窗，它们散兵游勇地处在机身下方。由于空气能见度高，可以清晰地感知到云团反射阳光，投影于大地，这里一块，那里一块，彼此呼应，无比奇幻，局部的、细小的棉花糖，仿佛被神派下的万千天使，举着棉花糖反射阳光玩耍呢，也是变魔术，喜滋滋地嬉笑着——对的，我仿佛听见了那些云团在大笑，笑声一直往下坠落，落到地上，成就了一片凉荫，在树林，在村庄，在荒野……都留下了天使的笑声。

一次，飞机经过洱海上空，突遇气流，机身剧烈颠簸，舷窗被震得咯咯响，小桌板、座椅一直响个不停，我们身上的骨头仿佛也被震得嘎嘎作响。我一边望着洱海碧绿的湖水，一边手心出汗，几欲呕吐，非常痛苦……飞机似乎一直对不准大理机场跑道入口，一次次无功而返，于群山间盘旋，一忽儿飙升，一忽儿下降，那几分钟简直漫长如年。到底还是飘浮于机身周围的白云安慰了我，它们一团团的，洁白，轻盈，宛如一个个纯洁的念头，不争，不急，徐徐缓缓。在洱海上，在群山间，它们顿时幻成一双温暖的手，无言地伸过来，让我在精神上紧紧握住了，瞬间有了依傍，恐惧感得以克服，不再恐惧。飞机低空盘旋了N圈，终于对准跑道，"哏"一声，落地了，呕吐物已然堵在了嗓子眼，狼狈不堪。下机，阳光炽烈，打在背上，异常温暖——大理机场真是荒凉，坐落于逼仄的山坳处，极目远眺，都是黄土，洱海就在不远处，阳光投下来，一湖碎钻，亮晶晶的，直晃眼睛，而白云悠闲，如踱步。有一团云，恰好投影于我，让我默默感恩——活着真好啊，无论遭遇悲伤、压抑、困苦，只要能够活着，也是好的。

八

自深圳飞合肥，距离合肥二十分钟的里程时，飞机开始自高空下降。空姐通知我们，扣上小桌板，打开遮阳板。巨大的翅翼张合有度，慢慢地，慢慢地，整个机身往下飘荡着坠落，人的身体是可以真切地感知到的。那一个个时段，仿佛处在了时空的失控中，飘一下，落一下，心脏有微微的不适感——机身下方的白云密不透风，是千万亿只羊群正在赶往朝圣之地，相互拥挤着，嬉闹着，不曾有过一刻的安宁。

大地上的羊群是圣物，温柔，敦厚，缠绵，有佛的安详。当你仔细端详羊的眼睛，会发现它何等恬静、温和。而羊仿佛一出生，就老去了的——即便一只小羊羔正在啃吃青草，一阵风过，它抬起头来望向遥远之地，神情也是那么老成持重，生生世世历经了生活颠沛，风霜镌刻在它的脸上它的眼里。然而，当大地上的羊群一旦融入广阔的天际，则变得些微的躁动不安了——眼看着我们的飞机就要超越它们了，整个机身忽地加入广大的羊群之中，如鲸鱼入海，那些数以亿计的白羊刹那间幻成流动的云团气流，急速地从舷窗边掠过，我们又回到了现实里。飞机下降过程中，由于大气压强的关系，导致耳鸣。空姐提醒我们咀嚼，做几个吞咽动作，稍微会改善一点。

这些天上的羊群可厉害了，它们会使机身产生剧烈的颠簸，那渺无涯际的云团产生的力量如此强悍，使得我们这架钢铁构成的飞行器瞬间变成襁褓中的婴儿，柔弱地在摇篮中被摇晃得太过剧烈，头都晕了的，心理上会产生一些恐惧——这就是人类的渺小处，你赤手打不过看似柔软无形的气流。我的耳朵彻底听不见发动机巨大的轰鸣声，只剩下低频率的嗡嗡声，手心持续出汗。有时，机长可能没有手控得恰到好处，导致机身突然垂直掉落几百米，心脏都会颠至嗓子眼——这也是另一种失控，好比人有时在情绪上失控起来，也很可怕的，丢失了文明人的教养与理智。

飞机一直在云团中穿行，钴蓝的天消逝了，天际线消逝了，一切都处于等待状态，回到了上帝造人前的混沌中——我们身处的宇宙一开始原本就是混沌的吧，无边无际的物质没有找到更好的存在形式，就这么混沌着，然后，慢慢地，开天辟地了，形成无数星系，闪烁于宇宙之中。我们身处的太阳系正在围绕着银河系旋转，我们的每一个新年，不过是地球围绕太阳这颗恒星转了一圈而已，于不同的轨道形成了春夏秋冬的四季，多么奇幻的事情。许多年来，一直在思考万物存在的意义，可惜一直找不到答案。至今，看够四十多年的日升月落、风生云起、花开草长，终于明白过来，人类生存的意义，就是生存本身。

飞机在云层中继续穿行，莽莽苍苍的雾气，飘飘忽忽，使人模糊了方向感，视觉上特别压抑，只有机身翅翼上那一点红，成了唯一的参照物。这个时候，倘若戴上耳机，听听贝多芬的大提琴曲，或许略感安慰。其实，不论是贝多芬、勃拉姆斯，还是马勒、拉赫玛尼诺夫，他们谱写的音符都可以跌宕出宇宙之音。

十多分钟的垂降状态无比煎熬，简直比高空飞行一小时还要漫长。科学界有虫洞与暗物质的说法，对于未知的东西，我总是心存敬畏——而我们，此刻正陷于巨大的混沌中出不去。有一个孩子似乎也有些压抑了，他本能地以不停地说话来减轻恐惧和烦躁感。这种失重的心理也是生命中难得的体验，如此煎熬和漫长——怎么还是看不见地球呢？一旦看见了横亘于大地的山脉、河流，心理上自会安稳。十分钟的垂降过程，飞机距离地面大约三四千米了吧，这种悬浮状态仿佛静置，与人类心理上的孤独感何其相似，不能遇上气息相投的灵魂，一直困在自己给予自己的混沌的云团里——这个时候，倘若有一双温和的手伸过来，我一定克服羞怯感，以足够的勇敢，紧紧握住，共度眼前的煎熬时光。

终于，广播里传来乘务长的命令——"各就各位！"依然看不见地面，原来合肥被浓厚的雾霾所笼罩，典型的重度污染天气，让人恍若两世了。三日前，飞机在深圳上空垂降，如长鲸吞吐，甚是难忘——我们贴着碧海平飞，分明是草书的不羁狂放。天空奇诡，白云好比黄庭坚的《苦笋赋》，一条条，写在台北故宫，写在广大的虚空里，文雅平淡，安宁平和，纵情超迈，让人领略到一分气象以及温度。机身下鸥影翩翩，舟楫点点，对比天空的大海之上，又仿佛是人们在抄着《心经》了，有灵鹫飞来的突兀，也是人世的洁来洁往。

王维有诗：行到水穷处，坐看云起时。这十个汉字，犹如行书，隽句天成，去除了粗心浮薄，富丽妍冶，遍布人世的静气，云一样含敛简淡。

九

受睡眠困扰数年，近年，坚持疾走，除了身体结实了以外，还领略到了朝霞漫天的绮丽以及晚霞归山的壮阔。

一直走到精疲力竭的程度。这样独自行走的方式确乎枯燥，近年，终于以足够的耐心，把霍尔斯特创作于1916年的鸿篇巨制——《行星组曲》听了一遍遍。

天上的云有多漫漶无穷，《行星组曲》就有多庞杂多端。一共七个乐章，分别以八大行星中的七个星球（地球除外）命名，乐队编制异常庞大，启用了一般很少登台的低音长笛、低音双簧管、低音单簧管、低音大管、次中音大号等管乐器，以及管风琴和众多的打击乐器，最后一个乐章中还有一段六声部的女声合唱。如此众多乐器的组合产生了丰富的音响色彩，"火星"乐章中，乐队展示出了地动山摇的气势。一个体量小的人可能真不适合这样的音乐形式——得亏有了一日日的行走，我才得以从容地把它们悉数听完。

去年夏季，几乎都在清晨的疾步中度过。耳塞里流淌的《行星组曲》，乐章的层层递进中，天上风云流转，莫可名之，我的视觉、听觉异常活跃。盛夏的朝阳令人无比热爱，5点钟的光景，太阳升起来，大地一片空蒙，天上的云无边而壮阔，它们辉映着霞光万丈，宛如霍尔斯特的组曲一样绵延，低音长笛吹起来，管风琴一声叠一声，整个天空形似西斯廷大教堂的穹顶，米开朗琪罗瞬间复活，他将颜料肆意泼洒，手挥五弦，目送飞鸿，天空的教堂顿时被琉璃般璀璨的彩云布满，众神端坐于各自的位置默然不言，地上鸟喧树静，走路的人太过专注，始终处于静置状态，犹如《行星组曲》第一乐章，更多的是管乐，充满了秩序与庄严感，令行走的人如同升仙，在霍尔斯特音符的引领下，仿佛置身浩瀚无边的宇宙遨游……盛夏清晨的天酷蓝而刺眼，是汝窑的火候太盛，烧铸白云如裂帛，一只金孔雀开屏般散开，仅仅那么十来分钟的短暂，天空流云的盛大与绚烂，转眼便消失不见了……

同样，在夜里，我也会疾行一小时。身体有了行走的习惯，感觉走路比读书都重要得多。2017年深秋的月亮大而圆。据科学家言，这样饱满硕大的月亮，一个人一生中只能遇见百次。我真是有福气，每夜每夜沐浴月的光辉。环绕于月亮四周的流云更美，绸缎一样飘逸，人间的一切静下来。逐渐夜深，望着那样的星云月色，心上似乎滚过一些怅惘，继而落寞起来——所有美好的物事，大抵都是令人惆怅的。

最喜欢《行星组曲》中的"木星"乐章，所有的管乐呈现出无与伦比的悠扬、欢愉。无数单簧管演示着宇宙的低音，一遍遍，回旋往复，无际无涯，肃穆，平和，偶尔掠过一声小号，犹如茫茫宇宙间飞过来的一颗星辰，越来越亮，越来越清晰……每当此时，人于精神上，简直比听柴可夫斯基的第一钢协还要快乐。

人类追求快乐的步伐永不会停滞——比起悲伤来，快乐更能给予人以向上的力度——除了白云流转，除了明月在心，快乐和欢愉，何尝不是人类毕生追求的呢？

原载《福建文学》2020 年第 9 期

上海时光记（节选）

陈蔚文

当初来上海，这份媒体工作对我的吸引包括可以去采访形形色色的人，确切说，他们是些艺术家、明星。有次是去建国西路采访某位女艺术家。她拍了许多上海女人，做编织"软雕塑"，最近 DIY 一堆很有风格的项链，她的人生美学是性感、个性、有风情。她的居所和她的人生美学也相符。老石库门旧房，陈旧木地板，旧家具（不是古董的旧，是被琐碎日子磨旧），房内氤氲着咖啡与茶香。是她独创的泡法，咖啡煮好，加入立顿红茶一袋，加炼乳，或再扔进几片苹果，煮好即是浓醇的咖啡红茶，可配小点心。

平价的成本也可以诞生艺术——这是她让人感受最深的。艺术不是品牌店的特许经营，是随时随地可发生的事。几根毛线针，她编织了一批作品，颠覆了编织活的家常性，表达了些想法，它们成了可上 T 台的作品。

为人妻母的她，有些不足为外人道的不易，这不易她也拿来成全作品了。"所有好的小说家都不可能是纯洁之人，他必须心中有鬼。"一位作家说。艺术家也一样，这个"鬼"是那些坑洼、褶皱，太光滑的内心对艺术是不具抓力的。

她带了本近期摄影集来，黑白片，皆是沙滩与泡沫。她说年轻时，只爱海浪疯狂的呼啸，如今更敬慕那些柔软又富有张力的泡沫。礁石海风里堆积的泡沫，在黑白的光影中奔涌。

香水隔着冷气弥散。她身上总有香水味，即使去腥污的小菜场也要喷点儿。香水多是朋友送的，今年生日她收到"兰蔻"和"洛丽塔"，有关这款香水的描述是"无邪又纵欲，纯真又弥贵"。对这位半百女人，这其中有种秘密情怀。

她眼角有不浅的皱纹。不是每个有了皱纹的女人都还能收到"洛丽塔"。

龙漕路离黄陂南路的"新天地"不远，外地朋友来，最常去的就是"新天地"。此地是最能代表上海腔调的地方，石库门穿插着现代建筑，青砖步行道，清水砖墙，厚重的乌漆大门和雕着巴洛克风格卷涡状山花的门楣，使得观光客仿佛置身于 20 世纪二三十年代的上海。然而一步跨进每个建筑内部，又非常现代和时尚。

据说当年地产商为动迁这个地块上居住的近两千多户、逾八千居民，花费了超过六亿元人民币。经过改造，淹没在弄堂内一座漂亮的荷兰式屋顶石库门建筑便跃然而出。拆去违章建筑，市区不多见的弄堂公馆便重见天日。这样，被保留下来的旧建筑各有特色，仿佛一座座历史建筑陈列馆。整旧如旧，一个"旧"字，代价远远超过了新砖新瓦，地产公司专门从德国进口一种昂贵的防潮药水，像打针似的注射进墙壁的每块砖和砖缝里。屋顶上铺瓦前先放置两层防水隔热材料，再铺上注射了防潮药水的旧瓦。由此，有了现在风情万种的"新天地"。

如果有外地朋友来，我有时会带他们去看北外滩的夜晚。作为外滩的延伸，它坐北朝南，面水朝阳，西南处外白渡桥、吴淞路桥两桥与老外滩相连，南面隔江与陆家嘴金融贸易区相望，绵延起伏的古典建筑群和对岸的摩天大楼尽收眼底，坐在"哈根达斯"门口看一江灯火，通体透明的船只在江中交汇，天上像泼下杯鸡尾酒，到处流光溢彩。

有次带父母来，母亲觉得一杯冰激凌卖一百块实在贵了。我跟她说，这不仅是冰激凌的价格，还有为这么美的夜景买的单呢，这么想就觉得不贵。

常去的还是"新天地"，离我住处近些，我喜欢那里的小众风情，酒吧如迂回院落，七进八厅缠缠绕绕，离了哪间都不完整，只有簇拥一处才合成丰美的欢场。不确定的灯光，如聊斋中吸附了精魂的鬼魅，闪耀，暧昧，乐不思返的常客如同被勾魂的书生，一天必须在音乐、骰子和玻璃杯中结束。

空气中浮着香水味，中国女人挽着人高马大的老外，一拨拨旅行团——这里好像适合成群结伙。一个女人坐在那儿多少有点复杂的诱惑意味，一个男人独坐呢，就有甘愿被诱惑的意思，飘荡着酒精与香水的空气着实太撩拨了。

酒吧内传出喧闹的乐队声，有人在二楼露台唱歌。驻唱歌手多唱英文歌或爵士风老歌，黑裙黑袜的中年女人摇摆着，黛色眼影，看客人的眼神仿佛个个都有一肚子知心话要同他们吐露。只有她们压得住今夜阵脚！《上海滩》也只有这副沙哑的嗓子能唱得波澜不惊而又风浪暗涌，她们不年轻了，因此才炼出强大的胃，能够从容对付瓶中液体的度数。

那些散坐着的年轻女人，她们是新鲜生啤，是兑冰的朗姆酒，口感奇异。这液体喝下去，你就会懂得上海的夜晚有多么值得冒险，懂得那些外表松弛内心偾张的男人，他们杯中酒的下沉速度与热望的眼神让你想起一句上海女人的诗：

　　热爱她，就憧憬着死在她的刀口下！

　　读到这句诗的几年后，女友 Y 带我去那位女诗人家吃了顿晚饭。同座还有位写科幻（或是魔幻）小说的长发男人，沉重的金属耳环让我替他的耳朵担心。他盘腿坐在椅子上眉飞色舞地讲他在卢浮宫看画的经历，说波提切利的《春》近看原来构图透视有问题，而《蒙娜丽莎的微笑》用绳子围住，实际毫无看头。男人在家大公司任一个时髦职位，他说到要在静安寺的对面开家闹安寺，说到要搞支电子乐队时，兴奋得差点儿从椅子上摔下来。后来收到他电邮的一个小说，里头的确有许多奇思妙想。

　　那时女友 Y 还没搬家，住在万体附近的天钥新村，与我走动频繁。她住处的浴缸与灶台一帘之隔，外头是公用走廊，洗衣机发出间歇性轰鸣，这样的情调显然不适于泡澡，浴缸于是被充当巨大的洗菜池。从卧室窗口望去是人家的窗户，黄昏中的夫妻怒气冲冲地为葱蒜小事争吵，油烟味四溢——这城亦是一样的人间烟火，不只是最新时尚发布会以及新锐派对，这城一样有它的简陋、颓唐，并非全都华丽如海上花开。

　　当我自己在万体附近找房时，才明白在这个地段找房的不易，那些在外省会自卑到脸红的老式公房，在这儿却开着骄傲的价格，一室几乎没有低于一千二三的，并且租出极快，几乎像抢。

　　我们在万体馆台阶上坐着。风从高高的万体台阶刮过，近旁球场上灯光明亮，我们聊些乱七八糟的话。她借给我三本书，刘小枫的《走向十字架上的真》，里尔克的《亲爱的上帝》，还有裘帕·拉希莉的《疾病解说者》，前两本是她一直随身携带的行李，无论走到哪儿她都带着，近乎是为心灵找到的依靠与安慰。书堆叠在床边，她甚至没一个正式点的书架安放它们——但书绝不比搁在堂皇的架上更感到委屈。

......

我们看碟，用她新添置的 DVD（晚餐的盘碟她都还没置全）。《时时刻刻》，一部妮可·基德曼向女作家伍尔夫致敬的片子，优雅的妮可扮演一个游走于疯狂与清醒边缘的女人，片子充满光影与挣扎。

夜深了，还有堆碟来不及看，《樱桃的滋味》《十戒》《天堂的颜色》——Z，那时她的日常工作是为少女读者提供风花雪月的爱情故事，兼采访歌手影星们的美容秘籍以及流行资讯，教导读者如何泡玫瑰花浴（虽然 Z 自己的浴缸用来洗菜）。

次晨，在走廊等 Z。阳光中，对面花影盛大：怒放的夹竹桃，高大的石榴花树，还有广玉兰，院里泊着辆大红炫目的进口车，衬着周遭灰暗的楼房，有种奇诡的戏子般的艳。

夏天快完时，她搬到延安路高架附近的江苏路，多了间阳台，卫生间也大了不少。秋天，周末我去她那儿，我们去花店买了棉纸荧光笔等一块儿做手工贺卡，用各自的美术底子把卡片做得很美丽，不过似乎没有什么人可邮：这样一份手工的心意，在这么忙的时代仿佛有些不合时宜。她说，我们在网上开店，六七元一张卖掉，新年就要来了，兴许供不应求，万一将来不工作，依靠这手艺还可以在上海待下去。

后来，她总算在上海中山公园一带有了自己的蜗居，她总算能在自己家听 Eagles，盘腿与朋友谈论纳博科夫或理查德·福特之类了，或者，还能聊聊她一直想实践的类型电影梦。

作为她新房第一位留宿者的我，如此喜欢这房间的气息：放松，艺术，简练而迷人。房里有她四处行走的见证，那些来自旅途中的纪念物。墙上是一位上海女诗人赠她的自绘油画《梦境的湖蓝》。重要的是，宜家的若干书架装下了她的那些书，她单身生活里最重要的伴侣。书架无疑是一个人的精神版图，在这版图跟前，一间房的面积与窗户的多寡无关。茨维塔耶娃不是说过吗，"有这样一类你走近大城市时最初看见的房子：窗户很多，但住在里面的生命却不可思议的全是瞎子"。

有回我们和一位摄影师朋友去唱歌。我唱了《千千阙歌》。Y很喜欢这首歌，觉得它代表着一个青春高度以及某种时间向度，就像她每次去歌厅总要唱王杰的《安妮》一样，每回唱它，她便觉得自己会重回十九岁，记起阶梯教室那些有着许多褶皱的阴暗。

2020年冬天，我偶尔看到《千千阙歌》的原唱陈慧娴出现在某档综艺节目里，穿着排场很大的华服，染着金色短发，站在炫目的舞台上，唱的依旧是当年的几首成名曲，包括《飘雪》《千千阙歌》，但此时的面庞与年轻时已全然不同。她老了，胖了不少，眉眼已无当年痕迹。从她的老去，我清晰地看见自己与整个20世纪70年代的老去。

看着电脑屏幕上的陈慧娴，我忽然想起已远去异国的Y。某年深秋，我们有一次东北之旅。她鼓动我上路的理由是，她会带我去那些不寻常之地：滩涂、湿地、边境、无名村落……比起A级的景区与团线，她更愿去往边缘之地。

在哈尔滨，某个岛上，我摄下她逆光的背影。

落叶铺满空旷悠长的道路，一袭黑衣、背着大包的她向前走去。前方是她未知的路，也是我们都未知的路。

这个城市的属性或许是秋天，有着油画的丰富色泽和光感。

"好的画，迫近神而和神结合。它是神的完美抄本，神的画笔的阴影，神的音乐，神的旋律。"米开朗琪罗如是说。好的季节也如此，如秋天。

植物宁和，云朵宁和，远山宁和……历经九九八十一难、向西天取经的何止玄奘四师徒。谁都在自己命运的路上向天竺跋涉，证果，得道。

自涩而熟，但又不至熟向萧瑟，天凉得刚好时，就是秋了，良乡栗子满街的秋天，我习惯在恒丰路一家小店前买栗子，收钱的是个短发的外乡女子，圆脸，端正白净。几麻袋栗子堆在屋子后半截，男人边在那大力翻炒，边从中拨拉出劣的。有顾客等得急，催他别挑，赶紧炒。他不理，埋头一粒粒拨拉，顾客急得跳脚，复催，他冷张黑脸，"你不买就算，我就这么卖！"吵架的口气，短发女子竟也不劝，笑眯眯的既不怕他上火得罪顾客，也不怕顾客走掉。顾客竟也等下去，有点讪讪的。

柜内的她略丰满的身量，像一枚饱满的良乡栗子。她老笑眯眯的，可能和身后炒栗子的黑脸男人在一起很安心。栗子季一过，他们不知要上哪儿去，来年秋天也不知还会来吗？

吃着热栗子，给一位采访对象发去提问的邮件。她的介绍是"从欧莱雅到LV的她，一个时尚从业者，优雅出现在各大时尚PARTY中，而她又脱下华服，出现在支教广西的队伍中，拿起粉笔，在山区的孩子面前做位普通教师……"

这是她曾经的一段经历了。她在博客上写道："爸爸在重症监护室里伸出手来做OK的手势，教会我懂得放什么，拿什么。放心，爸爸的慧眼看着，我的人生会重新排序。中午，同仁堂二楼，看到店堂里匾额上的话，'修合，无人见，存心，有天知'。轰隆仿佛惊雷过顶，尔后，豁然天明……"三十三岁的她也提到"豁然"二字。觉得有这感受的人多幸运！像走着夜路乍望见灯光，然后明了方向，朝着光走下去。"豁然"给人定力，这二字原出自《怀素自叙帖》，讲怀素幼而事佛，经禅之暇颇好笔翰，然恨未能远睹前人之奇迹，所见甚浅。遂担笈杖锡，西游上国，之后"豁然心胸，略无疑滞"。我是至今没有豁然，也不知何时能够豁然，那应是顿悟之境，我在开悟方面向来磨蹭，有时混沌，眼前老遮着七零八落的树影。有些人一辈子也不得悟，执念于中，跳不出那身欲望皮囊。得悟有多难啊，一旦得了，那真是幸运啊……

去外面散步。过天桥，远远地，一轮皓月光晕温存，像插图中的月亮。下天桥，过十字路口，前面有人竟牵着匹马。矫健温良的马，尾巴向地下垂着，默默跟着主人靠路边走。倘在乡间，万籁俱静，会听到石子路上嗒嗒的马蹄声。

一棵树，一轮月，一匹马，就是秋了。

秋日的天很高，不过也就到鸟的翅膀。

我在秋天离开了居住五年的城市。

这个秋天一如既往，同样金黄的银杏树，阔大的梧桐，叶子在风里翻飞，许多的落叶铺垫在人行道旁，并不萧瑟，倒有种来去从容的劲儿。秋天是有景深的季节，像早期的俄罗斯油画。还有攀爬的藤蔓，一些偎着栅栏的红叶。死如秋叶之静美。

这个秋天的雨夜，电脑放着女歌手邝美云的歌，我喜欢的女歌手。她的粤语歌尤其动人，明亮而有厚度，像前一阵子去森林公园见到的盛开的广玉兰，碗大的皎洁花朵藏于枝繁叶茂间，走到近前，才被那一壁的雍容江山小小地一震。子夜，听她的《离别的摇篮曲》，云层后的思慕，忽高忽低的飘浮，夏日的积雨云，二十年前的河川自成一派情意世间……这个在香港小姐选美比赛中获得亚军的美人1963年出生，我在一个访谈节目中看到她依旧风韵卓越。有的人无所谓光阴，光阴对他们只是类似酒的发酵。他们不论保质期，只论年份。

歌声里徒步回走，泥沙俱下的青春五味杂陈。不觉人到中年，往昔已是团模糊水汽。

打开电邮，回复白天收到的 F 的信，她又碰上一场感情变故，很接受不了。这些年，她总在不同的男人与爱情间载沉载浮。

我在灯下给她回复电邮，告诉她今天读到胡因梦的一句话：如不戒掉爱情的毒瘾，那她内心就始终是个小婴儿，不能自给自足，更难以焕发出内在的生命能量。我告诉她，前几天和她也认识的周聊天，周说，这段时间我知道原因了：痛苦源于自私，快乐源于奉献。一个人试着多给出就快乐了。我们只学如何放下自我，对自我不执着不判断不批评，只是接纳。心理学会教你分析自我，这并不能解决问题，反倒有时带来问题，因为它的视角还是围绕我。所以，我觉得真正的修行是放开那个我，去看见更大的世界，这才是真正的解脱和超越。

在给她回信前，我得知我的前任主编走了，才三十出头。我是她博客的常客。她患有恶性肿瘤，一直在写博客，分享积极乐观的抗争经历，在西医化疗与某位中医间下赌，她和我最好的女友西西住同一个小区：广州祈福。她的儿子八九岁，叫牛牛，她在生命最后还养了条叫朋朋的狗。她心平气和地谈到许多生死的问题。她的博客里能遇见不少癌症患者，以及癌症患者家属，求生是他们日子里最最重要的事。

"真后悔浪费了太多大好时光。好像老觉得有充足的时间似的。事实上，从一个看起来还算正常的人，到出门都困难，原来这么快。许多身后事都没处理。今天下午决定硬着头皮出门剪头发。精力有限，还是剪成短头发更易打理。对俺好不容易留起的长发，还真恋恋不舍呢。"这是她最后的博文。

关上电脑，我收拾行装，准备开始下一段的旅程。

原载《西部》2020 年第 4 期

故乡的橄榄树

梅洁

一

　　很难说清橄榄树为何在我心中有别样的感情，它朦胧、悠远、高贵、神奇……不知它在何处却又觉其真实地存在，触摸不到却又心心念念。

　　是年轻时听到的三毛作词的那首《橄榄树》？兴许是了："不要问我从哪里来，我的故乡在远方。为什么流浪，流浪远方……为了梦中的橄榄树。"简单的歌词，忧伤的旋律，响彻大江南北。唱这首歌的齐豫和朱逢博，把天籁之声和橄榄树一起留在了我的梦中。

　　仅仅是梦中。

　　生命的旅途中我从未见过橄榄树。

　　意识中定位歌声中的这种植物是在一次写作

中。1991 年第 5 期《人民文学》发表了我三万字的作品《橄榄色的世界》，我在这次写作中接触到了一个美妙的神话《创世纪》：人间充满强暴、仇恨、妒忌，陷入了深深的罪恶之中。为了惩戒，耶和华要用洪水淹没整个大地。但他发现亚当之子塞特的第九世孙挪亚是个义人，他让挪亚赶造一艘方舟，将其全家及有限的飞禽走兽昆虫留在方舟内。于是耶和华灭世的洪水瀑布般倾泻了下来，整整持续了四十个昼夜。一百五十天后，挪亚打开窗户，放出一只乌鸦和两只鸽子去打探洪水的情况。七天后有一只鸽子飞了回来，嘴里衔了一枝新鲜的橄榄枝叶，挪亚知道，洪水退了。一年后，挪亚和方舟里的活物走了出来，创造了一个全新的世界。

自此，人类经历了漫长的从蛮荒到文明的沧桑进程，而橄榄叶和橄榄色作为和平安宁的象征，被沿袭了下来。

当年我写这篇作品时，民间也正以橄榄色着装为时尚。那时我就想，当社会选择橄榄色为着装时，便赋予了那个美妙的神话以全新的意义。

可我仍然不知橄榄树在哪里。

再后来，我看到在京城的一些大超市里，有一种对健康极为有利的油脂食品橄榄油，产地大多来自地中海一带，比如意大利、西班牙、土耳其、以色列等。

对于这些跨洋过海的油脂食品，人们充满信任，尤其是有心脑血管疾病的中老年人，更是倍加青睐。他们相信这来自遥远国度的橄榄油，能让他们的血管变年轻。

当我站在这些食品的货架前，我才真实地知道了世间真的有橄榄树，但它们在遥远的地中海，不可望也不可即啊！

二

2019 年金秋十月，在故乡十堰，我突然间得知，在鄂西北沿汉水之畔、沿丹江口库区有数万亩橄榄林。乍一听到这消息，我的惊诧不亚于在听"天方夜谭"。

可当故乡的朋友王金伟、秦波带我来到杨溪铺镇后面的大尖山上，看到一眼望不到边的橄榄林时，我竟不敢相信自己的眼睛："这就是橄榄树？这就是梦中的橄榄树？！它们不是都在地中海吗，什么时候来到了这里？"难以抑制的惊讶与兴奋让我在林中连连惊呼。

此刻，在橄榄林里等候我们到来的一位年轻女子，优雅地笑着向我走来。秦波即刻介绍，她就是这片橄榄林的主人朱瑾艳。他们在我们镇有一千七百亩橄榄林，在他们带领下，我们镇许多村组都种植了橄榄树，成为农民致富的一个产业。

阳光下的女子长发飘飘，裙裾翩跹，笑容可掬。女子走过来拉着我的手，我们仿佛一见如故，她开口便说："我读过你的《橄榄色的世界》！"一句话，我便觉着眼前爱读书的女子睿智清灵。"我相信你早晚会回家乡，来看望这些橄榄树……"女子的又一句话，让我感动不已！

站在高高的山岗上，只见郁郁葱葱的橄榄林，沿山峦、沿沟涧、沿坪坡蔓延而去，我不禁在心底再次惊呼：梦中的橄榄树，你们何时来到了我的故乡？

转身望山下蓝色的汉水，清波荡漾，漪涟宁静，美得让人惊心。站在枝叶伞蓬般茂密的橄榄树下，朱瑾艳告诉我，这里是环丹江口库区，被称为"东方地中海"。十堰的郧阳、郧西、丹江口市等与世界油橄榄故乡地中海各国同处北纬 32 度线区域，得天独厚的自然条件使这片土地仅仅在十几年里，已拥有了五万亩油橄榄种植林，现在还在蓬勃发展，她的公司已在郧阳种植了五千余亩。

瑾艳指着眼前一千七百亩种植基地说，这里原本是一片荒山，他们开垦种植橄榄树，既为人们提供高端的健康油品，又保护了生态。说话间，她建议我们到她的另一块基地看看，那里的油橄榄正在挂果。

很快，我们来到了柳陂镇卧龙岗村的山场里，六百八十亩橄榄树浓浓密密覆盖了一片山野，这是一个丰收的季节，每棵树上都挂满了类似青枣的果实，累累坠坠。一棵西班牙品种的树上，果实压弯了枝头。我们情不自禁地在树下留影、欢呼。此刻，太阳的光芒穿越橄榄林，照耀在我们身上、脸上，分外灿烂。

三

"这是我姐夫方东。"朱瑾艳指着树下一个脸庞黝黑的中年男子，向我介绍。那男子憨厚、灿烂地笑着，不多说话。"是他十年里矢志不渝地在郧阳种植油橄榄，将引进的三十二个油橄榄品种反复实验、研究，最终培育出五个适宜本地区种植的品种，才有了今天沿江、沿湖、沿库的几万亩橄榄林。没有他的种植成功，我也不可能从武汉来到郧阳，投资发展油橄榄产品……"

方东站在树下，望着他谜一样的笑容，我准备向他打探"地中海的橄榄树为何跋涉千万里来到我家乡"的谜底。

方东的故事很长，历经艰辛，我这里只能简述。

2003年春节期间，方东的母亲因突发心脑血管疾病，住进了医院。医生紧急抢救治疗后，对方东说，这种病，没有治本的药，让你母亲多吃橄榄油，直接喝，每天喝几毫升。孝心浓浓的方东照做，二百元一斤的橄榄油，方东照买不误。母亲也听医嘱，照喝不误。一年后，母亲康复。在十堰做水利工程的方东，此刻有了一个梦想：这么好的产品，我们自己为何不种植？如果我们自己种，自己榨油，就不用只吃千万里外的地中海油了。

梦想赋予方东激情，他跑省里、跑北京、跑中国林科院，到处咨询"十堰能不能种橄榄树"。一个重要的信息出现了——

中国林科院专家邓明全告诉方东，橄榄树在北纬32度的地中海国家，种植历史长达六千年，橄榄油在西方被誉为"植物油皇后""地中海甘露"，可促进人体血液循环，改善消化系统和内分泌系统。欧洲人爱吃橄榄油，有效防范其患上心脑血管疾病的风险。20世纪60年代，周总理访问阿尔巴尼亚时，阿方赠送了一万棵橄榄树。回国后，周总理亲自在云南昆明海口林场种下了一棵橄榄树。之后，其他橄榄树分配给中国北纬32度区域的湖北郧县（现在的十堰市郧阳区）、均县（现在的十堰丹江口市），陕西城固、四川广元、甘肃陇南、云南等十二个县栽种，但因为当时是大集体，无人管理，大部分地区都撂荒了，人们只是砍橄榄树做锄把、镢头把。

1983年至1988年，油橄榄作为联合国粮农组织援助湖北的项目，意大利专家驻鄂指导，在宜昌市和十堰市丹江口、郧阳区，武汉江夏区和九峰省林科院基地等地试种。第二次种植，仍以失败而告终。现在，只剩下宜昌和十堰的部分橄榄树保留了下来，其他地方的橄榄树都冻死或荒废了。

2006年，三年矢志不渝的奔跑、调查后，方东最终探寻到郧阳区安阳镇王庄村，居然有一片20世纪60年代种植的阿尔巴尼亚橄榄树，四百棵橄榄树已葳蕤成林，最大的直径达二十厘米。方东惊喜不已：这是周总理带给我们的树啊！这四百棵能活下来，就有可能种活四千棵、四万棵！

方东随即在安阳镇流转土地开始大面积种植油橄榄，他倾其家产、抵押房屋贷款；他到全国各地种过油橄榄的地方调研；他反复从三十多个树种中优选出适合丹江口库区种植的五个品种；他在柳陂卧龙岗，在安阳的王庄、宅沟，在杨溪铺的烽火山，在丹江口的均县镇、凉水河，风风火火种了近万亩橄榄树；他把橄榄果运到甘肃请人榨油，然后提着油瓶到北京、到武汉请专家鉴定……

人们看到他不顾一切地奔跑，便说，为了橄榄树，方东疯了……

从 2006 年至 2011 年，五年过去，方东优选的五个品种在库区全部种植成功。

2019 年，当环丹江口库区橄榄树种植发展到五万亩；当库区五千户农民因种植橄榄树，每亩地增收五千至七千元；当鑫榄源公司收购库区农户一千五百余吨橄榄果、首批榨出近二百吨中国自己产的优质橄榄油时，我们回眸再看方东——

他就站在橄榄树下，憨笑。太阳照着他黝黑的脸……

故乡的 10 月，秋阳朗照，秋风轻灵。大尖山橄榄林基地办公室内，朱瑾艳动情地讲述着她的橄榄梦，一棵树、一滴油、一群人、一件事、一片情。她说一路走来，很感恩帮助她实现梦想的贵人。

她说到了中国粮油学会油脂分会的专家何东平。

2015 年 4 月，何东平带着他的团队来到郧阳，考察丹江口库区的橄榄树究竟怎么样，因为方东曾提着油瓶到武汉请他品鉴过（请甘肃帮助榨的）。在武汉从事酒店业的朱瑾艳回乡帮助接待何教授团队。站在苍苍茫茫的汉水边，看着满山开花的橄榄树，何东平语重心长地对朱瑾艳说："你回来投资吧！这个产业绝对是大健康产业，消费升级吃橄榄油在中国是大趋势，今年，我国进口了四万吨，以后，每年都可能翻倍增加，绝对是朝阳产业。这里是国家一级水源保护区，是亚洲天池，是油橄榄生长的绝佳之地，仙山秀水出好油。"何东平的话，震撼了这个工艺美术专业毕业、从事过汽车业和酒店业的女子的心。

类似这样的语重心长，朱瑾艳的同学也曾对她谆谆劝诲。而方东也在声声呼唤：回来帮帮我吧，我只会种树，深加工、产品研发营销需要你呀！

专家、友人的指引，方东的执着坚守，都深深打动着瑾艳的心。她开始到四川、甘肃、云南等地考察，她随何东平教授到意大利考察、学习。2015年，她带着梦想归来了。

如今四年过去。采果八小时内鲜果必须开榨、由进口意大利全套冷榨设备生产的橄榄油，在国际油脂博览会荣获"健康油脂金奖"；与武汉轻工业大学研发团队合作，油橄榄精深加工的橄榄果汁油，橄榄护肤系列：橄榄精油、橄榄乳液、面膜，橄榄保健胶囊，橄榄茶饮料，橄榄盆景等，成为人们生活的快乐享受。

中国油橄榄产业发展高峰论坛在故乡召开，何东平来了。他说，这个会议之所以在这里召开，是因为十堰已经成为国内种植橄榄树的"新大陆"。再过五年，这里的五万亩油橄榄全部进入挂果丰产期，将生产出高品质橄榄油三千余吨，产值将达到八亿元。那时，生态美将转化为经济美。

写到这里，手机响了，是瑾艳发来的，她说："今年的新油已压榨好了，愿姐姐归来故乡，品尝美味的故乡橄榄油吧！"

在地球的东方，在神秘的北纬32度线，有我的故乡。在那里，生长着中国最美的橄榄树……

原载《解放日报》2020年1月23日

复州记屑

孙郁

　　一位日本朋友到平遥古城访问，见街市的古朴与布局讲究，大叹汉文明的奇妙，于是写了一篇随记来。我那时候在编副刊，看到他的文章觉得有点简单，似乎没有搔到痒处。便说，那样的访问，看到的只是空旷的外壳，人间烟火不见的时候，自然接触不到古城的灵魂。倘能够见到地方的贤达，或许才能解平遥的真意。不过这样的机会不是人人都有，这种时候，退而求其次，看看地方的艺术，有意外的收获也说不定的。

　　记得柳田国男曾叹日常生活才有文化的隐秘，他是日本的民俗研究专家，从民间艺术里，窥见本民族的精神底色。我们现在了解东瀛历史，浮世绘、歌舞伎、能乐，都是不能不去关顾的存在，这里面记载了民风的点点滴滴。这一点与中国相似，我们古人的智慧，许多都折射在艺人的辞章里，稍稍留意民间艺术，对于历史深处的东西，便会别有心解。

但古中国的情形比日本复杂一些，因为易代多，文化总有些变异。用一个模式去看过往的遗存，总不得要领的。研究民俗，大概要关注个体的记忆吧。有时候我们忽略的是那些不入流的文字和物件，诸多沉默在时光深处的遗物，总有些我们觅而难得的存在的。

我这个年龄的人，大凡有过古城生活经历的，印象里都会有关于旧式民风的记忆。20 世纪五六十年代的古城，明清的建筑还存有，街市里的民国影子多多，习俗里也略带有一点古意。我生活的那个复州城，有大致完整的城墙、书院、寺庙及切割均匀的街道，和平遥古城颇为相近。我幼年随家人搬到这个地方的时候，古风还有，明清的格局依然。只是古塔、戏台已经残损，除了清真寺还有活动外，天主教堂和孔庙都变成废园了。

复州城已有千余年的历史，是辽南重镇，明清之际曾繁荣一时。民国时是县城所在地，抗战胜利后，县城改到瓦房店，它也渐渐衰落。要了解旧时的光景，只能从某些风气里感受一二了。城里门店很多，平时商业气味重，不远的地方是下洼子市场，各种生意红火。城外还有骡马交易地，到了周日，四周赶集的人都来了，颇为热闹。除了商业发达，城里还有诸多文化生活，明显存有古意的是中心街二楼的文化站。我对于那座小楼有些好感，可惜后来拆掉了。印象深的是正月十五放焰火，文化站的人站在楼顶，将礼花点燃，漫天的银花散射，如梦如幻，给孩子莫大的欢喜。日常的时候，楼里也颇为热闹，时有琴声传来，大概是有人在排练节目吧。对于一个世俗化的小城而言，这个地方有点特别。红尘滚滚之中，文化站来往中人，好似是不食人间烟火的，也缘于此，孩子们感到了其间的可爱。

我偶尔也去文化站凑热闹，渐渐地认识了里面的人。站长姓逢，是个矮胖子，有点哮喘。他的眼睛亮亮的，与人天然地亲近。这个人三教九流都能对付，爱说笑话，是一个复州通。他好像没有读过几天书，但对民间艺人的杂耍、二人转、拉场戏、评戏都很明白。也善于写点戏曲小品，文字是口语化的，四六句分明，合辙押韵，很有乡土的气味。文化站每年都张罗各种活动，演戏、高跷会、灯会等。本来，城里有文墨的人很多，就水平而言，还排不上他，但那些老人多已靠边站，20世纪60年代后，逄站长就成了城里家喻户晓的人物。

他身边聚集着不少的艺人，多为四周乡下的，唱二人转者尤多。这些人平时在家务农，逢年过节，就赶到文化站里，彩排新的节目。演出多在完小的操场上，临时搭上台子，招来无数的观众。节目呢，都是乡间情调、男女爱情、婆媳恩怨、历史传奇。"文革"前演出的节目多是东北流行的曲目，如《西厢》《古城会》《夜宿花亭》《火焰山》《请东家》等，数量可观。曲子唱多了，民众也多学会了。东北的一些民歌，也流行很广，《黑五更》《十大想》《瞧情郎》《打秋千》都有市场。二人转、民歌中有些文不雅训，免不了黄色段子，但也有的写得俗中带雅，比如《西厢》开头唱道：

一轮明月照西厢，二八佳人巧梳妆，三请张生来赴宴，四顾无人跳粉墙，五鼓夫人知道了，六花板拷打莺莺，审问红娘，七夕胆大佳期会，八宝亭前降夜香，九（久）有恩爱难割舍，十里亭哭坏莺莺，叹坏红娘……

句子介于文言和俗语之间，这些吟唱，传统的读书人觉得有点俗气，市井里的百姓却听得有滋有味。古城有演戏的传统，除了评戏，就是影调戏。城里城外有好几个演出团体，有的与文化站没有什么关系，他们演起剧来十分野，耍得开，唱得浪，台上台下被点爆了一般，引得下面的观众噼里啪啦鼓掌。男男女女聚集多了，自然也生出爱意，成双成对不必说，婚外之情也暗中涌了出来。当年一位男演员和一个姑娘爱得死去活来，因为已经有了家室，又难以重婚，生了女孩便给了一个鳏夫。那孩子很是漂亮，与我恰是邻居。我们叫她巧姐，其样子与生父颇像。巧姐到了很大都不知道自己的身世，我们这些野孩子虽然心知肚明，却没有一个人说过此事。这是城里的风气，看破不说破，也是儒家的一点遗风吧。

"文革"到来，文化站自然受到冲击。

文化站开始发生变化，不久成立了宣传队，演出样板戏和革命戏曲。那时候县里、省里常常搞会演，要求自编自演，文化站每年都要送一些节目到上面。给逄站长提供剧本的有几个老人，有一位是城外驼山乡的老顾，六十多岁了。他与儿子都喜欢曲艺，农活之外，在家里编写一些作品。老人读书挺多，尤注意搜集戏曲本子。许多年后我还拜访过老先生，他很是木讷，说话脸红，讲起明清以来的戏曲沿革，显得有些激动，口吻里有一点旧文人气。但他的文字有时过于拘谨，不能放开，不及逄站长的作品开朗。另一位老唐，是供销社的推销员，会编段子，肚子里颇多学问。他写过大型评剧，谈吐间有旧式才子的气质，对于民间旧式戏文，研究很深。据说运动来临，也遭了大难，于是思想求变，对于新政策和时风也颇留意，写出的本子也能被上面认可。老逄很欣赏这位才子，关键时刻，靠着老唐的本子支撑着各种演出。

我身边几个同学成了宣传队里的活跃分子。到了晚上，文化站传来音乐声，多是辽南影调的曲牌，几个人嗓子吼得场面爆裂，像六月的朗日，蒸着热气。我有时到了那里，看到男男女女认真的样子，羡慕得很，于是也很想挤进宣传队，做一名歌手。但自己的条件不行，内行人一看就属于演艺之外的人，这曾让我生出不少的遗憾来。那时候宣传队已经不再演出民间的戏曲，一切都革命化了。有几个同学因为出色，被部队选中，还有的去了县里的剧团。文化站一时成了古城青年梦飞的地方。

如此红火的文化站，其实只有两个工作人员，与逄站长搭班的是老韩，一位戴着眼镜的先生，平时寡言寡语，名气没有逄班长大。老韩比逄站长文静一点，书读得多，且有点美术修养。我那时候常到他那里借书，图书室能见的是《鲁迅选集》、《马克思传》、《李自成》（第一卷）、《科学社会主义》、《巴黎公社》、《欧仁·鲍狄埃诗选》等。到了晚上，街里只有文化馆的灯亮着，阅览室有大人坐在里面浏览着什么。老韩的人脉广，知道谁家有什么时期的旧藏，谁喜欢什么版本，对于城里的历史也比常人清楚。我很感谢老韩，他借给我的书从来不催，有时候还主动推荐一些作品给我。一些内部出版物，就是在他那里看到的。

20 世纪 70 年代初，各种运动平静了下来，周日的时候，文化站会聚集一些喜欢扎堆聊天的人，多为书友。他们在一起谈天说地，彼此开心得很。这些人年纪很大，多叫不出名字来。有位张老爷子颇为传奇，过去是县衙的小吏，政治上受过冲击。他读书甚多，对于复州历史烂熟于心。据说收集了不少当地先贤的诗文，在小的范围内传阅着。老先生述而不作，眼高手低，但看不起一般的读书人，对于身边的朋友，从不掩饰自己的观点。他经常点评城里历代文人的笔墨，说起话来声音震耳。高兴的时候会吟诵几句县志里的旧诗，谈兴正浓间，唾沫飞出，如入无人之境。自然，士大夫的迂腐气也是有的，许多人并不尊敬他。老人有句口头语："那时候的人啊……嘿嘿嘿，不说了。"

有时候大家会说起过去县衙里的人的书法，老爷子便道："清末的几位还好，民国间的几位就差了。"

"那么，现在城里的几位写得如何？""江河日下呀。"站里的空气就这样热起来了。

我那时候年纪小，他们说话，不能插嘴，进不了老人们的语境里。他们有时候会聚在一起唱京剧，摇头晃脑中，忘了己身。这些人对于逄站长的那些东西不以为然，觉得城里流行的东西太浅。但他们喜欢的东西，都过于小众。不过在街市一片红的时候，这个地方的一丝古意，倒映衬出诸人的特别。

多年后，我从市里师范学校毕业，分在县文化馆工作，每年都要回到古城几次，文化站自然是必到的地方。那时候我们单位正在编一张小报，有个民间文艺栏目，我便想起逄站长和老韩，希望他们提供一点稿件。逄站长投来的稿件都是民谣与二人转，土里土气的句子，因为很有生活气息，一般都能刊用。老韩不太会写文章，便介绍了几个作者。张老爷子对此不感兴趣，拒绝了我的约稿，但一位宫先生却显得积极，写了不少文章，便与其慢慢熟悉了。

宫先生住在城南，那时候已经七十多岁，仙风道骨的样子，走起路来轻无声响，白胡子随风抖动着，仿佛从古代画面中走出来的人。老先生的文章都是文言，写的是复州八景、民国风俗、市井往事之类的短文，骈散相兼，编辑起来很是费劲。一些字在印刷厂字库里没有，只好替他改动。不料他十分不满，来信说不可更改，否则退稿云云。后来我多次去他位于城边的小屋，房子破烂得很，桌上有几册《史记》《汉书》《白居易集》等，余者都是乡下寻常之物。听老韩介绍，宫先生新中国成立前在家办私塾，有时候还坐堂行医。这些给了我一种神秘之感，就学识与文章而言，我经历的老师中，能及其水准的还不曾有过。

他写作的范围很广，游记、金石品鉴、清代逸事等，深入浅出，又很古朴。宫先生在古城里，不显山不露水，而山川地理里的人迹风物，均在心里深刻，实在是一本老词典，内中有许多丰富的东西。后来县里人写地方志，多参考了他与一些老人的资料，倘不是有这样的老人在，远去的时光里的人迹物语，也许永远不会有人知道了。而我那时候觉得，能够用美的古文表述山川旧迹，真的切合得很。流行的白话文缺失的，可能是那种儒雅、简练之气。我开始留意近代以来的文言文写作，也是自那时候开始的。

与宫先生多次接触，感慨于他的博识。比如在一座寺庙前，他看到牌匾，告诉我写匾的人当时生病了，章法有点不对。有一次我陪一位作家到古城玩，拜访宫先生。席间谈及清代八旗文化，老人滔滔不绝。他说不懂满文，就不能弄清清代历史，用汉语考究满族旧迹，往往不得要领。随口说了几句满文，让在场的人大为惊异。朋友说，您这么有学问怎么窝在这里？老人笑道，过去古城内外比他有学问的人多了，自己实在算不了什么。

宫先生渐渐被许多人知道了，省城一个老编辑看到我寄去的小报，对老人的文章大为佩服，希望能够写一点东西给他们。宫先生开始不大情愿，觉得自己的东西与时风不合，有一点落伍。但拧不过大家的催促，还是写了几篇关于辽南民间掌故的随笔。文章投寄过去，泥牛入海，一点消息都没有。我后来到省城开会，知道稿子被主编毙掉了，原因是过于古奥，佶屈聱牙的文字不合刊物风格。宫先生知道后，什么也没有说，此后大概就不再给外面的刊物写文章了。

20世纪70年代末，古城慢慢地拆了，最难过的是那些读书人，有的便想整理一点乡邦文献，给后人留下点什么。县里不久成立了民间文艺研究会，会议召开的地点选在古城。那一天，来的都是复州有文墨的人。逄站长高兴得不行，找了一家老饭馆招待大家。我第一次认识了几个专于书法和国画的人，还有几个刚摘掉右派帽子的教师，他们对于文史都有一点研究。大家围坐一起，开心地扯东唠西。说起民国时期的友人的雅聚，一切趣事都引起大家的久久回味。言及古城被拆，张老爷子伤心落泪，千年古城就这样没了，真的可惜。那天逄站长有些醉意，说了许多感伤的话。席间宫先生赋诗一首，很有感情，其中一句"可怜一觉复州梦"，至今还记得。这些大半生不太得意的人，好像忘了己身的荣辱，谈兴浓浓，直到深夜才慢慢散去。

复州这个地方的文脉，在一些人眼里都上不了大雅之堂。外来的人看到县志，记住的是民国几位县长的古诗，或几个骚客的文字，普通人的作品睡在街市的一旁，没人去看。其实那里掩埋的人与事，惊心动魄者多多。例如辛亥革命时期的一个烈士石磊，就在城里留下了好的诗文，城里的老少，多会背诵他的临别诗。到了20世纪五六十年代，古风渐稀，余脉还是残留一二的。世人不解其意者，无非那遗存的不入时尚。像逄站长的文字很土，有些不太正经，就没有时代语义，大的报刊自然不会入眼。而宫先生的文字又过雅，乃桐城余影，一般的编辑将其视为遗老之作，也与时风隔膜的。现在想来，他们的一俗一雅，未尝不是古城的一种标记。一个来自巷陌的寻常之音，一个系远古的遗曲，以不同的符号生活记录古城的经验，没有什么不好。与我们这些只会写时文的人比，他们有时甚至显得更为有趣。

我离开辽南后，没有再与逄站长和老韩联系过，那时候心在域外文化之中，不太看重乡土的遗存，内心怠慢了这些乡贤。又过许多年，回到复州城，听说逄站长、张老爷子、宫先生病逝了，老韩还健在。文化站接任者姓金，有很浓的故乡情结，也很是能干。他组织城里的老人，绘出了古城的模型，恢复了横山书院，博物馆也建起来了。书院收集了辽南千百年间的一些地上和地下文物，残碑断垣中，依稀看见往昔的时光。古城的模样已经没了，连同曾经认识的人。走在熟悉又陌生的故地，忽想起苏轼《伤春词》里的句子："纵可得而复见兮，恐荒忽而非真。"对于消失的一切，又能说些什么呢？

原载《人民文学》2020 年第 5 期

先生和学生

王尧

我二十岁不到，就有人称我"先生"了。

二十岁当然还没有德高望重，"先生"只是这所学校同事之间的正常称呼。我其实挺习惯"先生"的称呼，读高中以后，我父亲就开始偶尔喊我"大先生"。吴堡的学校离我们村不到十公里，现在看来很近，但当时我没有自行车，一路走下来会觉得有点远。我在那里代课近一年，多数时间是每天来回，下课了走回莫庄，早上起来去吴堡。到了冬天，每天来回就不是那么方便了，为了不影响早上的课，也不想来回那么辛苦，很多时间我就住在吴堡的学校。我原来也是白面书生的样子，好像从那一年开始，脸上变得有点黑。

我们那一带用"堡"来命名的村庄几乎只有吴堡。舍和庄是常用的，比如我们村就叫莫庄，在不远处有陶庄、草舍之类的村庄。我在那里待了近一年，一直没有问同事为什么叫吴堡。吴堡姓吴的居多，同事中有很多吴老师。我报到后，同事喊我王先生。我开始以为是因为我是从外村来的，他们特别客气。很快发现，他们之间也互相称吴先生、刘先生、张先生等，学生有时也喊老师"先生"。这确实有点特别，我没有想到这个村上的学校还有称老师为"先生"的古风。

在去吴堡代课之前，我在本村的学校也有过短暂的教学经历。我不记得自己小学有没有学过汉语拼音，如果学过，老师肯定也读得不是很准。在本村学校教语文时，涉及汉语拼音，我也读，但个别拼音读不准，比如 l 和 n 我就区分不开，部分前鼻音和后鼻音也区分不开，en 和 eng 读出来是一样的。语文课的课代表是个女生，我感觉她的读音很准。遇到冷僻的字词，我在黑板上写下汉语拼音，先读一遍，再请这个女生读一遍。这一教学方式倒没有让同学反感，他们觉得老师谨慎又谦虚。后来上大学，我基本上讲普通话了，有些读音还有明显的乡音，这给班级带来了一些热闹的喜气。大一要考汉语拼音，我第一批通过了。记得老师让我读的是刘白羽《长江三日》的片段，虽然自我感觉很好，但还是没有把握。公布成绩时，我是合格。这给我的一些同学以鼓舞，班上还有比我乡音更重的同学。我做班长，经常要说话，同学会记得我带乡音的普通话，几个不怎么说话的同学偶尔开口，大家才发现乡音最重的不是我。

一个时代会给人的成长带来很多影响，我带有乡音的普通话其实也是那个时代教育和文化的产物。当时我除了教语文外，还教生理卫生知识。这课有点麻烦，生理卫生知识当然是科学知识，但涉及生殖器、性等话题，就不纯粹是科学问题，还与传统和习俗有关。在70年代末的乡村，有些话说出来还是让人脸红的。我记得讲生殖器这一部分时，少男少女都打开书本，准备听王老师怎么讲。我说：同学们，老师今天身体不舒服，这一节课你们自学。印象中，同学们面面相觑。我在教室里来回走动，感觉这一节课时间太长了，我好像在教室里万里长征。

在我最迷惘的那些日子里，学生的单纯成为我向上的力量。

1979 年的冬天，在我的印象中已经很模糊了。那时村与村之间还没有现在这样的马路，有的是田埂。夏天的庄稼是清洁的，但田埂上是湿漉漉的，泥巴会黏在鞋子上，也经常会有蛇从田埂上游过。我特别怕蛇，所以会主动让道。即使没有看到蛇，我也会留意是否有蛇出没。秋天的庄稼色彩斑斓，看到稻穗饱满了、黄了，就像看到学生考出好成绩。走在秋天的田埂上，鞋底下的颜色从绿到黄，泥土从湿到干。等到棉花秸长高了，野兔开始流窜。棉花拾完了，猎人开始扛着猎枪在田埂上搜寻野兔的踪迹。收棉花的季节，田野和天空一样空旷，打猎的蹲在干涸的水沟里张望，等待野兔野鸡出没。在田埂上来回时，偶尔看到有人牵着羊，羊吃草时的安静和猪在圈里吃草时的张扬形成鲜明的对比。当看到猎人和羊时，我没有想到，有一天我会在吴堡的学校里吃野兔和羊肉。

我每次从吴堡回莫庄，过了村口，在田埂上总会遇到我班上的学生，或者是其他年级的学生，他们提着篮子或其他工具在田间干活。如果见到我了，会停下手中活儿喊我一声"先生"。此时，青年的我在他们身上看到了少年的我。我曾经和他们一样，饥饿，寒冷，勤快，憨厚，无助，挣扎。他们手上的泥水、额头上的污垢、书本里的树叶或青草，也曾经在我的指间、额头和书本上。我在田埂上常常遇到一个男生，他是班上个子最高的，大家都喊他大个儿。大个儿成绩一般，但爱做事，擦黑板、扫地，样样都做。我下课后有时不回办公室，站在教室门口，看他擦黑板，他把袖子和衣襟上弄得满是粉笔灰，眉毛也白了。这时我也有一丝怜意。大个儿平时作业还行，但考试不行。一次我叫他到办公室，指着试卷问他：这么简单的题目怎么也做不出来？是不是粗心？大个儿紧张地回答我：先生，我不是粗心，我不会做。他的诚实，倒让我无法批评他。其实，有不少孩子，即使再努力，也考不出好成绩。我逐渐知道，大个儿家庭比较困难，他妈妈好像是残疾人，有一个妹妹在读小学，全家就靠他父亲。大个儿跟我说，初中毕业后他就不读书了，先干活儿，等年龄到了，去当兵。我说这是一条路，参军也很好。大个儿听我这样讲，受到鼓舞，他捏紧拳头说：先生，我很有力气，我也不怕死。大个儿站在我的办公桌旁边，向我鞠躬，然后离开，我自然而然地站起来送他到办公室门口。这个场景好像是在村口，他戴上大红花，和乡亲们告别，他参军去了，我在送他远行的乡亲们中间朝他挥挥手。离开这所学校后，我再也没有见到大个儿，也没有听到过他的消息。也许他参军了，也许他从来没有离开过村庄，也许他在某个城市打工。我不能猜想他的命运，但我相信以他的诚实和干劲一定能自食其力。

在冬天还没有到来时，我基本上每天返回家中住宿，第二天清早再赶去学校，早出晚归。住在学校的时候，有个工友烧饭，四十年过去了，除了记得青菜、萝卜和豆腐外，还有就是几次吃羊肉和野兔。我们那一带养羊的人家很少，因此很少吃羊肉。我很不习惯羊身上的味道，烧熟的羊肉也有膻味。乡下还有一个说法，做老师的嘴馋，成天讲话，嘴巴里没有滋味。本来这一天我准备回去的，同事说，不用回了，今天我们一起吃羊肉。那一天午间，我已经看到工友在杀羊，我当时想应该与我没有关系。同事这样一说，我就不能以自己不吃羊肉为由婉谢，因为这种聚餐是 AA 制，如果我不参加，同事会认为我小气。留下来吃羊肉的这一天，下午下课，大个儿没有擦黑板，工友喊他去厨房烧火了。我去厨房时，大个儿还在拉风箱，灶膛的火把他的脸映照得红彤彤的。尽管我吃得很少，但我开始吃羊肉了。后来负笈江南，学校附近的小巷子到了冬天都是卖"藏书羊肉"的小店，很多人在夜间进进出出喝羊汤。我大学四年没有进去过一次，工作后住单身宿舍，晚上熬夜，有同事会说，出去喝碗羊肉汤吧。我逐渐开始习惯吃羊肉了，也逐渐忘记在吴堡吃羊肉的那个晚上。

这是我最早经历的 AA 制。1979 年的秋天和冬天，我还和同事吃了几只野兔。通常是在傍晚放学时，那个打猎的中年人提着野兔来到学校教师办公室。这种情况下，我便留下吃晚饭。留下吃饭的老师平摊这只野兔的钱，账记在那儿，发工资时扣除。有些老师从不留下吃这顿有红烧野兔的饭，起初我也有点犹豫，但同一个办公室的几位语文老师说，你怎么能回去吃饭？我便留下，后来就成为吃野兔的当然人选。当时代课，一个月的收入是八块，如果是民办老师则在十二块左右，而公办老师是二十九块五毛。一校三制，即使民办教师的工作量超过公办老师，待遇也是如此。可在当时，八块、十二块的月收入在乡村算是比较高的了。这可能就是打猎的人总是把野兔送到学校办公室的原因。

有了几次旁观别人杀野兔的经验，我也学会了杀野兔。先用小刀削开野兔嘴巴的皮，再用一根钉子把野兔的嘴巴钉在树上或者墙上，然后两只手的拇指食指分别捏住野兔嘴巴的皮往下拉，开始缓慢，等过了野兔脖子这个位置，一使劲，一块完整的野兔皮就脱落下来。这个时候，除了老师，学校已经没有学生。冬天的残阳并不如血，深褐色的野兔挂在树上，鲜血顺着躯体往下滴答。我有了一次亲自动手的经验，再也不敢做第二次。深冬到来，当我看到打猎的人又提着一只野兔跑到办公室时，我借故回家了。我走出村口时，回头望望背后的村庄。在这所学校代课结束后，还有其他代课机会，但我放弃了。在父母的坚持下，我准备集中精力复习迎考。为了生活，父母亲廉价卖掉了几根准备造房子用的屋梁，买主就是我代课的吴堡村上的一户人家。

其实我也不是借故回去。秋季开学后，收缴学费和书本费成了一件难事，快要放寒假了，还有几个同学没有缴费。其中有一个女生，是成绩非常好的班干，没有缴费。我一等再等，但学校催我赶紧完成这件事。我只好把她叫到办公室，她哭了，什么也不说。我了解到她姐妹特别多，母亲身体也不太好，但学校没有减免的意思，只能催她了。看她哭成那样，我差点儿说，实在不行，我替你交吧。没有说的原因是我母亲复发肾病，需要有钱治病。我后来只好说，不能拖过放寒假啊。隔了两天，下午第一节课，铃声响起时，她提了一篮子鸡蛋，放在讲坛上，对我说："先生，我先交一篮子鸡蛋。"我不知所措，让她回到座位，小心翼翼地把篮子放到地上。下课后，我把这篮子鸡蛋送到厨房。我和另一位老师买下了。买了鸡蛋，我没有钱吃野兔和羊肉了。

这一天，我提着鸡蛋回家。走到田埂上，我回望了村子。在村子的东边，有一所学校。这个学校的树上，曾经挂着一只野兔，我剥下了它的皮。还有一篮子鸡蛋，不是放在讲坛上，而是压在我的胸口。

原载《雨花》2020 年第 7 期

中间

朱强

我从小对于"中间"就有一种不可遏制的冲动。比如我六岁时，随舅舅去凤岗水库度暑假。作为水库承包人的舅舅在水库旁边盖起了简易的木头房子。临近傍晚，红色的云倒映在水库中间。我表哥很满足地站在岸上观看，但是作为有去往"中间"兴趣的我却死活要舅舅用木筏把我送到水库中央。又比如长辈们在客厅里说话喝茶，我总是很陶醉于搬一个小椅子坐他们中间，享受在场的感觉。我不知道这种从小有去往"中间"的心理到底意味着什么，难道是一种极度的自卑或者自信，抑或某种冒险精神与求知欲的体现？总之，到各种中间去，已成为我在处理外部事情时的一种常规做法。

可是，我从没想过，要去大坝的中间。因为，在我的世界中，只有床的中间，客厅的中间，电影院的中间，人群的中间和庭院的中间。大坝距离日常生活的距离太远了。我只在有限的知识框架里找到像大禹治水啦、李冰父子啦、都江堰啦、长江三峡啦、葛洲坝啦——这些仅仅停留在词汇本身的东西上面。不过，那些东西基本上都和伟大有关，和人的力量战胜自然有关。在这些伟大的工程中，我看到了人民的伟大，看到自然正在被人的力量改造成人所需要的样子。而我从来没有奢望过要到伟大的中间去，因为，在伟大的中间，我就觉得自己越发地渺小了。谁愿意去看见自己的渺小呢？

并且，我也实在没有想过大坝还有所谓的中间。在我的概念中，它不过是一个类似于闸阀的东西，骄傲地放在河床中间。于是水便不流了。它不像李白手里的刀，抽刀断水水更流，它是具体的存在。它和水流以及河床的关系是果断的，并不像文人的性格，优柔寡断。在我的想象中，它应该是具有银色外表，没有所谓的中间一说，它的外表就是它的中间，表里如一，没有思想，没有灵魂，没有内脏，没有情感，浑然一体，只是个类似于"大块"的东西。大块假我以文章，而它什么也不能拿出来作为给予。然后，这大坝就在我心里定格下来了，成了实验室里的标本。

直到某日，风飘飘而吹衣，一行人在大坝面前垂手站立，目光徐徐地伸向不远处的大坝。这些人，都是文人，他们像完成古代的一次雅集，从幽暗的书斋来到山水之间，白皙的脸与干净的手指暴露在孟夏的阳光中，像被水洗过了一样。一同被暴露在阳光下的，还有深刻的思想与敏锐的洞察力。那一刻，大坝和众人见了，平地发一声吼，响声振聋发聩。文人们心潮逐浪高，开始了各种腔调的抒情。原来，这大坝并非头脑中沉睡的那一个。

这是峡江，天蓝得不怀好意。水在河床里流。那像用了千吨万吨的铁水浇筑的河床，像一种不可撼动的权力。水被它统治了。工程局小王穿白色衬衫，血气方刚，左耳大于右耳，厚厚的眼镜片背面是两个黑色瞳孔。诗人甲问问题，他回答；乙问问题，他回答。这河，这大坝，就在这一问一答中被具体化了，成了一大堆数字与专有名词。我紧跟其后，内心茫然，表情回应得却特别及时，点头与微笑总是恰到好处地递出。比如，当初大坝在选址问题上做过哪些考虑？一诗人问。小王皱一下眉。这也是他化解问题的惯常动作。同样是眉头，在这个世界上，文人的眉头总是越皱越长，而工程师的呢，却越皱越短。因为诗人向来是问题的制造者，而工程师恰好是问题的消灭者。我的目光随他手指方向移至河流上方，万顷碧波在眼里荡开了。那是千里赣江的最窄处，也是大坝选址最先考虑到的位置。可是，经过专家们的反复论证，方案被否了。否则大坝将承受巨大的水压，整个工程的难度系数势必增加。那就必须找一处相对较窄但又不是太窄的河道，既能节约施工成本，又能够保证安全。这当然不是一个作家凭想象力所能完成的，它必须依靠一个个力学公式去做准确的测定与确定。大坝的位置终于被确定下来了。没过几年，图纸上的大坝就矗立在河流中央。水断了，奔腾的赣江停了下来。水在一侧沿着高高的大坝上升。汹涌的河流被驯化了，它的野性与放荡被消灭了。

通往大坝的铁门开了，雪白的阳光被拒之门外。眼前，是一个封闭形建筑。一根一根铮亮的钢架，被油漆刷过的混凝土墙在眼前亮了。那是巨型动物的胸腔。你就在这些肋骨的中间一根一根地数着。小王告诉我，混凝土墙背后，正埋伏着十米高的河水。水，一层层压下来，大坝底部被巨大的水压推动，那是十万只巨人的手臂！可以想象，如果墙是透明的，就可以看到绿色的水以及裹挟在里面的众多生物。然而，那大坝墙终究不是虚无的，是用一吨又一吨的混凝土夯成的。在这遮蔽中，我们终究不能感受到它承受的压力以及这背后隐藏的危险。在大坝中间，危险被深藏起来了。因为，危险你看不见，所以你可以在这歌唱、朗诵诗歌，甚至安静地看电影、跷二郎腿、打瞌睡、放松地伸懒腰或谈恋爱。在大坝中，每种人的心态终究是不一样的，即使，同样意识到坝体背后的汹涌与激烈，但他们各自对忧患与危险的认识也大相径庭。想象或虚构一种忧患和认识并剖析一种忧患，这完全是两个层面的事情。

后来，你又通过楼梯，被带到大坝深处。在狭窄、潮湿的通道中，在昏暗中你越走越深，无法获知自己已经抵达河床的哪一处了。你像鲇鱼，外面的世界被隐藏起来，但你明白，水就悬挂在你身体的上方，浩浩汤汤的河水正从你头顶经过。这是一个完全虚构的领域，样子有点像小说里的龙宫。在通道顶部，你看到蓝绿色的铁管，尽管上面标注的符号是陌生的，但你却感到欣喜，自认为可以将它们抓住。假使你已经抓住。它们的两端又将通往哪呢？你被更大的疑惑吞没。问问题的人越来越少，他们或许也意识到，处于此地，所有的问题其实都是虚妄。一个发电站一年能发多少电？大坝建设要耗多少资？这对一个作家来说又有多大的实际意义？整个气氛沉陷在一片死灰般的安静中。所有人的耳鼓都重复着发电机工作的声音，那是大坝的心跳。

在微弱的光线中，工程师与作家，他们眼神间的秘密交流被切断了。一切都断了。只有手机在疯狂扫射。同行者一次次地找角度，试图拍摄到那个真正属于大坝中间的部分。他们像一个个优秀的艺术家，样子仿佛已经到了江面、城墙、群山之巅或某个热闹的十字路口。尽管他们对于艺术都表示出了极大的虔诚，可镜头中的所有肖像无一不是虚构的，无一不是来自想象。在工程师的世界中，无论是剪力墙、钢屋顶还是水流都连接着精微的刻度与精确的数字，任何伟大，都需要依靠精密仪器去完成。可是，散文家用一个念想就完成了。在天马行空的想象中，他们甚至可以虚构出一百座这样的大坝。

我想，其实这背后站立的，是两种不同的大脑，当然，也是两种不同的立场与世界观。一万颗不同的大脑在大坝中就会有一万种不同的念头。这是事实，也是人在世界中间所享有的最起码的权利。大坝作为一个客观存在，作为一件伟大工程，它的建设，无疑让一个相对落后的省份感到骄傲。这样一条流淌了不知多少亿年的母亲河，终于掌握在她子孙手里了。无论防洪、水利灌溉，还是发电与航运，它都扮演起重要角色。这样的话语多数被写在了教科书与地方政府的宣传册上。可是，当你果真到了大坝中间呢，你可能被它的某个局部、某个细节给吸引，你在这种吸引中感受着世界的宽度，但你也可能因为意识到某种无形的危险而深陷于恐惧之中。也许，这是作为人，作为一个活在感官与情绪中的人最真实的部分。我想，问题的关键就在于世界并不是一元的，世界并不是稳稳地射在箭盘上的那一支冰冷的箭，所有的问题并不是一元论就可以解释得清。比如，关于大坝，它绝不只是一个重大工程，绝不只是挖土机、起重机、大卡车、图纸与建筑工人参与的问题，它还牵涉各种复杂因素。比如，移民、拆迁、抬田工程、古建保护。这些看不见的事物共同构成真实的大坝。

　　巴邱镇，一个现在被沉在水底的小镇，一个钉子户在家里备的不是煤气罐而是几大坛子的酒，它指定要某某领导来家里陪他痛饮一壶，他才同意在拆迁协议上签字。你很难想象这是一种什么样的心理，很能想象类似事件在大坝建设中所占据的分量。也许，这就是世界的横切面，就是人心。所谓中间，大概也就在于此。我想，即使大坝果真是一个类似大块的东西，即使它的外表就是它的中间，它也始终拥有一个独立的"中间"。存在就是它的中间。

　　在大坝中转了多少圈，竟忘了。鼻子里都是潮湿的水汽，像吃了一口冷香丸。工作人员站立在门口，把帽子收回，好像在收回一种看不见的权力。门外的世界在阳光的照射下白得晃眼，白光和门内的暗影在门槛上画上了一道线，线条硬朗而明确。工程局小王和一个作家朋友中间不知发生了什么都笑倒在门前。此刻，两个风马牛不相及的职业被这奇怪的笑声融解。我想，任何领域，它们中间，都可能存在这样相互重叠的点。任何冲突中间，都可能存在交集的部分。落于此点，大家的观点与感觉是一致的。科学家自认为在用生命解释真理，而文学家眼中的世界呢，总是由道德和理想构成。他们都自认为处在世界中心，已掌握某种真相。可是，当处于其中，他们又看到了什么？他们看到的始终都只是自己，看到的始终是世界在自己内心屏幕上的成像。走出大坝，猛烈的阳光刺进双眼，你像遭遇了刺客，眼睛里一阵漆黑，世界被短暂地关闭了。几秒钟后，你又陆续地看到蓝天，看到孟夏的绿树，青色的水流，世界再一次回到你的感官中。你习惯性地刷起了朋友圈，作家们陆续地把大坝中间的照片晒出来。他们间，没有告密者，但所有人的行踪都被暴露了。

然后，车摇摇以轻飏，你就告别了大坝。这些年，你总是在各种告别中一次次回到那间熟悉的卧室。此后，大坝时常会从你的梦境中出来。在梦中，你并不能立马作出判断，那是什么。你被囚于黑暗之中。这是哪呢？外面的世界成为未知。梦醒了，你看到绿树蓝天。昨晚的画面又使你想到在大坝中经历的一切。就这样，你在这中间自得其乐了一段时间。

原载《山花》2019 年第 12 期

杀牛队

黄璨

　　"杀牛队"这个名称是他们其中一个想了片刻、正了正脸上的表情、眼盯着我很认真地说出来的。我还在犹豫该不该信他这句话，旁边那个猴样干瘦、胡子两端卷曲上翘、很有些阿凡提式喜剧特点的男人早已转过脸去收拾不住地笑，"哈哈哈，杀牛队，哈哈哈……"他们的同伙也跟着笑，那些震荡在屋子里的肆无忌惮的笑声，使得原本不大的小镇饭馆胀鼓鼓得快要爆开。而实际上，当他们突然像一阵猛风灌入饭馆之后，每个小圆凳周围乃至更远的空间早已被他们拉开双腿各是各地拓展疆域占满了，旁侧几个空座显得局促，仿佛连个小物件都安插不下。

　　饭馆的两个主人却安静。老年男人默不作声一碗接一碗地为那几个"杀牛队"成员端上饭，动作迟缓但很镇定。年轻女人在里侧半隔的厨间低头炒菜，并不时地抬头朝外看一眼。待饭碗端至那翘胡子男人处，那男人立刻从胡子里冒出几句很有些不堪的玩笑，关于那老年男人和年轻女人，惹得他的同伙又一阵大笑。但老年男人依旧无声，微笑着返回了后堂。看得出，"杀牛队"几个成员是这家饭馆的老主顾。

见我问得仔细，称"杀牛队"那人这才敛起他的戏谑表情，开始认真解答起我的疑惑和好奇。旁边那翘胡子男人一边听一边继续插科打诨，总也不能安静。最为年轻、青涩气尚未从脸上褪去的那个青年静静地、满怀好奇地盯着我，大概正在揣测我的意图。而那年龄最大、后来称自己六十多岁的老年男子坐姿最端正，帽檐下一张方阔敦实的脸，被两鬓蹿出的白发染了很多沧桑；端碗的一双手背部青筋暴起，结实得像两个石礅子。最靠里坐着的那个清瘦男人，则纸片一样，自始至终无任何表情。

所谓"杀牛队"正是这五个人。

"就是屠夫啊。"我的同伴低着声音说。事实上，当那几个人刚刚拥入饭馆，他便嗅到了他们身上挟裹着的血腥味道，而我竟浑然不觉。我开始琢磨"屠夫"这个词，除了曾在小学课本里遇到过它，其后的岁月并无更多机会让我深入地了解。称"杀牛队"那人一定也想到了这个词，为避免其间太多的粗野成分，他巧妙地将它替换为"杀牛队"。挺好，"杀牛队"，既充分表明了他们的职业属性，又显得文气。如同他后来形容那个年长的两鬓斑白的同伙，"健壮得像一头公牛"，亦同样有一种意料之外的文学意味。

具体问了他们一些什么问题，此刻竟全都忘了。五个男人荡动在饭馆里的带有侵略性的生猛气息让我的内心过于紧张，生怕某个不合时宜的问题不小心触犯到他们，他们只需伸出两根手指就会把我捏得粉碎。等他们将要吃完，我深吸了一口气，强作镇定地说，我们去看你们杀牛吧。不承想翘胡子男人又一次大笑："哈哈哈，可以啊，看我们杀完，你们每人再买一些牛肉回去，哈哈哈。"

一时竟不知怎么回答，却见称"杀牛队"那人白了他一眼，转过头对我们说："别听他胡说，等我们吃完饭一起去看。"

五个"杀牛队"成员走出了饭馆，小镇宽阔的马路立时像旋起了一阵风。翘胡子男人走在最前面，他个子高，腿长，走起路来像一根扭曲的粗树枝被风吹得左摇右晃，迷彩服式样的衣裤沾着很多或深或浅的红色污渍，显然是杀牛时新溅上去以及之前未能洗干净的血迹。称"杀牛队"的那人个子矮，微胖，沉稳地走在翘胡子男人身后，姿态显得格外矫健。最年长的那个，石磙子一样的双手在他厚实的身体两侧有力地摆动着，脚底一双白色球鞋同样布满了新旧驳杂的血渍。略显青涩的青年仍一副安静模样，一边往前走，一边继续侧着头看我们。那自始至终没什么表情的清瘦男子，则像正午阳光下越来越小的一个影子，虽一路跟着，却几乎感觉不到他的存在。

他们跨入了沿街一家肉店的侧门。左拐进去一个矩形小院，往深处的栅栏内有将近二十多头大小差不多的牛。许是后面一堵墙的缘故，那二十多头牛并列一排很整齐地挤在栅栏的后端，眼睛一溜儿黑乌乌地盯着我们，却没有一头牛表现出我所预想的骚动不安。在它们前方，正对着栅栏门的平地上，一个很深的圆坑内淤满了污血，表层已经凝固，像糊了一层红色的浆。

后来我们回忆那个场面，一个朋友说起他曾见过的另一个杀猴场面：知道将要被杀，众猴会把其中年老、年幼或是生病的猴子用力推向持刀人，为着想要保全自己。我们一个个惊骇，以为聪颖如猴，竟可以做到如此地狡诈和险恶，可见动物间的优胜劣汰实在是可怕。相较而言，这栅栏内的牛便老实和愚笨多了，对将临的危险竟恍若无感。然而也不好说，那猴是野生的猴，有它们的物竞天择。而这些家养的牛，则生来就是为着杀了吃肉，也许它们只是顺命也未可知。若不然，刚"杀牛队"那几人一身血迹汹汹涌涌地走在大街上的时候，满街的行人也不会那样的熟视无睹，大概他们早已经是习惯了。

杀牛便这样开始了。

喜欢开玩笑的翘胡子男人显然是"杀牛队"里最有经验的，因为套牛这项最需技巧的工作自然而然地由他来承担。一根十几米长的粗绳，顶端熟练地挽起一个活套环，绳的另一端穿过血坑旁深栽于地的粗铁环，绕一圈（后续拉绳时可以借此固力），之后又伸出去，套牛的前期工作便做好了。

被"杀牛队"嬉笑选中的，是一头全身黑毛的牛，据翘胡子男人估计，至少可以杀两百多斤肉。但那黑牛不知情，见翘胡子男人拿绳套甩向它，只轻轻地往旁侧躲了躲，继而随其他的牛一起拥挤着往后退。整个栏内未见任何的混乱，其他牛仅是随黑牛的晃动左右调整着步子。更让我不解的是，那二十多头牛一个个那么大的体量，除它们往后退时步子难免有些凌乱，竟不见有谁发出哪怕一丝表达恐惧的声音，它们的目光如往常般平静。

称"杀牛队"的那人说："不到被杀那一刻，牛不会意识到身处的危险，它们后退也不过是随便地躲一躲。"

我想我应该相信他的话，他比我了解牛，理论认知更应该符合真相。但之前每一头牛的宰杀，都是在毫无遮蔽的情况下对着栏内这些牛当面进行的。也就是说，这二十多头牛曾眼睁睁地看着它们的同类被栏外这几个人嬉笑着拉出门外然后宰杀，那冒着热气的鲜血亦曾汩汩地流入栅栏门口的圆坑内，难道那个时候它们也毫无感知吗？

"有感知的。牛是很有灵性的一种动物，被杀前会不停地流泪。"一个同伴肯定地说。但我后来查资料，发现有生物学家辩驳，牛的流泪其实和鳄鱼眼泪一样，是为着用泪腺来排除体内多余的盐分，与情感无关。对此，我是个外行，无法判定。只吃惊于眼前这一真实场景，那被套的牛的眼中并未见得一滴眼泪，包括旁边任何一头牛的眼中也都没有眼泪。它们与此刻以旁观者身份出现的我一样，表情木然。

唯有那黑牛多些警觉，左闪右躲好几次都从翘胡子男人甩出去的绳套下逃脱了。旁边那些牛，则好长时间了仍一长排挤在那里，未曾发出任何的叫声。甚至，当翘胡子男人因用力过猛，将绳套甩向了其他牛，它们连最基本的躲避都显得那样漫不经心，几近于冷漠。

无法断定那些牛究竟是无知，还是有知却只能作无知，它们的漫不经心乃至冷漠给了我深深的恐惧。我想这绝不是一个群体的自愿自发，而是一种惯性，一种由最初的不接受到不得不接受，到耐受，到最终自然而然的承受。

无奈，却无可抗拒。

黑牛还是被绳索套住了。直到包括翘胡子男人在内的四个"杀牛队"成员扯紧了绳使劲往栅栏外拉它时，它才似乎意识到真正的危险。也或者，在被套的那一瞬间，它记起了之前同类被宰杀的场景。它开始铆足了劲往后退，把套在脖子上的那根粗绳拉得笔直，眼睛因用力而狠狠地鼓出来，恐惧像眼眶深处向外撒开的一张网，还有无助，以及深深的绝望。即便如此，它仍是不出一声，只半张着嘴不停地喘粗气。待快要被绳子拉出栏外时，只见它猛一侧头，将牛角紧紧地抵在栅栏的门框上，同时前蹄用力蹬紧地面，后蹄挣扎着一步一步往后退，像一个拼了命都想取得头筹的拔河队员。

彼时，除了最年长的那人似乎漠不关心地在一边旁观外，"杀牛队"其他四个成员都上了手，依次攀紧在粗绳上挣得气喘吁吁。那黑牛的力气实在太大了，四个成员好不容易往后拉了几步，又被它一下子拉了回去。短短不到几米的距离，在他们之间忽而进忽而退，像敌我双方一场激烈的地盘争夺战。

又何尝不是一场战斗呢？于牛，那是命悬一线的距离和空间；于杀牛的人，杀一头牛可从雇主手里换得百元酬劳。生死的距离，即是这几米之间的惊心动魄。

最终，在翘胡子男人的一声喝令下，那黑牛由四个人绷足劲齐力拉出了栏外。套在牛脖子近端的绳被他们拉至地上那个粗铁环上结结实实地绕了很多圈，牛头被牢牢地固定在了铁环的旁边。这头被制服的牛再也无法挣脱了，也再也没有了任何挣扎的空间。甚至，当翘胡子男人用双手熟练地将牛头扳向一侧，只轻轻地推了一下牛的身体，它便顺势倒在了地上。整个过程，除因用力而喘着粗气，那头牛自始至终都没发出任何的声音。

我无端想起网上关于牛的一句陈述：牛能帮助人类进行农业生产——它原是人类最忠实的朋友。

"可这样高寒地区，气候这么恶劣，藏民若不吃牛肉，拿什么来补充身体所需的高能量呢？"同伴沉着声问。

我无言。

很快，院子里响起了磨刀声，"嚓嚓……嚓嚓……"耳朵边划来划去，刺得人心跳。"杀牛队"几个成员已经着手杀牛前的准备了。

还是那安静又青涩的青年，一边磨刀，一边拿眼睛瞟向我。

他在看我的反应。

我表现得毫无反应。我看着那称"杀牛队"的人持刀走近了侧身躺在地上的牛；看着他将牛头往旁边拽了拽，让牛脖子对准地上那淤满污血的圆坑，用绳的另一端捆住了牛嘴。他说这样不是为了怕牛叫，因为牛在这种情况下根本就不叫，他只是控制牛嘴乃至整个牛头不要乱动，以便随后杀起来顺畅。就在他这样说着的时候，那把锋利的刀已经他的手深深地捅入了牛脖子。只听得牛轻轻地哼了一声，像大势已去的最后一声叹息，身体因疼痛而剧烈地抽搐着，四蹄在空中乱蹬，但很快就被旁边的两个人按住了。随后，那把刀又从牛脖子里抽了出来，带着血，开始像划纸片一样，一下一下切割起牛的喉咙。粉色的肉从长满黑毛的牛皮里翻出来，白色的骨露出来，红色的血汩汩地像河水一样流入那个圆坑内，圆坑已经盛不下。很快，牛的脖子便被割断了，只剩下一层皮毛浅浅地粘连着，身体却仍在不停地抽搐，好多次几乎要腾起，又被旁边的人按了下去。如此持续了十多分钟。终于，牛一下一下缓慢眨着的眼睛停留在了圆睁着的那一刻，身体像水一样匍向地面，再也没了任何动静。

空气仿佛凝固了。天蓝得刺眼。院外不知什么人在笑，荡荡的。

有风吹过。

称"杀牛队"那人站起身，长舒了一口气。见那牛眼睛还睁着，他抬起脚尖轻轻跐了跐牛的上下眼睑，想让它闭合。不料他的脚刚一抬起，那眼睛顿时又睁开了，眼珠在眼窝处鼓起，像一颗坚硬的铁珠子。

那人没再做什么。他走向了一边。

我定定地站在瘫死的牛的旁边。

直到后来，当我回想起当时那一幕，仍吃惊于自己的镇定。我不是胆大之人，遇到毛虫掉在头上会大喊大叫，脚边出现蜘蛛潮虫之类更会惊跳着绕开。然而，面对这样的杀牛场面，且第一次历经，我竟表现出从未有过的漠然和冷淡，连自己都不明白。

这是多么令人沮丧啊！我总以为生活过于简单，想让它变得复杂，却发现当复杂来袭时，它竟成了一种难解的不得不面对，包括由此而生的那些挣扎、犹疑、恐惧、痛苦、信任、背叛，生或者死，喜或者哀……

"杀牛队"的工作仍在继续。

接下来，剥牛皮的工序在"杀牛队"几个成员手下变得轻松多了。

翘胡子男人又开始了他的饶舌玩笑，套牛那一刻紧张的气氛已被他引发的一阵阵笑声冲得了无痕迹。这才知道刚才在一旁漠不关心的最年长的"杀牛队"成员，原是在积攒力气，为的是几个人剥牛皮时他要抡起大锤砰砰砰地将皮与肉锤得分离开来，如此既不会破坏肉的完整性，牛皮内里也挂不到一丝鲜肉，泾渭分明。再看他抡锤的姿势，果真像称"杀牛队"那人所说，"健壮得像一头公牛"。

　　见我呆立不动，称"杀牛队"那人笑着问："吓坏了吧，以后不敢吃牛肉了吧？"我说不出话，只木然地看着他。他继而往旁侧的一个小屋里走，说让你看个好东西。

　　不多时，等他从那个屋子出来，手中已扬起一个东西在我面前晃。我凑近了看，倏然惊出一身冷汗。那是一个成型的牛的胚胎，阴干的浅黄色薄皮下透出粉红色的胎肉，像医院 B 超显示屏上蜷缩着的人的胚胎。也即是说，在这里被宰杀的，还有一些是怀孕的母牛，因年老体衰别无他用，便杀了来卖钱。这样的母牛肉多膘厚，比别的牛卖的钱多。它们体内的那些小牛胚胎，据说对人身体是大补。

　　同伴进到那屋探了一圈。见我也要进去，在门口拦住，说，你别进去了，里面半屋子那样的胚胎。

　　半屋子的胚胎！半屋子……

　　"每当夜深人静时，那只猫头鹰在树上哇哇叫的时候，他们就来了。他们浑身是血，哇哇号哭着，跟那些缺腿少爪的青蛙混在一起。他们的哭声与青蛙的叫声也混成一片，分不清彼此……"莫言在他的《蛙》中写下了这样一段话。

　　"我们走吧。"同伴说。

　　"嗯，走吧。"我有些支撑不住，身子晃。同伴扶住了我。

　　临出门，我回头看了一眼那青涩的、一直在观察着我的青年。

　　我觉得有些对不起那青年，我让他失望了。在与"杀牛队"相遇之后，我所呈现的众多好奇都令他好奇，以至于他的眼睛几乎跟了我一路。如今，牛杀完了，我的好奇心得到了满足，他的好奇却始终未有一个明确的答案。

他会想些什么呢？所发生的一切，对于他和他的同伴是谋生的必然手段，他们平静、自然。对于我，则纯粹是一个无聊之人的无所事事，我实在不应该表现出他们那样的平静和自然。

我应该在看到地上那个集满了污血的深坑后，像很多柔弱女人一样晕倒；或者看到锋利的刀捅入牛脖子的那一瞬间，吓得尖叫；或者看到他们切割牛的喉咙、血汩汩地从牛的身体里流出来时，断然决然地转身离开。然而，这些"应该"都没有，我表现得那样默然，那样好奇，仿佛坚硬如铁。

可这坚硬如铁覆在心上是多么令人感到窒息！它不过是意识深处潜藏已久的冷漠所催生出的一些残忍的鳞片，若无所阻隔地生发下去，只会覆盖我原本生活里并不多的一些温暖和希望。而那些温暖和希望，正是我现实生活唯一能够坚持下去的光亮。

那个青涩的、安静的青年，他心里定也有这样的光亮吧。或者说，所有人心里都会有这样的光亮。我想说的是，不管一个人采用何种方式来生存，哪怕不得不去毁灭，心里的那丝光亮也绝不能被冷漠的鳞片所覆盖。

我们走出了小院，未同"杀牛队"任何成员打招呼。这种短暂的相遇，以及院子里消散不尽的血腥味道，不适合做热情的告别。每个人都有自己的路要走，每头牛也都有它们自己的宿命。虽则那一刻，我们的心情并不见得轻松，似乎被唤醒了什么，又似乎什么都没有。但我们知道，生活在任何时候，都将一如既往地继续下去。

原载《星火》2020 年第 5 期

猫和吴娭毑

龚曙光

没想到一只猫的出场，也会那样排场。

至今仍记得那个傍晚，那场没有来由的壮丽日落。这事与猫，照说扯不上干系，但前后几天，山上山下，算来算去只有一件新鲜事：来了那只猫。

但凡天气晴好，便会登上山顶看落日。家住的院子，就在靠近山头的东坡，说是登山顶，其实出门爬不了几脚路。那天落日格外大，大得如同乡下晒谷晾菜的团箕，蒙了一块红布。金红的光焰又粗又亮，一道一道射向天空，夸张得像一幅儿童画。

吴娭毑就是从落日中走来的。

起初是鲜红硕大落日中的一个黑点，慢慢地，变作山路上一袭玄色的麻布长衫。山里有风，长衫被风撩起，有些飘逸出俗。近了，我看见她怀里那只猫，灰麻毛色，羸弱，肮脏。若不是喵呜喵呜轻微叫唤，便会当作一团纷乱纠缠的旧麻线。

爬了几里山路，吴娭毑不喘不吁，光秃的脑袋上，星星点点闪着汗珠。大抵她早就看到了我，抬头笑笑，又低头看看怀里的小猫，说是路上捡到的，看样子快死了，也不知抱回去能不能救活。

吴娭毑是我家邻居。当初买房，来的是她大儿子。一辆大奔开过来，拖下一麻袋现钞。听说在深圳发的财，公司开到了海外。邻居住个暴发户，我想还是换栋房子好。挑来挑去大半天，到底没一栋中意。回头只得劝自己：两户人家隔着院子，彼此影响应不大。老子说鸡犬之声相闻，老死不相往来，平常少些交往便是。后来又听说，儿子买房子，是为了给母亲养老，自己仍在深圳做生意。为人之子，能有这份孝心，如今已属难得！我对这户人家，因之生了几分好感。

邻居装修比我早，待我动手时，已经住了大半年。

头回见到吴娭毑，是在她家院子里。一个穿着玄色长衫的老太太，挥舞锄头在院墙角挖坑。坑已挖了半人深，老太太跳进去，只能看见头和胸。走到院墙边，我主动同她打招呼：挖鱼池啊？老太太咧嘴笑笑，点点头。老太太头上满是汗水，抬手使劲一抹，汗珠被挥出老远。

邻居家只住了老太太一个人。种草栽花，买菜做饭，都是自己打理。偶有客来，午后一定送走，从未见客人过夜留宿。看她样子，也就六十出头，平常买米买菜，背个大布袋出门，独自下山上山。偶尔骑辆摩托车，呼呼飙出一阵风。

后来我知道，老太太姓吴，益阳乡下人，娘家住在桃花江边。十七八岁成婚，生了三个儿子。三十岁那年，突然嚷着要出家，家人与友朋，都以为是一时置气，结果她真一甩手，丢下老公和三个儿子，找座庵堂削了发。一家老小追到庵里，她死不肯见面，硬是在庵里待了近四十年。前几年，三个儿子轮番去庵里吵，非要接她回家。

庵里尼姑们架不住隔三岔五有人闹，也劝她还俗离庵。

或许因为年纪已大，最后答应离开庵堂，一个人住去儿子别墅，只是依旧不肯蓄发还俗。家里人心想，只要住回来，还有什么还俗不还俗？天底下信佛之人，有多少是尽享天伦的居士！还真没想到，老太太不仅将打算住来的老公驱赶出门，连儿孙也不准居家过夜。因为怕老太太一赌气跑回庵里，只好由她将别墅当成了尼姑庵。邻里弄不清她算出家的尼姑，还是还俗的居士，便依了长沙对年长妇人的尊称，叫她吴娭毑。吴娭毑听了笑笑，算是作了应答。

日常吴娭毑过日子，依旧与出家无异。寅时起床打坐念经；卯时吃顿早饭，然后便在院子里剪枝培土、浇花喂鱼；午时正一点中餐，过后只饮不食。午后不是在家做各种干菜腌菜，便是下山买米买油。吴娭毑制腌菜，是地道乡下做法：太阳下晒几天，树荫下晾几天，木桶里腌几天，坛子里封几天，绝对循规蹈矩半日不差。腌菜做好开坛，也会盛上几小碗分送邻里。吴娭毑的腌菜味道虽好，却也没人开口向她再讨，邻里都知道，吴娭毑两餐吃素，腌菜是她每天的下饭菜。

吴娭毑从路上捡回一只猫，起初没人在意。平常见了地上的蚂蚁，她都绕着走，救只小猫天经地义。也就仨俩月，那只奄奄一息的小猫，竟被养得圆圆滚滚、油毛水光，跟着吴娭毑在院子里蹿上蹿下。走出院子散步，吴娭毑总把小猫抱在怀里。偶尔碰上我，便说这猫有灵性，每晚她打坐念经，小猫乖乖蹲在边上不吵不闹。我开玩笑说，那该给它取个法号，说不准哪天会修德成佛。吴娭毑说，佛教也讲动物修行，《西游记》里不是有唐僧的白龙马？我说《西游记》里的动物，都因前世才有今生，也不是听唐僧念经得的道行。

见我将信将疑，吴娭毑又说起这猫还吃素，每餐同她一起青菜白饭，吃得津津有味，养得肥肥实实。吴娭毑吃全素，自然不会拿荤腥喂猫，我以为是买了成品猫食，没想到这猫还真跟着主人吃了素。都说天下没有不吃腥的猫，怎么吴娱驰的猫就例了外？有道是近朱者赤，莫非这猫真被佛经感化了？

吴娱驰的鱼池挖得大，养了一池鱼和龟。别人家养鱼为观赏，吴娱驰则为了放生。逢上菩萨生日之类，吴娱驰便会买回一些鱼和龟，放生在院中池子里。一天，我见她放生几尾鲤鱼，小猫蹲在旁边，不跳不闹，一点没有猫见了鱼该有的兴奋。心想，这只猫怕是真会修成正果，要不就是前世修了德。

这事开初新奇，后来又觉得有几分怪异。身边成天晃着一只积了功德的猫，见了得诚惶诚恐当尊佛敬着，怎么想心里都古怪。

一个雨夜，吴娱驰的猫突然撕心裂肺地惨叫。跑到自家阳台上，看见吴娱驰满院子惊慌失措东寻西找，大雨淋得她一身透湿。次日天放晴，我问吴娱驰猫怎么了？吴娱驰说没事，可能被钻进院子的野物吓了。语气很平淡，眼神却显得忧虑，看上去，隐隐有几分不安。

没多久，猫的肚子大起来，看得出是怀了孕。吴娱驰不再把猫抱在怀里，有时跟在身边，便满脸嫌弃地往家撵，很有些家丑不外扬的意思。猫跟着她修佛一两年，到头却犯了色戒，让她脸上挂不住。嘴里虽然说畜生到底是畜生，心里却很是失望，仿佛自己律徒不严犯了戒规。

有阵子吴娱驰很纠结。依猫所犯罪孽，理该将它打出家门，然而猫已有孕在身，倘若赶出去，饿死或被歹人抓去吃了，那便毁了几条命，等于自己杀了生。纠结来纠结去，最终还是自己解了结：出家人以慈悲为怀，救人一命胜造七级浮屠，留猫一命少说也有三级，何况猫肚子里还有好几条命。宽恕也是一种积德行善！吴娱驰这样一想，心思也就放下了。她把猫窝换大了，又变换着口味给猫单独做饭，只是仍旧不让猫沾荤腥。

猫产崽那天，吴娭毑兴奋得一脸潮红，隔着院子大声报喜：一胎生了六只！那神情像是自己得了孙子。小猫长得快，个把月便毛茸茸一团满院子打滚。母猫蹲在阳光下，由了猫崽一会儿钻到肚皮下吮奶，一会儿爬到背脊上玩耍，满是慈母温情。

　　我家鱼池里养的是观赏鱼，共有十九条，纯种的日本锦鲤。一位做鱼生意的朋友送过来，说是花纹和体型都认真配过。锦鲤放进池水，如同朵朵盛开的牡丹和芍药，的确赏心悦目。朋友说只要好好养，每条都可以长到十余斤。开头一两年，都是自己喂食、换水，没让家人沾边。时间久了，慢慢便喂一天空两天，不再那么上心。家人也是想起了撒把鱼食就走，没多少心思站在池边观赏。

　　有个周末，想起鱼池几月未清洗，便备好工具洗池子。走到池边一看，锦鲤少了大半。放干池水，只剩下五条大点的，而且背上均有抓痕。我猜一定是被猫抓走了，低头看池边，果然地上有好些鱼鳞。首先想到的，自然是吴娭毑的猫。我们这山上，只有她家养了猫。当然也想过是不是来了野猫，可一池鱼养了四五年，从未见过野猫的影子。这事该不该告诉吴娭毑？想想还是没吭声。一则她家的猫向佛不爱鱼，是我亲眼所见；二则倘若真是那只猫，吴娭毑又当如何处置？这事会让她又愁又难没法解脱。

　　吴娭毑的猫偷鱼，后来还是在山上传开了。好几户邻居养的鱼，不明不白都少了或没了。其中一户说，亲眼看见是吴娭毑的猫。一家人跑到吴娭毑院子里，嚷着要把猫打死。吴娭毑并不相信她的猫会去抓鱼，却又无法辩解，只说猫命也是一条命，施主何必杀生造孽？平日里吴娭毑并不与邻里谈佛论道，情急之中脱口而出，反倒让气鼓鼓的对方平和下来。

　　过后吴娭毑问我，家里的鱼是不是也被抓了？我知道吴娭毑仍旧怀疑，一只修佛的猫，怎么会破戒杀生吃鱼？我替她放干院中鱼池的水，结果不仅鱼没剩几条，连乌龟也少了许多。更让吴娱驰绝望的，是在院角一片树丛里，找到了一大堆鱼骨和龟壳。

一连好些天，不见吴娱驰出院门，也很少见她在院子里走动。家里传出的诵经声，从早到晚纺纱似的不停歇。我猜想，她是在为那些被吃掉的鱼龟超度，也是在为自己的罪孽救赎。她从路上捡回这只猫，原本是想救条命，没想到却杀了那么多生。作为出家人，本应一切皆可放下，一切皆已放下，偏偏在这救命与杀生的因果上，打了一个死结。

担心吴娱驰病倒，跑去她家院子敲门。吴娱驰真的一下清瘦了许多，原先红润的脸上，纵横都是皱纹，看上去像是老了十岁。她提了一只麻袋绑在摩托车后座，跨上车子朝山下开去。麻袋里喵呜喵呜一片叫唤，我知道她是要将猫们扔去山下。

傍晚她开车回来，背后仍旧一片猫叫。吴娱驰见我诧异，便说还是不忍心，如果丢在路上，小猫都会死了去。我说城里有专收流浪猫的地方，她告诉我去过两家，人家都不收。其实他们只收走丢或弃养的洋猫，土猫没人领养。

大抵又纠结了几天，吴娱驰还是将猫扔到了山上林子里。或许在她，这便算是放了生。

返回山林的七只猫，倒是一只也没少。过了不到一年，变成浩浩荡荡一大群。即使大白天，猫们照样翻墙越院，一只比一只身手矫健，勇猛凶悍。有了这支野猫队，山头上的人家，鱼池养的鱼，放一尾抓一尾，各户圈养的鸡鸭，也被叼得一只不剩，车道上，院子里，常见一地血糊糊的鸡毛鸭羽。

吴娱驰家的院子日渐荒芜。花木无人打理，反倒长得放肆。吴娱驰似乎睡得越来越少，日里夜里，都能听见她诵经。那夜回家晚，正好又是满月，我看见吴娱驰家经堂的窗口，蹲着那只母猫，前爪趴在玻璃上，像是望着屋里打坐念佛的老主人。窗下一群猫子猫孙，大大小小蹲着不动不叫，仿佛专心听吴娭毑诵经。一连好些夜晚，大体都是如此。我把这事告诉她，她回答说看见了，之后不再说什么。

又是一个黄昏，我照例站在山顶看日落。吴娭毑身着一袭玄色长衫，肩背一只布袋，锁上院门下山去。我问她：这么晚了还下山？她点点头，笑了笑，径直走向山下。山风渐大，吴娭毑的长衫越吹越鼓，身影却越变越小，最终变成了落日中的一个黑点。

我从山上返回来，又见那只母猫，蹲在吴娭毑家的院墙上，引颈望着上山下山那条路，直到夕阳落下去……

此后，再未见过吴娭毑，说是回了庵里。

原载《芙蓉》2020 年第 5 期

乐在「棋」中

王兆胜

我与"棋"结下了大半生的不解之缘。

很多人不愿甚至讨厌下棋，它既费时又累脑子。而我，则喜欢其间的智慧、无边的欢乐，还有难以言说的"很有意思"。

从懂事起，我下的是军棋，由司令、军长、师长、旅长、团长、营长、连长、排长、工兵、军旗组成的那种。内容简单，子儿不多，简单易懂好学，这是农村孩子们的玩具，也是一种较高的智力游戏。那时，一有时间，我们几个孩子就到大伯家下军棋，捉对厮杀。因为只有一副棋，只能输者下，赢者守擂，换人上去攻擂。军棋分两种下法：初学者喜欢明棋，两人将双方兵力明摆，猜包袱、剪子、锤，猜对的先手下棋，后者吃亏。有一定水平了，就对明棋不以为意，改下暗棋，即谁也不知道对方怎样布局，相互攻击，由第三人做裁判，最后看输赢。我不是下得最好的，但胜率颇高，这是最早形成的棋瘾。儿子小时候买来军棋，我与他下过，但找不到童年的乐趣，儿子也不像我那样有瘾。

下象棋是农村另一活动，一些干不动农活的老人往往在街头巷尾摆开阵势，特别是春秋时节，在阳光明媚之时，也偶有散人和闲人围观，这成为乡村生活之一景。与方块军棋相比，圆圆的象棋太难，特别是下棋人总是长考，半天不走一步棋，不会引起孩子关注。因为爷爷的弟弟王殿尊喜欢下象棋，家住得又近，我就偶尔去旁观一会儿。小爷爷年纪很大，又患有严重的肺气肿，他坐在小凳上，一边不停用嗓子拉长长的胡弦，半个村子都能听见，让人难受至极；一边是吃对手"子"或"将"—"军"时，棋子碰撞得震天响，颇有胜券在握的气势。小爷爷长得与我爷爷王殿安很像，严肃程度也像，我一直怕他们，没留下疼爱我的感觉，只有那声声拉不长也拉不断的呻吟声，让我对象棋留下深刻印象，也知道了一些棋理。后来，偶尔也与人下过象棋，但输多赢少。在济南、北京城里的街头巷尾遇到下象棋的，也会停下脚步欣赏一番，但有时围观者众，要做的事太多，总是看一两局就快速离开。

读硕士研究生时开始接触围棋。那时，学习自由轻松，吃饭时，大家捧着碗到每个房间串门，看看这个，聊聊那个，一顿饭就吃完了。有一次，转到一个房间，发现围了一大圈子人，探头进去，才看到两人在下围棋，一白一黑，在一个木质棋盘上敲得脆响。以前，有过下棋基础，也有兴趣，这样一来二往，我就看会了。后来，我就上了手，与初学者切磋，互有胜负。下着下着，就上瘾了。与军棋和象棋比，围棋更容易学，知道两个眼活棋就行，谁围得棋子多谁赢。当然，这里面的道道很多，水极深，学会容易，下好难。围棋极费时间，有时来了兴趣，我们就下通宵。自从爱上围棋，生活的乐趣与日俱增，但读书学习的时间少了，这是一个重大损失。考上博士，到了北京，因为棋逢对手，对围棋的兴趣有增无减，当时的两位棋友，一是赵峰，另一个是温小郑。最厉害的时候，我与温兄一夜连下三十六局，我俩都有巨瘾，我比他瘾头还大，也更加感性。那次，一局棋厮杀得难分难解，温小郑就让我稍等一下，他自己上床后脑袋朝下，我认为他在向床下找什么东西，结果他说"脑子有点不好使，控一控血"，然后与我继续下。我当时比他年轻，无头脑麻木感，但现在想来，还真有点后怕。可见我们沉溺于围棋有多深。

毕业后，我被分到中国社会科学院工作。单位有几位围棋爱好者，于是午饭时间成为我们下棋的时间：从单位食堂打上饭，回到摆好棋具的办公室，一边吃饭一边下棋，仍是老规矩，输者下而赢者上。后来，有同事作星云散，不是调走了，就是去世到另一世界，最后剩下我和王和先生。王和大我十多岁，他的棋瘾大过我。每当吃午饭，他总是第一个拿着碗筷到食堂排队，然后到我办公室催我，立马吃饭下棋。一旦开局，我俩下的是快棋，很少长考，快时二十多分钟一局棋，输赢意识不强，这样一个中午能下好几盘。有一次，我俩越下越快，竟自感胡闹，于是收拾棋子，然后重下。因棋逢对手，所以乐在其中矣！一旦哪天有事，我没去单位，王和先生就在我办公室等着，将棋摆好，自己还在棋盘上先放一子，然后急不可待给我打电话。我摸准了他的心理，说今天实在脱不开身，去不了单位了，他就鼓点似的催，大有如我不去，他以后再不理我，也别想跟他下棋了之意，可谓气势如虹。有时，我急着赶过去，他就眉开眼笑，高兴得像个孩子，幸福指数明显提高不少。一旦我确实有事，去不了，就听电话那头，他在连续催促后无果，所发出的长长的叹息。此时，我知道他一定饭不香、睡不着，一下午工作都会无精打采的样子。如今，王和先生退休多年，其间他请我在洗浴中心下过一次，再后来因为都忙，我们就很少有机会下棋。前几天，王和兄将他的大著《左传探源》快递给我，一股暖流涌遍全身。

后来，《中华读书报》的祝晓风调到我单位，我们原是棋友，这样更方便下棋，有时他也到我家里下几局。后来，他又从我单位调走，闲时就邀我到中国棋院下棋半日，那是人生中美好的时光。在棋院下棋的人不多，桌椅和棋具一应俱全，又有茶水供应，费用不高。最重要的是，各个房间有围棋高手的书法作品，像吴清源、藤泽秀行的书法，风格迥异，据说都是真迹。与吴清源书法的平和冲淡、清气飘逸不同，藤泽秀行的书风在质朴、笨拙中见厚实与真纯，给人以大力士勇搏猛虎之感，欣赏之余有一种强烈的悲剧感。我与晓风下棋充满更多乐趣和玄机，他总觉得比我的棋高明。一次，我问他，到底我俩谁的棋厉害？结果他脱口而出："当然我厉害了。"我又问："十盘棋，我俩输赢是几比几？"他毫不含糊道："八比二。"我再问："谁是八呢？"他就毫不谦虚回道："当然是我了。"我不服，于是就开赛，每次都有比赛命名，还都做记录，以免哪个人届时死不认账。有时，我会在一张纸上写道："北京首届学者围棋擂台赛在京举行。"下面写上我俩的名字。还有时，我会写上"世界第一届学者围棋擂台赛在中国棋院正式举行"。更有时，我会将头俩字换成"宇宙"。总之，命名越来越离谱，也越来越玄乎其玄。有趣的是，晓风每局棋都让我写上输赢的具体子数。我就说，输赢半子和一百子没什么区别，不必这样麻烦。此时，晓风就会半真半假道："那绝对不一样。"他仿佛在说："在棋子上输赢的多少，也代表真实水平和实力。"不过，说实话，晓风的棋力虽然整体而言比我强，但说他能以"八比二胜我"，还是有点夸张。通过比赛，他赢我的概率大致是六比四，至多七比三，从而破除了"八比二"的神话。还有一次，晓风手机通知我找地方下棋。很快，他就说已开车到我楼下。当我下去，坐到车里，开车前他突然问我："你知道，我今天为什么提前五分钟在楼下等你吗？"我说："不知道。"事实上真的不好猜。他就笑眯眯告诉我："让你享受一下副局级的待遇和感觉。"这是晓风说的一句玩笑，与他平时的一本正经形成鲜明对照，这让我理解了一个人的内心可有多么丰富多彩。

　　较近一次下围棋，是到王干家里。那次，在作协开完会，王干就问我，下午有事吗，如无事就找几个人一起，到他郊区家中下棋。于是，一行人就乘车进发，一会儿李洁非也来了，于是大家捉对厮杀。最有趣的是，王干与胡平下的一局棋：开始，王干一路领先，胡平陷入苦战，一大块棋被围，面临全歼，只差一口气。当然，王干的棋也只有两气。于是，王干兄开始向大家"谝"，说他曾跟国手常昊下过棋，并取得较好的战绩，那当然不是平下，而是被让子棋。但说着说着，胡平让王干注意，他要提子了，因为王干走神，自撞自己一气。结果，两人互不相让：一个说，自己苦苦支撑，终于守株待兔等来时机，必须提子；一个说，干了半晚上，好不容易有一局好棋，怎能因自己马虎，让对方随便提子呢？这是一个难以调和的场面，当时王干用手护着棋局，就是不让胡平提子。在我的劝说下，胡平终于让步，不提王干的子了，风波于是停止，风平浪静了。结果当然是胡平败北。我发现，此时的王干神采奕奕，且自言自语道："下盘好棋容易吗？哪能说提子就提子，再说确实是我自己马虎了。"而胡平则变得有些沮丧，仿佛是拾到一个金元宝，却被警察罚了款，理由是："街上的金元宝也能捡？"但如按棋规论，王干不管是什么理由，都不能悔棋。事实上，胡平虽败犹荣，并且占据了道德的制高点，这叫作"有容乃大"。作为旁观者，我们在这局棋中得到的乐趣，显然比当局者要大得多。天快亮了，我们才不得不上车回城，王干直奔单位上班，我则回家睡觉。下了一晚棋，没睡觉，有人还精神饱满，不能不佩服。

现在，很少有时间下棋了，更没有沉迷和醉心于围棋的时光。偶尔也会接到王干兄邀请，我都以有事谢绝。最近，应郭洪雷兄之邀，加入"文学围棋"微信群，里面都是熟人和朋友，像南帆、陈福民、吴玄、傅逸尘等先生。有时看看他们在网上对弈，别有一番情趣。只是时间匆忙，有时只看两眼，有时也复盘一下他们的战况，并非特别认真执着，也是一乐。

　　前些年，一人还常在午后的阳光下或夜深人静时，盘膝坐于厚厚的棋盘前，对着棋书打谱，领略一下年轻时的狂热。所以在《济南的性格》一文的末尾，我写过这样几句话："风过无痕，雁去留声。我就是那一阵子风和那只孤雁，在飞过、栖息过济南的天空与大地时，现在还能寻到什么呢？不过，我坚信，在心灵的底片上，济南永远清新，尤其在夜深人静、孤独寂寞时，一个人与琴音和棋枰相伴相对。此时，飞去的是超然，落下的是悠然。"如今，连听一听棋子敲击于棋盘上的清脆悠扬之声，也交给想象和梦境了，而不是在现实中。

　　如计算一下，多少年来，我在围棋上花去多少时间，那一定是个天文数字。不过，至今我不后悔，因为围棋教会我许多人生哲理，也让我理解了天地间的不少密语。更重要的是，它给我带来无穷无尽和无以言喻的欢乐，一种只能面对秋风叙说自己心境的那种感觉。

原载《散文百家》2020 年第 4 期

祝 福

——一样成长记（之一）

郭文斌

一

不睡，看着我，似在打量，似在对坐，三次拉屎，不觉脏，此时孝心才起，当年娘就是这样把自己拉扯大的，现在物质丰富，还有尿不湿，当年，娘该是如何艰难地拉扯着几个儿女。真是不养儿不知父母恩。听不得孩子哭声，可以放下一切工作。端详其，觉得是世界上最美好的图画，最美好的文字。特喜其睡着后安恬的样子，一会儿皱眉，一会儿微笑，一会儿反刍，一会儿又像审视，大多时候是没有任何表情的安详。

喜欢给儿子换尿布，有一种把儿子从苦海中解救出来的成就感，从水深火热中解救出来的喜悦感。每每把儿子从湿处换到干垫布上，心里有种说不出来的幸福，人的慈悲心大概就是从给儿子换尿布开发出来的。那是一种解救的快乐。

儿子也太好带了，只要吃饱，就静静地躺着，不嚷不叫。

喜欢给儿子一个手指，被他握着，从紧紧攒着的劲头可知，他从中得到了安全感。因此，常常把他的手指从手套里掏出来。妻怕抠到脸，我说不怕的。

二

喜欢和他对视的感觉，给他背诗，他看着你，目光里全是响应，我不知道从我口中出来的句子，落在他心里是什么东西，但是我喜欢这种落，这种接。

下午大舅哥来，小舅子来，我发现只要家里来客人，他就哭，就得抱了他走"现场步"，走了一堂课时间，他睡在我的歌声中，搂着儿子，就像搂着一个睡着的世界。我不知道他在爸爸的摇晃中，伴着歌声睡眠，该是一种什么感觉，但我却幸福得无以言表。

三

喜欢摸着他的小屁股的感觉，那种没有被意识污染的小身体，是世界上最美丽的存在。喜欢给孩子喂奶，看着他专注的吸吮，嘴里发出哼哼的声音，小嘴皮把奶嘴吸得吧吧响，小手攥着我的一个指头，眼睛专注地看着你，亮得就像黑宝石，就像深不见底的深潭。

喜欢我给他读经典时他目不转睛地看着我的感觉，那是一种纯粹的倾听，超越内容之上的纯粹的倾听。

这几天他娘已经给他炖一些苹果汁，他小嘴吧吧地吃。

四

下午给儿洗澡，小身体无比美丽，看着他由紧张到放松的样子，真是乐，还在水里浇了一泡尿。

晚七时，抱儿，用"千金难买是朋友"的旋律，哼着"啊，我爱你"，走"现场步"，不多时，他就睡着了。仍然走着，直到累得走不动了。坐在床上，让他睡在我的腿上，枕着我的胳膊。哭。又到客厅，让他睡在我腹部，头枕软靠凳扶手，至九时半。

抱着儿子，如抱着一个小宇宙，一个小生命在你的腹部呼吸，这是多么美妙的事情。一个人是另一个人的床，这床上孕育着怎样的梦境。

有时，我甚至能够体会到，他的小身体里，有无数的工人正在紧张地劳动，为这个主人搬运细胞，搬运力量，搬运心智，轰轰烈烈，又悄无声息。这，也许才是真正意义上的建设。

我不知道，他为什么要投生到我这里来，我不知道，我们是一种怎样的缘分。不想这些，只是享受这一刻。我甚至后悔，在这期间，看了手机。应该静静地守候着这份缘。

五

今天，拉着儿两手，其能抓着坐起来，然后努力撑着头，那种努力的样子让人心疼。

生下来就会吃奶，就会撒尿，就会哭，没人教，让人对"本能"二字充满敬畏，这也许只是生命流转到人这种状态后保留下来的些许能力了。如此，生命原点的能力该有多厉害？也许在那个地带，人真是能够心想事成的，无所不能的。

睡着了还能吃奶，是一种什么力量在指挥。还有这乳房的设计，都刚刚好，让她的孩子躺在臂弯里，正好，不远不近。

抱儿子走"现场步"，在客厅，走圈儿。小家伙在我怀里甜蜜地睡着，想这小东西将来长大后也许又是一个吃百家饭走四方的主儿，能在行进的车上睡觉。

发现一件趣事：以"千金难买是朋友"的旋律哼"啊，我爱你"时，他特别安详，中间改哼《爱与关怀》，当唱到"真心祈求世界平安"，孩子一惊，醒来。再哼"啊，我爱你"时，又睡去。

可见一念一世界，念头一换，孩子就从一个安然的世界进入一个惊恐的世界。

六

出差回来，看到儿在老躺椅里睡着，面莹如玉，安详似小佛。幸福难以言表。两天在外，母子关门生活。

七

第六十八天。妻说，他晚上睡得可安稳了。早上五点起床，刚醒来的样子安恬至极，那种无思无欲，只是泊在时光之上的安恬，无法用语言描述。我拿起摄像机，给他摄像，他仍然静静地看着。才知道刚醒来的样子是如此美好。也许，通过一晚睡眠，人们得到天地充足的滋养，滋养足时，就是最美之时。妻揭开他的小被子，露出小腿，让人更加心生怜爱。放下摄像机，给他冲奶粉，妻让我冲三勺，我总是忍不住要冲四勺，他喝不完，我就喝剩奶。

操心着给恒温器里加水，已经是我的第一警觉，因为听不得他饿了时着急唤奶的声音，可以说是声声裂肺。非常感谢发明恒温器的人，它能够让水温永远保持在五十度左右。这样就不需要再像以前那样等开水凉到能喝的温度，或者半瓶开水半瓶凉开水地兑。

一辈子没用矿泉水，儿子来了，就开始用。我和妻仍然烧自来水喝，把矿泉水留给儿子。从前天开始，早上5点起来，给儿子熬粥，黄豆、黑豆、小米、核桃、胡萝卜、葡萄干。他居然能够喝一奶瓶。从上周开始，妻每天给他熬瓶苹果山楂汁，大便就通畅一些。

要想体会疼爱的感觉，就要老年得子。

老年得子的人，夫妻双方的心全部在孩子身上，孩子得到的是一份饱满的爱。

大多人带孩子时，一边工作，一边带，哪里像我们现在这样，全身心地带孩子。晚上搂着孩子睡觉，白天抱着孩子在阳台几小时地沐浴，要么就给洗澡，喂奶，读经典。

妻也从儿子身上得到了能量，高血压的药都停了好长时间了。操心孩子，晚上睡不了囫囵觉，但人倒精神了。

早上，妻指着她的胳膊说，因为抱孩子，变粗了。

今天早上本来有许多事情要赶着做，但是吃完早饭，还是举起儿子，在地上走"现场步"。儿子显然喜欢这种状态，一双水灵灵的眼睛目不转睛地盯着我。有时候，我都觉得我的双眼就是他的双眼，他的双眼就是我的双眼。虽然没说一句话，但像是我们都能懂得对方。其间，如果我在吟诵时走神，他都能感觉到，身体马上就有反应。手举困了，就抱着他，这时他往往会睡着。有时会冲你咯咯一笑，好像在说，我就要治你不爱锻炼的病。

妻说我这个人的最大毛病就是不爱动弹，常常在电脑前坐一天。现在，每天要抱着儿子在客厅走一个小时。

在一样到来之后，我才真正体会到一个做父亲的感觉。给他熬粥、洗尿布、冲奶、读经典、抱他散步、哄他睡觉、给他录像，实实在在地体会到其中的乐趣。

才知道什么是天伦之乐，这种乐本为天赐。

才知道他的吸引力有多大，可以让人看着他就忘掉一切。早上起来，看到他房里灯黑着，高兴，因为他在熟睡，灯亮着，也高兴，因为我可以进去亲他，从妻手里接管他，给他换尿布。最喜欢给他换尿布，当我把他的尿不湿拿掉，脱下尿湿的裤子，一种帮人解脱的喜悦就充满心田。

心想，佛陀让一切人都得解脱的大慈悲心，大概就是这个样子。

就连吃饭，都要蹲在他床边吃。

说起来有些大逆不道，父母在新房子里，我两边跑，但明显感觉这边的吸引力大。就想每天看见他，一进门，先进他屋看一眼，再换衣服。

八

儿六十八天。对不起一样，做志愿者，在全国义讲。

3点起床，熬了粥，写稿到5点，听到儿子醒了，给弄稀粥喝。

儿子现在已经能够在吃奶时双手抓着我的手往他嘴边拽，那双手小得和我的手太不成比例，但你却觉得他是无比有力的。

吃完奶，看他在努力，感觉他要拉了，已经三天没有拉了。解开被子，果然，黑漆一样的屎已经粘在尿布上，我知道，那是大部队的先锋，就给颠，托着他的光屁股，让他躺在我的怀里用力，发现自己的气已经憋上了，像是要替儿子拉下来。

儿子开始了他三天一次的清理工程，脸因用力都变形了，整个身体像是冲锋号。不久，就有一股冲了出来，溅了我一身，接着，一股股大便落在便盆里，那种快乐无以言说。妻给儿擦屁股，洗屁股，然后换了小被子。

排便之后的儿子无比轻松，静静地躺在床上，做出享受态。

每次给儿子颠屎，都是我和妻子的节日。

然后抱了走"现场步"，我双手托着他，让他面对着我，他的眼睛就变成我的世界。才发现带孩子是修定的最好办法，看着他深邃的水灵灵的明眸，你还能有什么杂念呢？你的心里除了对造物主的赞叹，还能有什么想法呢？

累了，抱他上楼，想搂他在我书房的床上睡觉，但他坚决抵抗，最后发出告怜的声音，只好穿衣抱他下楼，站在阳台上晒太阳。

晒太阳时，不知怎么就哼起"太阳光光出来了，郭一样就要长大了"。哼着哼着，就哽咽了。接着泪水就顺着面颊流了下来，忙伸手擦掉，担心落在儿子熟睡的脸蛋上。控制着情绪，一再唱，直唱到欢喜。

唱累了，看着儿子，心想，一个人可以在另一个人的怀抱里放心地睡觉，这将是多么幸福的一件事情。什么是父亲，父亲就是我们可以在他怀抱里放心睡觉的地方。试想，在这世间，还有谁能让我们在他怀里放心地睡觉。

往床上一放，他又醒了，就给他冲奶，仍然喝得惊天动地。

妻在另屋给儿子缝新棉花被子。

儿子吃完奶，趴在我胸前睡着了，再次心生怜爱，同时想到，那些之所以寻找异性肩膀靠靠的人，一定是童年缺少了这种父母之爱。放到床上，儿子醒了，我让他侧睡，拍着他，他静静地看着我，然后一点点合上眼皮，最后进入梦乡。

那两排好看的睫毛就刷在我的心尖上。

它是梦的房檐。

接着，我就听到他有节奏的呼吸声。

它是梦的窗户。

盖了他娘缝的新棉被的儿子睡得特别安详。新棉被的面子是大红的，给这个屋子增添了许多温暖。

九

巡讲回来，先到父母处，接着就往旧屋赶，心被牵着，想儿子，是那种揪心的想，就想看到他的小脸庞。进屋，已经晚上 8 点。妻屋黑着，心想儿子睡着了。上楼工作了会儿，听到儿子叫了，下楼。当儿子进入眼帘，觉得心被一下子装满了，就像一个渴极了的人，满满地饮了一大杯凉茶。

八天不见，儿子长大了。有了"成品"的样子。让人吃惊的是，灯光中，抱着他看范彦奎先生写的《朱子家训》四条屏书法作品，他居然翘着嘴笑，像是从中看出味道来，那么会心。抱到书房，环视一周，没有表情，到了吴善璋先生写的《太上感应篇》节录书法作品前，他又笑了。

妻说这两天和妻姐给读经典，儿子安然，能放下睡觉，脸上有了喜悦。观察，果然。这两天，妻每早起来站在儿子床头读，妻姐在另屋读。儿子一直倾听。昨天中午，妻姐带妻出去剪头，我带儿子，儿子居然睡了将近三个小时。我在厨房做饭，烧水，拖地，都没有吵醒他。

妻姐给儿子买了一条带虎头的裤子，穿在身上特别喜庆。

十

今早三点半起床，给儿子熬粥，小米、核桃、苹果、青枣，儿喝了一大奶瓶。现在儿子一天喝两瓶，下午是豆浆。

本来想睡会儿，但一下楼，看到儿子，抱着他，就睡意全无。这种来自生命本身的力量，真是令人吃惊。

妻剪了短发，像个年轻母亲了。她说，为了不污染儿子的眼睛。我觉得也对，早上刮了胡子，要给儿子一个好的形象。

儿子现在已经能够配合撒尿了——人给颠，他配合。看着尿水撒在尿盆里，那种喜悦真是无以言说。渐渐可以告别尿布了。

十一

昨晚，妻拿了绿色闹钟在儿子眼前移动，他居然跟着看，头转来转去的。大概二十分钟时间，目不转睛。他四肢活跃，跃跃欲试的样子。还有按摩器，他也爱看。晚饭后，是我们一家最快乐的时光。他躺在床上，全身是戏。我被粘在那里，忘了世事，包括那些在之前看来的要事大事。

最近，每当妻喊我老郭快来看，我必是放下手中急活，跑到他们母子跟前，才知他让儿子趴着，儿子居然能够把头抬起来，显然有力量了。

十二

我和妻都发现，儿子吃奶时，只要我们一走神，他就噎，可见大人的意识对小孩的意识具有主导作用。

我还发现，儿子在睡着时最庄严最美丽，醒来虽然可爱，但失去了庄严。可见人在潜意识状态下最庄严。那在超意识状态下呢？

这周回来，发现儿子表情冷峻，难得微笑。把儿子放在小车内，只要妻一读经典，他就安睡。我发现，他对轻薄的逗笑没有兴趣，几个回合就烦，这时，你开始读经典，他就安静下来，倾听。

一样逼我们背诵经典，最近，我和妻背下了《朱子家训》《弟子规》等。

只要家里来了生人，儿子几天就不安宁。

儿子突然撒尿，忙用手掬，完了，都没有顾上洗手呢，妻买来饼子，就拿了吃，不嫌脏，真是怪。

十三

晚上，儿子吊在他娘的奶头上，眼睛看着他娘，就像是做了什么错事，有些贪婪，有些恐惧，小手在他娘的衣领上抓着。

给他冲了奶粉，其坚决拒绝，有些歇斯底里，我还以为烫着他了，不想是他不想吃时的一种拒绝表现，意思是，别烦我好不好。

凌晨一点半起来，下楼上卫生间，看到妻和儿子房里灯亮，进去，妻刚给儿子吃完奶，放下奶瓶，他就睡了，不像白天还要哄他入睡。

熬了粥，上楼，很困，但是舍不得睡下，打开电脑，写下这段文字：

> 昨晚，五市宣讲结束，聚会，很想回家，但是领导说是最后的聚会，还是参加一下，就去了。8 点，还是首先告退，心想自己回迟了，儿子睡了，今天就见不上儿子了。

打的回家。到了门口，又想没小米了，早上要给儿子熬粥喝，就到小卖部买小米。把人家仅有的米都买了来。还买了些新枣子、大白菜。回家，虽然近9点，但他们娘儿俩还没睡，儿子吊在他娘的奶头上，斜了我一眼，算是对他爸的问候。

十四

一天不见儿子，就想，看不够，亲不够，百看不厌，百抱不厌。抱着他，捧着他，就像是捧着自己的心。人如此爱孩子，也许正是天地爱万物的人格化。

刷牙，儿子哭，妻拖地，哭声升级，几下刷完牙，进屋抱住儿子，忙说，"对不起，请原谅，我爱你"，连着说。儿子像是听懂，戛然止了哭声，但还伤心着。紧紧搂着儿子，后悔自己应该听到哭声就放下牙刷，来哄他。

跟了播放机读《弟子规》，渐渐地，儿睡着了。

但一只眼睛留了一条小缝，怕我走掉似的。

给儿子熬粥，找苹果时，发现冰箱里有几个石榴，是老冯从河南荥阳寄来的，居然被妻放在冰箱里冰坏了，说她，她还辩解。气就上来了。但立即意识到，不能在儿子面前吵架。为了儿子，从此不能生气。

十五

穿裤子时，让他趴下，不想他把头挺起来，嘴里念念有词，细听，像是"很好"这个词。我给他说"郭一样，我爱你，我错了"，说到"我错了"时，他咧嘴一笑。

妻给儿熬了粥喝，我蹲在床边吃他剩下的粥底，他转头看着我，小嘴一动一动的。

十六

儿子出生九十五天。

儿子今天能够仰躺在床上，抓着鱼气球的绳子往怀里拉，四肢皆动，如同舞蹈，因为用力，最后两条腿纯粹翘到天上，让我笑翻了天。两眼盯着气球，小身子都在用力。把尿都挣得浇到床上，划出一道抛物线。但眼睛仍然在气球上，手仍然在绳子上。这是他第一次和外物互动。还无法挪动绳子，只是靠本能让气球靠近自己。后来，居然两手抓住绳子，牢牢地把气球控制在手里。

对于普通人，这是多么简单的一件事情，但现在发生在儿子身上，我和妻都觉得是奇迹。

没有任何一本书像儿子一样，百看不厌，常常盯着他，一两个小时就过去了。

喜欢听他的呼吸声，喜欢听他吸奶的吭哧吭哧的声音。

儿子困了，就把头偎在妈妈臂和腋的交接处，这样既有空隙呼吸，又能挨着妈妈的胸，这是他自己找见的。

十七

儿在我怀里睡去，我背诵经典，一小时，儿一直睡。他虽然睡着，但脸上的表情是生机勃勃的。脸皮上有一台戏，嘴角上有一台戏，酒窝里有一台戏。这样看着，整个宇宙就都在眼前了。

中午起来，下楼，妻喊我："快来看。"进去，发现她正给儿子晒屁股，儿子趴在婴儿车上，妻把两个枕头叠在一起，让儿子趴在上面。儿子的屁股在阳光下红彤彤的，有种说不出来的味道。侧面去看，他正在吮自己的手指头，显得自在安详。

这时，门铃响了，一看，是他大舅、大舅母，六舅、六舅母，表哥、表姐。一下子，屋子里站不下了。

他们忙着进屋看儿子。

一阵惊叹之后，儿子就在他们手上传来传去。儿子没有拒绝，也没有显出盛情，有些诧异，有些新鲜，有些不适应，但始终表现出大方和好客的神气。不多时，儿子就给他表哥田宁身上尿了两泡，田宁说，这是给他财呢。

我借机出去给儿子买苹果，昨天给买的富士，煮粥时煮不烂，就给买了好多绵软的，是香蕉苹果吧，黄色和红色各买了两大包。

回来，让儿子表演玩气球，儿子不像早上那么有兴致，显然是累了。

送走他们，儿子马上就睡着了。我上楼写日记。

看时间，已经是 6 点，儿子中午没有休息，下午"待客"，居然三个小时没有哭，没有闹，真是我的儿子。

要是以前，今天下午我会躲出去，但今天没有，早上表侄女田娟给孩子过满月，我知道下午他们会来，就等着接待他们。郭一样来到我们生命中，他们悉心照顾。我得拿出些时间接待他们，亲近他们。

表侄女田瑞曾说，儿子百岁时笑出声来，把她高兴坏了。我现在能够想象那种喜悦。如果是以前，听他们说这些话，我会没有感觉，但是现在能够感同身受。当然，听到这句话，我的心里生出攀比，但是很快，就告诉自己，对于一样，要平常，再平常，不争第一，不争最好，不炫耀奇迹。

原载《红岩》2020 年第 3 期

出生之地

傅菲

一群花喜鹊从河岸飞向槐柳树。花喜鹊有七只，一只接一只飞，嘻啾啾嘻啾啾，边飞边叫。黑色的翅膀斜斜地掠过白茅草，斜斜地向上飞，落在枝丫上。槐柳叶落下来，叶片翻飞，被风压着，簌簌作响，飘在草丛里。飘得更远一些的叶片，摇摇摆摆漂在水面上，一会儿不见了。灰黑色的鹅卵石，突兀在水面，像一只只立脚觅食的水鸟。风呼啦啦从灵山往下刮，云如一团洇开的墨水，漫溢在弧形穹顶。雪在傍晚时分，筛了下来。

花喜鹊入寨，雪粒"沙沙沙"，在树叶上打滚，在菜叶上打滚，滚到水里不见了。地面发白，瓦屋顶也发白。饶北河有了乌黑黑的亮光，在芦苇丛间，呜呜地响，似乎在吹口哨。亮光鱼鳞一样，一层层一圈圈地扩散，油亮。往返两岸的人已回到了屋子里，艄公用一根粗麻绳把敞篷船系在第九棵洋槐树下。月光如泡沫一样，在河面沸腾。屋里的火炉，有绸布般的火焰，往上飘荡。

提一个松灯，戴一顶兔耳棉帽，穿一件蓑衣，打鱼的人这时上了渔船。渔船是篷船，有一个竹篾编织的弧形棚顶，人站在船头摇橹。他边摇边唱："里塘水清外塘莲，莲叶青青水上眠。一朵莲花开眼前，心中喜欢欲采莲。采莲要采并蒂莲，打鱼要打河里鱼——"打鱼的人六十多岁，宽阔的额头映着雪光。松灯挂在舷柱上，松火呼呼地叫。唱完了，他抿一口酒，继续唱："新春晴一日，种田不要力。正月三日白，晴到割大麦。六月盖得棉，高山种得田。热梅冷至夏，种田烂容易。田怕秋来旱，人怕老来苦。"雪一撮一撮落在蓑衣上，白白的。河水在船底"哗哗哗"，吐出白水花。

我熟悉这个撑篷船的人。他吃很辣的菜，喝很烈的酒。他喝一口酒，摇一下拨浪鼓一样的脑袋。船上有浓烈的谷酒，一件棉大衣，一套被褥，一个圆桶。无数个夜晚，我来到他的船上。他用宽厚的手，摸着我的头。他穿对襟衣褛，白色的。他喜欢打赤脚，脚板厚实。他略有扁塌的鼻子，酣睡时发出冗长的鼻音。他喜欢抱着我睡觉，把温热的酒气哈在我脸上。夜晚冷寂，河水一样漫长。他就是我的祖父。他喜欢在严寒时节，去河里捕鱼。即使是夜晚，他也头戴斗笠，手握鱼叉，站在船头。

祖父喜欢打鱼。他不用网，他用竹篾片。在饶北河浅湾，垒一个砂石坝，中间通一个平坦的出水口，出水口铺一张竹篾编织的四方形敞席。敞席粗糙，水往下渗，渗到席口，水便没了。鱼随水入了敞席，搁浅了，蹦跶，蜷曲着身子翻来翻去地跳。搁浅的鱼，都有巴掌大。祖父撑船，用竹篙"啪啪啪"击打水面，鱼受到惊吓，四散而逃，落入敞席。他有一手赶鱼的好功夫。河湾从老油榨的拐角，以半弧形慢慢斜过来，河面逐渐宽阔。一道河湾，可以设四个梯级敞席，一个敞席一个晚上可以捉三两斤鱼。

冬鱼肥美鲜嫩，格外好吃。吃不完的鱼，便晒鱼干。屋檐下，一个长竹竿吊在檐廊上，鱼嘴穿一条棕榈叶绑在竹竿上，晒了三五天，鱼身变得枯白收缩，收进瓮里，用油、盐、生姜、辣椒、水酒糟、葱段等腌制。来年春天，我们吃腊鱼了，从瓮里抽一条出来，切块，蒸饭时，放在饭甑里蒸。

可冬天的鱼都躲在深潭里。深潭水热。清早，深潭冒白蒸汽，一圈圈绕在低矮的黄茅草丛，绕在稀疏的灌木丛里。河湾，仿佛手臂紧紧地箍着素洁的田畴。田畴被阡陌分割成网状，一块块的稻田成了网孔。入冬，有的稻田垦出了条块状，铺上了稻草衣，疏松的地洞撒下了麦种；有的稻田长出了青涩的紫云英，小圆叶缀在绒毛草之间；有的稻田积满了水，稻茬抽出了短短的绿苗。天越严寒，深潭热气越炽，蒸腾。田畴蒙上了白霜。白茫茫的早晨，太阳晕黄，像一块霜白的柿子饼。人走在田畴间，逐渐虚下去，虚化为一个稻草人。

春天却是另一番景象。芽从茅荪的枯茎上绿出来，卷筒形的，单片。矮堤上的茅荪还在冷风中飘摇，哀哀黄，芽叶已经秀上了短衫。青苔石头上也泛青，淡淡的。野桃花爆出了初蕾。荆条花凋谢，叶子一片一片地跃上枝头。岸边的芦苇也完全茂盛起来。天空浑圆，有沉甸甸的下坠感。宽阔的水面有风的纹理，波动的，刻出天空的图案。白鹭在浅水滩觅食。它长长的脚，支撑一团积雪。白鹭在开春时就来了。同它一起来的还有惊雷，拖着火焰长长的尾巴，翻着跟斗，从山尖滚落到我家的屋檐。暮色中的屋檐，雨水披挂，像一道帘子。"嘎嘎嘎"，白鹭在呼朋唤友。从这块田飞到另一块田，从樟树飞到洋槐，它宽大的翅膀从我们的头上掠过，仿佛天空有轻微的晃动。田沟里，地垄上，四处跳着青蛙。南瓜蔓一夜长出细长的须，卷曲在瓜架上。水坑里，泥鳅和蝌蚪成群结队地游，小鲫鱼"啪啪啪"地拍打水面，溅起水花。枯草翻个身子转青。空气是潮湿的，草地上到处都是地皮菇，薄薄的，青柚色。野桃花经不起一夜风吹雨打。雨先是一丝一丝的，没有响声，也没有雨势，恍恍惚惚地飘游而来，地上的粉尘像糖芝麻一样黏合，瓦开始发亮，映出天空的光色。天暗下来，阴霾的云层里撕开一条缝，"哗啦啦"地掉下身子扭动的蓝色火苗，"隆隆隆""啪"，重金属碰击的声音像火炮炸响。"哗哗哗"，雨点颗粒般砸下来。雨势从山坳转个身，来到村里，斜斜的，透亮的，"啪啪"作响，水浪一样压来。瓦垄上，水珠跳来跳去，叮叮当当，水流喷射，形成水柱。墙头的狗尾巴草，耷拉着脑袋。水田白浃浃一片。河汊，水沟，石板路，淌着黄黄的泥浆水。白鹭缩在樟树的树杈上，用长喙梳洗羽毛。鲤鱼在河里翻腾跳跃。喧哗的春天，它要把大地重新装扮一番。

鱼成群地游来，逐着水浪。水浪不高，但密集，相互追逐，浪头叠着浪头，拍碎，水花裂出白玉兰的形态。鱼从信江游上来，跳过两道水坝，游入了水湾。水湾有发青的水草，碎叶莲撑开了小圆伞，荇草浮在淤泥里，绿汪汪。鲫鱼在草丛里，窸窸窣窣在吃落水的昆虫，嘴巴不停地翕动。鲫鱼肥得滚圆，金釉色的鱼鳞在水中闪光。春汛来临，鲫鱼在岸边草丛产卵。黄黄的鱼卵被一层白翳包裹着，黏附在草丛里，荡来荡去。鲫鱼围着鱼卵穿梭。鲤鱼鳜鱼鲈鱼尾随而来，它们不是来孵卵的，而是来吃鲫鱼的鱼卵。尤其是鲤鱼，嘴巴张得像个漏斗，可以把一团鱼卵吸进嘴巴。

我们听见了鱼和鱼的争食声。鱼鳍和鱼尾，在激烈地扇动，"啪啪啪"，水草抖动，水花激溅。扔一块石头，落在鱼群里，"哗啦"一声，鱼四散而逃，水花扬得比水草还高，落下来，鱼不见了。要不了一会儿，水草又开始抖动。祖父这个时节并不打鱼，而是钓鱼。端一条矮板凳，戴一顶斗笠，天麻麻亮，来到了湾口。春钓湾，夏钓滩，祖父看看水势，守在回水处，抛一竿下去。鱼线是麻线，鱼竿是竹竿，鱼钩是大头针，鱼饵是菜虫。鱼饵落在草丛下，菜虫在水面胖嘟嘟地游泳，鱼仰起头，一下叼住，拖着跑。

鱼篓是竹子编的，靠在祖父的脚踝边。我负责捡鱼，把鱼从钩里脱下来，放进篓里。篓子的一半，浸在水里，鱼在篓子里，"啪啪啪"，惊慌得跳起来，跳了三五下，安静了下来。鱼把鱼篓当作了牢靠的天堂。河滩早一个月就绿了，厚厚的牛筋草有软绵绵的幼芽。朝霞还没绯红，古城山蒙了一层虚白，有一匹白马来到河滩吃草。这是村里唯一的一匹马。是谁养的马呢？我不记得了。但记得那匹马有健硕的四肢，浑身雪白。走路的时候，马蹄的掌钉击叩在石板路上，嗒嗒作响，铿锵有力，富有节奏。马用于驮货。河从山谷转向盆地，山谷深处，有油茶籽核桃柿子等山货，由马运到村里来。马脊背夹了两个大扁篓，用来装货。沿着饶北河的弯弯石道，马铃铛"当嘟嘟"摇响。在午饭前，或在夕阳西下时，马铃铛由远而近，慢慢悠悠地入了村巷。听到铃铛声，我便跑到巷口，看马。挺拔的腰脊，浑圆的胛骨和一双灯笼一样的眼睛，常常让我发傻。一匹适合奔跑的马，怎么甘于四季驮运货物呢？苍蝇在它头部飞来飞去，怎么也赶不走。裹在它身上的泥浆，皲裂脱落，体毛泥黄。而只有早晨，在河里游泳之后，干爽的身子，油光发亮，饱满的身子裹着月光一般，在草地上悠闲地吃草。它成了一匹有灵魂的马，高贵自信纯洁美雅。饶北河在起伏，水面油亮，浸染大地的春色。

鲫鱼孵卵一个月，再也不会回到岸边。它躲在深潭里，躲在水洼里，躲在岸堤柳树的根须里。这时，漫长的雨季已经来临。天空是乌黑黑的，雨也是乌黑黑的，沿着山梁，顺着风势，播撒下来。锦雉抖落一身雨水，躲在芦苇丛里，"咕咕咕咕"欢叫。相思鸟在荒墓杂草里，用一片凋落的梧桐叶当雨伞。雨顺树身流到地面上，在草根冒泡，在低洼处积聚，蝌蚪咕噜噜翻跟斗。瓦檐"噗噗噗"飞溅水珠，水线白弧形，像一把长弯刀。

桃花汛后，鄱阳湖的鱼群经信江，游到了饶北河。鱼有时乌黑黑一片。白鹭觅食小鱼小虾，把嘴伸进水里，"嘟嘟嘟"，头抬起来，甩动脖子，脖子变粗，鼓起来，翅膀轻轻拍几下。它是那样满足，三五成群，不时地交头接耳，偶尔仰天"嘎"的一声，飞到另一片浅滩去了。它是那样优雅，像个乡村牧师。光洁溜滑的脊背，被风扬起的刘海，因急促的呼吸而波动的胸脯。鱼群搅动的饶北河，它是如此的性感。西瓜藤匍匐在沙地上，正开出粉黄的花。傍晚时分，淡淡的雾气从河边漫过来，潮湿，模糊，野鸭嘎嘎嘎的叫声也漫过来。田野和瓜地里的青草气味，被风送来，馥郁，恬美，惺忪。我能听到大地翻身的声音，窸窸窣窣，虫子"咕咕咕"地鸣。而饶北河的睡姿是那样优美，裸露的肌肤有月光的皎洁。饶北河轻微的鼾声不但没有把沉寂的村庄吵醒，反而使它睡得更沉。月光大朵大朵地落下来，和雾气交织在一起，抬眼望去，白茫茫的一片。

假如在暗夜，有个人撑着乌篷船，拐过弧形的弯道，在埠头的柳树下作长夜的停留，那么，我相信他和我有同样的愿望——都想成为河流寂寞的聆听者。缓缓的，寂寥的，一丝丝沁入心房的水声，会在他的心中长久地回响。暗夜仿佛是水声的储藏器。田野里的野花与水声呼应，仿佛它们并不孤单，它们会在某一瞬间，相互拥抱在一起，交流彼此的气息。星辰高远，稀落的光芒使苍穹像一个突兀的悬崖。我们的头顶之上，是什么？我们的大地之下，又是什么？夜风从我们的肩膀滑落，一只水鸟"啾啾"地飞离枝头，那么快，只有水面留下它翅膀的痕迹。洋槐树上，白鹭作了最后一次逗留，扇子一样的翅膀鼓了起来，扑棱棱，二三十只，掠过宽阔的河面，在盆地做最后一次巡游，"啊啊啊啊啊"，叫得伤感而动人，然后翻过山顶，飞向了北方。河水漫过了柳岸，浑浑噩噩，浊浪滔滔。

柳树在水中弯曲。芭茅和矮灌木，露出稀稀的秆叶。浮木从上游，一直打滚下来。断了翅膀的鱼鹰，在水里沉浮，再也飞不起来，挣扎着，划动翅膀，要不了几分钟，疲倦了，趴在水面，随水漂流，落进了下游水坝的围栏里，被鲶鱼拖进了涵洞。

放木排的人来了。到了雨季，山里人砍了原木，用藤条把七根原木扎在一起，在头、尾和中间，扎三箍，成木筏。我们叫木排。河水上涨了，把木排拉进河里，撑到下游的渡口。撑木排非常危险，木排侧翻，把人倒扣在水下，连挣扎的机会也不会有。放木排的人，不但要有水性和力气，更要有胆气和灵气，还要熟悉饶北河，哪儿有弯道，哪儿有深潭，哪儿有水坝，哪儿有礁石，哪儿有坑道，像熟悉自己的身体一样，熟悉河道。我祖父是个放木排的老师傅。清早吃了炒饭，他走十八里山路，到了高南峰。他穿短襟褂棕麻鞋，戴一顶竹叶斗笠，背一个葫芦和一个蒲袋出门。葫芦里是谷烧酒，蒲袋里是油盐炒过的饭团。从高南峰，放木排到渡口，有十八个大湾口，有七十二个小湾口，有四道水坝十二个深潭，还有二十四个三家屋大的礁石。

放木排，要经过村子前的河埠头。我便站在埠头等祖父经过。放木排的人有二十多个，一人撑一排。从柳树林里，隐约可见木排闪过，接着我听见了嘹亮的歌声："日落西山月登头，口唱船歌心内愁。大户人家正敬神，送我香子早回程。日落西山月登楼，家家户户上灯油。老龙来到大门前，艄公来撑打鱼船。"木排在河面颠簸，摇晃，水在木排下翻滚。放木排的人，站在排头上，撑着竹篙，敞开胸膛，威风凛凛。

一天放一趟木排，一趟有三十多里水路。祖父要连着放一个多月，直至雨季结束。在十几岁的时候，别人问我，长大了想干什么。我毫不迟疑地回答："放木排。"我想象不出，还有比放木排更让我痴迷的事了。水中浪，浪中走，走中歌，歌中飞，颠沛流离却豪情万丈。我祖父说，放木排好啊，可放木排之前，你要把饶北河走一遍，走了，才知道饶北河有多长，水有多深。

事实上，我从没放过木排。等我到了放木排的年龄，已无木排可放，树木禁止砍伐了。我二十六岁时，祖父去世。他因脚疾，在床上躺了半年多。一天早晨，他突然对我大哥说，旭炎，你去准备一车柴火，上午就去买，不要让我冻了身子，我今天要洗了身子上路了。我大哥听了，有些莫名其妙，身体康健的老人怎么说了这样的话！大哥开了货车，买了柴火回家，还没吃中午饭，我祖父落了最后一口气。他曾多么强健，像一头水牛，耕田拉犁，拉车运货。

一直不曾忘记的是，我要熟悉饶北河。2006 年开始，我研究饶北河流域的生活变迁和乡村伦理，无数次实地考察这条河流。发源于上饶县北部山区望仙乡的饶北河，北高南低，经过华坛山、郑坊、临湖、煌固、石狮等乡镇，在灵溪镇汇入信江。河流处于上饶以北，故称饶北河，又处于灵山脚下，遂名灵溪。灵溪与丰溪汇合，始称信江。饶北河全程长七十余公里，沿灵山北部峡谷蜿蜒，起伏如游动的巨蟒，是上饶最重要的河流之一。饶北河九曲延绵，如盲肠盘结于大地，如众马回旋。有一次，我站在灵山之巅，俯视纵深跌宕的饶北大地，看见饶北河在郑坊盆地和煌固盆地尽情地迂回，在田畴间绸带一样飘荡，宛如大地的五线谱。或许，每一条河流，都是这样的：尽可能的，如母亲哺育婴孩一般，河流敞开怀抱哺育大地。河流既是父性的，也是母性的，让人血脉偾张，也让人缠绵缱绻。我常想，繁衍人的，不是别的，而是河流；把人与大地粘连在一起的，不是别的，是河流。让人回望的，不是炊烟和屋顶上的月亮，而是河流——我们溯流而上，来到自己的出生地，在草青草黄之间，我们白发苍苍，暮霭沉沉。河流不但丈量大地的长度，也刻录我们生命的长度。

"我没有办法不去梦见饶北河。"我喃喃自语。被我梦见的还有红鲤鱼一样的月亮，河边吃草的白马，树梢上的落日，低低飞过的白鹭。母亲在河里捡拾螃蟹白虾。父亲坐在蓬船里，和祖父喝酒。我背鱼篓捡拾肥鱼。河湾苍茫，树林遮掩了对岸的村庄。炊烟从树林背后的野地里，淡淡地升起，慢慢扩散，与河边的雾岚融为一体。牛哞一声长、一声短，燕雀从枝头上惊飞。灯渐次亮起，屋顶渐次模糊，人声渐次寂寥。无数一天中的一天就这样过去了。时间是个恒量，一天是个变量。但这又有什么值得紧迫呢？又有什么值得我们放弃从容呢？河水汤汤，万古不息。故去的人，在河岸，又活了回来，撑船打鱼，吹着"嘘嘘"的口哨。月亮一次次升起，一次次轮回，照耀原来的河湾，弧形的，风徐徐吹过——哦，那是一条河的出生之地。

原载《雨花》2020 年第 10 期

每次去，总是要拿些东西，因为他们是长辈，那也是我母亲的娘家。少小时候，每次拿些馒头、酒之类的就可以了，再往后觉得这样的礼物太轻了，对人不够看重和尊重。方便面刚流行那阵子，每次去，就买上两箱方便面。再后来，我能挣钱了，买了营养品和别的吃的，还要给他们一点钱。完全是自愿的。人在世上，谁不沾谁的光，谁也不会白对别人好，也不是平白无故就有了种种交集的。

因为很早就没了姥姥姥爷，去母亲娘家，第一个要去看望的，当然是大舅。他住在最上面，可每次去他家，要先路过二舅家。我问母亲，俺每次去，先要过二舅家，却要先去大舅家，二舅会不会有意见？母亲说，大舅大，二舅小。按照礼数，肯定得先去大舅家。

二舅确实没有意见，也不能有意见。有一次，我提着一串东西，路过二舅家院子的时候，正巧碰上二妗子。在我们南太行乡村，外甥们叫舅舅的媳妇叫妗子，也不知道这称谓是怎么来的。二妗子正在院子里烧火做饭，本来她该面对着墙壁，我正好能溜过去。却不料，我正加快脚步越过二舅家的院子的时候，二妗子却一个回头，一双眼睛就把我逮住了。我尴尬，还没来得及给二妗子打招呼，只听二妗子说，你来了啊，来家里吧。我赶紧说，妗子，俺一会儿就来。

沿着石头台阶向上，穿过一道拱门，再向上几步，就是大舅家了。我刚到院子里，一个个子很高、说话声音柔缓、总是咧着嘴笑的中年男人老远就呵呵笑说，平子来了，快进家去。我喊了一声大舅，快步走到他跟前，他也伸出手，接住我带来的东西。我觉得这个舅舅太好了，无论对谁，都是一脸的笑。我们家最困难的时候，也是大舅伸出援手，给我们家急需的钱，还有吃的用的，甚至价格比较昂贵的农具，等等。世上的人都是趋利的，但也重情义。对于大舅，我天然性地觉得这个人很可靠，心里边觉得亲近。

我很小的时候，有一天，母亲带着我去舅舅家，很远的一个深沟里。正是秋天，柿子在枝头红得不像样子，四周山坡上的荆棘和草正处在盛极必衰的临界点上，麻雀在庄稼地里捣乱似的和人抢粮食吃。两山之间有着一层层的田地，成熟的玉米秸秆成批量地枯干，在小股的风中萧瑟暮年。老远看到母亲，一个头包白色毛巾的男人哈哈地笑着迎了上来，一把把我从母亲背上薅了出来，然后把我举起，一边左右晃动着我还娇嫩的身体，一边说，这外甥子，可俊了。因为这个，多年后，我坚持说见过姥爷。母亲则一个劲儿地纠正说，你才半岁的时候，你姥姥姥爷就死了，两人先后隔了二十多天。我歪着脑袋疑惑了一会儿，哭着对母亲说，人家都有姥姥姥爷，一放学，就往姥姥家跑，俺咋没了姥姥姥爷？母亲也流着泪说，都怪你姥姥姥爷死得早，你都没见到过他们。从母亲自然而然的泪水中，我觉到了一种情义，无与伦比的，其中还包括了一个人对自己生身之人、生命来处的感念与愧疚。

母亲的娘家，也就是两个舅舅所在的村庄，叫北街，很多的石头房子，巨石一样横七竖八地长在一面斜坡上。背后是渐渐隆起的山岭，山岭和山岭之间，田地也一块块地随着山势节节升高，其中散落着张家李家的坟地，有的坟前长着大柏树，有的则和茅草荆棘混在一起。再向上，是一座形似太师椅的山峰，庞大无比，顶部是尖的，上面有几面犹如刀削的悬崖，呈暗红色。这座山的两边，也有与主峰类似的小山。因此，当地人叫大的为大寨山，东边的叫东小寨，西边的叫西小寨。

从母亲和大姨的口中，我得知，姥姥姥爷还在世的时候，大舅二舅都到了该娶媳妇的年龄，家里没有一分田地，猪牛羊更是谈不上。关于那种穷，母亲说了一些令我觉得不可思议的事情——她小时候，整天饿肚子。姥爷也吝啬，把柿子和粗糠捏成饼子晒干，用箩筐装起来，吊在梁头上，防止孩子们偷吃。有一天，母亲和小姨妈饿得双眼冒金星，姐儿俩就搬了凳子，小姨妈负责捉稳，母亲爬上去拿。无奈两人个子小，不但粗糠柿饼没有拿下来，而且还摔得掉了门牙。姥爷回来，一问情况，拿着棍子在姐儿俩的屁股和背上一顿猛抽。

人的命和命运，有时候是自己做不了主的。好不容易到了好年景，大舅和二舅先后相上了对象，与此同时，姥爷也用一斗米把大姨妈嫁了出去。按照乡俗，老大必须得先结婚成家，然后再是老二老三。可姥爷为了图省钱，选择了一个好日子，把老大老二的媳妇都娶进了门。原本是一件皆大欢喜的事情，可第二天早上醒来，先是大舅慌慌张张地说，俺媳妇没气了。姥姥姥爷大惊，正要去看，二舅也慌慌张张地跑进屋说，俺媳妇怎么叫也叫不醒。

亲兄弟两个同一天娶亲，两个媳妇却在次日双双死去。死者没了，只好落在姥姥姥爷家的祖坟里。生者总要活着，而且还不能活得差。随后，二舅娶了一个黄花闺女，即我的二妗子；大舅娶了邻村的一个寡妇。人一生的命运，大抵是从某个时期开始的。大舅和二舅便是如此。

二舅喜欢背着手，坐在院子里的石头上抽烟，看到我们这些外甥们，脸总是黑的。母亲说你二舅生来就是这个脾气，还当过村干部，人不威严人不敬。在我们南太行乡村，有俗语说，外甥子仿舅舅。意思是外甥多和舅舅长得相像。有一天，我去照镜子，镜子里忽然就出现了二舅的脸。我惊了一下，再细看，还是我自己。母亲说，你大舅二舅可好了，特别对你，对俺。人说，长兄如父，好哥哥的样子，你两个舅舅算是最好的榜样。但我私下里觉得还是大舅好。一个男人，自己心里再怎么委屈，见到人，也要捧出一脸笑，让人在他跟前，就像被佛光照耀着。

再娶之后，二舅和二妗子一起努力，生了四个女儿一个儿子，这才稍稍松懈。大舅则没再生，只能帮着抚养大妗子和前夫的儿子。大舅坐在门墩上，看着二舅家的孩子人喊马叫，尽管穷，可有人不算贫，没人才贫死人。他心里一定不是滋味。再后来，大舅收养了一个女儿，长大后，也算本分，但读书上学不行。二舅的闺女们一个接一个出嫁，每一次，母亲都带着我去送。我们村的规矩是，但凡近亲家里有闺女出嫁，其他亲戚都要去送一下，这规矩名为"送闺女"。

大舅自然也去送。每次和大舅一起，我都可以看到他脸上亲切的笑容，可那笑容下面，我也觉出了大舅内心疯狂蔓延的哀愁。有几次，在送亲的车上，大舅抱着我坐在前排，母亲、大姨、小姨等人都围着他说话，从说话的表情和细节，我能觉察到母亲姊妹三个对大舅的感情堪比对亲生父母。每次他们兄妹坐在一起商量事情，甚至吃饭或在路上遇到，老远，母亲和大姨、小姨就三步并作两步，跑到大舅跟前，叫哥。大舅二舅去了我们家，母亲就像侍奉皇帝一样，围着大舅二舅转。血缘亲情对于人们来说，一方面是负累和麻烦，另一方面则是安心与互助。每一次，看到母亲姐妹几个在两个舅舅面前的虔诚与恭谨，我都会流泪。从他们身上，我觉到了亲戚之间的美好，觉到了生而为人的温暖。可随着年龄的增长，对于舅舅，我又敬又怕。敬在心里，无以言表。怕在明处，一看到大舅二舅，我就躲着跑。

那么多的厄难、意外、叛逆和不轨，充满人的成长历程。十四岁开始，我就不是一个安分的人。起初是羡慕吃喝，上学期间，在小卖部赊账买吃的，饼干、罐头之类的，我对那些东西表现出极强的欲望。店主是一位老太太，和我母亲很熟。几个月间，我在她那里欠账达两百块，总是想着从母亲那里骗些钱来，把账还上，可是，母亲每次都很仔细，绝不给我太多的钱，以至于那账一直无法还掉。后来，老太太告诉了母亲，母亲把我打了一顿。几天后，我赊账买吃的逐渐转化为恶名。在我们南太行乡村人看来，一个孩子倘若为了吃的而赊账，那简直大逆不道。对于吃，北方人向来简单，总认为家里的饭就足够了，倘若再去买着吃，那就是败家。

我的另一个开销，便是买书。我总是托一个对我不错、开小卖部、经常去市里进货的乡亲帮我买各种课外书，如金庸的武侠小说和各种看起来与学习没关系的小说、文学理论和期刊等。最后欠了他将近一千块钱。相比那位老太太，他还是很仁义的，也知道我没有钱，就不催我。直到我自己能够挣钱了，才把钱按照原数付给了他。关于这一点，母亲也知道，每次回到家，她总是提醒我去看望一下那位给我买书、容忍我赊账多年的乡亲。我开始不在意，自己有了儿子之后，忽然觉得，母亲教给我的，是感恩的品质。

这一些，再加上我在初中时期喜欢一个女同学，进而传出来一些"绯闻"。坏就坏在是我一厢情愿，而女同学则无动于衷。在村人看来，男女之间谈对象不是不可以，倘若两个当事人自愿，然后按部就班，长大后成为夫妻，这是美好的。反之，则是一件可耻的事情。而更可耻的是，村人说，我父母亲都是老实巴交的农民，家里又没钱，而女方父亲是当地的村干部，家境甚好。门当户对这句话在民间的理解，或是双方拥有的资财相当，或是一方有财一方有权。以上这些，构成了我在乡间的舆论压力。亲戚们都说我不争气。作为最有权威的家长，大舅二舅自然要对我进行合乎乡情乡俗方面的纠正和教育。而我，从一开始，就厌倦各种一本正经的训教，以至于每次见到他们，都觉得不自在，甚至不想再迈进他们的家门。

训诫是最失败的教育方式，但我们每天都在用。尤其是上级对下级，父母对孩子。人不是训诫出来的，而须鼓励和制止。对于两位舅舅，其实我无比敬仰他们，但他们不能够理解我。有一年，我借了那位给我买书的乡亲的钱，暑假期间，一个人跑到北京、郑州、太原、西安、长春、兰州等地。想在外面混，不想再回家了。父母、亲戚的谴责倒是小事，关键是村里人的舆论，使我无法抬头。可最终，我还是带着满身的泥垢和虱子，不得不回到我痛恨的村庄，一如既往地在众人的轻蔑和谴责声中，上学，然后考学失败，成为一个彻底的农民。

作为一个农村青年，一旦没了上大学的机遇，一生的命运就算是固定了，不是出去打工，就是在家里种地。我十八岁了，按照乡俗，已到了婚娶的年龄，父母和两个舅舅也很在意，托人给我说媳妇。然而，反馈的消息一律是，女方家一听说是我，直接把头摇得跟拨浪鼓一般。在乡人眼里，我的人生肯定就是如此这般了，不知道钱管用，不爱惜自己的东西，又懒，还不会做农活，浑身没力气，打工也没人要。所有这些，都是乡人历来诟病和忌讳的。家境不好，也不能怪父母，但只要老实肯干，那也可以。可是，我样样都不占。

有一天清晨，我还在睡懒觉，母亲在窗外喊我说，你大舅二舅来了，赶紧起来！我一阵惊悚，全身发冷汗，心里立即被一块乌云缠住了，以至于穿衣服的时候，忽然想从房顶跑出去。我硬着头皮来到父母屋里，大舅和二舅分坐在椅子上。我恭恭敬敬地叫了大舅、二舅之后，像个被抓住的贼一样，低头站在他们一侧。先是二舅说话，他交代了来我们家的原因，厉声说，你这样怎么办？你父母是老实人，养活你这么大，你又是一个不做而当的混球，再这样下去，连个媳妇都娶不上，一辈子打光棍吧！就是你现在大了，打你不好，要是十来岁，我的耳刮子早上你脸上了！大舅则语气和缓地说，人生在世，不是容易的，你现在回头还来得及，好好做点事，体谅点父母，出去打工用点心，在家种地认真点，再过个两三年，恢复一下名誉，说不定还能找个媳妇成个家。

在我们南太行乡村，"不做而当"就是不把钱物当回事，随意挥霍浪费的意思。不正干，就是没有正事儿，一天胡来的意思。这些俗语，都是有专属性的，即针对我这样没正事，高低不就，左右不成，还特别调皮捣蛋的人。面对两位舅舅，我只能低着脑袋聆听，要是反抗，我知道等着我的后果是啥。我也知道，舅舅来管我，是一份亲情，尤其对于母亲。母亲是他们的妹妹，他们心疼她受的苦。这种兄妹之情，对于母亲来说，无异父母之恩。

我也想改，做一个好孩子，好外甥，可在我们南太行乡村，我已经没有了那个"民意基础"，唯一的出路，就是走出来。而一个青年农民，想走出来谈何容易？有一年征兵，母亲替我报了名，我体检，过关，然后别过南太行，去到部队。一年两年，除了个人的思想和行为有所改变，人生的道路，仍旧是以前的，前途之迷茫，常使得我窒息。每当一个人的时候，总觉得四周黑压压的，连一丝阳光都透不进来。此时，我还在向父母亲要钱花，有的是买书，更多的是吃喝。母亲生气，见到谁都说我当了兵还向她要钱花。其他人听了，就说给更多的人，更多的人知道了，就都说我不体谅父母辛苦，当了兵，每个月有津贴还向家里要钱，不是个好东西。有人还举例说，某某村的某某同样当兵，人家每月还给家里寄回来几百块。

这肯定是假的，战士一个月津贴都没有那么多。我也知道，人家父母一直在护短，夸奖自己的孩子好。我母亲不同，她性格直接，从不说假话，还特别喜欢说话，严重一点说，是絮叨，一件事一句话，说十多遍还觉得不满意。每一次探家，母亲都带我去大舅二舅家，看望加被训诫。我在他们面前也恭恭敬敬，但吃了饭，就想溜走。第三次探家，我借口说要赶紧回部队，就没去看望两位舅舅。回到部队的第三天，就听到了大舅意外死亡的消息。

那是一个冬日，大舅一个人爬上房顶，想把晾晒的柿子之类的收拾一下，结果一脚踩空，坠在后墙根的小疙道里，一个多小时没人发现，等大妗子找到他时，已经没了一点鼻息。在电话里，母亲哭着把我骂得狗血喷头，说我不孝，不义，简直不是人。我沉默着听她骂，等她放下电话，就躲到树林里哭。当我再探家，而且以另一种身份，乡人这才对我高看了一眼。而母亲却不原谅我，但她也不责骂我了，只是一遍遍地说，你上次回来让你看看你舅舅你就不去，结果，你大舅没了。母亲的话让我陷入深深的悲痛中。母亲还说，大舅死之前，二舅还因为房子的事情，站在自家院子里把大舅骂了一通。大舅死了，二舅扑上去放声大哭。几天后，二舅突发脑溢血，虽抢救及时，但从此瘫痪在床，以至于渐渐失去记忆。

终究是一把尘土，大舅的好，引发了很多人的惋惜，包括村里和周边的人。我们这些亲戚，每念及大舅，便哭啼出声。二舅尽管瘫痪在床，可有二妗子照顾，四个女儿也都孝顺，给钱给物，隔三岔五回来侍奉。一个儿子和儿媳妇也极力尽孝，从不嫌弃。大舅死后，我去看过大妗子，给了她两百块钱。但不久，大妗子也病入膏肓，她原先在邻村的儿子趁夜将她背了回去。大妗子去世后，和前夫埋在了一起。而大舅，尽管与她做了大半辈子的夫妻，最终还是和自己第一个媳妇合二为一。他收养的女儿，也跟着大妗子，与大妗子前夫一家关系甚笃。不幸的是，大舅去世八年后的冬天，我的大表姐，也就是大舅收养的那个女儿，跳进水库打鱼的冰窟窿里，自杀了。

我每次回去，都要去看二舅，他已经不能说一句完整的话了。我喂他吃饭，他哼哼唧唧地哭。二妗子说，你二舅是在想你大舅呢。我哑然。站在大舅曾经住过的房子外面，看着那沉甸甸的门锁，破了的窗户和遍布的蛛网，想起那个经常看到就咧着大嘴笑的男人，那个看起来威严、实际上说话温和的长辈，他的命运如此不堪。至今，一提起大舅，母亲和小姨就两眼含泪，说，世上的好哥哥啊，死那么早。以前，我不理解他们的兄妹情义，当我有了自己的孩子，我才知道，人生在世，唯一可以安慰、鼓舞、同情和激励你，并且不收费，不带任何目的的，也只有亲亲的血缘关系。

相比之下，大舅无疑是最悲剧的一个男人，生前无儿无女，死后尽管有第一个妻子同眠黄土，还有生前的继子，死后也埋在了他和前妻的脚下，但他的人生始终有缺憾和不甘。一个男人，为他人一生辛苦，最终不是自然而然；当突发横祸，身边连一个人都没有，一句遗言都没能留下，何其哀哉？而我这个外甥，号称爱他、敬他，如今每次回家也只能看着他留下的唯一一张照片，即大舅生前的身份证，认真地端详一下那张悲苦的面容，暗暗流泪。

二舅瘫痪了八年，最终也走了，这是终极。

大致所有的人，只会对与自己切身相关、感情深厚的人的各种遭遇感到不安、欣悦或痛楚，对于大舅，我也常想，最好的生，可能就是留给后人最好的念想。死亡与生都是永恒的，而所有人的生前，能够令人牢记并感恩，或许这就是所有人的生的价值。

原载《星火》2020年第3期，略有浓缩

隐匿广州的漂泊者（节选）

黄灯

　　上初中后，则良眼界大开。他留着长头发，穿得很邋遢，脚踩破球鞋，走进了乡村中学那间教室。"当时竞选班干部，我莫名其妙地当了班长"，这成为则良改变自我认知的开端。童年的压抑、痛苦开始释放，精神深处说不清楚的晦暗，伴随身体力量的增长，不再坚硬如铁，生命的欣喜和雀跃，隐隐约约呈现。他发现自己并不是村里人嘴中的"粪屎"，初中的课堂，他凭借个人能力，能获得班长称号。但因为小学基础差，知识面窄，一进初中，他立即感受到太多不懂的东西，"比如英语，我五六年级才接触英语，班上五十八名同学，我英语考试总是倒数第一"。则良渴望爸爸给他买一台复读机，可爸爸一直拖着不给钱，这件事就这样不了了之。他还羡慕家庭关系和睦的同学，初中时，他曾去过别人家，"父母关系特别融洽，会互相说调皮话，调侃对方"。一到放假，则良压根不想回家，他害怕家里的争吵，"家里的氛围，和妈妈有关，我妈妈没有念过书，不识字，如果她文化程度高一点，贤淑一点，家里应该很少发生争吵，至少念大学的，不会只有我一人"。

则良尽管喜欢阅读，但一直到初中，也不喜欢语文。他讨厌语文课上段落大意、中心思想的套路，厌烦这样的形式，甚至和老师当场吵架，"我压根没有听过几次课，感觉语文没有太大用处"，但对语文的反感，并没有妨碍他写作的兴趣。从初二开始，他给两个女孩子写过情书。第一个女孩，他写了几封以后，很快有了回应，但则良突然就没了兴趣，还被女孩在食堂质疑，为什么不再给她写信。第二个女孩，母亲去世后，表现得特别坚强，他被女孩打动，原本想通过写情书，表达仰慕之情，但写着写着，最后竟然有了讽刺的味道，女孩直接将信交给了老师，事情变得尴尬：不但未能和女孩子接近，反而生了嫌隙。其实他写信的那些女孩，都是平时下课后，一起做作业一起骑车回家的好朋友，"但都被我弄砸了，那段时光令人怀念，特别美好"。

初中毕业，则良没有考上高中。"当时真的不想读了，自己找了一家纺织厂，厂里包吃包住，我打算就在纺织厂上班。但经过一天岗前培训，突然感觉特别孤独，当时一接到奶奶的电话，就哭了起来，奶奶叫我回去，说是送我复读一年。"在则良的家乡潮阳，普通高中只有一所，其余都是重点中学，但他的分数，不够重点中学，普通高中又受制于农村户口，没有资格报。"我们那里的中考比高考更重要，如果考上了重点高中，基本上都可以读大学，普通高中就算考上，也没什么希望。"在则良心目中，让孩子上中专、大专这样的学校，是有钱父母干的事，他们让孩子混个文凭，就会过上很好的生活，对则良而言，村里人有一个共识，"考不上重点高中，就不用读了，早点去打工吧"。

爸爸对则良复读的态度无所谓，"能考上重点高中就去读，考不上就去打工，反正考上普通高中，上大学也没什么希望"。他很幸运，在复读班上，碰到了一些好老师，尤其是历史老师，直到今天则良依旧会时时想起，感冒了，老师会将泡好的蜂蜜茶端到教室，给他喝；有一次，拖鞋的带子断了，根本无法正常穿着，老师跑过来，问他穿多少码的鞋，他不知道自己的码数，无法回答老师的询问，但还是收到了买来的新鞋。"父母从来不会如此细心地待我，每次我都特别感动，但老师后来调走了，我再也没有和他联系过。"

这些细小的温情，让则良得到了极大的慰藉。童年粗粝的生活，以及与父母感情疏离所带来的情感缺失，在历史老师不经意的关心中，他内心柔软的一面被一点点唤醒了。他对同学特别好，无论谁求助，都是先将别人的问题解决好，将自己的事情放一边。他始终记得，有一次班上写作文，写身边的人，他们班甚至隔壁班，竟然有十几个同学不约而同地写到他，"这让我特别惊讶，也特别感动"。老师、同学的关注与认可，重塑了则良的自我认知，也增强了他的自信。

复读一年，他考上了黄图胜中学，学校坐落在潮阳城南，在所有的重点中学里面，算是中等，而当地最有名的是金山中学。则良的人生，迎来了第一次转折。姑丈主动提出，与爸爸一起开车送他上学，他切身感到人生进入了一个新阶段。"学校条件特别好，毕竟是重点中学，硬件设备也很好，有投影啊、电脑啊、球场啊、图书馆啊，这些以前都不敢想象。"初中阶段，他一直盼望学校能有一个图书馆，这个愿望，终于在高中实现。但在新奇感过后，则良再一次感受到尴尬，"因为没摸过电脑，第一次上电脑课，连机都不会开，文档更不会打，而身边的城里孩子，熟门熟路，什么都会"。

在复读考进黄图胜中学以前，则良曾有一次考大专的机会。他初中毕业时，曾参加过广州外国语艺术学校的招考，如果入读，初中毕业后再念五年，可以拿到大专文凭。那是他第一次来广州，第一次见老外，第一次当众说英语，但考试没有成功，他失去了入读机会。

这次招考经历，让则良对广州产生了深刻、美好的印象。他记得考试期间，在外面餐馆吃饭时，不小心弄丢了订好的车票，服务员得知消息后，拼命帮他找，甚至去翻垃圾桶，丢失的车票，在热心人的帮助下失而复得。这件不起眼的事，来自一个陌生人的关心，却坚定了则良的一个心愿，"我发誓要来广州，要来到这座城市"，这也许是他中考失利已进纺织厂后，又听从奶奶的安排回来复读的心理动机。

上高中后，则良依然担任班长，"算起来，从初中到高中，我当了六年半班长"。这倒不是因为他能力比别人强多少，而是出于一种彻底的奉献心理。"初中、高中的班长没人当，大家都怕耽误学习，这是一件吃力不讨好的事，唯一的好处，是可以评优秀学生干部。"

在则良眼中，相比初中，尽管黄图胜中学还算是一所好中学，但从客观情况看，依然具有乡村中学的混乱和无序，"班里每天都吵吵闹闹，宿舍一进门，到处都是垃圾堆"。他声称自己的高二，过得极为糟糕，"重新分宿舍后，我住进了十二人间，和我同住的那些人，很多都是富家子弟，一点都不讲卫生。有一次，我实在看不过去，叫同学去丢他扔下的垃圾，没想到对方说，他从来没有丢过垃圾，他感觉丢垃圾很没面子。我为了维护同学关系，没说什么，但感觉热脸贴冷屁股，很失望也很失落"。高二时，他实在无法忍受，和几个同学商量后，到宿舍外面租了房，反而交了一些好朋友。

高中阶段，除了每月收到父亲的四百元伙食费，父母再也没有来学校探望过则良。他异常自尊，无论碰到什么困难，宁愿告诉老师、同学，也不告诉父母。高中的生活相对简单，大家穿校服，按学校的作息时间行动，除去休息，一天学习十几个小时，脑子里只有考大学的目标，也感受不到同学之间因家境差异所带来的压力。

爸爸因祸得福，因别人举报他包庇村民多生孩子，违反计划生育政策，撤销了村干部职位，终于可以名正言顺地去小姑那儿帮忙。小姑开了一个工厂，爸爸负责帮忙调试机器，收入是村干部的几倍，家里的经济条件反而意外地得到了改善。

在远离父母的日子里，除了爷爷奶奶，则良从来不会去想念家人，也不会留恋家庭，学校有再多的不快，在他看来，也比待在父母身边宽松自在。但随着年岁的增长，进入大学后，他突然顿悟了一件事情，彻底原谅了童年阶段妈妈对自己的漠视、粗疏，他突然明白妈妈的局限，更多源于她的成长环境，源于她教育的匮乏和爱的贫瘠，而不能归结到后妈一样的坏心眼。

从高中开始，则良再一次叫出了"妈妈"二字，而在此以前，他基本不和母亲打招呼，母子两人互不理睬，形同陌路。尽管他依旧不能像别的孩子那样和妈妈亲热不已，但现在，每次回家，他都会想着给妈妈买些东西，而妈妈则会给他"做一顿好的"。母子关系的改善，也直接带来了他和爸爸关系的好转，放假回家，爸爸不经意中竟然将手搭在他的肩上，这个举动，让则良尴尬，但却让他感受到爸爸态度的改变。

则良坦言，在高中的紧张学习中，他内心有过远大目标，他曾经想过，等学成归来，一定要改革汕头的经济状况。但2010年考进大学后，"好像心头汹涌的一切顿时归零，生活猛然失去动力"。这种状态和高三的一段感情有关。则良喜欢一个女孩，毕业表白失败后，由此陷入沮丧，并将情绪带到了大学阶段。来到广州上大学，他不再乐意去当班干部，目睹其他同学兴致勃勃地参选各类社团，他冷眼旁观，漠然置之，"说到底，还是人生没有目标，不知道自己到底需要什么，不知道自己能干什么，前途的问题，变得迷茫"。

和其他同学大学期间内心历经的折磨比较起来，则良并未陷入太多具体的困境，他没有外省学生地域差异带来的诸多挑战。尽管对于广州，他有强烈好感，但并没有就此细心地规划着每一处人生环节，一切以广州立足为目标，而是随波逐流，一切都被惯性推着走。中学阶段的亢奋，反而在大学期间快速消退，童年的压抑和不快，仿佛又重新入驻内心。大学毕业后，他没有回到家乡，留在广州开始了不同职场的流动。

则良的第一份工作，在一家饮品店当储备店长。这是他实习就业的延续，每个月工资两千元左右，不包吃住。作为实习生，住学生宿舍，坐公共车往返，两千元的待遇，当然感觉不到太大的经济压力。但恍惚中，毕业季悄然溜走后，他竟然没有意识到，应该找待遇更好的工作。离开校园后，学生宿舍不可停留，租房的压力摆在眼前，饮品店捉襟见肘的薪水，给他带来了实际的挑战。坚持了十个月，在看不到任何上升空间后，他选择了放弃。

第二份工作，则良在一家广告公司做文案，公司位于嘉禾望岗，二号地铁的终点站。公司的待遇，相比第一家，并没有明显优势，依旧是不包吃住，月薪两千，则良之所以选择它，无非看重工作和专业相关，可以更快地实现个人成长。他和另外两位同事，一起在梅花村租房，租金两千四，则良支付的房租近八百元，超过收入的三分之一。除了吃最廉价的饭，他不能有任何额外的开销，更谈不上存钱，"不能给家里任何帮助，仅够自己糊嘴"。在看不到太多前途后，坚持了三个月，再次离开，"离开不久，公司就倒闭了"。

在放弃第二份工作后，则良开始总结、反省难以找到满意工作的原因。他始终认为，除了没有积蓄，必须快速解决生存导致行事匆忙外，更为重要的原因是自己能力弱，"那些在校表现活跃、口才好、能说会道的人，机会更多，他们更容易进大公司"。则良找工作的途径，主要通过前程无忧、智联等网络公司海投，而他的同学，不少都是通过现实中的人脉解决毕业去向。网络公司如汪洋大海，他投递简历，仿佛没有抱太多指望但又明明心怀期待。一次次地投递，一次次地落空，除了增强他的挫败感，并不能给他带来真正的机遇。

则良很少审视社会现实，他从不追问个人命运和社会的关系，也不认为从小到大的经历，隐含了某种来自家庭的必然。当然，他也不否认自己还算努力，大学期间，看了很多书，学了很多东西，也写了不少作品，只不过，他不想像别的同学那样，为了简历的光鲜，沉迷考证、双学位和各类学生干部。他承认由此养成了一些懒散的习惯，"上课总是晚起，以至迟到，上班以后，偶尔也会这样"。则良认为大学最大的失误，在于没有好的时间管理和职业规划，缺乏明确的目标指引，没有做到严丝密缝地对接职业目标，他将此视为毕业后经常换工作的原因，"因为你像无头苍蝇一样，没有目标，随便乱撞，哪里接受你，不管好坏，是否适合，你都去"。

在离开校园一年后，则良深深意识到第一份工作的重要性，"第一份工作，会限制人的求职方向，成为此后求职的基础。除非有别的渠道或表现，否则决定面试官是否赏识人的原因，只能来此前的工作经验，我的失误，恰恰是第一份工作太过随便"。

毕业后，则良对一个事实的确认，让他产生了真正的挫败感：他发现自己即使不读大学，找的工作也差不多。他的高中同学，很多没有念大学，早早去社会历练，衣食住行、成家立业的生存问题，早已得到解决，混得比他顺的人，并不鲜见。父母不时在他耳边嘀咕，说某某不读书，"现在有房、有老婆、有孩子，你看你，读了那么多年死书，还不能养活自己"。则良无法说服父母相信读书的意义，依旧在村庄艰难挣扎的父母，很难不将家庭的希望和唯一的大学生对接。念高中时，则良坚信读书可以改变命运，而来到大学，他懵懂中仿佛洞悉了某种真相，待到进入社会，现实已赤裸裸向他展示了最真实的一面。他隐约明白，为何一到大学怎么样都提不起精神，那种深深的倦怠仿佛来自某种隐秘的洞察。高中曾有的远大梦想，余温并未散尽，汕头的经济发展，和他产生不了太多关联。毕业后，摆在则良面前的严峻现实，是找到的工作，月薪始终难有突破。

他和高中的同学偶尔会见面，那些没有考上大学的同窗，并不如父母描述得那么光鲜，不过更容易接受现实，在得知则良目前的收入和状况后，甚至会暗中庆幸。则良明显感到，尽管便捷的网络，能轻易将中学同学召集到小镇的歌厅，但他们之间确实难以找到共同话题，大学时光，隔膜的不仅是自己梦想和现实的藩篱，还有曾经朝夕相处同学之间的情分。

第三份工作，则良谨慎了很多。就算工资不能有较大突破，他意识到，必须做自己擅长的事情。新媒体的快速发展，公众号的运营成为每个单位的选择，但合适的人选微乎其微。凭借出色的写作能力，他很快找到了第三份工作，进入一家整形医院做公号。尽管待遇依旧没有大的突破，但他可以借此快速积累不同的工作经验，"整形医院并没有外界想象的那么不正规，我感觉他们还挺负责"。工作经常加班，转正以后，待遇也没有提升，基本工资依旧是两千八百元。掌握了运营公号的基本知识后，干了半年，他再次选择离开，尽管早已意识到自己的问题"换工作太多，缺少积淀"，但劳动强度大、待遇差，付出和收获完全不对等，他无法说服自己在看不到前景的情况下坚持下去。

但这次离开，让他找到了定力，他逐渐明白以后的职业发展方向，相比前台的管理和服务，他确实更擅长在后台运营公众号。在整形医院，他不但能较好编辑内容，也懂得吸引粉丝，懂得在短时间内快速提高关注的人数。经过仔细甄别，第四次择业，他选择进入一家化妆品公司，依旧运营公众号。按照合同的约定，工资三千五到三千八百元，不包吃住，但三个月转正后，会给买五险一金。这是所有工作中，他干得最为舒心的一次，他已经决心好好在此坚持下去，不再像以前那样频繁变动工作。他从来没有想到，公司在他转正三个月后，根本不履行此前的约定。他咽不下这口气，和公司产生了纠纷，最后通过劳动仲裁，获得了四千元赔偿，但也将他逼向再次找工作的境地。

回想起来，从毕业算起，在不到两年的时间内，他已经换了四份工作。让他欣慰的是，自从进入新媒体行业后，他每次的薪水，都能提高。更让他欣慰的是，每次离开旧的工作，他都能凭借中文的专业功底，在很短时间内，找到新的下家，这种"失业和就业"之间的无缝对接，让他的生活没有陷入难堪的窘境，而保住生存，是他留在广州的底线。

则良很快找到了第五份工作，进入潭村淘宝旗下的一家分公司做公众号。公司非常正规，会落实给员工买社保之类的福利，工资也比以前高些，每个月扣掉一切费用，拿到手的，将近五千元，"第一次感觉稍稍稳定了一点，相比以前的拮据，生活也有了一些改善"。他最大的心愿，是电商的发展能保持上升的势头，所在的公司能维持目前的态势。

回想毕业以后广州的工作经历，则良坦言经历了很多苦楚，真切感受到"90后"的中年心境，但他从来不后悔留在广州。他知道以自己目前的收入，要在广州立足、买房、安家，难度太大，"如果自己没有更大的发展，要在广州买房，肯定不可能"，但他从来没有降低对广州的热爱。

他也不后悔上大学，"如果有可能，我将为进更好的大学努力"。尽管一纸文凭没有改变他的处境，他还是感觉单薄的生命打开了别的空间，他坚信好的大学依旧能改变人的命运，会给人带来更多的选择和社会资源。对农村孩子而言，他始终坚信，名牌大学依旧是改变个人命运的捷径。

父母关心的事情，显然和他不同，他目前的最大压力，来自家人的催婚。大妹妹已经结婚，两个弟弟也已成年，作为大哥的他，如果不解决婚姻问题，将给后面两个弟弟的成家，设置天然的障碍。父母不知道他在广州的真实处境，只知道儿子大了，应该延续古老的生活律令，结婚生子、成家立业。好不容易和父母的关系得以改善，因为催婚，他再次选择了疏离。

而事实上，故乡的一切早已改变。童年时，尽管因为奶奶的管束，他缺少玩伴，但村里的孩子随处可见，到处都是欢声笑语，而现在，哪怕是过年，村里也冷火疏烟，毫无人气。更多的人在城里买房，不再回到乡下，留下来的人群，守着一个冷寂无比的村庄。村里唯一不变的，是一直沿袭的赌博风气。

则良也不是没有想过回老家发展，当老师或者横下一条心考公务员，但他对于故乡的土地，始终难以亲近。与他坚决留在广州的选择不同，来自家乡的同班同学李鸿姚，一毕业就选择回家，很快考上公务员进入当地检察院，在精准扶贫过程中，恰好与则良所在的村庄对接。这是两种不同选择背后的真实人生，则良貌似镶嵌在繁华的都市，背后却有无尽的苍凉，鸿姚貌似落入贫瘠的村庄，背后却拥有稳定受人尊重的职业。

一代年轻人对于城市的向往与逃离，同一个班的不同个体，已作出了最好的演绎。

铁打的学校，流水的学生。在我流逝的十几年从教时光中，有些孩子始终烙在我生命最深处，更多的孩子，站在时光的角落，不声不响，如同过客或剪影，但始终不会缺席。

原载《湖南文学》2020 年第 6 期

纸上还乡

汗漫

在唐河古码头遗址

唐河县人民医院门前的一条马路，名叫新华路。沿新华路朝西走，我来到古码头遗址。遗址就是遗体，某一种旧事前情的遗体。

河中的水很肤浅，已经放弃载舟沉舟的大志和记忆。河床裸露，像旧床榻，散发出睡眠者穷困潦倒的气息。

古码头遗址上蹲着一个抽烟的老人，告诉我早年景象：河水汤汤，进入下游的汉水、长江。帆樯云集，"船上可以摆八仙桌喝酒划拳谈生意"！一条河，把唐河这座小城与襄樊、武汉、上海，紧密联系，往返运送小麦、棉花、水泥、木材、玻璃、柴油、牛羊、才子佳人、土匪流氓、革命消息……

小说家田中禾，少年、青年时代一直生活在这座小城。他的笔记体小说集《落叶溪》，就是一首小城叙事诗。母亲、兄长、街坊邻居、匠人、乡下亲戚、土匪、革命者……众多小人物次第登场，牌坊街、灯笼铺、铁器铺、书铺、画店、石印馆、药房、钟表店、京货铺、磨坊、祠堂、笔店……一一铺陈，呈现出小城半个世纪的风云变幻，让我想起赫拉巴尔的小说《河畔小城》，字里行间都充满流水的声音。

现在，唐河的水声消失，不知抑制了多少诗人、小说家的生发与成长？

"现在水这么少，码头荒了，啥原因？这河水也知道咱们修高速公路了、造飞机场了，就很生气，不来了？"老人幽默复困惑。我笑笑，和他一起蹲在码头遗址上，像考古队员，口袋里有一支笔能作为洛阳铲？

我出生于河对岸五公里外的余冲村。小时候，夜晚，祖父手指远处灯火照亮天空的地方，告诉我那里就是"唐县"。我理解成"糖县"，嘴巴一下子就甜了。一个孩子的远大梦想，就是到"糖县"吃糖。

后来，在唐河下游的郭滩镇，随父亲读书。夏日，年轻的父亲、郭滩人民公社干部余书进喜欢午睡，我就无聊地跑到河堤上，看着河面来往的船只发呆。夜晚，父亲领我到河边洗澡，两个人在暮色里赤裸自我、坦诚相待。我们都回避去看对方的下身。那小吊桥般的事物，把一个家族的上游和下游联系起来。直到今天，进入暮境，当我一个人在浴室里洗澡，还时常习惯抬起头，看看高处有没有父亲。

十五岁那一年，进城，我在"竹林寺"的空阔古庙里读高中。没看到和尚、佛像，墙上有从前的壁画若隐若现，骑着狮子的菩萨隐约穿行在少年们的头顶。数学老师讲解圆周率的时候，咏叹："山巅一寺一壶酒（3.14159），尔乐苦煞吾（26535）……"同学们都笑了，不知乐乎苦乎。校钟，绝对没有寺钟那样舒缓雅致，被敲得慌慌张张，像面临一场战乱。高考的确像一场战乱，同班的人在"战后"四散他乡，拥有各自的命运，像处于不同的水域和地带，有了迥异的价值观和语言。

后来，我到了南阳、邓州。后来，到了唐河下游、汉水下游、长江下游的上海。

妻子生在唐河这一小城。是竹林寺里的高中校友，级别低我两年。她家的院子位于我去竹林寺上学的路边。那时，我并不认识她，也不知道自己与这院子有关。谈起这座城、这条河，我和她的认知存在差异，但共识大于差异，比如河上那一座五孔石桥，始终保持雨后彩虹般的重要意义。所以，还有话可说。

古码头遗址上的这位老人，摇摇晃晃站起来，把烟蒂扔在脚下，踩了又踩。我懂得这种老习惯的意义，眼睛微微一热。四周荒凉得没有易燃物了，像我四周没有易燃的青春。

一条衔接新华路的石板路，大致保存了从前的轮廓。这条路两侧，是民国时代县城生意最好的地方，有酒坊、油坊、餐馆、茶馆、银货铺、妓院、粮店、茶叶店……现在，旧事前情皆成虚无。河边的捣衣声，剧变为千家万户洗衣机的转动声。

我与老人告别，转身，回到唐河县人民医院。一个亲人，在生死边界挣扎半月，几个晚辈轮流守护。他躺着的那张病床，像河床，充满断流的预感、失败感。

"急景流年都一瞬，往事前欢，未免萦方寸。"晏殊这些句子，写于某一河边的茶楼或青楼。北宋时期，中国大部分河水都很急，包括这一条发源于伏牛山、横贯盆地的唐河。

山风劲吹

傍晚，进入伏牛山中、南召县境内的一个小镇。

南召，让我想起《诗经》中的《召南》。属于国风部分的《召南》共有十四首诗：鹊巢，采蘩，草虫，采苹，甘棠，行露，羔羊，殷其雷，摽有梅，小星，江有汜，野有死麕，何彼襛矣，驺虞。产生这些民歌的地域，或者说召公控制的地区，大致上包括今天的洛阳、南阳、郧阳、襄阳等地区。南召处于其中。

"陟彼南山，言采其薇。未见君子，我心伤悲。"也许就是产生于此地的咏叹调、此地的风。

"南"字的原意，就是一种古老的乐器，后来成为指代南音流传之地的方位词——暖意的方向，光的方向。

在旅馆放下行李，我去小镇四周晃荡，感觉街道的走向有一种细微波动和曲折。翻开手机地图，像一只鸟居高临下，发现街道附近就是源于伏牛山的鸭河。那是一条鸭子们热爱的河流。小街道的走向与流水方向契合。回想半生经历，许多河流及其附近街道、小路，一概有相同走向，比如，出生地余冲村那条季节性河旁边的小路，南阳市白河附近的卧龙路、河街，上海苏州河南岸的苏州河路——保持相同走向，像诗中的上一行与下一行，有相同韵脚，才能走入人心深远处。

父子之间，似乎也如此。许多人把我的背影、步姿、声音，混同于他的背影、步姿、声音。他决定了我大致的走向，像河流决定附近道路的走向。一条道路无法追随河流行至水穷处，终将消逝于另外一条高速公路。父亲在1997年冬天去世，河流枯竭。遗像中的他，像河床，竭力回忆中青年时期的盛大流水。从此，我在尘世里寂静下来，像黄昏时分的这一小镇，寂静得只有风吹四野——民国诗人陈石遗说："诗乃寂者之事。"成为寂静的言说者，是《诗经》中无名咏叹者的事，是我的事。

我左腿有一块暗红胎记，像小镇一座古寺门前镶着的"南召县历史保护建筑"的暗红铭牌——父亲的血隐约浮现于这一胎记，保护着我的个人史？这胎记，的确像鸭河上空、伏牛山中铜铸般的红日。

回旅馆，老板说："山上有麋鹿，月亮圆了，吹笛子，麋鹿就会走近呢！"但今夜的月亮像眉毛，是美容院里修过的眉毛，太细，我就与麋鹿无缘了。况且，我也不会吹笛子。不知道"南"那样一种乐器，是什么形制。大约也是竹子制作而成的吧。伏牛山中翠竹苍茫，竹笋年年生发如世间新人。

"风雨如晦，鸡鸣不已。既见君子，云胡不喜？"《诗经》中《郑风》内的一句。《郑风》出自伏牛山以北新郑一带的黄河流域。不论南方北方，"未见君子""既见君子"，都是人间大事，成为抒情诗的重要主题，古今一也。

床边那一面墙上有无名者用铅笔、钢笔、粉笔甚至毛笔留下的题词——"明天去哪里？""想家""我梦见你了""张建华，还我钱"等，比先秦时代的抒情方式斩截直白。若干情绪波动的失眠者，曾经在这张床上留下体温和叹息。这床，就是一个关于情绪波动的模型，塑造了我一夜？

普鲁斯特喜欢去一些小镇旅馆过夜。他哮喘着，侧身躺在床上，忽然感觉深蓝色的旅馆墙壁成了一座大海，继而能闻到空气中的盐味。伏牛山中这一旅馆墙壁上的凌乱留言，像一头牛在山中留下的凌乱足迹。

所幸，我没有哮喘病。不幸，我没有哮喘病。推开窗，山风强劲吹入。

猴子之舞

一个身体肥沃的新野女子，手持奶瓶喂幼猴。母猴因病死去，那孤儿般的幼猴就把这女子当成母亲，在她绚烂的怀抱里钻进钻出。

这是夏天的中午。树荫浓绿，热风劲吹。

女子对我说："这猴娃可亲我呢。我老了靠它养呢！它叫'小四'。比儿子强，儿子有了媳妇忘了娘，花喜鹊，尾巴长——靠不住。"两个叫"小二""小三"的男孩站一旁，撇撇嘴巴，嫉妒复无奈。一只大猴在家中排行"老大"，跟着她丈夫去外地演猴戏去了。还有一只老猴，演不动了，退休，成为女子的"六弟"。小二、小三必须喊这只老猴"六叔"。

在大江南北许多城市街头，常常看到一群人围观艺人挥鞭高唱，几只猴子卖力表演：钻圈，摇滑板，骑车，投篮，爬杆，跳霹雳舞，穿衣化妆，拳击赛，掷飞刀，反抗南霸天，西游取经去……演出高潮或临近结束，小猴就端起盘子向观众讨钱。艺人口音暴露来历：新野的猴戏艺人。农忙时节回家种地，农闲挑担子、背行囊、挤公交车、爬火车，在异乡漫游、赚钱。

南阳盆地周围群山并不出产猴子。动物学家考证，这些猴子演员的祖先是太行山猕猴。因猴戏，猴子像人一样在新野繁衍生息，有千年历史。南阳汉代画像，就有猴戏表演场景，证明：在没有电影、电视剧的东汉，官宦人家通过猴戏来娱乐精神——以猴为镜，他们时常摸摸臀部，担心也有一只尾巴忍不住从华服长衫内挺立起来。"别翘尾巴""夹起尾巴做人"，这是盆地流行的两句古话，大约与猴戏的启示有关。

罗贯中在《三国演义》第四十回写到"蔡夫人议献荆州，诸葛亮火烧新野"。没提及新野猴子在古老战乱中的命运。新野籍南北朝诗人庾信，羁留朔方，望乡咏叹："唯有河边雁，秋来向南飞。"他笔下也没出现猴子。端庄中和、哀而不伤的古典诗词，怎么会容纳一只不那么优美雅致的猴子？像一个不那么优美雅致的新野艺人，丧失被抒情的价值。

在通往外地的长途汽车或火车上，一只猴子站在扎紧的麻袋里，克制自我，不发出异样的声音和动静。麻袋立在过道，或扔在车顶大网里。周围是人的汗气、酒味、脂粉味、吵骂声、汽车喇叭声、收音机声、狗叫声、风声……猴子一声不吭。它不能让处境已经类似于猴子的主人为难。它忍耐着自己的屎、尿、屁、饥饿感、叹息，在麻袋构成的小宇宙里半醒半睡，等待终点站和一碗热面条的到来。

四川或陕西的一个县城街头，警察、保安、观众们在愤怒制止猴戏表演，抗议一个新野艺人扮演的"黄世仁"在鞭打一只猴子扮演的"杨白劳"。"黄世仁"被揪到派出所审讯，"杨白劳"哭泣求情、呜呜哀鸣。其实，那鞭打，仅仅是虚拟、夸张的煽情动作，以图获得观众的怜惜和人民币。猴子像家中的那些孩子，是艺人的心肝宝贝、活命之本。它们懂。

夜晚，在小旅馆遭到偷窃。贼毫无收获、悻悻而去。一个假装睡去的猴戏艺人捏紧手中的两个馒头，松一口气。他的全部收入，都藏在馒头核心处，这是猴戏艺人世代祖传的防身术。当然，明清以前，馒头里藏的是银圆、铜板。

霜降时节，种完麦子，猴戏艺人离开新野上路卖艺。第二年，五月小暑时节，回到盆地收麦子，全家团圆。在天南地北漫游半年，一群猴子或者说一个艺人，可盈利三万元左右，这是一个家庭的学费、药费、种子费、化肥费、礼费、手机费、电费、油盐费、嫁妆费、丧葬费……猴子归来，在家门前呜呜哭泣，像浪子、游子还乡，被泪眼汪汪的女主人抱在怀里亲着、抚摸着，喊着"老大啊""六弟啊"。

树荫浓绿，热风劲吹。新野女子一手搂着幼猴，一手指着两个男孩骂："不能忘恩负义，是六叔养活了你们小鳖子！"她哈哈笑。我也呵呵笑。

那个所谓的"六叔"或"六弟"，蹲在门槛上嗑瓜子，回忆往事中的某一只美丽母猴。远处，几个妇人随着音乐跳健身舞。"六弟"或"六叔"伸长脑袋，观察她们，也想加入到人类的欢乐里去。

南阳民间有一支古老歌谣《下九流》："一流玩马二玩猴，三流割脚四剃头，五流幻术六乞丐，七优八娼九吹手。"现在，下九流中的若干支流已经升格，进入上流、上游，如："玩马"成为马术运动员，"割脚"成为洗脚屋总经理，"剃头"成为持有香港培训证书的发型艺术师，"幻术"成为精神病诊所里的催眠大师，"优"成为德艺双馨表演艺术家，"吹手"成为唢呐演奏家。唯有"玩猴""乞丐""娼"，依然在人间下游，暗自流动。

这些年，猴戏衰落。年轻人喜欢去大城市闯荡，当快递员、厨师、建筑工人、保安、保姆、门卫、房产中介、挖掘机驾驶员、酒店服务员、骗子、窃贼……一只猴子进入大城市谋生的可能性，小了。即便形态和心境酷似一个人，它也无法去警署办理一本身份证，在高铁车站或飞机场刷脸通过安检。

一个写作者其实也是猴子，被一条无形的绳子牵着，命运之神在旁边敲锣打鼓。他忍耐着，挣扎着，表演着，爱着，茫然着。纸上字迹，就是猴子舞蹈的身影和凌乱足印。

原载《广州文艺》2020年第10期

塔城随记

张锐锋

一

　　一个傍晚，11点钟，新疆塔城仍然在余晖中闪烁。我坐在树木掩映的郊外，看着远处的村庄渐渐暗淡，灯火一点点出现，天边有着大朵大朵的云，它在接近夏夜的时候变得漆黑，它的周边有着界限分明的明快花边。这个中国西北部最远的地方，时间也很远，在本该近于午夜的时候，还有着亮光。

　　这几天的日子，快速闪过。它比闪电还要快，也比闪电还要亮。

　　广袤的吐尔加辽草原，绵延不绝的巴尔克鲁山北麓的丘陵，早期游牧部族的金牧场，成吉思汗第三子窝阔台的封地，冰草、野草、各种开不尽的野花，以及塔斯提河谷的开阔地带，干净整洁的塔城市纵横的街道，象征着复杂历史的深红建筑物……

二

手风琴独特的设计造型，利用皮囊伸缩产生空气压力使簧片振动，发出美妙的声音。据说，它的创制来自中国古代乐器笙的灵感启发。在发声原理上，它是放大了的、增加了键盘的口琴。它能够独奏、伴奏、合奏，可以通过双手的协调配合演奏丰富的和声，它宏大辉煌和音色变化的波诡云谲，一架手风琴几乎就是一个小型乐队。不足二百年的历史背景，却能够展现人类辽阔的想象力和悠远深邃的内心生活。在塔城的各个民族都喜欢手风琴。手风琴天然属于塔城的人们。我们去一个多民族融合的家庭访问，发现家里放着几架手风琴。这里无论是蒙古族、柯尔克孜族、达斡尔族、维吾尔族，还是哈萨克族，都能歌善舞，手风琴伴随着他们的痛苦和快乐，见证着他们平凡的生活。

我们来到了手风琴博物馆。它位于一座看起来破旧的建筑里，没有和手风琴音乐匹配的辉煌，也没有其他博物馆那样富丽堂皇的门面，它就像塔城人一样质朴、低调，门楣牌匾上写着很小的表明身份的字样。可是进入其中，则是一个完全不同的大画面。博物馆陈列着各种各样的手风琴，几百架、几千架或者更多，我想，这么多的手风琴合奏，会有怎样的效果？从最初制作的简单的手风琴，到越来越精细、功能更齐全的现代手风琴，它将二百年的手风琴历史连及它的背景，以及人类为了探索一个独特的音乐世界的过程，带入了视野。这不仅仅是关于手风琴的历史，还是一部关于创造和完善、理解和进步、生活与音乐的传奇，是为了追寻美好的声音、寻找内心旋律的故事。

手风琴天然属于北方，它的雄浑、变化、强烈的节奏感，和塔城的大地面是相配的，它有着马蹄般奔跑的旋律，辽阔草原上疾风吹拂的奇妙感，还有着孤独的放牧者丰富内心生活神奇变化，有着融合了天地之间万物回应的雄奇壮美。我就知道了，为什么这里的人民如此热爱手风琴，它所演奏的音乐有着大自然天籁之音的悠远深邃，有着草原民族骑手的气质，潇洒优雅，质朴纯真。

你可以想见，一个牧人坐在一望无际的吐尔加辽草原演奏手风琴，大群的牛羊在白云下徘徊，并与远处巴尔克鲁山的轮廓融为一体，手风琴的节奏和牧人灵巧的手指、有力的手臂协调配合，带着微风的呼吸和奇异花香的乐曲向四面八方扩散，在层次分明的一个个丘陵和沟壑之间跌宕起伏……这是多么令人向往的自由自在、天然质朴的生活图景！

三

塔城的辽阔超出了想象。它的总面积十万多平方公里，和南方的浙江省或江苏省的版图相近。从塔城市出发沿着柏油公路行驶，从宽阔的旅游客车的车窗向外看，几乎没有遮拦的视线可以看得很远很远。在这里才会感到世界是没有边界的，它是无限大的。在这样无边的世界上，你会产生走不到尽头的绝望，会觉得自己的渺小、软弱和无助，会感到人生的孤独。无限也是一种牢笼，因为你在漂泊中感到挣不脱无限的束缚。我曾在西藏感到过这种困境。从鲁朗返回拉萨的路上，中途停车，看见四周都是雪山，雪山的背后是更高的雪山……在这样的地方，谁能翻越高山走到外面？在无数高山的后面还有什么？可是在新疆最西北的塔城，却面临相反的困境，你永远看见的是地平线，一些影影绰绰的、淡蓝的远山仅仅是地平线上飘荡的幻影，它似乎是一种诱惑，引你一直向前，却永远走不到它的身前。

四

在一个村庄，我们来到维吾尔族沙勒克江大叔家里。一幢二层小楼，楼下是沙大叔的住处，二层是沙大叔的收藏品陈列室。这个陈列室里记录了沙大叔的生活历程，有他历年来获得的各种荣誉证书和奖状，有党旗和国旗，有他年轻时使用过的军用水壶和各种劳动工具、物品和红色纪念品。这些东西呈现了沙大叔质朴的、热爱祖国、热爱劳动的心路历程，也代表着维吾尔族人在改革开放之后日子越来越好的每一段经历。他也用这些陈列物背后的一个个亲身经历的故事教育自己的孩子们，让他们记住过去，记住他所经历的每一件事，也记住给他们全家带来好日子的祖国。这是一个维吾尔族人的心灵史。

我们坐在他的小院里，看着院子里飘扬的五星红旗，感受着祖国最西北部的一个小村庄的温暖和对祖国的向心力。沙大叔每天清晨都要举行升国旗的仪式，他用这样的方式向祖国致敬。我坐在这个小院里，看着头顶的国旗，我就在这面国旗的投影里。我们在同一面国旗的投影里。

我们临走前，要和沙大叔一起在国旗下照一张合影。这时，沙大叔走过来，给我们每一个人一面小国旗。我举着这面五星红旗摇动着，但沙大叔过来告诉我们，要把国旗贴在左胸口，这是离心脏最近的地方。

五

我们沿着边境线曲折的公路，不知走了多久，来到了位于中国和哈萨克斯坦交界处的小白杨哨所。这里曾经是中苏边界。20世纪60年代末，中苏关系恶化，苏军绑架我方牧民，开枪打死了女牧工。

前哨排长李永忠率队还击，一场激战打破了边防线的宁静。

我们来到小白杨哨所的时候，阳光灿烂，一切都是美好的。这里有一座体量不大的建筑物，里面布置简朴，但各种图片仍然记录着那场血腥的冲突。战争的阴影并没有完全消散，在这样万里无云的晴日，我们的头顶仍然徘徊着看不见的乌云。它在宁静里沉浸于记忆，残酷的、流血的记忆。战士们的相片，英俊的容貌，好像不是在昨天，而是就在我们的面前。和平多么好啊，让我们可以奔驰千里来到这个美丽的边防前哨，享受美好的时光。和平打开了人类天性中良善和浪漫的一面，使生活中的宁静变得更加灿烂。

这样的浪漫和对美好生活的向往，即使在艰苦的日子也是存在的。只要有和平，它就会与我们相伴。这个哨所原名塔斯提哨所，在哈萨克语中是"石头堆"的意思，现在却以一棵小白杨命名，这来自一段意味深长的往事。1982年春天，新疆伊犁察布查尔县的锡伯族战士程富胜回乡探亲，归队时，母亲送给他的礼物是用红布扎着的十棵小白杨树苗。母亲知道儿子所服役的哨所处于荒凉的中苏边界，自然环境恶劣，树木也很难成活，就把这样独特的礼物让儿子带到前哨，叮嘱他种在哨所旁。带着这十棵小白杨树苗，程富胜不断换乘马拉爬犁、班车、拖拉机，在四天后抵达哨所。

这是多么珍贵的礼物啊，它象征着生命、青春和激情，象征着遥远的家乡和白发苍苍的母亲，也是自己生活的见证者。战士们把它种在哨所旁，每天看着它成长。那时，前哨班的战士要从两公里之外的河坝拉水挑水，一头老黄牛为哨所拉水二十年，荣立三等功。十棵树苗，战士们扎下篱笆呵护，用自己省下的吃水浇灌，储存积雪养育，终于有一棵小白杨成活了。

从此，这个叫作"石头堆"的地方有了一棵小白杨，它的叶子在风雪中和五星红旗一起飘扬，它的枝干开始舒展，和战士们一起在白天遥望着故乡，也警觉地注视着国境线上的风吹草动。程富胜在这个哨所整整服役十七年。十七年，小白杨和他一起成长，一起生活。小白杨成为战士中的一员。它和战士们一起度过风雪交集的夜晚，也度过一个个寂寞的白天。它在风雪严寒中经受了艰苦日子的一个个考验，它一点点长高了，长大了。它倾听战士们的睡梦，也倾听着一个个人内心的声音。它代表着永不屈服的意志和坚守自我的高贵人性。它也意味着，一个人、一棵树，不仅仅是一个人、一棵树，而是连带着一个巨大的背景。它连着远处的巴尔克鲁山上的白云，连着眼前干涸的塔斯提河谷，连着故乡的狭窄的街景和农田，以及整个祖国。所以，他们从来不是孤独的。

有一年，一个诗人来到这里，知道了这个故事。他看到战士们洗漱都不用肥皂和牙膏，以便用节省的水来浇灌心爱的小白杨。他被小白杨的故事所感动，于是奋笔疾书，写出了著名歌词《小白杨》。后经著名作曲家精心谱曲，歌唱家阎维文演唱，小白杨的故事成为传唱至今的不朽传奇。

多少年过去了，小白杨已经成为一棵大树，上面刻满了守边战士的名字，这些名字也随着时光流逝一点点在树干上放大了。我看着树身上这些开裂的、粗糙的刻字，感到每一个战士就在眼前。这些名字就是他们青春的面容，就是他们放哨的姿势，就是他们生动的形象。他们就是这个大树的一部分，就是这个传奇的创造者。他们永远是边防的主人，他们永远和小白杨一起生活在这里，他们已经把自己的青春、激情和灵魂浇灌到大树里，每一片树叶都有着他们的声音，每一阵风都带着他们的声音，在这个荒凉的边地日夜喧哗。

我沿着已经荒芜的、长满了野草的、石头垒砌的战壕漫步，仿佛看见战事中的战士的身影，他们在这样的战壕中奔跑，搬运着弹药，不断变换着射击的位置，将愤怒的火焰喷吐到前方。也仿佛看见，血在燃烧，小白杨在燃烧，一束束炫目的视线在燃烧，它们盖住了阳光，也照亮了一个个寒冬的夜晚。

可是，现在一切都是平静的。枪声消失了，和平的力量压倒了对抗和仇恨，小白杨哨所成为参观的景点。参观者在这里合影留念，并高唱一曲《小白杨》。过去曾是过去的现在，现在也将成为过去。一切所发生的都值得怀念，因为他是在我们中间所发生的。人类的悲喜剧在这里上演，它的剧情复杂、惊险、曲折，它的台词简单、质朴、感人、悲伤或温暖，它的人物不仅仅是这里的主人，还有我们每一个人。它的舞台宏大、辽阔、荒凉，却饱含了血和汗水、青春的流逝、时代的巨变，以及白云、山峦、草原、沟壑、丘陵、牛羊和放牧人、农民种植的蔬菜、红花和棉花、很远很远的现代化城市和耀眼的广告牌、夜晚的路灯、微风和寒风、大雪和刺目的阳光、穹顶上深邃的蓝，以及所有的历史沧桑。

选自《散文（海外版）》2020 年第 10 期

　　狗叫笨笨，是一只白底花色的短腿狗。三年前，我二哥用麻袋把它套好，坐车到邻镇放掉，几天后的一个凌晨，我二哥听到门被碰撞的声音。门刚开一条缝，它就飞蹿进来，并直接上楼。我二哥心亏，受了一条狗好几天白眼。

　　经此一遭，笨笨在家里的地位算是保住了，并且生下一波波的小狗。刚生完小狗的笨笨，眼神总是变得特别，既有母性的温柔，又有疲惫和哀伤。她的孩子可没有她那么会抗争。不论它们看起来有多么洁白可爱，我二嫂总是及时将小狗崽抱走，四处送人。所以，笨笨是一个孤单的母亲。

　　事情没有这么简单。后来有一次，笨笨在临产前消失。我二哥的女儿陈佳芳在一个黄昏拎回一个盖着衣服的篮子，闪进家门，直接上楼。笨笨跟在后面。这种小把戏可瞒不过我二嫂。我二嫂那天戴着一顶粉红得发白、快看不出碎花图案的旧斗笠，脚上穿着蓝色的塑胶雨鞋，正在院子里拌化肥，准备下到花生地的。她刚好瞥见女儿的身影，就嚷起来："佳芳，我等下要杀了你！"话虽说得血淋淋，笨笨总算保住她的第一个孩子。佳芳在楼上用纸箱做了一个可怜兮兮的狗窝，放在客厅的一角。她还在读小学，每天放学回家第一件事就是用牛奶喂小狗。这一次的胜利来之不易，既多亏笨笨这位机智的母亲，自己跑到海边的木麻黄地里生产，也多亏陈佳芳，爬过海滩边长着尖角的石头堆，将小狗用篮子拎回来。但这都不是重点，主要还是仗着我二哥这个强大的后台。我二哥那段时间生意不错，拉一车石头可以挣到两千多块钱。抽烟和养狗这种事，就变得没有那么可恶。然而，小狗却在一个星期六突然死掉。陈佳芳哭得很伤心，因为从小狗膨胀的肚皮来看，明显是被撑死的。它被喂得太频繁了，肚子比背还要高。陈佳芳抱着纸箱下来，看见不远处的笨笨，想到它还不知道这件事，突然生出一种奇怪的情绪。

埋在地下的纸箱没能阻断父女俩继续养狗的决心。不久，家里二楼的客厅里又有了小狗，而且是两只。陈佳芳念初一了，不会再给狗取笨笨这样的名字，她给这两只从网上买回来的小狗，取名奶东和奶西。很遗憾，奶西也没能度过黑暗的星期六，活下来的，只有奶东。于是，周末陈佳芳从寄宿学校回来时，笨笨和奶东就争先扑到她的脚上，并为争夺脚面那块珍贵的地盘而互相推搡抓挠。面对争宠的混乱场景，陈佳芳费力地将被缠绕的脚拔出，看准后，一脚踢向笨笨。

踢笨笨这件事，陈佳芳总是趁无人时或她以为没人看见时。升到镇上的初中后，她在班上依然是第一名。周末回来，不用任何人督促，她自己戴着眼镜，坐在一张小小的书桌上写作业，字迹娟秀整齐得像打印出来的一样。这和周围的景物对比实在强烈，不论是她写作业所在的客厅，还是旁边的三个卧室，都是乱糟糟的，杂乱、无序，从村里的简陋诊所开回来的药品、买回来就被搁置的多余茶杯、不晓得哪次过节祭拜时买的已经开始发霉的灯饼、已经不能用的杂牌电吹风……这些都不算什么，最可观的是大家的换季衣服，羽绒的、吊带的、牛仔的、碎花的……全都胡乱堆放在一张没有人睡的床上，不得不说，比夜市地摊还要混乱。堆满一张床后，我二嫂大概也觉得该整理一下了，于是又腾出一张床来堆放。偶尔也能见到她在床前抖落、折叠衣服的身影。但过后，混乱景象依然。对于必须把衣服一套一套搭配好叠放、只穿黑白灰纯色衣服的我来说，实在想象不出来，我二嫂、二哥，还有陈佳芳，究竟是如何从中找出自己每天要穿的衣服的。问题在于，他们还能穿得整齐，甚至还比村里的一般人好看，这实在是一种神奇的魔法，多年来，我从未破解。特别是陈佳芳，细长的双腿，乌黑的马尾，穿粉红或白色上衣，搭牛仔裤，五官不算美艳，但脸上是一种农村少女才能有的清新之美。她安安静静的，书念得很好，所以，谁也没有想到她会去踢一只狗。

狗也没有想到。就算踢过几次以后，笨笨还是一如既往想去占领陈佳芳脚面那块珍贵的方寸之地，得意扬扬地把屁股滚圆的奶东挤到一边。

于是，这年春天的一个上午，陈佳芳又抬起脚，狠劲出乎所有狗和人的意料，就连陈佳芳自己都吓了一跳。很快，大家都听到一阵尖利的叫喊声。奶东溜得最快，笨笨也选择迅速逃离现场，在下楼梯口的时候，它还是回头望了一眼，眼神极为复杂。笨笨，这只过于聪明的狗，算是惹下大祸了。

陈佳芳蹲下来，慢慢捋起牛仔裤的裤脚，她看到自己的脚踝上方，赫然出现一块鲜红的伤处，像极了生物课老师最近刚教的心脏的形状，没有流血，也不疼。笨笨，毕竟没有对她使尽力气。陈佳芳在阳台的矮凳上，呆坐良久。阳台上共有四把这样的矮凳，围绕着大理石桌，这是他们家每天吃饭的地方。虽然吃饭的时间极随意、不规律，但总是在这张桌上吃。旁边，摆着十人位大圆桌的餐厅，反而不怎么用，桌上堆满大米、线面、白晒花生、难吃也没人削的水果等。

　　如果不是我二哥上楼来，陈佳芳不知要这样继续坐多久。我二哥一上来，就觉察出她的不对劲。然后，他拐到阳台边上的洗手间里，用热水和大毛巾痛痛快快地洗脸。他刚运完一车沙子回来，现在已经是春天了，阳光烤得人头晕，一路上他饿着肚子在想，等下回家要好好洗把热水脸。我二哥猜到发生了什么，从洗手间出来后，他让陈佳芳把裤脚捋起来，看完后，比平常还要柔声细语："你是不是踢它了？"承认的话是说不出口的，但她的脸瞬间红了。如果爸爸生气发火一些，她就不用这么羞愧。我二哥的口气更像个同伙。

　　事实上，他们父女俩很快就结成挨骂小分队。我二哥从二楼下来，陈佳芳也乖乖地跟他后面。我二哥未免演得太过，他让陈佳芳用自来水冲洗伤处，自己进到茶室，居然坐在一边泡起茶来。这时，二楼靠边的一间卧室，窗户被嘭地打开，陈佳芳的心随之弹了一下，原来我二嫂在家啊。只见我二嫂站在窗边，气得浑身发抖，但依然吐字清晰："我早就说过，要把狗送掉，不然就要拴起来，你偏偏舍不得，拴没几天你又放……"不知道是不是因为我在场，我二嫂没有谩骂，但语气里满是滚烫的恨意。我二哥在楼下一边慢悠悠地喝茶，一边看向鱼缸里的鱼。通常这种时候他都是选择看向天空的，不过，这次的地形显然不利。如果看向天空，他就得看见一个愤怒的中年妻子手里正拿着火箭筒哒哒哒地开火。

　　没有对手的战争是持续不了多久的。这大概是我年近五十的二哥宝贵的人生经验之一。过了一会儿，炮火停止。窗户被嘭的一声再次关上。

这样的寂静中，人反而是焦急的。我在我二哥身边转来转去，又不敢多嘴，难道他会不知道，除了清洗伤口，必须尽快要带陈佳芳去打狂犬疫苗吗？我不禁抬头望向二楼那扇紧闭的窗户，吃不准是不是该把装在口袋里的五百块钱掏出来给他。我总不能伤了我二哥。于是，我只能继续在他的茶室里转来转去。这间屋子大概是他们家收拾得最为干净整洁的地方，主要都是我二哥在用，一个人泡茶或是来几个朋友一起泡茶，当然还有打扑克赌钱。角落里的桌子上，还是有堆放东西，过期药品、闲置的茶杯（我二哥买茶杯的强迫症大概和我买记事本差不多）、一摞崭新的未拆封的扑克牌、拆开好多天却没吃完的口水米饼、板栗仁等。此外，还有一本书，准确地说，是《白姐六合宝典》。封面是一张 20 世纪 80 年代的女明星的写真照片，上面还有醒目的"祝君中奖"等字样。面对宝典，我的手指不由自主地颤动起来。就像武侠片中的无数个"可惜，就在这时"的片段，我还没来得及翻开宝典，我二嫂来了。

她把攥紧的钱递过来。我二哥站起来，接过了钱，攥着。如此默契，仿若地下接头。我甚至出于祝福的心理，想象他们互相朝彼此点了点头。

但我错了。我二嫂终究还是没有忍住。她看到还在一边晃悠的奶东，突然大声说道："养狗，养狗！"然后她看向她的左边，左边是鱼缸，看向她的上面，上面是龙眼树，枝头已开满花，龙眼树上挂着鸟笼，里面是一对翠绿的小东西，那是虎皮鹦鹉，然后，再往楼上看，阁楼那里传来"咕咕咕"的叫声，里面的鸽子已经会下蛋了，最后，再看向她的右边，屁股滚圆的奶东正站在我二哥身边，仰着一张不谙世事的脸。至于那只凶手笨笨，则不知什么时候已经被我二哥拎起来，此时正在不远处的狗窝里，不合时宜地吠起来。"你看看你，整天都养些什么东西？养鱼，养鸟，还有养鸽子，能吃还是能卖钱？连鸽子蛋都不让我捡一个。对了，明天我就把狗杀了！"

"明天你不是没空，要去拉海带吗？"我二哥突然小声接了一句。

然后，我二哥迅速地把摩托车骑出院子外，大喊："佳芳，快点，快点！"陈佳芳手里拎着一件外套，从楼上冲下来。这对逃难似的父女，在摩托车上坐好后，经过一长溜的花盆，分别是茶花、栀子花、玫瑰花、虎皮兰等，奔向镇上的卫生所。他们身后，饱满热烈的花朵在风中摇曳，仿佛也在说："快点，快点！"

他们身后，还有我和我二嫂。我二嫂哭笑不得地向我唠了一句："气都要气死了！"这时，四周已无旁人，连奶东也不知闪到哪里去了。茶室，最适合聊天，我不由地想说，二嫂，你看，男人真是单纯的动物，多少男人到了老还只是个男孩，他们根本不懂一个女人一生要承受多少复杂的情绪。我甚至还想说，二嫂，你看，我们都有点年纪了，应该明白，人要想活得下去，不仅要有挥斥方遒的对生活还手的能力，还得有一些不动声色的放手的技巧，所谓梦想至上，一切有形无形牺牲皆可。庆幸的是，这些话没有说出口，我就自己先笑出来。我二嫂愣了一下，也忍不住笑，带出眼角清晰的鱼尾纹，难得的笑声倒是令人想起刚嫁来我家时候的二嫂。一晃，这么多年。她最近都在忙着拉海带赚钱，原本美丽的人，憔悴不少。拉海带一天有两三百块钱，持续一两个月，现金结算，所以每年春天，村里的妇女都会去。但活不轻松，早出晚归，风吹日晒，手拉肩扛，虽然用斗笠将脸和脖子遮住，一天天下来，皮肤晒得通红粗糙，浑身筋骨酸痛。每天二嫂回到家，在阳台的小矮凳一坐，就一动不动，连起身装饭的力气都没有。想一想，进口的狂犬疫苗，一针要好几百块钱，要打好几次，她这些天拉海带的钱，算是被海浪冲走了。

事已至此，谁都没说出口这件事，钱都掉了，心疼只会更狼狈。但我二嫂很快又恢复眉头紧锁、心事浮沉的样子。她的眼神不自觉地瞟向不远处的狗窝。笨笨一直在叫个不停，这只倔强的狗。有时我二嫂不得不停一停再说，所以我们差不多可以算是两个人和一只狗在聊天。

"笨笨是佳月用牛奶喂大的，奶东是佳芳用牛奶喂大的，姐妹俩简直一个德行。所以我一看到就气，一气就骂佳芳，可别跟你姐姐一样！"我二嫂说。

我心下骇然。原来我二嫂思虑的很多。但是她又是多么不聪明，陈佳芳怎么能跟她姐姐一样呢？她的姐姐佳月，几年前离家出走，吸毒被抓还拘留过，直到现在漂泊在外，杳无音讯，成为我二哥二嫂心口一道无法愈合的伤，不去触碰亦疼痛难忍。但我二嫂将气撒到陈佳芳身上，陈佳芳再将气撒到笨笨身上，这样任性不自制，又怎么能扯住生活，不让它往下滑呢？我就跟我二嫂说，如此教育方法很不科学，孩子最怕这样的比较和暗示，陈佳芳读书那么好，要好好培养。但笨笨显然叫得比我还要大声，也不知我二嫂有没有听进去。自从二嫂获知我的月薪数额后，她早已不再叫陈佳芳向小姑学习了。我们说话的时候，她的眼神一直停留在笨笨的饭盆上，那里面是满满的卤面，笨笨一口都没吃。

第二天一早，狗吠声忽然停止了。我看见我二哥解开狗链，拍了拍它的身子，笨笨开心得不得了，它大概以为日夜不停地狂吠和绝食，再次为自己赢得了艰难的胜利，伟大的胜利啊，堪比三年前的那场。笨笨非常骄傲地跟在我二哥身后，一直走出院子，我二哥打开卡车副驾驶座的门，朝笨笨挥了挥手，笨笨愣了一下，它不解地看向我二哥。我二哥用两只手利落地抓着笨笨的脖子，将它举起来，放到副驾驶座上。卡车实在是太高了，平常我二哥是不允许它上车的。透过高高的车窗，笨笨看到下面一长溜的花盆，原来那株玫瑰的最顶上，还开着这么鲜艳的一朵，它后悔没有早点发现。它把屁股和两只后腿坐在座位上，高高举着两只前爪，看向车窗外的世界，像第一次出门旅游的小孩子一样紧张和兴奋。

我二哥一边绕到车后面一边打电话："我现在从家里出发，大概一个半小时能到你家吧。记住，隔夜饭不要给它吃，它从来都不吃隔夜饭的。"挂掉电话，我二哥走到驾驶座边，一把抓住扶手，轻盈一跳，就上车了。他对笨笨笑嘻嘻说了一句："坐好！"就发动了引擎，那种表情，也像极一位即将带孩子远游的快乐父亲。

在轰鸣的引擎声中，笨笨坐着我二哥开的卡车，心里惦记着家中院子里的一朵玫瑰，渐渐远去了。

原载《文学港》2020 年第 8 期

特别的爱，给特别的你　李美皆

西藏，让我跃跃欲试的地方太多了，林芝正是计划中的下一个。机会来了，我要去林芝看桃花了！原是易燃易爆之人，又有桃花在高原呼唤，每一个细胞都像表情包中的小企鹅一样蹦蹦跳跳起来。

初到拉萨总是兴奋的。几次来拉萨，已经没有"我来了"的矫情，却还是兴奋地抓拍着夜晚的布达拉宫。布达拉宫是西藏的 LOGO，把照片发到朋友圈里，更能够看清时空的跨度，更能够跟今天中午刚刚离开的日常生活说：我在这里了。

去往林芝的司机师傅是一个四川人，听起来在西藏的阅历很深，随和通透，很有自家人的感觉。

一路看窗外，近处是低低的河流，远处是巍峨的高山，山尖白雪尤为醒目。

林芝的工布江达县特困人员集中供养中心看起来很美。楼里面那些五彩条纹的藏式门帘，增色提神。卧病在床不能自理的老人是每人一个房间，由护工专门护理。房间里有卫生间，家具也不错，木质沙发和柜子都是带藏式镂刻的。院子里，一位老奶奶在亭中安坐，一位老爷爷靠墙根安坐，皆手捻念珠，沉默不语——西藏的老人手中几乎没有空的，不是念珠就是转经筒。他俩是不喜欢热闹，还是晒完太阳不想挪动？后排平房的大厅里，住在中心的人员四边落座，面前的矮柜上堆满水果和饮料，他们有说有笑，或者面含微笑转动经筒，都是一种无欲无求的神情。他们都是老弱病残无力谋生又无人供养的，所以，国家把他们集中起来供养。一个年纪不小而个头很小的男子缠住穿制服的女医护人员，孩子似的痴笑不已，她不仅任他搂住她的腰，还俯下身去抚摸他的头，近乎宠溺的安抚，使他安静下来。她们说，他脑子不太好。

当音乐响起，他们的表情愈发生动起来；当他们跳起锅庄，浑身就散发着生命的欢愉。我注意到其中有位中年女性，五官堪称完美，加了彩线编成的发辫盘在头顶，笑容跟窗外的阳光一样灿烂，身形也算高挑健壮，充满山野气息。工作人员一定觉察到了我们的疑问，解释说，她一根腿不行，站不起来，坐着看不出来。我悄悄问，她的家人呢？工作人员说，她没有家人。关于她的身世，我就不敢深问了。我又问，她结过婚吗？工作人员说，她到这里来以后结的婚。然后指着旁边一位脸面白皙的斯文男子说，这就是她的丈夫，他们俩是在这里结合的。那男子坐着，也是看不出有什么问题。女人大大方方地说，跟我一样，腿不好。有人说他看起来还很年轻，他就有点羞涩了。女人说，是比我小，小一岁。也许是佛让他们在这里相遇吧，这也是最大的欣慰了。女人跟我同岁，或者比我小一岁——因为她可能是说的虚岁。我特地跟她合了影，窗外光太强，她背窗而坐，又不便挪动，我们只能自拍。她幸福地从手机屏幕上看着自己美丽的面庞。可惜我没法给她照片，她没有手机，她的文化程度可能也不足以使她驾驭手机。我心里黯然感叹：这么美丽的一个女人！那张完美却蒙尘的脸，若是得到公主一般的宠爱滋养，可能比明星也差不到哪里去。这真是美得令人心痛，你不能不承认命运这个东西的存在。坊间有句恶狠狠地感慨：岁月是把杀猪刀！可是，相比于岁月，我觉得命运才更是一把杀猪刀！好在，她在这里，有所养，还有丈夫。我遗憾忘记给她留下一件礼物，一件属于女人的礼物。

嘎拉桃花村是此行的重点。一下车就在路边透过桃花拍远处的雪山，稀罕得不得了，类似于惊为天人的感觉。这也算珍惜第一眼。一会儿看过足够的美景，就"曾经沧海难为水"了。

赶快去看桃花！它们已经等在那里，好像一桌盛宴。春风拂荡，花枝摇曳，每一朵桃花，都似含笑的精灵。雪山在远处相迎，笑脸在花中树下丛丛开放，笑靥如花，更兼人面桃花。此地桃花，有很老很老的枝干，其吨位是足以与雪山相匹配的，不是常见的娇小玲珑体态。此地桃花，还有一个特色看点就是有雪山呼应和映衬，相当于日本的明信片上富士山与樱花的相加。因为是在河谷地带，有来自雪山的冰川水滋养，桃花才能如此丰饶盛放。那在层叠错落的山坡上恣意生长的桃树，是生来只为开花、不为结果的。桃花下面一小片一小片的平地上，见缝插针地开满油菜花。远处是白雪的山顶映着碧空，近处是粉与黄相间的花的汪洋，还有烘托它们的绿色，这蓝白粉黄绿的世界，差不多与经幡的红白黄蓝绿五色相对应。尤其是碧空、白雪与粉色桃花的组合，更有一种超尘出世触目惊心的美。整体的山野，构成一个有景深、有层次的大自然的怀抱，把人拥在其中。身处此间，你会自然地生发出敞开胸怀拥抱生命的欲望。香港的麦兜系列动画电影中有一个春田花花幼儿园，我极喜欢这"春田花花"。此时所处的世界，就是一个"春田花花"呀，由不得人不爱恋，爱恋活着，爱恋万物生长。

藏东南文化遗产博物馆为五层塔式建筑，因坐落在尼洋河边而得名尼洋阁。馆里面介绍了林芝地区的工布藏族、珞巴族、门巴族、僜人族的历史文化，这也是藏东南文化的代表。僜人族在中国 56 个民族之外，民族类别属于"其他"。

上到尼洋阁的第五层，站在廊上 360 度眺望远处的碧空白云与雪山，近看流淌在大地上的尼洋河，情不自禁地畅快吐纳天地之气，蓦然感觉胸襟干净而开阔。屋檐涂成了金色，金光像超度一样照亮你，飞起的檐角垂挂一只金色风铃，有一枝独秀的堂皇与定力，好像直接悬挂于天地之间、雪山之巅。金色的檐角风铃与无垠的碧空白云直接映照，那层次与色调，实在美绝！舒朗而静谧，高贵又大气，蝇营狗苟现世功利皆消散不见。我凝望这美丽图景，感受到的是生命的瑰丽与坦荡。美的境界，总是人我合一的，美景之中，无我又有我。

博物馆陈列的藏式家具，让大家齐齐惊艳赞叹。以红色为底、五彩雕刻的桌椅橱柜，富丽堂皇，大俗大雅，满满的富足感和幸福感。那颜色之浓烈，那雕刻之密匝繁复，出现在天高地阔的藏区，你一点不会觉得壅塞充溢，而只会觉得祥瑞满屋，像年画一样，富有称心如意的文化内涵。我要特别说说长椅上的卡垫和靠背。藏式卡垫是用牛羊毛织成，厚实而有分量，尺寸是照长椅订制的，可丁可卯，铺上去十分妥帖，你完全不用担心它会挪动或下滑。更舒服的是靠背，有符合人体的弧度，靠上去严丝合缝，熨帖舒心。内地常见的靠背是四方平直，腰部根本靠不上，若不塞小靠枕，腰就会空在那儿，对于腰椎间盘突出的人十分不友好。我每次看到这样的藏式沙发椅，都有扑上去坐坐的欲望，人坐得妥妥的，内心也会安泰。

林芝儿童福利院是四百多个孩子的家，包括异地接收的昌都籍孤残儿童百余名，基本上都是有生活自理能力的。他们从几岁到十几岁的都有，称管带他们的人为爸爸妈妈，而不是老师。他们居住的是家庭式的单元房，有卧室、客厅、卫生间、阳台，每家都有一位家长，组成一个小家。福利院有阳光房、阅览室、舞蹈室、绘画室、音乐室、健身房，孩子们的生活应该是丰富的。那阔大阳光房里的秋千吊椅，似乎承载着童年应有的品质，令人心悦。阅览室里的书有藏文的、汉文的，还有藏汉双语的。着重一提的是，福利院还有心理发泄室，里面有沙袋和橡皮人，还有拳击手套。这是一个特别好的理念，说明福利院正视这些身世特殊的孩子们更有可能存在的心理问题。尽管，我们看到的孩子没有一张不是笑脸。快乐本来就是童年的本能，人的快乐天性主要释放在童年，何况，有那么多的孩子在一起，他们不缺玩伴。

前往鲁朗。此行我一直拒绝预先百度将去的地方，希望未知在前面等着我，无论是不是惊喜。窗外不再是白头的雪山，山体上的雪线越来越低，渐趋于浑身缟素。眼见得山坡上的雪越来越厚，就在车窗外触手可及。我们正在往高处开去，往冬天开去。

在高原的平缓地带，视线不再为近旁的高山遮挡，可以看到开阔的雪山腹地。我们在雪山的怀抱里，渐渐有被接纳的感觉，不再是仰望它。前后左右，都是起伏不大的雪原，路不是在前方，而是弯弯曲曲地拐向左右等着我们。这样开阔的雪山腹地，给人莫名的安全感。胸中有隐隐的激动，想要形容这种天地间惟余莽莽的感觉，却只找到一句话：漫山遍野的漫山遍野。

世界渐趋于纯白，偶尔有飘着风马旗的玛尼堆，打破了单一的白。风马旗的绳子绷得紧紧的，充满张力，由此可知风力如何了。

到了鲁朗，才知道这是一个多么美的目的地。鲁朗的美好适宜用什么来比拟好呢？童话、仙境、桃花源，都不妥帖，它美得不可方物，只能说，有一种美，叫鲁朗。旅馆正对着用木栅栏围起的牧场，下了车，我却反应不过来那是牧场，因为没有任何经验可以对应。

鲁朗小镇是在群山之间一个平坦开阔的河谷地带，鲁朗在藏语中就是龙王谷的意思。有一条清亮的小河流过，河边的草坡就是牧场，散落着黑牦牛和白色石房子、原生态木房子，牧场再往上，是苍黛的森林，森林的头顶是缥缈洁白的雾霭流岚，好似森林的头纱。这种如山水艺术扎染一般的层次，比林芝嘎拉村的桃花与雪山有着更贴近的对比，构成更实在的景深。它很自然地让我想起去年五月去过的云南怒江的丙中洛，很相像，但鲁朗更多了些高山地带的气象。现在不是草绿时节，空气不像丙中洛那样充满绿意，而是湿润透明，几乎像玻璃一样可视。鲁朗的海拔也有3000多米，按理说应该是缺氧的，可是，你的感觉却是看得见空气中充满氧气和负氧离子，干净得那么令人信任，甚至迷信会有某种疗愈作用。

午饭后，几个小伙伴没有坐车回宾馆，而是沿着河边走回去。我们不愿错过溪流，错过上天赐予的所有礼物。我们只是擦身而过，必须抓紧时间去爱悦、珍惜与大美自然相伴的每时每刻。

我要仔细地写这条河，这条令我着迷的河。总觉得生命中应该有一条河流，它要有开阔的两岸，要有清亮的汤汤之水，也许这就是了。

小河先是像孩子似的没心没肺地在大地的胸膛上漫流，无拘无束到没有河道可言，它流过草甸，流过沙砾，流过鹅卵石，流过隆起的巨石，一视同仁。河水清浅，无颜色，如真水无香同理——清水无色。紫色的小花星星一样点缀在草甸中间，我猜开花的地方是有牦牛粪的，花是牦牛粪养出来的。对岸——其实是无岸之岸，有牦牛在河边吃草，我不知道它们是不是也吃了这些花。如果是，那也属于动植物之间的一种良性循环了。真正的美境，一定有着合乎健康自然的生态。生活在这样的生态环境中，牦牛似乎比人幸福，不用担心雾霾尘肺，也没有生存巨轭下的挣扎。如果说被河水冲刷光滑的小石子是鹅卵石的话，河中大些的石头则是恐龙蛋了。我寻找着可以踩的石头歪歪扭扭险象环生地走进河中，站在大"恐龙蛋"上拍照，感觉自己像长进了这条河。天生的乐水性使我无比乐意做河的女儿。

到巴松措——藏语乃"绿色的水"之意。这个季节，湖水是绿松石的绿。掰成小块的糌粑饼投下去，黑色的鱼儿马上聚拢来，更加衬托出湖水之清碧。从苍松的空隙看过去，湖面尤为绿和净，好像不属于人间，或者说，就像从凡间透视另一个世界。雪山与圣湖相依，湖山静谧，绿松石颜色的湖水与白雪苍松碧空及其倒影相加，整个冷色系的构图无比和谐，一派澄净圣洁，可安顿灵魂，亦可安顿肉身，所谓化境是也。大去之时，若能得如此归处，我将幸福含笑，身心安妥。我在湖边眺望雪山，亦在眺望彼岸。

湖心的扎西岛上有唐代的措宗贡巴寺，是西藏有名的红教寺庙，已有一千五百多年的历史，殿内主供莲花生、千手观音等。我在这座藏佛寺庙前猛烈的阳光里，仰望着直插云空的经幡柱，一直望到晕眩。天空里有什么？天其实是空的，空即无，但我们总当天空是有，是某种实物一般的存在。天空之空似乎在向我昭示什么，关于生命，关于世界。我双手合十面向白色的煨桑炉心中默拜。这座庄重的佛寺出现在这座湖心岛上，有一种格外的神圣。

将近8点，我们回到拉萨。透过车窗，看将落的太阳照得世界一片昏黄，雪花毫无征兆地飘落下来。我感到恍惚。

原载《西藏文学》2020 年第 3 期

特洛伊木马

王雪茜

"冥想一分钟，画一棵树。"我对他说。

让他画树，无非是想先做个小心理测试。我疑心他心理出了问题。

起因很小。他叫小强，是我班体委，下午自习课，轮到他坐在教室前边值周，负责维持自习纪律。大家正安静看书，他突然一拍桌子，咆哮起来，说教室里都是声音，随后冲出教室，蹲在走廊里大哭不止。

他属于外向型男生，看上去虽毛毛糙糙，可心细懂事，体育课前，整队列，摆放器材，运动预热，他都做得井井有条，从不用体育老师操心。

经验告诉我，这样一个看起来积极乐观的男生，毫无预兆地崩溃肯定不是空穴来风。

画树是目前通用的投射性心理测验。树是感情的象征，可以表现个体无意识感受到的自我形象，投射个体生命差异性成长的历程以及个人对环境的排他性体验。心理学认为，人的潜意识，会汇聚成一个个意象，画画会在最短时间内将潜意识反馈出来。

我琢磨着他的树，是一棵粗大的树。纹理粗糙，笔触狠硬，无树冠，无枝叶，树根似鹰爪状裸露，黑色的树干从中间轰然断开，断裂处参差锐利；尤为触目的是，在断开的上半部分树干上，他刻意用灰白色涂了一圈大大的旋涡式树疤。

依心理学阐释，树冠缺失大致意味着父母之爱的缺席，而树干断开，通常是遭遇了重大的人生挫折；大树无枝无叶则隐喻着，在人际关系上，他将自己挽成了一个死结；鹰爪状的裸露树根，同样是个危险的暗示，他的本我情绪已很糟糕、负面，攻击性亟待稀释。

作为班主任，他的家庭情况我是了解的。四岁时父母离异，十二岁时母亲煤气中毒去世，他跟着父亲生活。虽没有母亲，但有疼爱他的父亲和爷爷奶奶，相比其他父母离异或惨失双亲的孩子，他看上去要开朗多了。

我班四十五名学生，有九名是单亲家庭。最让我费神的是女生小微。她父亲老李是我的旧同事，在初中教生物。我调到高中任教后就再没见过他了。老李离婚后，再婚生子，日子过得欢天喜地，小微就像一道做错的题，被老李一笔划去。小微母亲在一家食堂打工，稍不如意就会体罚小微，尤其是每次跟老李要抚养费不得而必须要上法庭时，就会让小微在卫生间长时间跪着。老李有他的婚姻哲学，他认为不幸福的婚姻就像生物体上长了肿瘤，必须切割得干净彻底，包括旧婚姻的附属品，拉拉扯扯只会贻害无穷。"老李心太狠了，毕竟是自己亲生女儿，手心手背不都是肉吗？据说他再婚就是为了生儿子。可怜娘儿俩了，有人看见她们常去市场捡烂菜叶。"跟我要好的一位旧同事与小微家是邻居，提起老李便恨得牙根发痒，"混账东西，不配当爹"。她的结束语大抵要补上这一句。

小微是我教过最敏感最自卑的学生。她的小脸苍白，眉毛浅淡，一双大眼睛像凝满了露珠的树叶，连走路都是贴着墙，低着头，一副忧心忡忡的样子，任课老师们对她心疼不已又小心翼翼。上学期刚开学时，有次外语老师课前提问："哪些副词放在句首，句子需要倒装？""here""there""out""in""up"……坐在小微前边的同学回答得都很流利，轮到她时，她红着脸支吾半天接不上来，外语老师便对着全班学生说："这个用法昨天刚强调过是吧？不应该忘了呀！"小微的脸立即红了，眼泪唰地就掉下来了，外语老师赶忙安慰她说："忘了没关系，老师再讲一遍！"外语老师让她坐下她也不坐，整节课站在座位上抽泣，说，恨自己学习不争气，要惩罚自己！"我真是拿她没有办法啊！"外语老师又委屈又无奈。小微就像一块裂了纹的玻璃，老师们拿在手里怕割着，扔在地上怕碎了。

而小强，的确从未出现在我"特别关注"的学生名单里。

"忘了画树冠呢。"我装作忽然想起似的，语气尽量漫不经心。

"没有树冠。"他皱着眉，望着窗外，闷声说。我扭过头，顺着他的视线，赫然发现主楼对面墙根下的几棵柳树，不知何时全被剪掉了树冠，新生的侧枝和嫩梢抖抖索索地在风中战栗。我惊诧于自己对熟悉之景的视若无睹，一时竟有些莫名的感伤和懊恼。

虽已是春天了，却猝不及防落了雪。小花园里紫藤的虬枝蜷缩在空葡萄架上，法桐鸭蹼似的老叶静静地在干枝上摇晃，几根枯瘦的枝刺在风中裸着。不知道几楼的冰柱笼住了最早的光线，终至支撑不住，擦着隔壁办公室的窗玻璃跌下去，发出"噼啪"的碎声。

"只要几场春雨下来，柳树就又枝繁叶茂了。"我把目光收回他的画上。

"老师，我特别讨厌下雨。"

"嗯?"

"小学三年级时,有一次下大雨,别的同学都有父母来接,只有我是一个人,没有伞,淋着雨,跟在有伞的同学后面,哭了一路。"他的声音哑了下去,"那时候的心情,我一辈子都忘不掉。"

这个内心并不粗粝的少年,与小微一样,童年的痛苦一直汹涌在风平浪静的表象之下,在某一个未知的时刻,会被某一个不经意的浪花摁下按钮,所有隐藏着的创伤便会倾巢而出,那个破碎的自我其实早已溃不成军。

而令他崩溃的诱因,是父亲有了新家。尽管继母并不排斥他,甚至还有些刻意讨好他,他仍旧毫无来由地讨厌她,连带着厌弃那个同父异母的弟弟,他觉得他唯一可以掌控的爱被夺走了,被继母和她的儿子夺走了。他守护父爱的方式是寻衅滋事,无端斥责继母,偷偷掐哭弟弟,父亲终对他失了耐心,索性将他丢给古稀之年的爷爷奶奶。

"老师,你看!"他撸起左手衣袖,手腕上一条新鲜的刀口赫然刺目,他指着伤口,像指着试卷上一道解不开的题,"晚上睡不着,心烦,快崩溃了。"我心不由得一紧。未成年人极度缺爱时,要么表现为对爱的过度渴求,丧失自尊形成讨好型人格;要么反方向表现为对恨的放纵,愤怒不羁,加之青春期蓬勃的逆反心理,很容易心理失衡、情绪脱轨。我担心"隐形父亲"的"隐形嫌弃",会使这个缺乏爱浇灌的少年,偷偷长成一株浑身是刺的仙人掌。

前一阵写一篇有关瑞典诗人托马斯·特朗斯特罗姆的随笔,搜集了一些作家抑郁症的素材。发现年少时缺失父爱是抑郁症作家的高发诱因。哲学家尼采五岁时,父亲死于脑软化症,数月后,弟弟夭折,幼小的尼采过早领略了爱的突然抽离,死亡的无常在他内心烙下了脆弱敏感的印记,他叹息,"那一切本属于其他孩子童年的阳光并不能照在我身上"。英国"意识流"作家伍尔夫十三岁时母亲去世，伍尔夫第一次精神崩溃，两年后，她开始记日记疗伤。即便年龄稍长，失怙失恃，对个体心灵造成的创伤亦一言难尽。1904 年，父亲去世，伍尔夫第二次精神崩溃，并试图跳窗自杀。最终，她用石头填满口袋，投入家附近的欧塞河。德语诗人保罗·策兰弱冠之年，父母惨死纳粹集中营，天命之年，诗人跃入塞纳河，将自己的死置于这个痛苦而又扑朔迷离的背景下。日本作家川端康成两岁丧父，三岁丧母，孑然一身的孤儿经历，使他内心充盈着令人窒息的忧郁，为他最终的悲剧命运埋下了伏笔。"我自幼犹如野狗，是个感情乞丐。"川端康成对着凌晨四点钟未眠的海棠花自言自语。

令人忧心的是，我隐隐觉得近一段时间，用铅笔刀或壁纸刀自残的学生似乎明显多了起来。

隔壁班一个男生接受不了成绩退步，每次考试只要他觉得不满意，就要在手腕静脉上划一刀。学生间传言，他左手腕至少有七八道刀痕。那孩子与我住在同一个小区，父母在家门口开了间小蔬菜店，生活捉襟见肘。班主任多次催促孩子父母带他去看心理医生，父母觉得孩子只不过是青春期逆反，并不当回事，认为老师未免有点小题大做。敷衍式带儿子去了两趟医院，便没了下文。班主任无计可施又不忍心，自己托关系约了个心理专家跟孩子谈了几次，收效甚微。

有一天跟政教主任闲聊，她说自残的学生中女生居多，这倒出乎我意料。有一项对青少年问题进行的专题调查显示，高达 47.3% 的青少年曾经有过自杀念头，有 23% 的青少年有自残行为。但调查没有提到男女生比例问题。学生自残的理由不尽相同：有的是因学习压力，有的是因家庭问题，有的是因男女生非正常交往问题，还有的纯粹是跟风猎奇。

一名高一女生只是跟一个戴着耳环化了浓妆的同学在一起用手

机拍了个合影，父亲不经意看见之后便勃然大怒暴打了她，严禁她跟那个女生交往。母亲也不问青红皂白，劈头盖脸地用最肮脏的字眼辱骂她。我相信那个浓妆艳抹的女生只不过随俗好奇偶一为之，并非就是不正经的坏学生。况且，爱美是人的天性啊，谁没有过年轻任性的青春期呢？摊上这样的父母，女孩百口莫辩，又冤屈又怨恨，她没有勇气去攻击父母，也没有胆量去攻击别人，只好转而以攻击自己的方式来转移和释放痛苦。

自从上周五又一名高二男生从主教学楼六楼跳下之后，次生危机纷至沓来，附加伤害接踵而至，模糊的焦虑和担忧像一场大雨，全校师生的心都被浇透了。教育局长下了死令，各校必须安排心理课，局里不定时抽查。至于心理疾病自查、心理社团活动、心理周活动、针对学生和老师的心理知识培训等，要各校依实际情况，灵活操作。我们学校有心理课，不过只是躺在课表上应付上级检查的"死课"而已，何况每班每月一节的心理课即便付诸实课，对有着滂沱心理需求的学生来说，也无异于隔靴搔痒。全校有四千五百多名学生，只有一名心理老师。实际上，有心理问题的何止学生，百分之八十的一线老师心理上亦属于亚健康状态。当然，这个数据完全是我的胡乱猜测，数据不难统计，可统计出来也未必准确。

找班主任开假条去向心理老师咨询的学生猛然多了起来，空气中添加了一种心照不宣的不安因子，也有不爱学习混毕业证的学生乘机浑水摸鱼。心理老师是个刚毕业的小姑娘，书本上学到的知识还没来得及经过实践检验，自是应接不暇、捉襟见肘，常常到了下班时间，仍被学生和班主任堵在办公室。几次三番，小姑娘心力交瘁，动辄趴在办公桌上哭哭啼啼。班主任们私下议论，心理老师的心理怕也是出问题了。自己班学生的问题还是自己解决好了，否则，没心理问题也恐被心理老师谈出心理问题。

我没收了他的铅笔刀。与他约法三章：一旦他觉得受到了强刺激，心里难受，不要僵直在原地，哪怕是正在上课，也要立即找我拿假条到操场跑步或到体育教室打沙袋转移注意力，跑步和打沙袋也会在一定程度上释放痛苦。总之，绝对不准再用刀割伤自己。

为了缓解他的情绪，我带他去沙盘室玩沙盘。沙具可以呈现心理的真实图景，作为心理治疗的辅助手段已是共识。沙介于固体和液体之间、海洋和陆地之间，深层心理学认为沙可以沟通人的意识与无意识世界。沙的流动感也会让人体验到一种自由和生命感，可以释放和舒缓心理压力。他做的沙盘不出所料，与绘画信息大体吻合。沙盘上半部分的婚礼现场，人物只选了两个新人，附属场景选了井、机场、图书馆、船。下半部分打斗场面占了沙盘三分之二的空间，他用战车、坦克、炮围成阵地，战斗的双方持枪对峙。放射性联想找到了表达的接力者，我脑海里想起以色列诗人阿米亥的几句诗，"现在，我就像一匹特洛伊木马，充满了可怕的爱情，每夜它们杀出来横冲直撞，天亮时又回到我黑暗的肚子里"。我的学生，他的真我一直被隐藏起来，如果不是这次爆发，我竟没有察觉，他心里住着千军万马，只待一个时机，便要攻城略地。我听到了潜藏在他平滑无声的日常生活下的一种碎裂之响。德国心理学家托马斯·普伦克斯曾说，日常生活中看似无碍的感官刺激都可能让人重回过往，直接通向时间另一边的现场，这些创伤症状被称为"闪回"。形象点说，旧时创伤并未随时间流逝而消弭，反而像隐藏起来的定时炸弹，局外人可能根本看不出来，可当事者已然听到了倒计时的嘀嗒声；又如同不知何时植入的电脑病毒，暗潜在系统中，一不留神，电脑便可能黑屏，陷入瘫痪。

……不敢耽搁，立即给他父亲打电话，告知孩子目前处境，建议尽快带去专科门诊诊疗。老师再苦口婆心毕竟不能代替医生和药物治疗。他的恐惧感、焦虑感、悲伤感都需要找到出口。前几天听一位心理老师直播，她说，父母和食物一样，是有保质期的，错过了孩子成长的有效期，父母就会像过期食品一样，失去营养和价值。

父亲将他从爷爷家接回了自己家，带他去了心理诊所。除了按时吃药，他每周还要去做两次治疗。"是一种怎样的治疗？痛不痛？""不痛。做完挺舒服的。"再问，他也说不出所以然。

两周以后，我检查他的胳膊，没有新的割痕。

领操台旁的柳树一夜间变得婀娜，嫩黄的新枝正渐渐转绿，偶尔能听到柳莺一声声细尖而清脆的"仔儿"声。它的体型比麻雀还要小好多，是我见过的北方最小的鸟，它可以在最高最尖的枝上跳跃，不仔细看，真发现不了它。

3月8日，课间操的空隙去找外语老师串课，回到办公室，蓦然发现我的办公桌上静静地多了一束红色的康乃馨。花束虽然不大，但是开得饱满和热烈。我狐疑，问正在看书的办公室徐老师，徐老师抬起头，扶了一下眼镜，笑着说："就是那个，一批评她就喜欢哭的那个女学生给你送的。"

哦，小微。

小微，懂得去关注外界了。

大课间时间，继续让他玩沙盘，他的沙盘有了细微的变化。上半部分婚礼场面增加了坐着的长辈，嬉闹的孩童，穿梭的厨师，以及几个宾客。下半部分的打斗场景加上了水上舰艇，右边加上了一座桥。

4月时，主教学楼的紫藤终于睡醒了，绿叶已溢出了旗台，花蕾也鼓出了紫色。操场上有两只喜鹊总在学生做操时飞到领操台炫耀自己的长尾巴。

他的沙盘画面已然充实，桥梁贯穿了画面的中轴，桥下添加了蓝色的河流，又种上了四棵绿树，婚礼场面多了水上游乐项目和玩偶布置。打斗场面转到了画面左下角。

父亲说，弟弟喜欢缠着哥哥了。快放暑假时，他说不需要再请假看医生了。"也不需要再玩沙盘了。"我心想。

"老师，让我再玩一次沙盘吧，最后一次。"这个机灵鬼，一下猜中了我心思。

"哈哈，没问题呀。"

打斗的场面彻底消失了，上下部分融为一体，纯白的建筑外墙被贴上了一只大蝴蝶，画面四围被绿草覆盖，画面中间是大量绿植，尤其增加了三棵高大的绿树，一棵满枝红花，一棵开着粉花，还有一棵柿子树，结着累累果实。

记不得过了多久。冬日的一天，早晨起晚了，怕上班迟到，匆匆去大街上拦了辆出租车。晨色还早，视线昏溟。打开车门，借着里面的灯光，我才发现，司机竟然是小强父亲。他的职业原来是出租车司机。关上车门，寒暄了两句，我俩似乎都不知道该说什么。车子开出了几分钟之后，车窗前一个随着车子的颠动而来回摇摆的圆形琉璃样挂饰，吸引了我。仔细看，里面是一帧孩童的照片，看模样，也就两三岁吧，也看不出是男孩女孩。我好奇，问："这是谁啊？"

见我盯着相片，他有点不好意思："王老师，认不出来吧？这是小强啊，他小的时候。"

我用眼角的余光能够感受到，正在开车的他内心的慈祥和满足。

小强的面孔就那样在我面前摇荡。而此时，我知道，小强已经读大学快半年了。车窗外，天光渐渐明亮起来。冬天里的天光，原来明亮起来也快。它像某种事物，你记起的是这种感觉，它不够连贯，但绝不是任意组合，渐渐清晰和顽强地奔向某个目的，是它唯一的事实。

原载《星火》2020 年第 4 期

狮泉河是一条河流。

大河向东流。与版图上大多数河流自西向东流入大海不同的是，狮泉河从东向西流，流着流着，就流出了国境线，被叫作印度河。在我眼里，狮泉河实在算不上大河，但这不妨碍它向西流去，仿佛一路陪伴着唐僧去取经。

狮泉河也是一个镇。

以一条河流来命名一个镇，这个镇便水光潋滟了，水迹淋漓了，水波荡漾了，水袖飘拂了，便与四面的山相映出河光山色，只是山呈红褐色，看不见青葱草木。越过这些身量不高、体态迥异的山，在它们的背后，是那些更高的山，它们幸运地嗅到神的呼吸，身上的雪花是神的口谕和启示。

我们追赶着狮泉河，正在去狮泉河镇的路上。

这儿是阿里高原，平均海拔 4500 米，空气中含氧量比海平面低 57%，紫外线辐射强度却比海平面高 50%。从 10 月到次年 5 月，这片高原像一个嗜睡的婴儿，头枕冰雪，身盖冰雪，一直沉睡在褴褛中，直至被萌芽、鸟鸣和河流解冻唤醒，我们幸运地赶上了这个 5 月。

随着海拔越来越高，同行的大刘高原反应加重了。他是第一次进藏，我们仨这次进藏能够成行，完全是他积极撺掇和张罗的结果，为此他做了精心准备，反复设计了路线图，不断地在电话中与我沟通和交流。他说，我们仨沿川藏线进藏，从青藏线出藏，走一走阿里大环线。说到这里，他有意顿了顿，拉长了声调，又说了一遍，走一走阿里大环线，像是在强调。隔着电波，我听得出他掩饰不住的兴奋、骄傲和期待，我甚至想象得出他满脸通红，一只手攥着手机，另一只手捻着衣角的样子。我有同样的心情。能够走一遭 318 国道川藏线，是我许久以来的夙愿。3、1、8——当这三个普通而平淡的阿拉伯数字，亲密无间地站到一起，自东向西，连接起作为起点的上海人民广场和作为终点的西藏樟木中尼友谊桥时，便意味着漫长、惊险、磅礴、诗意、浪漫，成为无数人的憧憬、牵挂和梦想。我们就要踏上它，一路沿着北纬 30 度线逶迤前行，它剥茧抽丝般的长长一生，遍布平原、丘陵、盆地、山地、高原高低起伏的记忆，是深深扎根于中国人心灵的景观大道。

初到拉萨，坐在酒店大堂等待着入住，大刘的高原反应便开始了。其实在进入拉萨前，经过海拔 5013 米的米拉山口时，甚至更早在折多山、稻城亚丁、理塘等地时，他的高原反应就已经开始了，只是他固执地认为，四川境内的高原反应是对他强壮身体的一次次小测验，只有进入西藏所经历的高原反应才是真正的高原反应，是一次次期中和期末考试。此刻，他发起了低烧，他的身体在试探着背叛和出卖他。看到他面红耳赤、嘴唇发紫、眼神迷离、精神萎靡，我对他说，你可能是心理压力有点大，别紧张，放松就好了。他有些机械地点点头。之前两次入藏，我看见和听到了一些与高原反应有关的事儿，比如说有人被它吓着或吓倒了，到拉萨一下飞机，反应立刻上身了，没出机场，随后就乘飞机返回了；又比如说有人开始有反应，但他满不在乎，越走海拔越高，反应却越来越轻。我认为就像人人都会发烧一样，来到青藏高原这样高海拔的地理环境中，人人也都会产生高原反应，这本是稀松平常的事，只是每个人反应的程度不同，更重要的是对待反应的态度不同。第二天早晨见到大刘，他似乎好多了，看来他的身体镇压和抵抗住了低烧试图带来的背叛和出卖。到了日喀则，发烧纠聚起潜伏在他体内的残部，乘虚发动了新一轮哗变和袭击，这一次，他没能扛住，到医院输液了。

游完景点，我们继续赶路，颠簸在一段又一段沙石搓板路上，待上到阿里高原，他的反应愈来愈重了。他吐出了吃下去的早点，吐得翻江倒海、一干二净，我怀疑他吐出了胆汁，直到肚中空空如也，没啥可吐了。他额头冒汗，脸色苍白，颓丧地坐在副驾驶座上，我关切地俯身探头凑近他耳边，任我怎样跟他说话，他都不回应我。这样的体验我在过米拉山口和那根拉山口时有过，是他的耳朵暂时丧失了听力，他就像被扔进了一个巨大噪音的集散地，我看见他左侧太阳穴一条条青筋凸露，可怕地突突跳动，像擂响了战鼓……

大刘这样，车内谁都不说话，空气有些凝重。我将目光投向景色飞快后退的窗外，陡峭的山坡下，一位身穿天蓝色藏袍的藏族妇女，背着一个小女孩，正朝自己家走去，小女孩穿着一件红上衣，像一小团火焰，紧紧地趴伏在她肩头。她家依山而建，就是那种最普通的藏式平顶民居。右边挨着两间房子，四面墙体挺立，有门也有窗，却无房顶，是盖房子时钱不凑手了，留下了这半拉子工程，还是本就没打算长期居住才这样的？我一时也说不清。房前停着两辆皮卡，一个穿军大衣戴头盔的男人，站在一辆红色摩托车旁，大概是她的丈夫或亲朋，正在等候她。我想她应该是户牧民，自己家的牧场就在附近，否则谁会在这前不着村、后不着店的地方住呢？这只是我站在自己的生活立场上，从我自己的现实追求出发，所作出的判断和涌出的感受，她和她的亲人们却不一定有我这样的感受，我永远活不成他们那样，他们也永远不会接受我的生存方式。

路上不断有一顶顶黑帐篷、白帐篷闯入我眼帘，旁边扯着经幡，这些确定都是放牧点无疑。牧民们走到哪儿，就将信仰打包随身带到哪儿。在这经幡下，羊、牦牛与狗和睦相处，一律平等。细长的河流躺在草地上，伸胳膊蜷腿地画着"之"字，水波不惊地潺潺淌过，恰是枯水期，水浅了许多，两岸露出了散落的鹅卵石，遍地枯黄的衰草，一丛丛红柳一叶不挂，枝条凌乱地向四下挣扎，羊群埋头觅着啃着瘠薄的日子，一条藏狗立在最外围，神气地扬着头，翘着尾巴，听见停车声和"咔嚓咔嚓"的摁动快门声，转头瞅着我们，既不扑上前，又不狂吠，安静得像它脚下这片了无绿色的草地，也总有一个牧民在一边安静地站着，守着自己的羊群。牧民们的心和脚步都习惯了流浪，不是他们喜欢流浪，而是牛羊需要流浪，它们要迈开或稳健或轻盈的步子，嗅着水和草的气息走，牧民收拢帐篷，跟在它们后头走，一户一户像星星散落在草地上。顶多待上两三个月，他们又收拢帐篷，跟在它们后头走了。他们不像他们那些耕种收获着青稞的同类，那些人开垦土地，种下青稞，围绕着一片一片青稞地，聚成一个一个村庄。他们流动放牧惯了，心和脚步仿佛一直在路上，头脑中几乎没有村庄的概念，他们相信牛羊的直觉和方向，放心地将自己的家和生活系在它们的蹄上，追随它们到处流浪。行走在阿里高原，我们无比依赖的是电子导航，但它也有消极怠工的时候，不是一脸茫然、一无所知，就是恶作剧似的导错了方向。这时我们像大海捞针似的，总算捞到了一个打此经过的藏族人，可是语言不通，他听不懂我们讲的普通话，我们也听不懂他说的藏语。他指了大致方向，我们想问得更清楚、更细致些，比如驾车要多久才能到，费了半天口舌，他也明白我们的意思了，要命的是他却没驾车去过，只走路到过，而他报出的那个时间却足以叫我们哭笑不得。

　　一个藏族青年，戴着墨镜，驾着摩托车，迎面向我们飞驰而来，远远地，我们就听见摩托车上挂着的音响破空传来的歌声，不是嘹亮而欢快的藏歌，而是一首我说不出名字的摇滚歌曲。他将音量开到了最大限度，人和车未到，歌声先行冲到了，仿佛在替他跟这个世界打着招呼：嘿，我来了！他目不斜视，一直向前，即使与我们的车子擦肩而过，也没看我们一眼，只顾沉浸在自己的世界中。我们向前，他也向前，各赶各的路，只是方向不同。我们记住了他，他却没注意到我们，谁的悲欢都不逆流成河。在这片苍茫荒凉的高原上，人脆弱如瓷器，也最微不足道，一次在平原上司空见惯的小小感冒，都可能打倒你，割断你靠呼吸与这片高原建立的联系。从此意义上说，你甚至活得不如这片高原上的一头驴，它自由自在，爱恨情仇，快意任性。

　　想到驴，我就看见了藏野驴。不是一头，而是成群结队的十几二十几头，队列却不混乱，由一头公驴率领，幼驴居中，母驴殿后，鱼贯前行。在它们头顶，一只雄鹰盘旋低飞，身旁几头家牦牛或立或卧，这些都打扰不了它们，它们之间已习惯和平同处，相安无事。这不，它们勇敢地往前走了几步，就与牦牛们混杂在了一起。它们天性胆小，像绅士，四平八稳地迈着细碎步子昂首走过，走着走着就上了公路，到了人的领地，其实哪儿有人的领地，都是它们的领地。我们看见它们，停车下车，端起相机拍摄，它们听到快门响，静静地扭头看着我们。我们得寸进尺地慢慢走近它们，从一开始，它们便盯着我们，根据经验判断我们有无恶意。待我们越走越近，它们中的警觉者扬头伸脖仰天鸣叫，像是发出警告并召集大家跑，这叫声短促而嘶哑，远不及家驴叫得响亮。一眨眼的工夫，它们横排成一条线，奋蹄冲下了公路。跑出一段距离后，它们大概觉得安全了，停下步子继续看着我们。我们却不理会它们了，上车赶路，当车子行驶到与它们在同一个起点时，它们身上潜伏的驴脾气迸发了，撒开四蹄与车子赛跑，有的竟然跑到了车子前头，停下来回头望着车子，像是求表扬似的，不等我们表扬它们，又奋蹄奔跑；就这样跑跑停停，直到玩够了才撇下我们，仰天吼上几嗓子，转身踅入草地。更多的时候，它们五六头一小群，十几二十几头一大群地站在草地上，头一律朝外，组成伞状圈形，似乎只为了悠闲地听风过耳，却时刻保持着警惕，这是它们的本能，也是求生的技巧或方式。

汽车已连续行驶了几个小时，窗外的景色仍然没有多大变化。阿里高原的春天总是姗姗来迟，就像野公驴的尾巴那样短，刚刚感觉到就过去了，偶见田野里稀稀拉拉几个男女，准备开始春耕了。河边泛出稀薄绿意的草地上，一家六口人面朝河流，背靠群山，席地盘腿坐在一起聚餐，他们有说有笑，听见我们的车响，两个男人和一个小女孩转头目送着我们，三个女人飞快地瞟了一眼，继续低头各忙各的，藏族人就是这样，啥时骨子里都不乏浪漫和悠闲。

到晚上7点了，太阳仍高悬在空中，仿佛不准备落山似的，阿里高原的太阳就是这么任性，要是在内地平原地区，此时已经日落西山，天色渐黑。来到狮泉河镇，已经9点多了，太阳像一个不知疲倦的歌者，热情四溢地引吭高歌，直到10点多才没了声息。黑夜彻底降临了，高原万籁俱寂了。

早晨7点天渐渐地亮了，于狮泉河我们是匆匆过客，它只是我们在路上安妥身体、饲养睡眠的许多地方之一，但我从内心里就想利用有限如氧气的时间，好好地看看它，这与我们一路历尽艰辛来到这儿无关，也许还有许多说不清道不明的情愫在强烈地驱使着我。我出酒店向左走，头顶半个月亮皎洁干净，这真是一个有意思的小城，太阳迟迟不落山，月亮也迟迟不打烊，日月星同辉在同一片天空是一件平常不过的事情。这是一个崭新明亮的小城，我看见的所有建筑都是新的，很少有高楼大厦，它们以白色为主色调，加以藏民族建筑元素，比如勾以绛红边装饰，那些藏式平顶民居，白色、红色和黄色交织的墙体，衬托以一蓝到底的天空，整体色彩明朗轻快。门前道路宽阔，一些地方正在施工建设，脚手架林立，围起了绿色防护网。抬头看到十字路口的天蓝色指示牌上，以汉藏两种文字写着"繁森路""滨河南路"。"繁森"自然是孔繁森了，他当然是一座精神高地。在这样的地方和高度，没有谁能够像他一样，以自己的血肉之躯和铁骨柔情，将汉字与藏文紧密联系在一起，更将汉族与藏族水乳交融到一起。路上我遇见一位藏族年轻人，问他，你知道孔繁森吗？他答当然知道，这儿还有孔繁森小学呢。末了又补充道，我就是一名教师。时光转眼已过去二十多年，但孔繁森从未被遗忘，他就是阿里高原稀薄如真丝的空气、湛蓝如大海的天空、纯洁如哈达的白云，他的身影定格在了高原的角角落落。

　　狮泉河镇隶属噶尔县管辖，是阿里地区的首府，也是地区行署所在地。狮泉河水穿镇向西流，当地人习惯将我此刻站的河北叫作"地区"，将河南称为"噶尔县"，它们在行政区划上都属于噶尔县的地盘。有人说狮泉河镇很少有陌生人来，一旦有人来待上三天，整个狮泉河镇的人就都知道了。这儿新建的房屋很多都被辟为商铺和饭馆了，还有一些录像厅、台球厅和夜总会等娱乐场所，仿佛这儿有多么旺盛的消费力和胃口。海拔再高、空气再稀薄也不能没有精神生活。其实这儿就那么两条主要街道，纵横交汇成十字。寒冬来临前，许多开商铺和饭馆的商人，像候鸟一样回到老家或相对温暖的拉萨、日喀则过冬，商铺和饭馆大门紧闭，天气稍稍转暖时他们又回来了。我向右转到河边，红柳粗粗细细的枝条一律向上，像一柄柄弹弓，弹出一树树雀舌似的绿芽，在蓝天下，在阳光照耀下，闪着油亮的光。宽广的河面上经幡从这头到那头，一气纵横到头，这些经幡大概是今年藏历新年挂的，至多不过数月，仍鲜明如新，倒映在水中，清晰如刻，恍若前生。真实与虚构、现实主义与浪漫主义，只是一枚硬币的两面。各种鸥鸟在水上游弋和振翅翩飞，搅乱了倒影，扩开一圈圈涟漪，很快便复原如初了。有些河床水落鹅卵石出，水中央也扯着经幡，鲜艳活泼，吸引风蜂拥吹来，经幡迎风哗哗飘舞，像自水中亭亭生长出的植物。

一个藏族妇女身穿藏袍，面戴口罩，左手攥一串佛珠，身边是一个小女孩，她正送她去上学。她们迎面向我走来，擦肩那一刻，我清楚地看见小女孩没戴口罩，脸上结了痂，厚厚的，像时光的铠甲，如果大着胆子应该能够一片一片地揭下来，这是强烈的阳光将皮肤晒死了，时间长了，越来越厚，越来越硬，是固化的高原红。在我前头，左边一个穿皮夹克的藏族人，右边一个上了年纪的喇嘛，身披绛红色袈裟，两个人边走边小声地交谈，一僧一俗，并肩走在这样安静的早晨，是一件多么平常而美好的事情啊，我油然涌起了感动。两个藏族妇女，正弯腰手持铁锹，在红柳身边挖坑，撒下向日葵籽，这同样是一件多么不起眼但无比美好的事情呀！不出8月，向日葵会垂下花朵的头颅，金黄灿烂，追撵得太阳无处藏身，这片高原在太阳和向日葵的照耀下，金光闪闪，像一个硕大的转经筒，一瞬间掏出了自己内心的黄金，称出了自己沉甸甸的重量……

原载《雨花》2020年第5期

我的第一次打工经历

第广龙

1979 年，十六岁的我，高中毕业参加高考，报的文科。考完后，吃了睡，睡了吃，既充满期待，又缺少信心。一天说发榜了，在城门坡上头的东广场照壁上贴着大红纸，墙皮都盖严了。我急忙过去看，看有没有我。经过盘旋路时，遇见一个卖香瓜的摊子，我掏出平时舍不得花的五毛钱，买了一个大香瓜，边吃边走，一路心神不宁。广场上人挤人，我眼睛好，站在远处就能看清楚，我连着看了三遍，第一遍快，后两遍慢，都没有找见我的名字，就勾着头蔫蔫地回家了。

我不愿在家闲待着，就想找个零活干干，来证明一下，证明我能养活自己。父母高兴，托我二姨给留心。

从进校门到长这么大，我从事过的有报酬的体力劳动，能记住的就两回，时间都短，都在假期。一次是撕棕皮。家门旁不远有一家皮件厂，生产马拥脖，里头要填充棕丝，但棕皮都是整片的，就花钱雇外头的人撕棕皮，撕一斤五毛。我去领了十斤，从早到晚，哪里都不去，蹲到屋檐下撕棕皮，拿手撕。撕棕皮不用出多大力气，却是个慢工，要把棕片紧密粘连的部分用榔头砸软，然后一根一根撕下来，撕得像散开的头发一样。我撕了十天，手都撕肿了，指甲都裂开了，才撕了四斤。实在撕不完了，就把剩下的交回皮件厂了。一次是砸杏核。我看中了一本书，问我爸要不来钱，就把家里的杏核收集起来，放了学还到街上卖杏子的摊子边捡杏核，陆续捡回了一大堆。找一块砖头，把杏核横着竖起来，一只手的手指捏着杏核，一只手抡起榔头用巧劲砸，不能伤了里头的杏仁。这样砸了一个礼拜，砸了有半盆子杏仁，端着到收购站换成钱，买回了那本书。

但这一回，不是撕棕皮，也不是砸杏核。这一回，我要当一个挣钱的人，就像我爸一样。等了两天，二姨过来，说找下了，在县商贸公司仓库，就是做些搬运的活，先干着，只要把力出下了，别人挣多少，我也挣多少。我的心里一阵紧张，又一阵兴奋。我知道，我将要面对的，不再是教室，不再是上课铃下课铃，而是另外一种全新的场景，是我从未经历过的，是我人生的又一次开始。

说好第二天早上就去，要赶7点钟以前到。天还没亮，我妈就起来给我做饭，热的白蒸馍，烧的油茶，凉拌的黄瓜，摆到炕桌上，我妈我爸看着我吃，我妈不停说，多吃些，吃饱。多吃些，吃饱。就这么两句，说来说去，把我都说烦了。我爸笑眯眯的，只是说，去了有眼色着些！长这么大，我突然觉得自己挺重要的。我就说，你们也吃！我爸我妈都不吃，我妈说你走了我们再吃，你先吃，多吃些，吃饱！

我着急着走，出门时，我妈把一只铝饭盒放进布口袋里让我拿上。我知道这是我的午饭，二姨说了，中午不回来，吃了饭就接着干活。我爸给了我一块钱。以前过年时我爸才给年钱，平时要钱要不来。我心里酸了一下，把钱接住了。我爸说送我去，我说不用，我自己能去，我就走了。商贸公司仓库在宝塔梁，最早是一片荒坟野地，后来砌了围墙，盖了房子，再后来就成了商贸公司的仓库。宝塔梁上有一尊宝塔，孤零零地指向半天空。正是大清早，一群燕子身形敏捷地围绕宝塔高低飞舞，发出阵阵尖利的鸣叫。这里本来就显得空旷，在燕子的衬托下，更空旷了。

　　我找到一个姓刘的工头，他看看我，说来了。我说来了。他说，已经说好了，跟我走。我就跟着他，进了一间窄小的砖房。他说，在这里歇着，一会儿就开始干活。我眼睛适应了一下，看清里头站着蹲着七八个人，都面目模糊，头发糟乱，嘴里叼着纸烟。头顶那么高的位置，浮动着一层烟缕。见我进来，这些人几乎没有反应，一个似乎在说笑话，中断了片刻，又继续说着，有人大笑，也有人脸上什么表情都没有。我有些别扭和难堪，也想缓和一下气氛。赶紧从兜里掏出纸烟，这是我来的路上用我爸给我的一块钱花了三毛钱买的，我已经抽了一根。我给这些人一人敬了一根，他们都接住了，已经抽着的夹到了耳朵上，没有抽的我给划火柴点着。空气似乎松弛了一些，我也点着一根，使劲抽了一大口。我早就偷着抽烟了，看露天电影抽，蹲到厕所里抽，我都有烟瘾了。抽了一阵纸烟，我就觉得，我也是其中一员，而不再是外人了。

　　我被分派和另一个瘦子一起运送和晾晒杏干。把架子车推到熏蒸房门口，我走了进去，又咳嗽着退了出来——浓烈的硫黄味刺鼻子，呛嗓子，熏眼睛，我实在忍受不了。我在门口犹豫了一阵子，又调整了一下呼吸，还是进去了。里头青烟缭绕，雾气弥漫，一盘锅灶上架着三层大竹筛，盛满了杏干，一个人戴着把眉眼都遮住的口罩，拿着棍子在翻搅，热气不断从杏干中间升腾起来。杏干为啥要熏蒸呢？我猜是防止生虫，硫黄把人都能熏晕过去，何况虫子。我强闭着气，和瘦子抬下竹筛，抬出去，倒进车槽里。长长吸一口气，又闭紧嘴，进去抬竹筛。进出三来回，架子车装满了，我拉，瘦子推，拉到一间大库房的前面，抽掉挡板，举高车沿，把杏干倾倒到地上。地是水泥地，已被七月天的太阳晒热。水泥地上已经晾晒了一片杏干，我们把刚卸下的杏干用木锨拨拉匀称，又把原先已有的杏干翻动了一遍，然后折返回去，拉第二趟杏干。就这样一折一返，一折一返，就到了中午，该休息吃饭了。

又回到早上的那间砖房，其他人也进来了，都拿上吃的，蹲着吃。我从布袋取出饭盒，打开，里头满满的，拥挤着两颗煮鸡蛋、两个白蒸馍，还有一根黄瓜、一个西红柿。我的喉咙就热了一下。我刚拿起一颗鸡蛋要剥皮，感觉大伙儿似乎在看我，抬起头，就是在看我。我才发现，别人有的就咸菜吃蒸馍，有的拿蒸馍在干啃，有的蒸馍还是黑面的。黑面就是麦子在磨子上磨出了头道面、二道面，剩下的几乎全成麸皮了，还在磨子上继续磨，也能磨出面。这种面颗粒粗，硬实，蒸出的蒸馍，颜色黑，吃下去不容易消化。姓刘的工头也在看我，我下意识把一颗鸡蛋递了过去。我不敢再看别人，低头吃着，吃得有些难受。但肚子饥饿，我还是很快就把饭盒吃空了。

下午我又到库房倒库。一间和学校礼堂一样大的库房里，一头堆着山包那么高的麻袋，一头空着。麻袋里头装的全是茶叶，库房里充满了茶叶的气味。一起干的有四个人，两个上到顶顶上，把麻袋往下推，两个在下面，一人抓住麻袋的两个角角，抬着走过去，码放到另一头的空地上。这也不是乱折腾，茶叶容易霉变，重新倒放一遍，下面的麻袋到了上边，就能通上风，就不那么受压了，这样保存的时间长。一只麻袋少说也有二百斤重，开始我还可以，能跟上步调，就是有些喘气。连着五个来回后，我的腿开始打弯，腰里似乎填的是棉花，头上的汗水下起了雨。见我慢下来，跟我一起抬麻袋的这个丢了一句：鼓劲！鸡蛋吃到哪去了？我听了这话，感到不好意思，牙咬住，提着气又抬了三个来回。再抬，手把麻袋的角角都抓不住了，我一屁股坐到了地上。这几个人里头的一个说话了，说别把娃给挣坏了，去，去到顶顶上去。我爬上去，上面下来一个，我又往下推麻袋。我一下感到轻省了许多，推下去一只麻袋，又推下去一只麻袋。我还能抽空坐一阵。看到下面的麻袋少了，又连着推下去五六只麻袋，我又可以坐下了。我们水不喝一口，烟没抽一根，几乎没有停歇，麻袋山才转过去了一小半。一个戴手表的说到 5 点钟了，明天继续！都应和着：明天继续！5 点可以收工，可以停下了，我的身子当时就软了一下，但我却把腰挺了挺。我觉得，这一天，过得真快。

我走回去，脚刚迈进门，我妈就喊，回来了，快洗脸，洗了吃饭！我爸也下了炕，想问我啥，嘴动了动，没问出来。面端上来了，我妈先把一碗放到我跟前，才给我爸跟前放了一碗。是干捞机器面，上头堆了一堆肉臊子。我的和我爸的一样。我妈说，你爸跟你沾光呢，也吃好的。我知道，这是我爸关心我，我妈这么说着让我高兴呢。家里平时没有肉吃，只有过年过节有肉吃。平时想吃肉，我就盼着过岁，过岁有肉吃。家里平时吃面，都是我妈擀的面，而且我只能吃汤面，只有我爸才有资格吃干捞面。要是吃机器面，就是吃好吃的面。这和如今人们对面食的要求不一样。我吃了两大碗干捞机器面，就觉得乏劲上来了。但我还不想睡，我的脑子里，还新鲜着这一天的经历。出了那么多汗，我的衣服似乎变脆了，穿着不舒服。我妈给我找来换洗的衣服换上，掏口袋，掏出一盒子纸烟。我妈看看我，给我扔了过来。平时，要是发现我的口袋里有纸烟，我妈就告诉我爸，我爸就会打我一顿。

拉着电灯，一家人坐着说话，我爸问我，干的啥活，我就说倒腾装茶叶的麻袋。我就说大库房里装茶叶的麻袋堆得像山那么高。我妈听了，就感叹，你爸就爱喝茶，要有那么一麻袋，喝到七老八十也喝不完啊。我爸瞪了我妈一眼，赶紧嘱咐道，不敢拿公家的茶叶，一个片片都别拿！我就说，我不拿，我挣下钱了给你买，买一麻袋！我爸我妈都大声笑了。然后，我想起什么似的给我妈叮咛，明天带饭，就装两个蒸馍和咸韭菜就行了。然后，我就想抽纸烟，但我还不敢当着我爸的面抽，就说上厕所，出去蹲到大门外的厕所里抽了一根纸烟，就回来睡了。

第二天，是我爸叫着我的小名把我叫醒了。我一骨碌爬起来，透过窗子看出去，外头，天已放亮。我妈说我睡得死死的，晚上还说胡话。我肩膀疼，手腕子疼，腰也疼，但我像没事一样吃着早饭。我爸又给了我一块钱，出门时，我妈也把一块钱塞给我，说别光知道抽烟，买些吃的！我走在路上，想着我爸我妈对我的好，就暗暗决定，我在商贸公司挣下的钱，要全部交给我爸我妈，自己一分都不留，我要让我爸我妈花我挣下的钱。

可是，当我来到商贸公司仓库，进大门时，姓刘的工头从门岗房出来了。他好像就在等我，脸上表情怪怪的。他对我说，别进去了，你回吧，今天没有活了，等有活了，再通知你。说完扭身就走了。我愣在原地，脑子乱乱的，理不清头绪。什么原因？我在回忆，我想到了我嫌熏蒸房硫黄味太重，似乎说了句太难闻了。我还想到了我抬不动麻袋，一屁股坐在了地上。也许，还有别的。让我回，会不会与这些有关？我不愿再想了，我的胸口堵得难受。我想哭上一鼻子，甚至想大哭一场，但我没有，我在脸上挤出了一丝笑纹，扭头往回走，拳头攥得紧紧的，好像要打人似的。走了一阵，宝塔梁的宝塔都在我的身子后头了，我才松开攥紧的拳头，又再次攥紧，朝我自己的胸膛上猛捶了两下，我的胸口立刻疼痛起来。这时，我觉得我的呼吸通畅了一些。

我没有直接回家，但又不知道到哪里去。随着脚，我到泾河滩来了。这里我经常来，高考前复习，我在泾河滩的一排大柳树下面度过了许多早上，许多下午。我又来到了大柳树下，一屁股坐下，嘴里哼哼着一首歌，是一首儿歌："小羊乖乖，把门开开……"多么好听的歌啊，我哼哼着，眼泪却止也止不住地流了出来。我有些恨自己，明明是要高兴的，而且，这首儿歌这么欢快，怎么就伤心呢？不能伤心！我这么提醒自己，掏出纸烟点着，一会儿，就把一根抽完了，我又接上一根，再抽。多半盒子纸烟，被我抽完了。嘴麻麻的，头晕晕的。我揪了一撮青草，放嘴里嚼了一阵，觉得轻松多了。

我中午才进的家门。走到门口时，隐约听见二姨在说话，我听清了一句：咋能跟得上呢，骨头都没长开呢。我已经进来了。我妈看见我，就嚷起来，跑哪去了，到处寻你呢！我爸稳稳坐在炕上，只是不停挠头。二姨说，回来了？说完这句，停顿了一会儿，说，回来就回来，再不去了！我啥话都没有说，进到里间，上炕躺下了。开始还想问题，还听见二姨说话，还听见我妈留二姨吃饭，二姨说要走，后来我就睡着了。睡了半下午，我才醒来。我觉得无聊，就翻出一本书看。但我无法集中注意力，我闻见了我身上的硫黄味和茶叶味，我想起老师说过的一句话，说以后，你们是做葱胡子蒜皮子牛的犄角驴蹄子，还是当文艺家科学家马克思列宁主义家，全在你们是不是好好学习。前面几样，都是没用的废物，后面几项，都是成功的标志。我真的成废物了吗？我没考上大学，当不了家，我干零工，也干不下去。我心里空空的，感到前头没有路走。这时我爸过来，递给我一卷子钱，说，这是你二姨去给你拿来的，是你的工钱。我接了过来，数了数，两张一块，一张五毛，两张一毛，总共两块七毛钱。这就是我干了一天零工挣下的报酬。本来我还能挣更多，但只干了一天，人家商贸公司的人就不要我了。

这之后不久，我带着一口破木箱，独自一人出了家门，到五百多公里外的一座矿山去谋生。多少年过去了，繁重的体力活从来没有压垮我，再苦再累，我也扛着，牙咬碎也不呻唤，我坚持了下来，成了一个靠力气吃饭的劳动者。

原载《全国优秀作文选·美文精粹》2020年3期

东门街

马卡丹

　　走出和平楼，便是一中大门，正处"U"形街道的第一道转角。"U"的起笔是汽车站，自南而北带来旅人的疲惫与送客的惆怅，连累得转角一带的建筑都灰灰的缄默无言。我们兄弟俩可不管这些，沿这转角由东向西，在下一道转角折而南行，直抵"U"之尽头。一路各司其职，弟弟负责东张西望连蹦带跳，我负责揪住弟弟的衣领，弟弟就在我手心的掌控之下不停地摇头晃脑、一惊一乍："老鼠、老鼠，沟、沟里去了！""猫、猫，城墙根那里！""哇，好大的画啊！"……我的回应只有一招：揪，揪衣领，揪紧，再揪紧，直揪得弟弟的小脸灿若桃花。没有办法，毕竟只大了三岁，毕竟只是莲峰小学二年级学生，要让不听招呼的幼儿园中班生乖乖就范，只能动用霹雳手段。这一幕颇有些观赏性，上学路上就常有路人驻足注目，或微笑或窃笑乃至指指点点，兄弟俩一不小心就成了"网红"。这一回轮到我的脸灿若桃花了，不管，依旧揪紧衣领，掌控大局，众目睽睽之下，愣是走出了一个八岁孩子的定力与尊严。

这一条街道实在是太熟悉了，确切地说，熟悉的只是一段街道，从"U"的底部到"U"的尽头这一段，也即一横一竖。"U"的底部为"横"，这一段不太像街：一边是俗称东台的山坡，坡下一溜房舍，房舍间一条巷子托着一段城墙匍匐而上，也就常有猫狗出没于此牵牢弟弟的目光；一边是一幢青砖黛瓦规模宏敞的大屋，左右各点缀几座民房。大屋大门侧门都不朝街，朝街的只是屋背的青砖长墙以及墙边深深的排水沟。不知大屋是清末还是民国年间哪位富豪所建，20世纪60年代作了一中的二校舍，小小的侧门便常有莘莘学子一拥而出一拥而入，难得清静。相形之下，"U"的最后一"竖"倒是繁华地段，俗称"东门街"，"出其东门，有女如云"，平日里东门街这一"竖"不敢说美女如云，但若逢上"墟日"，男男女女老老少少水泄不通，岂止"如云"？好在连接街道有大小多条巷子：劳动巷、吴屋巷以及记忆中短路的几条小巷，足以让你在人潮中遁出喘上几口大气。我们兄弟倒无须喘气，上学时尚未成"墟"，放学时"墟"已将散，弟弟就在我的掌控之下尽情往两边建筑物"美目盼兮"：照相馆、餐饮店、医药店、糖烟酒专卖店、刻印店、玻璃店、铁器店、修锁摊、人像写真摊、美术社、东门剧院……一一可圈可点：东门剧院墙上红红绿绿的海报、餐饮店中隐约飘出的馄饨肉香、打铁店里叮叮当当的锻铁声……全在肆无忌惮挑战两个孩子意志的极限，最是路边摊上，那一口油锅里的灯盏糕，噗噗冒泡，滋滋作响，勾引得肚里馋虫翻滚，实在是欲罢不能。"灯盏糕，糯糯圆，又想食，又冇钱"，可冇钱总不影响油锅前摆个站桩吧，不影响尝上几口油烟气吧？"行不得也哥哥",那一个个油汪汪的灯盏糕摇曳多姿,在弟弟眼中千回百转,但纵有千种风情、万般不舍,怎奈天空之下颈项之上老哥之手固若金汤,咬定衣领不放松,"任尔东西南北风"。好多年之后我仍在佩服那个小小书虫,怎么就等闲挡得馋虫万千、诱惑无边?小小少年,志存高远,令今日之我思之反不觉几分汗颜!

当然万事都有例外的时刻,那一刻来得毫无征兆,却是振聋发聩。依旧是早晨上学路上,依旧是摇头晃脑的弟弟和揪着衣领的哥哥,平日里路人聚焦的兄弟俩忽然就直接被无视了。几乎所有的目光、所有的脚步都朝向东门剧院的方向,那里,密匝匝的人群,纷纷攘攘的人声,隐隐约约有谁在大呼"老虎""老虎",真真吓死人了!兄弟俩紧急刹住双脚,目光灼灼扫描前方,随时准备战略撤退。却发现"老虎""老虎"的声音虽然越呼越响,人群反倒越凑越紧。什么时候小城人都成了勇士,老虎过街,人人喊打啦?难不成那老虎是纸老虎、布老虎、玩具老虎?不寻常啊!我看一眼弟弟,松开衣领,兄弟俩眼神对碰,一碰,一道火花,一碰,又一道火花,嚓嚓嚓,心中好一团热情之火腾腾燃起:上!有道是打虎也要亲兄弟,这看老虎同样是亲兄弟好啊!弟弟机灵,在密密麻麻的腰肢与大腿间辗转腾挪,领着哥哥泥鳅一般从边缘向中心钻探挺进,瞬间就抵达核心地带,挺立在与虎对视的第一线了。好个老虎!整个身子趴在地上,趴在血泊之间,硕大的头颅歪在前腿上,一身黑黄相间的毛皮色彩斑斓。它的眼睛闭上了,鼻息应该也没了,额头上那天生的"王"字倒越发醒目,瞧一眼不禁一个寒战。什么是美?这就是了,什么是威?这就是了!一条汉子站在老虎身边,眉飞色舞,唾沫翻翻翔翔,正向围观人士报告打虎心得。我不想尿他,我只对眼前这有血有肉又美又威的大虫行礼如仪,当然,行的是注目礼,十遍百遍,百遍千遍,真真"读你千遍也不厌倦",那份虔诚!书包里那些课文要是能有老虎这种待遇，怕早就被我倒背如流了。

　　老虎在东门街出现过几次，无考。但首次进入小学生日记的，恐怕还得数 1962 年的这头老虎。那天晚上破天荒有了表达的欲望，油灯微光下蓦然再现那一道斑斓身影。于是翻出珍爱的小本子，削好铅笔，一笔一画写下有生以来第一篇日记："今天，我看到了老虎，真的老虎。老虎的头大大的，身子长长的，皮黄黄的，还有一道一道黑黑的花纹……"且莫笑文字嫩生生吹弹可破，那起点高哇！试问方圆遐迩，哪个小学生敢把这威兮猛兮的老虎径直逮来作处女作的开篇？还真是独步小城，舍我其谁焉？那一份自豪，一直随着我到暑期将逝才戛然而止。无他，父母奉调下乡，兄弟俩也随之转学，徜徉东门街的过客生涯仅仅维系了一个寒暑，地球绕太阳画圈，堪堪才画出一个椭圆。

　　东门街怕是不记得那个八岁孩子了，数十年后胡子拉碴的我与她重逢，竟是相看两不识了。她不识我，那个提溜弟弟衣领视万千诱惑于无物的小小书虫，什么时候没了棱角没了定力没了"虽千万人吾往矣"的昂扬之气？什么时候一身红尘两袖酸风多了俗气多了浮躁多了犹疑多了瞻前顾后患得患失？我不识她，那线条流畅的"U"形街道哪里去了？那古意袭人的和平楼、二校舍哪里去了？屋宇之间那条拥着城墙匍匐而上的巷子哪里去了？眼前是一条远比从前宽上七八倍的莲中大道，现代化的车轮来如飙风去如电掣，"U"形街啊，只剩下原本最繁华的那一"竖"了，连那一"竖"也残缺不全了，落寞地依在莲中大道的一侧，像是大树主干上伸出的一根旁枝。这根旁枝一侧叶片依然，东门剧院、吴屋巷口，还有一些老的建筑，门面都还在，只是越发苍老破败；另一侧则叶片殆尽，一地瓦砾间，独独矗起一座苍古的天后宫，当年，这座建筑怀才不遇沦为库房，独自躲在东门街之后抱屈含羞，没顾上与年幼的我打个照面，如今一见，惊为天人！"天生丽质难自弃"，何况就是想自弃，如今的街区保护指挥部也断断不会批准，自然珍之宝之。

这一带街区，本有一街七巷，好比一只母羊牵扯着七只小羊。肥嘟嘟的五只小羊都在现代化进程中走失了，只剩得东门街这头伤痕累累的母羊，以及吴屋巷、水南尾，这两只原本并非最为出众的小羊。现代化进程中传统街区面临消亡的窘境，好在国人终究意识到了传统街区的可贵，意识到了古建无踪，乡愁焉寄？亡羊补牢，未为晚也，这硕果仅存的一街两巷，幸运地迎来了它的大好时光。东门街一带，天后宫，天后宫前的护城河，护城河上元朝出生的文川桥，还有吴屋巷的双子楼、进士第，水南尾的沈家大院……一一脱颖而出，惊艳了小城大众的眼球，众目睽睽之下，东门街"老夫聊发少年狂"，以数百岁的高龄欣然上了产床，生下了她的宁馨儿——小城"街区保护指挥部"，让他为一大两小三个幸存者疗伤，重现一街两巷的本色。而初生的指挥部果然不负重托，呱呱坠地，见风而长，未及满月已是风风火火奔波在街头巷尾，勘察每一道伤口，梳理每一根毛发，一个全面恢复街区本色的可行性方案，呼之欲出。

再一次走在东门街上，如烟往事纷至沓来，最清晰的，还是1962年的那头老虎。东门剧院门前，那片卧虎之地依然，只是没有多少人知道，那里曾经卧过一头老虎，更不会有人知道，那头老虎曾经开启了一个孩子的文学思维，某种意义上，它是这个孩子走上文学之路的启蒙恩师！如今，"蒙师"一族已极度濒危，升格为国宝。曾经参加过一个高规格的拯救华南虎研讨会，一干专家学者围着一泡未及风干的野生华南虎粪便莫名兴奋，又是拍照又是丈量又是显微镜侍候，对着粪便中的动物毛发阔论高谈。呜呼，1962年的那头老虎有知，当作何感想？当初斩尽杀绝不肯留一丝余地，待到虎踪全无却又悔之不迭，叹息连声，只好围着一泡虎粪聊寄契阔之情。人类之短视，此为一例，又何止此例？

东门街是幸运的，至少，要比东门剧院门前示众的那头老虎幸运。那头老虎，大千世界已找不到它一根骨殖一粒细胞，而东门街至少骨架完整底蕴犹在。虽说伤了筋动了骨破了相，可伤终究会好，容貌终究会恢复如初。是的，如初，如初就好，本色就好，千万不要因了对她的爱，为她浓妆艳抹，将她人为拔高。她就是蕞尔小城一位小家碧玉，经风沐雨依旧风韵犹存，所有的保护与重建，都不应背离这一初衷：让她，依然是她，只能是她！

东门街外，千里万里，还有多少古旧建筑，在期待东门街一样的幸运呢？我在小城的天空下，默默地想：但愿，所有的心愿都不会落空，那些寄托乡愁的古建们，能在骨架尚全的时候盼来福音，再不要重蹈野生华南虎的覆辙，当人类终于想起奋力保护的时候，却只剩下——一摊虎粪！

唉，我这个忧天的杞人啊！

原载《客家文学·秋之卷》

榆木拐杖和它的春天

刘云芳

母亲有一把木制的拐杖。

它取自于一棵在春天忽然死去的榆树。其他树枝都向南边伸去，追着太阳生长，唯独它，向着相反的方向延伸。它孤零零的，像一根伸出的食指，指着院里码放得格外整齐的圆形麦秸垛，更像一杆枪威逼着一个圆滚滚的脑袋。直到多年后，她在母亲手上被盘磨得圆润亮泽，我才忽然意识到，这截树枝早就以威逼的架势出现在我们院子里，等待着母亲臣服于那场病痛。

父亲早就看它不顺眼了，总想着怎么将它除掉。可树枝太高，他必须借助一架梯子才能完成这件事，可我家没有梯子。直到这棵树死了，他才忽然想出办法：把一个不太大的锯绑在结实的长木棍上。举高锯子，找准树枝与主干之间的部位，用力拉扯起来。父亲像个行刑人，对待一棵树，一块木头，他总有各种办法。

那些他父亲、祖父种下的树，都在他手里变成了一张张桌椅、门、窗户，甚至我和弟弟的玩具。他还没有专门给母亲做过一件什么东西。

母亲当年结婚前要的那种新式的组合柜，他没有兑现。他按照自己的想法，做了两件掀盖的木柜，母亲已经很欢喜。然而多少年下来，里边装满了父亲、我和弟弟的衣物。与母亲有关的东西少之又少。这木柜就像母亲的心一样，看似归她所有，却装满了与别人有关的记忆。

父亲想给母亲做一个梳妆盒，但母亲美化自己的工具仅有那折坏好几年的半把梳子，还有一个黑底碎花、上边写着"万紫千红"的小铁盒。父亲这想法很快就夭折了。

我和母亲站在不远处看热闹，看见树枝间的碎屑纷纷落下，像穿过阳光的金子。父亲戴着帽子，闭着眼和嘴巴，生怕它们会进入自己的身体。眼看就要锯掉了，可那截树枝就像死死扯住母亲衣角的孩子般不愿撒手。最后，父亲把锯子反过来，狠狠对着它砸了一下，那截树枝才终于带着它稀疏的散枝落了地。他把这一截锯下的树杆放到牛棚旁边那间堆满杂物的矮房子里，树的其他部分却没有再管。母亲好几次想到要将它烧掉，却始终也没有动手。

母亲忽然病倒的那一年，在外打工的父亲才不得不回来。他站在母亲面前，五官被错乱的表情挤得很别扭。半年未见的妻子躺在床上，睁开眼睛看了他一眼，继续沉睡。

母亲的语言系统错乱。她时哭时笑，以一种唱腔的方式高叫着：

好黑啊！太黑了！真黑啊！

父亲凑过去拉她的手，好像要把她从一段暗无天光的路上领出来。

一个月后，父亲将母亲带回老家。她半个身体已经在慢慢苏醒，可她太害怕跌倒，不敢站起来。住院之前，她就是因为忽然跌倒才得了脑出血。

父亲拿着斧头，四处寻摸，最后他忽然想起什么，跑到矮房子里，找到那截榆木——好像它在这里等待这几年，就是为了完成给母亲当拐杖的使命。父亲将它的散枝砍掉，只留一小段粗枝当作手柄。又反复打磨、刨光，最后，将一把崭新的拐杖递给母亲。

母亲用左手一把将它扔到了远处，对父亲大声喊道，不要，我不要！我这半边身子肯定能缓过来，就像这半边一样！说着，她用左手去捏右边的脸，用左手抚摸右边的胳膊，用左腿勾右腿。最后，她用左胳膊紧紧搂着右半边的身子，哭了起来。

母亲对拐杖充满了恐惧，好像这截木头要在她命运里长出一棵让她无法撼动的树一般。可是她要尝试站起来，就必须依靠什么。父亲自然代替那拐杖成了她依靠的力量。可父亲不能一直守在家里，他要去侍弄庄稼，还想打零工，挣点买菜钱，这样就可以免于向远方的儿女们开口。父亲还养着一头牛，牛用一张巨大的胃消解着父亲每天的劳动成果——那一大捆一大捆的青草以及父亲割草的时光。

我不知道母亲是在怎样一个清晨，一点点靠近榆木拐杖，并将它紧紧握到手里的。她接受它，也是在接受那半边身体可能再也无法醒来的事实。她抚摸它，与它磨合。她清楚日后，她的路不仅是自己的，也是这截拐杖的。在院子里，一场小雨刚刚淋湿地面。她拄着拐杖从屋里走向厕所。洋灰地上响彻的清脆的声音渐渐消失。到了湿润的土地上，这张狂的拐杖自动变成了哑巴。它失语了。也可能是与泥土的亲近，让它顿时寻回了往昔的什么记忆，它在泥土里偷懒，流露出成为一棵大树的野心，每一次与土地亲近都企图扎下根去。在这一段泥泞的路上，母亲也像拐杖一样，想起曾经如风似火的样子，种种与奔跑有关的记忆在这一刻复活，她似乎感觉到，只要她不停下来，她的右半边身子就会苏醒。她努力向前的愿望被一根想在泥土里扎根的拐杖阻拦着。她摔了一下子，幸亏旁边那几口黑得发亮的瓦罐支撑住了她。

那一排黑瓦罐曾经是她的法器。在食物匮乏的冬季，她曾用它们变出各种咸菜，用它们储存鸡蛋，用它们漤柿子。多少生活的细节都装在这瓦罐里。在她生病之后，父亲将它们转移到路边靠栅栏的地方，又摞成两层。龙须草很快被吸引，好奇地围过来，牵牛花也伸过触角，将它们搂在怀里。旁边不知道何时长出一棵嫩绿的枸杞树，用不了两年，也能垂下红色的果实了。它们像母亲的往昔一样，用丰富的色彩和不同的形态，在记忆深处形成一根会变形的彩色拐杖，努力冲击着她的感官。

父亲冲过去的时候，母亲已经站起来。他原本做好了迎接她哭泣的思想准备。但母亲没哭，她看着瓦罐上边挂着的透明雨滴。她本来要溢出的泪水，瓦罐替她流了。她只对父亲说，你看，我还担心把它们放在这里，会落满灰尘呢。瓦罐黑得发亮，两个人和一把拐杖的影子被这一块块光亮拼凑出来。但母亲更多的东西，如纳了一半的千层底，绣了荷花、鸟却只飞来一边翅膀的十字绣……都只能丢到一边。有些针长久不用已经开始生锈了。她把那一包上好的丝线和大小不一的针送给我。母亲一定想不到，它们随我翻山越岭，到了千里之外，依然是躺在抽屉里继续生锈。或许她是知道的，但又有什么更好的办法？送给女儿总比直接扔掉的好。

接下来的日子，母亲要驯服那拐杖。她先驯服它的声音，它落在水泥地的声音太响了，一声一声，仿佛在叩响土地之门。夜晚，母亲走过水泥地板去上厕所，它连缀起来的声音，形成清脆却乏味的节拍。母亲开始恐慌、不安。她从衣柜里找出一块小花布，吃力地剪出一小块儿，将它绑在拐杖上。小花布像是拐杖的口罩，又像是个靴子，声音果真就小了。

母亲拄着它在院子里来回转悠，要让这拐杖与自己融为一体。似乎也是在吓唬右腿：你再不醒来，就有替代品了。每一次，母亲都感觉到体内有股力量就要滋长起来，但每一次都是徒劳。报纸上、电视上各种神奇的药物不断涌出来，都是专治她这种病的，母亲心里升腾起希望，但这希望又与昂贵的药费搅在一起，形成堵在舌头上的一扇门，让她不好意思说出口。最后，她还是说了，我们按照屏幕上的联系电话，买了药，但广告上那些老年男女治愈之后的灿烂的笑容没能移植到她脸上。她曾在服药期间感觉到的那股力量，最终还是熄灭了。她坐在门前的小土堆上，双手扶住那把榆木拐杖，把脸贴在拐杖上方的树杈上，满面愁容，仿佛一棵树上结出的最苦涩的果子。

母亲开始喜欢早睡，她以这样的方式回归。在梦里，她东奔西走，去看住在山那边的大姐与小妹，去河对岸的山沟里给大哥和二哥上坟，她在路上采了一大捧野花，红的、黄的、白的，真好看！两个哥哥是不喝酒的，她在井边给他们打了一瓦罐的水，她先尝一口，是甜的，再分别撒到坟前，她跑下山去看在三哥家里住着的父母。干完这些，似乎还要去坐火车，女儿就要临盆，她要赶着去照看，在女儿因为分娩而喊疼的时候，必须得紧紧握住她的手。她坐了那么久，火车却一直不开。等天黑了，有人驱赶她下去，才知道，她误坐在一截没有火车头的车厢里，永远也不可能离开。

醒来后，她才想起，她的母亲已经在几年前走了。葬礼那天，下着大雨，她穿着白衣白裤，在雨里哭，在泥里哭。那天的大雨远不及她的泪水滂沱。后来，她的泪水干了，喉咙里再也发不出声音，只大张着嘴。

姥爷那段时间就住在山下的三姨家。大家集体帮她隐瞒着，说她去给女儿看孩子了，一走就是许多年。姥爷每次都点头，说，知道了。

母亲是在许多个叠加的梦之后，才终于同意下山去见姥爷的。八十多岁的姥爷站在弓形的门口，挂着一根竹制拐杖。母亲从机动三轮车上的大椅子上站起，喊了一声"爸"便开始笑。姥爷也开始笑。这两个表情错乱的人，用笑容遮盖了所有由多年的思念、猜测酿制的复杂情绪。母亲被父亲和姨父从车上背了下来。姥爷和她两个人面对面站着，竹子拐杖和榆木拐杖支撑着这场重逢。母亲已经开始哭泣。姥爷的手抚过她花白的头顶，不断重复着几个字：傻妮子啊，傻妮子！

母亲和姥爷说着话，他们的拐杖放在沙发的侧边，像两匹拴在那里等待主人相会的马。

多年看不到女儿的姥爷，在心里不住猜想。他甚至想过，我母亲是不是已经不在人世了。所以，哪怕母亲身患残疾，他也觉得，这个结果是好的。姥爷一直笑，一直笑，他每过一阵就会说：傻妮子啊，傻妮子！几年里的期盼、猜疑、失落、祈祷……种种复杂的滋味都深陷在这三个字里。

一年多之后的那个春节，母亲早早开始准备看望姥爷的东西。她念叨的时候，父亲总是不应声。到了说好的日子，父亲却还是推托。母亲忽然意识到了什么。她追问着，终于知道，早在三个月前的初冬，姥爷便已去世。母亲好半天说不出话来，她用力敲击着榆木拐杖，好像要把那短暂的几次相聚从拐杖里抖搂出来。可是，那拐杖早已经被它训练成了哑巴，又脏又旧的小花布，包裹着一根拐杖有可能发出的所有声音。

母亲没有哭，但她却在第二天的清晨给我打电话，说，她梦见自己一个人站在土炕上，四周都是悬崖。我明白那是她内心的无助与恐惧在发出警告，便劝她，你要难受，就哭几声吧。但她却重重叹了一口气，姥爷当年说的话移植到了她嘴里，她说：傻妮子啊，傻妮子！

母亲再也离不开那拐杖，她有时坐在门前的土堆上发呆。双手握紧它，怕它忽然跑掉似的。

把拐杖驯服之后，所有的东西都能变成拐杖的代替品，比如笤帚，她手握笤帚，从一间屋子穿过另一间屋子，扫了屋里又扫院子。比如搓衣板，比如那一段段塞进炉口的柴火……有它们支撑着，她就觉得生活四平八稳。

总有"好消息"从亲戚朋友们的舌尖上奔过来，今天是坐一坐就能包治百病的椅子，明天是各种有神奇疗效的药物和传说。所有东西都在伸出触角，撩得她心痒。她在电话里一次次向我验证，这是真的吗？那是真的吗？我竟不知道如何作答，我怕自己把她心里仅存的一点希望给熄灭。但后来，她在医院大夫那里得知真相。再有人向她推销什么的时候，她便直接拒绝。我才发现，与是否还有治疗的希望相比，她更怕被骗，她怕自己会犯电视里那些老年人通常会犯的错误。母亲用半个身体抵抗着一个老年人可能会遇到的各种蜜枣与暗箭。

母亲一旦到了自家的地盘上，顿时变了样子。没有拐杖，她也能自如地干一些简单的活。后来，我追问多次，她才说，是不想给忙着上班的弟弟添麻烦才回来的。另外，她也是怕再去跟那些新事物、新环境进行磨合。我可怜的母亲要驯服一件生活中的器具是多么不容易。

母亲把那些失败的、沮丧的过程都藏起来，只让我们看到好的结果。她总说，哪怕只有一只手能动也要将日子过好。每当听到这话，我就想到冬天里被放置的半颗白菜，它努力冒出新芽，努力从半颗心里开出完整的、灿烂的花。

　　许多个夜晚，我都会梦见母亲和她的拐杖。有时，我就是那拐杖，我陪她走在泥泞的土地，走过雪地，到处都是我们的足迹——两个脚印和一个圆圈。母亲回过头看这落在大地上的孤单的印迹的时候，我躲在那木质拐杖里哭。醒来之后，我觉得梦真是相反的。在这些年里，我太把自己当成一棵树，树枝一直伸向远方。母亲在我幼年时，只告诉我要往高处飞，要往远处走，她把要成为拐杖这样的事情留给自己。可她偷偷在心里锻造的那根拐杖还没有成形，便病倒了。那年，她才四十八岁。

　　有段时间，我在本子上想描画一个拿着魔法杖的仙女，可画来画去，总会将魔法杖画成拐杖。于是，我将那拐杖画得枝繁叶茂，像棵行走的树，它将主人揽在自己的影子里，像把伞一样，为她遮挡风雨。有时想想，手持拐杖努力生活的母亲，何尝不是那个拿着魔法杖的仙女。

原载《黄河》2020 年第 1 期

时光深处的身影

格格

晃晃悠悠的岁月，打碎了一些记忆，而留下的，往往格外清晰。比如，一个女孩子挎着一只装满鸡蛋的柳条筐，走在去往乡村集市的小路上。

这个女孩子就是我。那时我上小学四年级，个子长得比同龄孩子高一大截，瘦弱得如风中的芦苇。但生活的重担，不会因为我的瘦弱而绕道走开。

母亲怎么会病得那么久！几乎是常年卧床，勉强招呼一下家事。父亲是村里的木匠兼会计。他偶尔会把村里的账本带回家，噼里啪啦一通算盘响，一些数字带着淡淡的墨痕极其清秀地落在红蓝格子的账页上，像一行行会跳舞的音符，向着一个方向倾斜。我喜欢翻看父亲的账本，也逐渐看出了一些眉目。他的往来账本上，到了年终结算时，我家那一页，年年都是一笔红色的数字——赤字！一年叠加着一年，似一条看不到尽头的红线。不知道父亲用红笔写下这一串数字时，除了轻叹，心里会不会焦灼，或者一些隐痛。

一家老小，外加一个常年不断打针吃药的病人，日子的难可想而知。

守着一条大河，我家却不养鸭鹅。母亲说，它们能吃，下蛋又不多，不如多养几只母鸡。所以，小时候，母鸡是我家最尊贵的财神。母亲的药费、我们的衣食甚至学费，都靠母鸡们的无私奉献。心里装着那些红色的数字，我看母鸡的眼神不由自主地充满期待，照料它们也很是上心。

春天挖野菜，夏天捉蚂蚱，秋天投高粱，冬天煮米糠。这些关乎母鸡的琐事，占据了我课余的大部分时间。累着，也快乐着。听说母鸡吃海蛎子壳能补钙，生的蛋不易破，我会格外留意邻居家房前屋后的树根下、草丛旁有无倒掉的海蛎子壳。看到了就捡一些回家，在院子里晒上几天，再砸成粉末拌进鸡食里。河里的小鱼小虾则是我犒劳母鸡们的美味。有一年夏天，暴雨过后，大河下游卧龙水库里的鲫鱼逆流而上，阵势壮观。我一身泥水，抓回好多半斤重的鲫鱼，扔到鸡圈里，给母鸡们增加营养。结果，母鸡们并不领情，你啄一下，我啄一下，个个甩头离去，任由鲫鱼横七竖八晒成了鱼干。它们嫌弃什么呢？我的一腔爱意在这个谜团里转了好久。

不过，我家的母鸡们真是些勤快的生产者。除了夏季天气太热，其他三季，母鸡们的欢叫声总是日日响起。"咯咯嗒……""咯咯……嗒"，母鸡们用各种嗓音唱着相同的凯歌，此起彼伏，从不厌烦。当然，捡回带着余温的鸡蛋，是我们一家人都乐此不疲的事。

除了每年的清明、端午、春节，我家是极少吃鸡蛋的。清明炒鸡蛋，端午煮鸡蛋，春节蒸鸡蛋菜。能吃到鸡蛋的节日都值得我隆重期待，包括清明。为什么清明可以用韭菜、菠菜或是一把发芽葱炒上一盘黄灿灿的鸡蛋呢？始终不得而知。

鸡蛋的最终归处，基本上都是拿到集市上卖掉了。为什么把卖鸡蛋的任务给了我呢？我曾经问过母亲，她说，她腿疼，不能走太远的路；父亲做个芝麻大的村官，脸皮却薄得要命；不能总叫邻居们代卖，只能让我去。

于是，十岁的我，成了集市上卖鸡蛋的小姑娘。

记忆里的农村集市，周日才敞开胸怀，接纳四方来客。离家远，兜里又没有钱，自然也不惦记着去集市上闲逛。要去集市上卖鸡蛋，对我来说真是个大难题，好在住在我家东面的福二嫂热情主动要带着我。

她家养着一群鸭子，纯白的麻黄的都有，每天鸭群会扭着身子浩浩荡荡地从我家门前走向大河，日落前又扭着身子浩浩荡荡地走回家。这群鸭子给了福二嫂常去集市的充分理由。哪怕到了歇伏的时候，鸭子产蛋少，福二嫂也会带着十个八个咸鸭蛋，往集市上走一趟。70年代末的乡村集市，总是有无穷无尽的新鲜事，吸引着每一个走进它的人。这些新鲜事，又在福二嫂的重新酝酿下，成为街头人们的最新谈资。

对于福二嫂，我是有几分崇拜的。从我居住的村子到乡里的集市，大约有二十里路程。从家走到东山顶，可以坐上路过乡里的长途汽车。但是，没有人去坐。一站地而已，何苦花那个冤枉钱？迈开双腿翻山越岭，早已成为村民们的家常。但是，福二嫂走得轻松欢快，微胖的身体藏着看不到的魔力，挎着一筐鸭蛋也毫无负重的感觉。我的筐里只装了三十只鸡蛋，一些谷糠均匀地从上到下把鸡蛋包裹其中，没有一点缝隙，一块棉布四角塞进筐里，蒙在上面。尽管如此，我还是有些紧张，一面紧跟着福二嫂的快步，一面低头看好脚下的路，生怕有任何闪失。

一路上，福二嫂脚步不停，嘴也不停。她告诉我，集市上人多，要跟紧她，要照顾好鸡蛋筐，要主动张嘴招呼买主，要多介绍鸡蛋的优点，比如个大、红皮等。她还教我怎么观察问价人的衣着年纪，怎么判断他们的身份。福二嫂滔滔不绝的生意经，让我的脚步在疲惫中更加沉重了，心里却一直念着出门前母亲帮我定好的小九九：根据最近的行情，如果一只鸡蛋两毛八，三十个就是八块四；如果是两毛九，就是八块七。我不确定今天鸡蛋的价格，一只莫名的小鼓在我心里咚咚敲响。

至于山岗上的桃花鼓起腮帮了，紫地丁撑开小伞了，这漫山遍野的春景，我都没了观赏的心思。我的整个世界在匆忙的脚步中慢慢缩小，只有那一串串念在心里的数字和我要紧紧护着的一筐鸡蛋。

太阳刚刚升起五尺高，四邻八乡的赶集人已经在乡供销社大门前汇聚成一片欢闹的海洋。没有什么固定的摊位，也没有统一的模式，人们自由散乱地拥挤在一起：那边堆在马车上的海带湿漉漉的、散发着新鲜的味道；这边随地铺着一块皱巴巴的塑料布，几捆才割下来的头刀韭菜整整齐齐码在那里，紫红色的根部粗壮饱满；远处支起的油锅飘来了阵阵油条油饼的香味……能带到集市上的林林总总，挤进每一个角落，任由人们挑拣买卖。无论卖者、买者、逛者，人们大多神情怡然、步履闲适，日子中本该有的那份欢乐，仿佛在这个集市上，统统被激发出来。春光洒在每一张脸上，暖暖和和的。

我跟着福二嫂寸步不离，生怕她被人流淹没了。福二嫂熟人多，她一边打着招呼一边用眼睛扫视着可容身的位置。终于，我们俩在一位卖茄子苗的大叔旁边站住了。福二嫂把鸭蛋筐放在脚前，甩了甩胳膊，就开始朝着人群吆喝："冒油的大鸭蛋啊！冒油的大鸭蛋！"她喊喊停停，一扭头发现我像个树桩子立在那儿，便开始数落我：这傻孩子，把筐放下吧，不累吗？又说，怎么不张嘴喊啊，像个哑巴哪能卖东西？说完，又去吃喝她的冒油鸭蛋了。

我依然做我的木桩，不敢放下筐，也羞于张嘴，老老实实地"守株待兔"。

那天的运气不错，几乎没费什么周折，鸡蛋就卖了。买我鸡蛋的大嫂，是被福二嫂的吆喝声喊来的吗？我无法确定。八块四毛钱是我第一次装入衣兜里的巨款，我右手握着钱，插在衣兜里，再也不肯拿出来。

回去的路上，脚步轻松起来了，右胳膊开始酸胀了。

尽管在集市上没敢到处看光景，也没敢花一分钱，心情好得恨不得唱出一支歌。

第一次卖鸡蛋，蛋没打，钱没丢，圆满。

福二嫂说，你这个小丫头，不简单。

如果不是福二嫂搬了家，我会一直跟着她卖鸡蛋。波澜不惊，从春到冬，将我小心翼翼紧张万分的身影留在去往集市的山路上。

可是，福二嫂家搬到大河西岸去了，和她妹妹住在一起。我无法再跟着她，在她的大声吆喝中卖掉我的鸡蛋了。我开始独自赶集卖鸡蛋。这时候，我十一岁了。在这个集市上，年纪是一个不请自来的泄密者，让我与周围的每一个摆摊者格格不入。我仿佛来到了不属于我的地方，局促不安。为了母亲的葡萄糖粉，为了我和弟弟的学费，为了父亲能偷偷支持我订阅我爱看的《小学生报》《中国少年报》，我无法拒绝和退缩。

没有了福二嫂，我得自己找到合适的位置，准确地说，我是在挑人。凡是面相不善的摊主，我都避而远之，这是父母教导我的。可是，我又能看懂谁呢？常常是一头汗水走进集市，又要在人群里焦急不安地到处转。转得多了，听得也多。噢，原来鸡蛋走着卖最好。先走一通，听听人们的问价，看看筐里盆里的鸡蛋，再做一番比较，卖上一个最高价。我得感谢我家的母鸡们，产的蛋颜色深红，个头又大又匀。难怪以前卖得顺利，因为价格低啊。

唉！无知真是罪过。

从此以后，挎着鸡蛋筐的我，像一条鱼在这喧闹的海洋中游来游去，努力地完成自己的使命。

这个过程，并不轻松。但，也足以让我心花怒放。

很多人因此认识了集市上这个小小的我。以至于很多时候，总有熟客在找我，其中，也包括他。

他是乡里供销社的售货员。三十多岁，肤色较白，穿着也很干净，全身透着一股文静之气。我一度猜想，他该不会是留在乡里的知青吧。

他买过我几次鸡蛋了。每次轻声问，小姑娘，鸡蛋怎么卖？我回了价，他从不还价，也不计较数量多少。不挑不拣不压价，多省心的主顾啊。因为集市就在供销社门前，他总是带我到供销社给我付钱，有零有整的，刚刚好。

原来，他是供销社里卖土杂的，不知道他姓什么。

入冬了，天气真是冷啊。走了一路冒出的汗，在棉袄里嗖嗖地蹿出凉气。筐里有四十八只鸡蛋，已经攒了一周多了。我和弟弟能不能在过年时穿上新裤子，就靠它了。

集市上人少了很多，卖的东西也没有春秋那般五彩斑斓。新鲜的蔬菜几乎不见，苹果、梨倒是能在棉被里看到，占主角的是那些不怕冻的东西。比如，冻鱼、冻虾、冻海蛎子，还有我万分喜欢的冻梨膏——就是小小的滚子梨串在一起做成的糖葫芦，看上去像是一颗颗黑色的算盘珠子被裹上了糖浆。是一毛钱还是五分钱一支呢？我记不清了，只记得父母允许我买一支。那几天等待周末集市的日子里，我的梦里总是有冻梨膏的滋味，酸酸甜甜的，清凉、爽脆，人间还有胜过它的美味吗？我打算好了，卖了鸡蛋买两支，一支路上吃，一支带回家给弟弟。黑黝黝亮晶晶的冻梨膏，似乎早已经在向我招手了。

心里想着美事，看什么眼里都放光。挎着鸡蛋在人群中探听着今天的价格，一抬头发现了他。他也在人群中，看到我，微微一怔：小姑娘，这么冷的天也出来了？我红着脸一笑，算作回答。今天的鸡蛋怎么卖？我全要了。没等我答话，鸡蛋就有了归属了。

那天，集市上鸡蛋的最高价格是三毛三，我自然也是按照这个价格卖给他的。

和他去供销社拿钱的几步路上，我已经飞快地算好了四十八只鸡蛋的价钱，十五块八毛四。

走进供销社，他拿起白色的小算盘，拨拉几下，转身去旁边的一个帆布包里数钱。硬币纸币合在一起，推到我面前：给，十五块八毛四，正好。说完，忙着起身去帮一位顾客挑选酸菜缸了。

我接过钱，数了一下，不对。再数，还不对。不是十五块八毛四，是十八块八毛四！我的手心里一下子涌出了汗，感觉潮乎乎的。我想喊他，但他已经离我很远了。我想象着多出来那三块钱的模样，转眼就变成我一身新衣服，或者……这样想着，我的脚步就开始往门外移动，而且越来越快，最后简直是从集市中冲出来。

顾不上买冻梨膏了！我把这些钱小心地装在棉袄的内兜（这是母亲专门为我缝制的内兜）里，用别针别好，脚底生风一般，沿着田野中的小路奔跑。我害怕他会立刻发现追上来，怕面对他我无法解释自己的逃离。我像一只不安的小鹿，在冬天的田野里狂奔。那些留在地里的玉米根，那些田埂上枯黄的野草，是否在我的慌乱里也不安起来呢？我不敢想，也不敢多看，生怕它们发现我羞红的脸庞，洞察我的小心事。

一头汗水跑回家，心跳得连装在内兜里的钱都在抖动。母亲问了缘由，轻轻地叹了一口气。

那天晚上，我一直在奔跑中难以入睡。他会发现多给我钱了吗？他会怎么想我的逃离？以后遇到他怎么办？怎么办？

从那以后，去集市就变成了我最沉重的负担。各种怕总是在去往集市的路上纠结在一起，形成一种看不见的力量，要把我吞噬掉。我不能再到处转了，常常是躲到角落里，用最低的价格快速地卖掉鸡蛋逃出集市。乡里的供销社，我连跨进门槛的勇气也没了。这三块钱，像一个不断扩散的涟漪，在我的心田上投射着阴影。在这片阴影里，我丢失了一些让我快乐无忧的东西。

好在不久，村里有了专门收鸡蛋去城里卖的"倒蛋"者，我可以不去集市了！一枚柔软的刺，留在我的记忆里，想起来轻轻疼。

几年前，和一位朋友聊起小时候的往事，又谈起这段经历。她说：你有没有想过，是他故意多给你的呢？朋友的话让我大吃一惊，怎么有这样的可能？朋友如同一个老练的探员，条分缕析地讲述着她的见解。

是啊，为什么我从来没想到呢？

朋友说，别再难为你自己了。你该感谢啊，遇到这样的人。

可我，去哪里送出这句感谢呢？充满烟火气的乡村集市早已经不见了，乡供销社也不见了。

这些年来，我似乎落下了一种病，有点闲暇就爱开车跑到离城市很远的农村集市上逛逛，亲近一下那些母鸡新生的蛋、刚拔出来的萝卜、从树上摘下来的桃李、地里刨出的地瓜、花生……它们只经过农人的手，带着新鲜的泥土气息。喜欢看看那些黝黑的脸、彼此间相谈自然拙朴的表情，品味着其中传递出的心平气和随遇而安。常常一无所购，常常心满意足。

一种亲切，我最相知。在时间的煮锅里，照样可以闻到儿时的旧滋味，就像钱红丽所言，"它并未发霉，依然有着月季的香，在微风里荡漾"。

这芳香里，藏着我无法忘记的身影。

原载《满族文学》2020年第5期

飞翔

蔡瑛

　　1994 年 9 月，我从乡镇去往省城南昌，进入省工商行政管理干部学校就读。我一踏入这个校园，就由衷获得一种光明与自由感，仿佛一只囚禁的鸟从笼中挣脱飞向了一片广阔蓝天。

　　我是一个复读生，能进这所省级一流中专学校，也算是对自己有了一个交代。所谓一流的中专学校，是我们新生开学典礼时，苟校长在致辞中说的。他激情洋溢地说，同学们啊，你们是时代的幸运儿，我们这所学校可是全省一流的中专学校，考进来的大多是各市县中考学子的前三甲，所以，恭喜你们，也欢迎你们，来到这个美好的校园，一起开创更美好的明天！苟校长挥着双臂，扯着嗓门，极像一个革命义士的慷慨鼓呼，很是让人热血沸腾。事实证明，苟校长并没有夸大其词。我后来大致了解到，我身边一些统招来的同学，他们的中考分数如果放到高考，基本都是进清华北大的料。当然，也有一小部分例外，比如我。我很不愿意介绍，我其实是个委培生。所谓委培，就是定向委托培养，是对工商系统内部子女开辟的一个绿色通道，分数放宽一些限度，但要缴纳比统招学生多出两倍的委培费。尽管如此，我的考分，仍然高出了县重点高中录取线近十分。委培生，这个名词当然并不光彩，有种作弊与投机的成分，它在我的履历里低头耷脑，一副先天不足的样子。读这所学校，主要是父亲的意思，因为委培生是确保定向分配的。父亲说，你进了这个学校，三年之后，就是堂堂一名工商系统的国家干部了。穿着笔挺的工商制服的父亲，很是自豪的样子。

去学校报到那天是我第一次去省城。具体情形我不太记得了，似乎全家都很激动兴奋，父亲母亲决定由他们陪着我带上二妹一起前往。父亲用他印着鄱阳县工商局的黑色提包装着保我光明前程的厚厚一沓七千块钱的委培费。七千块，在1994年，是个什么概念，我有点不确定。我只知道父亲为了凑齐它，卖了不少脸面。父亲是个面皮特别薄的人，最不愿意的就是求人与欠情。

那时候，去省城南昌，是一趟颇费周折的长途旅程。我们要先从镇上坐中巴到县城，再从县城坐轮渡到南昌。遇到枯水期，轮渡指不定会在哪里搁浅，乘客兴许还要在轮渡上过上一夜。我们都没有坐过去往省城的轮渡。那时候《泰坦尼克号》还没上映，我们对大轮渡还没有那么豪华与跌宕的想象，但"轮渡"这两个字，天生就具有梦幻感，能让人心旌摇曳。去县城的路一路颠簸，我的身体随着车身剧烈摇晃，显得比内心还要肤浅与兴奋。生活总是出人意料，母亲与妹妹半路晕车，吐得脸色发白，没有坚持到县城便提前结束了这趟旅程。我继续前行，一路无恙。父亲对我说，也许注定了，你是咱们家走得更远的人。父亲说这话的时候，很郑重其事的样子，像一个未卜先知的智者。我坐在轮渡上，看着浩渺的鄱阳湖水，细细地咀嚼着父亲的话，心潮起伏。

省工商干校在南昌的北京东路。我是第一次知道，首都北京竟还可以用来给一条路命名。我暗想，那得是多气派繁华的一条路啊！当我们七转八拐，风尘仆仆地被一辆三轮车拉到目的地的时候，我简直不敢相信，眼前的北京东路，该是七八环之外吧。没有想象中的霓虹闪烁，车水马龙，迎接我们的是一条被雨水和行人踩躏得形态狼狈的土路，一片泥泞的尽头是我们的校园。校园旁边，静默着一排灰白色的大鸟，不是高楼，而是一些大棚菜园子。北京东路，居然是个远郊。我似乎并没有走多远，感觉像是从乡下又来到了乡下。

刚来的失望很快被崭新的校园生活冲刷了。正如苟校长所说，这真的是一所美好的学校。这种美好，不仅体现在校园环境与设施上，而更多的是一种内在气韵。是的，我很快就捕捉到了这种气韵。这里的老师，年长些的，都长着一副博学的样子。但吸引我的是一些年轻老师，他们应该大学毕业不久，好像被阳光照着，眼神熠熠，带有一种又昂扬又傲娇的光彩。学生则大致分为两类，一部分是统招的优等生，属于智商超高的学霸，一部分是家庭优渥的干部子女，内招生与委培生。这里的学生，绝大多数都带着一种与生俱来的自信与优越感。这种自信与优越，让他们显得落落大方，生龙活虎。这种感觉，与我的初中时代，太不一样了。

是什么时候开始有了落差的呢？我成绩平庸，用度拮据，又没有才艺。一个足够虚荣与自尊的乡镇姑娘，找不到了自己。拿我们寝室来说吧，高安的晓雪是个每天擦玉兰油跳起舞来就发光的小天鹅，南昌的敏儿是部队大院长大的肤白貌美的高干独女，景德镇的菲菲是个嘴里不离面包巧克力的乐天派，宜春的梅梅则是逢考必优的女状元。而我呢？除了不着边际的文艺与不切实际的幻想，还有什么呢？

我从乡镇来到省城，可我还是我。

我变得有些不合群了。我隐藏起自己的失落与自卑，埋头看书，写日记，一个人散步。工商干校附近有不少中专校园，省税务学校、省外贸学校、省统计学校，这些学校聚集在一起，血统相近气质匹配，在大多数来路与去路都不明的杂牌中专学校里，像是先天优越的富人区。我常在周边散步，但我最喜欢去的地方，是学校后面的轻工业学院。那其实是一所非常普通的大专院校。但它安静而蓬勃，显得更加朴实与神秘，更接近我的理想。父亲不知道，在我心里，我其实更愿意上高中，然后上大学。大学，才是我的梦想。轻工业学院的图书馆比我们学校的两倍还大，那里的学生们，抱着书本或者吉他，有的步履匆匆，有的气定神闲，莫名有一种我无法抵达的底气。是的，底气。大学生，才是天之骄子。我突然对自己的身份有些泄气。我的中专同学们，那种自得，那种优越，那种未来明了前途在握的满足，是多么幼稚，多么浅薄啊！看得见的未来有什么可期待的呢？看不见的才更让人向往啊。

现在想起来，那个时候，那个十六岁的乡镇女孩，扎两个麻花辫，清瘦，文弱，抱一本杂志，一个人悠悠地走到校园的甬道上，素净的脸上没有一点杂质也看不出任何端倪，谁知道呢，她那刚刚昂扬的青春，像那艘载她而来的轮渡，突然在航程里搁了浅。

很多年后，一些同学聊起来，都说，你那时候多文艺多骄傲啊。我吃了一惊，有吗？我有什么可骄傲的呢？我是恰好用了一种貌似文艺的方式，掩饰与武装了自己罢了。

哪个女孩没有在青春年少的时候，渴望过飞翔呢？我第一次体验飞的感觉，是在秋千上。不太记得具体的细节了，我是怎么去的游乐场，和哪些人一起。我只记得，我在公园的游乐项目中徘徊了一圈后，选择了荡秋千。只是因为秋千是不收费的。记得更清楚的，是第一次体验飞的感觉。在助推中腾空，向上，起飞，被风拥抱，被更广阔的天地接纳，晕眩，刺激，肆意，自由。我一次次迎向天空，渴望高一点，再高一点。怎么形容那个感觉呢，万物仿佛都被屏蔽，只有我在飞，只有我。我是唯一，我是主角。

那时候，有一个海边的男孩在给我写信。那男孩，是我的初中学长，我第一次见到他，便把他写到了日记里。那是一本带密码锁的日记本，关于他的内容，早已被我悄悄涂改了，擦不掉的痕迹，一并浅浅地留在了心里。他给我寄来一张照片，一个穿着白色水兵服的男孩，海风将他水兵帽的飘带吹得飞扬起来。海水蔚蓝，阳光金子一样，男孩微笑着，眼神清澈，唇角上扬，像一株青涩的海草，又像一个发光的贝壳。我深深地记得那张照片，记得那片纯净的洁白与蔚蓝，以及被海风吹得扬起的水兵帽的蓝色飘带，它流畅而优美，像一只展翅的蓝色海鸟。

我内心肿胀着一种懵懂而甜蜜的情绪，它们将我的爱美与虚荣心催发起来。于是，我开始闹起了钱荒。

母亲每月只给我两百块的生活费。两百块，能做什么用？大概吃饱是没问题吧。对于正处在青春期的女孩来说，有太多比吃更重要的事情。我不能像晓雪一样，用玉兰油这样高级的护肤品，但是，穿一件她那样的白色雪纺裙子总可以吧。我总忍不住悄悄关注这只会跳舞的白天鹅。有一次，我们班排舞蹈《军港之夜》，她穿着一件白色的雪纺裙子，旋转的时候，裙袂飞起来，整个人，闪闪发光。我想起那个军港男孩，心里有些黯然，觉得晓雪这样的女孩才像真正的女主角。同桌告诉我，班上有很多男生暗恋晓雪，就连辩论队的首帅林涛都给她写了情书。

我对班上男生与女生之间的八卦并不感兴趣，我感兴趣的是晓雪。我暗暗注意晓雪的一举一动。晓雪的床铺在寝室的最里间，平常总是罩着粉色的纱帐，像个神秘的闺房。她穿着白色的雪纺裙，从我身边翩翩飞过，钻进她那个粉色的闺房里。我远远地看着这只骄傲的白天鹅，也想长出那样一双洁白的羽翼——拥有一件和她一样的白色的雪纺裙。我开始算计我的生活费，想从伙食里抠出一点可能性。

记忆里，我中专时期一直处于一种饥荒状态，不仅仅是胃的饥荒，还有选择的饥荒。正是长身体的年纪，我对于食物的渴望就像梦想一样盛大，可属于我的菜谱却平凡而单一，就像我自己。我永远记得那两个菜的名字——酸辣包菜、红烧豆腐，它们几乎承包了我整个中专时期的胃。我去食堂打饭，通常不看上面的菜品，确切地说，是不能看。食堂的菜单，是由贵到便宜往下排列的，最上面的，永远是红烧排骨、米粉蒸肉、香菇炖鸡等所谓的"硬"菜，然后是辣椒炒肉、香干肉丝、洋葱炒蛋这样的"花"荤，最后才是朴素廉价的它们。它们永远占据食堂菜单的最末位置。好在，它们并没有因为廉价而平庸。我一直记得，红烧豆腐那道菜，勾了薄薄的芡，豆腐滑嫩，汤汁浓郁，搁了红的辣椒粉与绿的葱花，品相诱人，口感酸辣咸鲜，特别开胃下饭。食堂师傅实实的一勺下来，稠稠地浇在饭面上，汤汁渗入饭粒，美味得很。我到现在都还惦记那个味道。

那个月，我连这两道菜都没办法保证了。为了能省一点，我开始制订另一套饮食计划，早上在食堂买三个发糕，早上吃一个，存两个中午、晚上吃。可我只坚持了三天便放弃了，饥饿让我了无生趣，头昏眼花，感觉自己没办法爬上七楼的宿舍。我发现，想要从伙食费里抠出一件新衣的钱来，简直遥遥无期。

我有一次逛街，意外发现在万寿宫附近的一条小弄堂里，有家小店挂着写有出售二手衣服的牌子。我鬼使神差地走了进去。那些所谓的二手衣服，看上去都有七成新，仔细挑选，也能沙里淘珠，拣出些时尚样式。最美丽的当然是价格。那些衣服基本都卖个位数，几块钱一件，按现在的说法，是白菜价。我暗自窃喜。钱袋子是接受了，可自尊心又有点不接受。好在，自尊心这东西弹性比较大，我轻易就说服了它。我在里面转悠半天，没有找到想象中的白色雪纺裙子，但还是用十块钱挑走了两件款式不错的衣服。我揣着那两件衣服，像是小偷揣着赃物，鬼鬼祟祟地，连寝室都不敢进，悄悄拿到了卫生间，拿来个大盆狠命倒了些洗衣粉，直接洗上了。这衣服，是谁穿过的呢？它们从哪来呢？我任清水一遍一遍地洗刷它们，洗刷它们的不明来路，洗刷它们的不洁历史，也洗刷自己的难堪与委屈。那两件衣服的样式我已经记不清了，但我后来每一次逛南昌万寿宫，都会自然而然地想起那家卖二手衣服的小店。记忆这东西真是偏执得很。但我始终没有再走进那条弄堂去验证它的存在，我更愿意把它当成一个错觉或是梦境。

我穿着来路不明的二手衣服，穿梭于教室与宿舍之间，偶尔想起蔚蓝的海水与洁白的水兵服，心里五味杂陈，感觉它们正在渗进我的皮肤，长成一块难以剥落的皮癣。后来我才知道，其实那时候有很多人都买二手衣服，我的一些同学们也穿过，它曾是那个时代某一阶层人并不隐秘的潮流。但大家只是默默穿着，谁也不会说起。我后来一直抗拒"二手"的东西，比起选择性障碍，我更加有选择性洁癖。那样纯白的年纪，谁会喜欢"二手"这样一个混浊而廉价的词汇。

我渐渐被校园的安逸所同化，无心于学业，一头扎进了文学里。我开始偷偷地写点东西，找寻存在的星光。我仍然一封一封地收信。有一次我突然接到一个包裹，是海边的男孩寄来的，一本长篇小说，路遥的《平凡的世界》。我用整整一个夜晚，坐在宿舍楼的走廊里，打着手电筒彻夜将它看完了。那是一个特别宁静的夜晚，当我抬起头来时，天色已经有些发白了，清晨的风凉凉的，将我的热泪绷在脸上，我抹一把，新的热泪，又淌下来。一种又热烈又茫然的情感在我心里汹涌着。

我不知道我的人生，我的爱情，会走向哪里，它们像一个谜。我对它们充满了期待，又充满了困惑。

那是个什么日子呢，我不太记得了，我平生第一次收到了一封带有玫瑰的节日电报。寝室简直炸开了锅，她们围着我说，电报怎么能将玫瑰寄过来呢？我脑子里晕晕的，我其实也不太清楚。那个男孩在电报里说，我下个月休假，可以去看你吗？

我没有回复他，却更加对一件白色雪纺连衣裙日思夜想起来。我对母亲撒了个谎，说我病了，需要点医药费。我在电话里的声音虚弱无比，像真的病了一样。母亲说，身体最要紧，有病要及时看，吃饭也不能省。我无心搪塞她，匆匆挂了电话。几天后，我收到了母亲的汇款。

我取了钱，在学校附近找到一家订制服饰的小店。给我做一件白色的雪纺裙子，领子上加点蓝色的边，做那种，海军领。我对师傅比画着说。师傅说，海军领呀，时髦着呢，我知道的。

我一直觉得，那件白裙子，就像我青春的一双羽翼，它昂着头，带着一份勇气与倔强，自顾生长，谁也阻挡不了。我很记得，我去取裙子的那天，像是去赴一个神圣的约会。我让师傅细细地将它熨好，回到宿舍便把它挂在了我的床头。我躺在靠窗的上铺，看着它在风里轻轻飘荡，像一只美丽的白鸽。我看着它，心里无比地自信与笃定。它是我写给自己写给远方的一封洁白的信笺。

我终于完成了人生的初次飞翔，成为自己心中的女主角。

我并没有像父亲说的那样，成为家里走得最远的那个人。我贴着地面过着之前就能想到的平凡生活。而在平淡无奇波澜不惊的漫长日子里，那一件洁白的衣裙，依旧保持着飞翔的姿态。

原载《散文》2020 年第 11 期

记忆躺在椅子上睡着了

吴佳骏

火

倘若不发生那场大火，小街的每个夜晚都是相同的——月光温柔地照亮铺着青石的路阶，屋顶上的残瓦蒙着一层夜露。风在左右两边的山崖上奔突，惊恐的猫躲在篱笆后面的草窝里哀鸣。伴着猫的哀鸣的，还有三条或五条狗的狂吠。它们的声音极具威慑力，能让在黑夜里醒着的一切胆战心惊。猫和狗，都是小街上的更夫。那些蜷缩在床上的人，只要听见更夫们的叫声，便知道今夜又将是一个平安夜，每个人都可以一觉睡到天明了。

然而，任何事都不是一成不变的。有时候就连人类都无法保护好人类，又怎能将人类对平安的期许寄托在那些弱小的动物们身上呢？待小街上的人悟透这个道理，已是在那场大火发生之后了。那是几天前的夜里，晚饭后，人们照例上床很早——对于一条只剩下老人和孩子、再也看不见有人聚集在院坝上仰望星空、谈论雨水和节气、聆听虫鸣和蛙声的寂寞的小街来说，不上床睡觉还能干什么？那夜一样有温柔的月光，一样有风在山崖上奔突，一样有猫的哀鸣和狗的狂吠，蜷缩在床上的人仍是很快就进入了梦乡。他们在梦里做着各种各样的事情——有的打铁，有的磨刀，有的唱歌，有的放哨，还有的背着小孩在河边洗衣服，或叼着烟杆蹲在大树底下听报告，更有的在跟死去的亲人谈判，在哭喊着跟自己的疼痛和解……这些梦有旧梦，也有新梦。旧梦大多是黑色的、白色的和栗色的，新梦大多是粉色的、黄色的和蓝色的。他们就这样在梦的缤纷的色彩包裹中沉睡着，而将梦之外的世界统统交给了"值更"的猫和狗去看护。那些猫和狗是十分忠于职守的。它们分别在上半夜和下半夜巡逻之后，也都疲倦地睡去了——它们已经用声音宣告了夜的平静和安全。但令猫、狗和人都没有想到的是，就在天快亮的时候，有间老房子失火了，一片火光冲天而起，照亮了整条小街。"值更"的猫和狗惊慌失措，拼命地狂吠，试图喊醒睡梦中的人们，可那些多彩的梦实在太缠人了，任凭猫狗们喊破了嗓子，也没能将他们从睡梦中催醒。火势越燃越大，猫和狗都被吓慌了——它们从没见过这么大的灾难——它们料定再也拯救不了小街上的人，索性不再声嘶力竭地叫喊，纷纷逃命去了。后来，还是一个起床小解的孩子，看到外面通红的火光，才匆忙叫醒了熟睡中的大人们。他们拖着老迈的身躯，拼尽全力去扑火。遗憾他们太力不从心了，根本靠不拢边，只能远远地站定，露出恓惶和颓废的表情看着那间房子慢慢化为灰烬。幸运的是，那房子并未与街上其他的房子相连接，而是单独建造在靠河边的一块瘠地上，才未使火势继续扩散和蔓延，造成更大的悲剧。

天在大伙的议论和喟叹声中放亮了，小街上到处都落满了暗黑色的焦灰。从县城迟迟赶来的消防车停在废墟前，闪动的红蓝色警示灯让人心悸。消防车的后面，是一辆白色的警车，警报器发出的响声，比消防车的警报声还要嘹亮，还要刺耳。围观的人都屏住呼吸，空气也顿时凝固了，仿佛有一出好戏马上就要开场。随后，从警车上走下来两个警官，一番盘问之后，其中一个警官掏出手铐，将藏在人堆里的一个双目失明的花甲老人铐走了。那一刻，人们才恍然大悟，原来昨夜的那场大火是那个盲人干的。

警车和消防车开走后，新的一轮议论爆发了。人们议论的焦点，自然从老房子转向了那个"盲人纵火犯"。据一个平时跟盲人走得最近的另一个老人回忆，早在几十年前，他就发现了盲人的异常——他特别怕见到火。就是平时煮饭和点烟时，他都会被火光吓得瑟瑟发抖。于是，人们大胆猜测，他在弱冠之年故意刺瞎自己的双目，大概也跟怕火有关。

事实上也没错，那个盲人的怕火确实是有缘由的，因为他的父亲就是被火烧死的。父亲死后，留给他的，除了悲痛和恐怖，还有一片血似的火光。从那以后，他便开始怕火，几乎夜夜都梦见他的父亲在火堆中惨叫。

听了那个老人的回忆，小街上的人突然对那个盲人生出几分怜悯和宽恕。但他们实在想不通，一个因火而患上后遗症的人，又怎么会去纵火呢？而且，他又为啥要在踏上警车时抛下那句话："等着吧，你们谁也别想活着离开这条小街。"这更是让人百思不得其解。

凳

　　每天的向晚时分，他都会坐在小街的那条石凳子上，等待黑夜的降临。石凳子的旁侧，生长着一棵皂荚树。那棵树已然很老了，树干的一大半边都失去了水分。在他还是个孩子的时候，他就喜欢爬到树上去眺望远方。每次爬树，他都能感觉到树的水分在流失，他将这个秘密告诉在树上筑巢的鸟儿，劝它们迁徙到小街后山的更加繁茂的树上去定居。可那些鸟儿根本不听他的话，仍旧年年都飞来繁衍子嗣——它们比他还离不开这棵树。

　　几十年过去，现在的他跟那棵皂荚树一样老了，他身体里的水分也已流失，像血液一样流失。他再也爬不上树，对远方也失去了兴趣。他现在唯一能够做到的事情，就是坐在皂荚树下的石凳子上，成为一个让时间打不败的"常胜将军"。

　　大概是他坐的日子太长了吧，以致小街上的人都称呼他为"树中的老人"。树是他的灵魂，他是树的肉身，只要他们靠在一起，时间仿佛就是静止的，光阴就会停止流转。他和树都是小街上的孤独者，孤独者唯有孤独可以依靠。这不是残忍，而是规律和宿命。不管是树是人还是别的什么，都无法逃脱这规律和宿命，就像孤独无法逃脱孤独的幽禁、围剿和追杀。

　　那条石凳子是见证了树和他在孤独中的相互依偎的——它是孤独的第三者，仿佛它的存在，本就是为了接待他和他的孤独。向晚的风吹着逐渐来临的夜色，他坐在石凳上，用拐棍不停地敲击皂荚树的躯干。他每次都是以敲击的方式来替代抚摸。他知道树不会再疼痛，故敲击得十分用力。可从内心来说，他又极其希望树能感知到疼痛，有感知就说明树是醒着的，还能吸收到水分、空气和阳光，还能感觉到他这个老伙计的存在。如此一来，他的敲击就变成了召唤和祈福，梆梆梆的敲击声擦着夕阳、云朵和晚风，也擦着记忆、年轮和哀吊。敲过一阵之后，他必然会对树展开滔滔不绝的诉说——在他的认识里，这棵皂荚树就是一个处于昏迷状态的病重的友人，他企望以回忆往事的方式，来帮助它重新长出绿叶。他从最最遥远的往事讲起——那时候，他还只是小街上一个不谙世事的少年，贫穷使他如一只燕子，只能在黄昏的边沿低低地、孤单地、迷惘地乱飞。他多次挣扎着想像其他鸟雀一样飞高飞远，但他稚嫩的翅膀上总是沾满了煤灰和雾水，稍稍振翅，就会撕裂出血滴。他不愿意看到自己的青春被染成红色，孤苦难耐的时候，他就爬到皂荚树上去，用眺望去抵达他在现实中无法抵达的远方。每次上树，他都会摘下一片树叶作为眺望远方的纪念。他房间的那个旧木抽屉里，藏满了大大小小的树叶。遇到阳光静好的天气，他会手拿那本当时唯一的也是他最心爱的书跑去树底下反复地、忘我地阅读。他使用的书签就是他摘下的树叶。有时，他读得困倦了，浓浓的睡意征服了他，他就靠在树干上呼呼地打起鼾来。在睡梦中，他看见自己被一张巨大的树叶托着，在苍穹上漫无目的地飞翔。而那从书页里散落出来的密密麻麻的方块字，印满了天空的肚皮。这一幕，被他那干活回家的父亲看到了。他的父亲没有文化，一个字都不认识，但却是小街上著名的石匠。他喜欢看儿子捧着书睡着的样子，也心疼儿子被树荫遮蔽住的窘相。那之后不久，他的父亲便凿出一条石凳子，安放在了皂荚树的下面。从此，他也就开始坐在那条石凳子上读书和遐想，顺便聆听树上的鸟鸣，观察树在一年四季中的变化。有一天下午，他竟然清晰地听到皂荚树在嘤嘤地哭泣，哭声跟他那本书中的女主人卖掉女儿时的哭声酷似。他不知如何是好，他从未听见树哭过，心里非常恐慌。他曾将这个发现讲给树上的鸟儿听，讲给刮过树梢的风听，讲给白天的太阳和夜晚的月亮听，可它们都没当回事，将他的诉说当作一个无知孩童的天真的谎言。他想给树一点安慰，就天天跑去坐在石凳子上陪着树。哪知道，他这一坐就坐了几十年，把自己从一个年轻小伙坐成了一个耄耋老人。这期间，发生了许许多多的事，他的父亲离开了这个世界，他的母亲离开了这个世界，他的姐姐离开了这个世界，连他的弟弟也离开了这个世界。当他在送走一个一个亲人们的时候，他其实也在一天一天送走这棵树。一家人在树底下生活久了，家中的每个成员也都成了树的一部分，都是从树干上长出来的枝丫。因此，一个人的死亡都是一棵树的死亡。

他还在继续着他的回忆。他企望以回忆的方式来帮助一棵病重的树生长出绿叶。只是他也已经很老很老了，而他的回忆太多又太漫长，他没有把握支撑到将回忆全部讲完的那一刻。讲着讲着，他慢慢地闭上了眼睛，像幼年时一样坐在石凳子上睡着了。黑夜已经降临，在他那或许醒来或许再不醒来的梦中，他终于把自己挂在了树上，把孤独挂在了树上，把死亡挂在了树上，把永恒挂在了树上。他成了名副其实的"树中的老人"。

椅

那间逼仄的、阴暗的房屋坐落在小街戏台的旁侧，在过去的许多年里，随便站在屋中的任意一个角落，都可以听到节奏铿锵的锣鼓声和婉转多情的唱戏声。也就是说，住在屋中的人即使不出门，也能感知世态炎凉，体察生、旦、净、末、丑的悲辛。听罢了戏，将房屋的后窗打开，还可一边眺望对面黛色的远山一边继续聆听窗下河沟里潺湲流淌的水声。这种闲适的、有味的日子是令人怀念和憧憬的。只可惜，那座上演过无数悲欢离合的故事的戏台早就废弃了，窗下日夜不息地流淌的河水也早已干涸，如今唯剩下这间老屋子，还在挽留着遥远的记忆和易逝的光阴。

或许在许多人眼里，这间房原本也并没有什么特别之处。在整条小街上，像这样装满了回忆的老房子还有很多，但问题恰恰也就出在这里。当很多装满回忆的老房子都没人住了，关了门窗了，唯独这间老房子的门却一年四季都开着。开着也不全开，两扇木门只开一扇，另一扇关着，这致使仍旧住在小街上的人们都在猜测，它关一扇门到底何故呢？是想挡住些什么吗？想挡住白昼和长夜、日光和月光；还是想挡住时间和冷风、孤独和落寞？

　　没有人能够猜得透彻。越是猜不透彻，人们就越是觉得那间老屋子的神秘。因了这神秘，凡是从这间老屋子门前路过的人，都习惯性地要扭头朝那半开着的门里瞅。瞅过之后，又都非常失望。因为那间屋里除了摆放着两张旧藤椅外，什么也没有。两张藤椅，其中一张的四条腿上缠满了红布条，另一张的四条腿上缠满了白布条。天光从屋顶上镶嵌的亮瓦照进来，落在两张安静的藤椅上，有一种古旧之美。可极少有人会对这种正在消逝的美生发出兴趣，大家都被烦琐的、庸俗的、不堪的日常生活裹挟得麻木了，只有小街上的几个小孩子还保持着人性原初的那份天真和好奇。当那些朝门里瞅过后的大人们全都败兴而去时，他们仍旧守在那扇半开着的屋门口，痴痴地凝望着那两张旧藤椅出神，像一群小天使般切地期盼着圣母的降临。他们知道，那两张藤椅会带给他们好运。早在两年前，他们就开始围着那两张藤椅转了。这几个小孩都坐过那两张藤椅，轮流地坐，翻来覆去地坐。他们坐在藤椅上，好似中国那位叫溥仪的末代皇帝登基时坐在龙椅上，受到了最高级的礼遇。这将是他们终生难忘的大事。而赐予他们这种待遇的，则是那两张藤椅的主人，也是那间老屋子的主人——一个拄着拐棍、脊背伛偻、脸色苍白、眼神充满忧郁的老妇人。这个老妇人性情乖戾，长期一个人生活在这间屋子里。她的老伴儿在十年前就去世了。她生育的五个子女也都各自去了他们该去的地方。平常她是基本不出来，要么躲在里屋靠窗的木床上睡觉，要么盘腿坐在木床旁边的蒲团上，对着桌上那尊已被檀香熏得面目模糊的观音像念经。她不是个佛教徒，也不在初一和十五这两天吃素，但她一直坚持念经，很早就开始了。她说念经就是积德，可以让自己今后在面对死亡时获得安宁，不那么痛苦，并顺利找到一条通往天国的路。除非是在孩子们前来光顾的时候，这个老妇人才会从睡眠中醒过来，或者终止她的念经，手拿一串佛珠，拖着迟缓的步子走出来，那无疑是她最高兴和幸福的时分——就连睡眠和诵经也无法给予她的一种祥和的感觉。见了孩子们，她照例先坐在一张藤椅上，然后再叫其中的一个孩子坐在另一张藤椅上，便开始了她的讲述。半个小时过后，她从衣兜里掏出一把糖果递给藤椅上坐着的孩子作为奖赏。然后，再换另一个孩子坐到藤椅上来，接着听她的讲述。她讲述的内容每次都是重复的——无非是一个女人的爱恨、波折、忧伤、失落、疼痛和衰老，这些深奥的内容孩子们全都听不懂，但他们仍然会耐着性子听她的唠叨，因为她奖赏的糖果实在是太甜了。这个老妇人就这么在孩子们的陪伴下度过了一个又一个难熬的下午时光。

老妇人想，自己大概是可以在孩子们的倾听中终老的了。但突然的一天，那些孩子们不知是找到了别的乐趣，还是统统长大了，再也不愿到那间老屋子里去接受她的欺骗。老妇人变得不安起来，她再也睡不着觉，诵经的心思也淡了，她每天下午都坐在藤椅上等那几个孩子的到来。她的衣兜里时刻都装满了糖果，却再也没有奖励出去一颗。

也不知这样过了多久，三个月还是半年，有人发现老妇人终于找到了新的听众。它们比那些孩子们更尽职，更忠诚，不但下午去，就连上午它们也甘愿蹲在藤椅上聆听老妇人的讲述，而且，它们还从不领取奖品。这批新的听众，有时是一只小狗，有时是一只小猫——

它们在小街上流浪得太久了，没有家，没有归宿。它们都很感激这个老妇人收留了自己，给了它们这种卑贱的、遭人排挤的、受人歧视的小生命一把宽宽大大的藤椅。有了它们后，这个老妇人的诵经声重又响了起来，这间逼仄的、阴暗的屋子总算是多了一缕若隐若现的生机。

原载《山西文学》2020 年 5 期

体育场

罗张琴

　　城北到城南，约六华里，我沿跃进路往体育场方向走。

　　三月的阳光温而不烈，流水一般，缓缓、缓缓漫过我的心田。街道两旁，草木萌芽，玉兰花事隆重。我想到许多意象：诗意的黎明，烟火的黄昏，聚拢船舶的港湾，抚摸田园的江河，老人在墙根下走动，孩子在草地上翻滚，月光下的深吻，风雪夜归时的一炉炭火。

　　体育场离老房子很近，是小时候的乐园。明明是敞开的空地，偏偏喜欢假装存在一扇门。三个十分要好的小女孩对着虚空齐整拍打，"咯咯"笑几声，"门"似乎就开了，争先恐后跑进去，想象锦绣之园扑面而来。我们仨对着不同的花朵唱歌，追着蝴蝶跳舞；捡滚落场边的篮球，屁颠屁颠地将球一致送给场上那个长相最好的大哥哥；挤在一起，买一根一毛钱的盐水冰棒，你一口，我一口，她一口，一边咂嘴，一边目送小贩斜挎着木制冰棒箱走远；闲坐低矮的护栏，互相编玩散了的麻花辫，大声说出各自幼稚又善变的人生理想……

更多时候，我们仨喜欢各选一条跑道，在属于自己的轨迹上奔跑。跑道是环形的，尽管速度有快有慢，但跑的圈数一多，不同的轨迹便似乎重合并组成开阔平面上的同心圆。我不再是我，你不再是你，她也不再是她，我们仨融在一起，成为同心圆上的一个点。点被一种无形力量所约束，始终规规矩矩，绕着圆心开凿好的长短半径前行。在圆点式周而复始的生活模式下，时光恰如电影镜头一闪，不停奔跑的我们仨，长大了。

在电光火石的生命过程中，我时常揣测命运的模样，我觉得命运的本质，是一场脱离不了圆心的奔跑。我时常会有种命运与体育场捆绑在一起的强烈感觉，对此我十分警惕。每提起命运，我总联想起那个未成年的天才狙击手，还只是个稚气的孩子，正光着屁股蛋子撒尿呢，目标一闪现，便迅速端起枪，瞄准，射击，眼里再无半点天真，一派腾腾杀气。怎么能甘心一辈子框在射程范围之内坐以待毙呢？我告诉自己要不断努力，往更远的远方跑。

一个女疯子捂耳尖叫，张皇地挺着大肚子从我身边跑过。有那么一秒，我以为危险在她身后。很快，我意识到，她其实是在恐惧她的大肚子，她拼尽全力想要超越，想把危险甩在身后，可她发现，那是徒劳，那个状若圆球的肚子永远在她身前，嘲笑她的气喘吁吁。此刻，孕育生命的子宫，成为这世上一个最沉重的黑色幽默。

女疯子跑远了，她的尖叫还在耳郭上打着呼哨，摩挲我的记忆。你的尖叫在记忆里被激活，串联起巨大的声响。

你是"我们仨"里的那个你，比我大一岁，是一个温婉良善的畲族姑娘。你读的是师范，先于我参加工作。我还在读师专的时候，你就恋爱了，对象是乡政府的一般干部。你写信告诉我：第一次约会约在体育场，他给你买了一盒和路雪的冰淇淋；他说你吃完冰淇淋的嘴巴红嘟嘟的，像鲜嫩的草莓，好看得要死，他忍不住亲了你，你居然没有生气，还觉得很甜蜜；你说他笑起来有两个很浅却弧线很长的酒窝，像迷人的小太阳。你在爱情里沦陷。

结婚后，你像一株向日葵，心无旁骛追随着你的太阳，把人生的喜怒哀乐全部建在情爱上。他说不喜欢女人出去应酬，你便每天两点一线只往返于学校和家庭；他说现在生活刚起步，你便从此不乱花一分钱；他说审美流行骨感，你硬是咬牙节食瘦成麻秆，这使你很长时间都没能怀上孩子。县里培养少数民族女干部，组织找谈话，让你去乡政府当副乡长，他脸一沉，你想都没想，就拒绝了。

你努力地委屈自己，尽量过成幸福的样子，可从来不是所有深情都会被善待。你的太阳总被密布乌云裹藏，一直也没能发出耀目之光。照不亮前程的太阳，便只会理直气壮黯淡身旁那一株向日葵，越往后，向日葵所承接的阴影越大，你生生显出一种怯生生的微渺和卑下来。那种怯生生的微渺感，总让我想起，老电影里那抹在墙上摇摇晃晃的树影。风一吹，树影就碎了。

我生平只听过一回你对他的抱怨，你说："平日里口口声声让我做简单本分零交际的主妇，却总夸奖那些交际花般眼睛打流星、手段玩得转的活跃女人；平日里口口声声说女人不能太物质，却总埋怨我没有如别家老婆有一个天南地北炒房子的大心思。我实在是迷茫了，究竟怎样才是好？"

知道你怀孕的那天，天气很好，深秋的阳光像细细滤过的金沙，铺展一地。你举着化验单，笑得很灿烂。我下意识牵着你的手朝亮处蹀了两步，这样你整个人便显得更有生机和光彩。时间很快的，看着吧，几季花一开，就瓜熟蒂落了。嗯，有了孩子，一个家就热闹了，兴许他心情也就好了。你边说边把棉布裙的皱褶细细理了一下，动作无比轻柔。我陪你在体育场长长久久地坐，长长久久地憧憬。你说该回去做饭了。我摆一摆手，你也摆一摆手。你没有回头，我看着你失散在人群中。

某个黄昏，我在体育场看到一个疯子，是你的样子。我拒绝相认。怎么可以相认呢，那多可笑！你不是应该大着骄傲的肚子来见我吗？那个蕴含你美好未来的大肚子怎么可以说不见就不见了？生活，谎话连篇。连我亲爱的母亲也跟着外人一起骗我，母亲说，你怀的是女孩，而他想要的是男孩。他让你去医院引产，你迟疑了。这是唯一一次你对男人的要求产生迟疑。仅仅是迟疑了几天，男人下重手打了你。一个趔趄，你摔倒，大出血，孩子没有了。当医生告诉你，从今往后你都不可能再有孩子的时候，你失声尖叫，疯了。

可是，我知道，疯子忠于自我，疯子的世界没有谎言，疯子用一切行动、表情告诉我，你真的疯了。

你知不知道，那天的夕阳，是没有光焰的，天空溢满紫灰的孤独。

泪水从颤抖的指尖缝隙滴落，我逃也似的离开，一个人，躲进房间翻看《西方美术史》，看挪威画家爱德华·蒙克的那幅名画：《尖叫》——天空，血红色；独自站在天桥的人，正捂耳尖叫；而桥上的行人却毫无所动；尖叫者在孤离和恐惧中痛苦。强烈的色彩渲染了日落的无奈，人物被极度扭曲，头形与骷髅几乎无异，身后的河流与天空随之变形，尖叫声化为可见的战栗。

风于暗处吹来，寒凉不期而至。

在你的身上，附着许多中国女人的影子，包括我。

嫁鸡随鸡，嫁狗随狗，几千年传统文化基因使然，我们习惯服从、服务于自己的男人。恋爱时，女人是男人手心里的宝。一成家，男人就成了女人的天。女人竭尽全力依照他们喜欢的模样生存：不抛头露面，不广结朋友，不追求事业，埋首家庭，相夫教子，孝顺公婆，养活自己并善于替男人着想；需要冲锋陷阵的时候，就全力以赴；需要娴花照影的时候，就在水一方；最紧要，能传宗接代。

计划生育年代，一对夫妻只生一个孩子。生育，更成了家之大事，不可不察。我的姑婆，一辈子未能生育。生前，她无数次拉着我的手，说："宝宝女，一定要记得，为钟家生个儿子。"仿佛，唯有生下儿子，她所疼惜的侄孙女才有了现世安稳、岁月静好的真正依靠。我点头，表示会尽力。

我怀孕了。生下女儿后，他怕我有阴影，我忧心他会失落，"儿子"这个话题一直是个禁忌。禁忌给人强烈的诱惑力。知女莫若母。我的母亲对此忧心忡忡："古话说'爹有娘有不如自家有，老公有还要伸下手'。工作，是根基，丢了，女人就立不起来了。"

母亲的意思，我也懂。只是，日子一旦有个缺，有些滋味就盛不住了。我，莫名内疚，越发地对老公百依百顺。他说哪个人可以交往我便交往，他说哪个人不好我便断了联系；他不喜欢我出差，我便尽量不出差；他不愿意我参加活动、应酬，我便借口不舒服拒绝所有邀请；我对工作、升职、理想没有想法，只安之若素跟在他身后做《红楼梦》的宝钗，等待妻凭夫贵，等待被他的光芒所照亮。尽管，我骨子里喜欢的一直是黛玉。黛玉有自我，爱是她的爱，恨是她的恨，远比宝钗可贵；宝钗无论遇到什么情况，只会做社会规范要求她做的事情，她没有一颗自己的心，灵魂深处，令人寂寞。

你是知道的，我的表姐为了生儿子吃过大苦：植物一样开花结果，反复人流，最后不得不背井离乡，像动物一样被豢养在陌生的广东，直到生出来一个男孩。子宫似乎成为导致表姐四处漂泊的原罪。

我曾陪怀有身孕的表姐去过市区一家很神秘的私人诊所，那里有先进彩超。光滑的液体、灵敏的探头一下两下，轻巧划过表姐的下腹。医生一点头，所有探访戛然而止，表姐用粗糙的卫生纸潦草擦拭了小山丘般隆起的肚子，系好裤腰带，出了门。表姐将手机从手提袋里掏了好久才掏出来。她深深做了几口呼吸，果断按了一串数字。电话很快挂断。表姐神情黯然，结果必是不好的了。

表姐说"长痛不如短痛"，她很快联系了一家医院妇产科。繁衍是所有动物的本能，生育迫害的悬崖，甚至没有谁多说一句话来警醒或劝阻。联想起，一个女同学，因为没能生下儿子被离婚；联想起，一个女邻居，怀孕偷生，东躲西藏，一如见不得光的暗黑生物；联想起，一个女同事，谎称骨癌，以"治病"之幌行生子之实，多年如一日圆谎的困窘。我承认，面对未来生活可能的黑洞，我的确是没有足够的勇气和理由去劝阻表姐的一切行为的。我能做的，只是默默守在手术室的门口。我不停揣测，当冰凉的器械探入身体的时候，表姐会不会哭，会不会有怨恨？

病床上，表姐告诉我，手术没有打麻醉，她就这样清醒地在疼痛中倒吸着凉气。那一口一口的凉，逼迫她的神经，滋生巨大幻觉。表姐说那会儿的她，似乎只身行走在万里无垠的月光之下、雪山之上，她无比渴望沉溺，沉入水底或者葬身在那纯净的万里无垠之下。我为这幻觉，轻轻地叹气，轻轻地合上倾听的睛，一滴，两滴，三滴……泪很快从表姐的幻境里逸出，我的世界就快要湿透了。

与你不相认的那个黄昏，我本意是去体育场看一则通知的，一则关于公开选拔干部的考试通知。我很想报名参加那场考试。可是，老公坚决反对，他说这是一个女人赤裸裸的野心，他说女人一旦公务缠身就会抛弃母职、背弃家庭，他说考了去了，我们的婚姻也就到头了。

我不擅长吵架。吵架是损耗、是面目狰狞、是恶语相向，会勾连起太多的旧怨与不满。我对老公说，好，我不考。

　　台湾有女学者说，婚姻幸福的另一面无可避免地是个人意志的削减，用泯灭个性和理想的方式来顺从配偶，其实会难受。削减就削减吧，难受是隐秘的。只是，我没能管住自己的委屈，已经决定不考的我，还是一个人，跑去体育场，反复看那则通知。

　　看通知的时候遇见你，虽残酷，但从某种意义而言，却是命运对我的恩赐。疯了的你让我警醒，女人不能没有自我，必须有独属于自己的光芒。后来，我参加了那场考试，并在业余时间开始阅读、尝试写作。一步一个脚印，踏实走，命运的轨迹也从乡村来到县城再入省城。一个有自我并关照他人的生命说着蓬勃、繁荣和喜悦，仿佛春天，我的老公接受了春天的种种美好，我们的儿子在之后的一个春天降临。

　　丁字路，篮球场，花圃，球馆，路灯，店铺，景观树，公告栏……一切都还在原来的位置，但一切又分明不一样了。县委、县政府等单位相继搬迁后，体育场很快成了风云旧迹。县里有了新的接待中心，永丰宾馆的使命终结，成了一座空荡荡的旧园子。园子上了锁，一条百无聊赖的狗从有些破损的铁栅栏里挤进去，大概觉得园子太过冷清，很快又快快地跑出来。

　　篮球场真是消沉了。那时候，多热闹哇，几乎月月有比赛，车把路都挤爆了。记不记得那年，市里的县级领导干部篮球赛就在这里举行。一个女干部喊加油，为了被主要领导看见，都冲进半个球场了。

　　我最难忘的当属一个夜晚的体育场。

　　那个夜晚有好看的月光，宁静伸得很远，远到体育场似乎与唐诗宋词里山音寂寂的小乡村接壤。一对父女迎面走来。五六岁的小女孩穿着一袭公主裙，骑在父亲肩膀上。他们用英语小声交谈。我听懂了几个特别温柔的单词，"moon""light""dream""smile""family""tomorrow"。他们在月色中走向更广阔，我是万万不能再辜负那样的夜晚了。

体育场的特产专卖小店，门可罗雀，店员（也可能是老板娘）正张罗附近照相馆、复印室的人来打麻将。麻将机开启时"嘀"的那一声响，让整个体育场似乎愣怔了一下，我就这样想起"我们仨"中的她来。她，爱打麻将，白天黑夜，熬得精瘦精瘦。

我很难过。想起她的时候，我头脑里反复浮现的是电影《黑天鹅》里的那个禁欲系妈妈的模样。黑色的衣服，呆板的盘发，一张便秘脸，深深的法令纹，过于神经质的眼神，永远在绝望地画着画。这带点隔膜的模糊形象就像遥远站台挥动的手臂，让人心里的难过蔓延得愈发透彻。

她与你，同岁，老公做生意发达后，一门心思让她辞职回家，照顾宝贝儿子。有钱人家，不为衣食忧，又早早完成了传宗接代的任务，她每天的大事就是怎么把自己打扮好、安排好，我俩常说她命好。

一天，她很惶恐，对我说要"金盆洗手，戒赌"，并到处打听能让女人长胖的方子。问她原因，支支吾吾不肯说。她把红枣、阿胶、鳖、海参等一盒一盒买回家，又买来各种砂锅、瓦罐、汤钵，每天照着方子熬各种汤药。龟肉百合红枣汤、甲鱼滋肾羹、参麦甲鱼、银耳鸽蛋、蛤蜊麦门冬汤……吃到想吐，想流泪，还是一点、一点往嘴里塞。原来，她的老公已经长久没有碰过她的身体了。婆婆告诉她，发达的男人更喜欢丰满的女人。

她，终于有了圆润之态。她想他，求他回家，以陪陪儿子的名义。他偶尔会心软，答应回来。在他可能回来的那段时间，她忙得无比隆重：去最贵的店里做头发，买最好的套装做护理，不停地去各商场选购衣物，从里到外，从头到脚；每天提前几个小时起床，化最精致的妆，对着镜子练习迷人的微笑；买花买绿植买CD带买全新的被套床单和枕巾；学泡功夫茶、学做西点煮咖啡；请阿姨每天来家打扫，每一处都要闪闪发光。

可他终究还是没有碰她，这与圆不圆润没关系。他在花花世界里早已迷了眼，而她婆婆却认可了自己儿子的振振有词："这些年，除了享受、花钱，她还知道什么？她早就该被社会淘汰。我需要的是一个能与我一起开疆扩土的知心伴侣，同甘共苦。"

说这些的时候，他一定忘了有一个词叫"牺牲"；他忘了当初是自己强烈要求她"回家"做全职太太的："母亲，是一个动态的词，可不是一个称呼那么简单，生下儿子只是开始，他长大的路长着呢。赚钱养家是男人的事，你是母亲，教育好、照顾好孩子，责无旁贷。答应我，回家。回家，做我最巩固踏实的大后方。"

有一次，她跟我聊了一个多小时，专说她的失眠：就是睡不着。一关灯，墙面、天花板甚至地板都会流动起来，像电影幕布，不停闪播他跟别的女人赤身裸体纠缠在一起的画面。她感觉自己的婚姻陷入了黑夜，不是满城灯火的那种夜，而是停电之后，伸手不见五指的黑。没有光，暗重重往人身上倾压过来。

她，越来越瘦。她干脆把家里所有买来熬中药、炖补品的各种罐子统统扫进了垃圾桶里。

某天，我和她在老树屋喝咖啡。她用兰花指捏着汤匙，慢慢搅动那一杯有笑脸的卡布奇诺。笑脸被搅得面目全非，一种苦味呼之欲出。她很轻地问我，人活着是不是只意味着长久地生病？病人很可怜，既不能去控诉对方，也不能去指责命运。我能使一束玫瑰颤抖吗？就像开在我的双腿之间。她端起杯子喝了一口。我注意到这时的她，嘴唇紧闭、眉峰紧锁；双腿并得很拢，拢到脚尖都不自觉地用力踮了起来；华美皮草上的长毛被压出许多皱褶来。我保持沉默，不敢弄出一点声响。我担心，哪怕只是我的手轻轻一拍，她便会如乌鸦受惊般，"嘎"的一声，让天空划出慌乱的弧线。她突然把杯子扫在了地上，巴洛克风格的杯子碎了，碎片在地面闪着凛冽又阴郁的光。

月光松松地照着大地，她和一个男人被她老公堵在了同一张床上。她的离婚协议书是在那晚白晃晃的灯光下签的。白晃晃的灯，白晃晃的裸体，白晃晃的白纸黑字，最后按了猩红的手印。

前夫很快娶了新人，又生了孩子，有了与她无关的新生活。她一度很厌世，几乎不出来见人。数月后，再见，她抽着女士香烟，很平静的样子。她平静地告诉我，辞去工作的这些年，没有精神追求，心气就散了。离婚后，不能养活自己的恐惧压倒一切。后来，前夫答应每个月给她五万块。五万块，拿在手里，挺沉的，沉甸甸的安全感，下半辈子她只一心一意做儿子的保姆，做好"母亲"的角色，至于男人是不能也不会再去想了。

她开始频繁去美容院做身体，三天两头一趟。她不避讳，跟我说美容院的小姑娘手有魔力。精油抹匀，手从背部后面伸向乳房，按摩十分钟。之后，手把臀部包裹，揉面团似的打着圈按揉。精油有保健作用，身体开始发烫，人有迷迷糊糊的舒适感。然后是开背。背，带着身体，在力道的作用下，随按摩节拍有节奏地往前送。随推送频率的加快，身体与床体反复摩擦，几乎每次都能使她抵达没有伴侣的高潮。当高潮来临，她独自起伏，像冲击海岸的春天的潮水，似乎有一种强烈的电流从她的下体散开，呼吸有些窘迫，身体开始抖动，干瘪的乳房膨胀到了极限。她时常在那种感觉中失声痛哭。

哭是一种宣泄，松绑心灵的同时抚慰困境中的自己。

在南昌，我一个人哭过许多次。寒风凛冽，电动车突然爆胎，茫然四顾的女人狼狈推着它走了整整七华里；新装修的房子，阳台被堵，水流汹涌，惊慌失措的主妇在各种诘问中四面楚歌；侄女来南昌看姑姑，被湿地公园的滑滑梯割伤了手，我一手抱她一手死劲掐住破了的血管，拼尽全力跑过天桥。打不到车，血一直往外冒，恐惧塞满整个胸膛，似乎我的血也要放空了；一个夜晚，淫雨霏霏，女儿发烧，儿子流感，婆婆急性肠炎，是怎样叫天天不应、叫地地不灵的无助啊；一边是繁杂公务与家事，一边是燃烧着的写作欲望和无数需要去阅读的书本，常常，我只能在夜晚十一点孩子们睡踏实以后，小心点亮一盏读书灯，以损耗自己的方式做几个小时纯粹的自己。

理想与现实，远方与近处，独立与依附，另起一行的艰辛与四平八稳的安逸，从来都是人性的难题。一个母亲是一所好的学校，我努力成为干练、阳光、果敢的母亲。路是自己选的，时光不可逆，走过的，都将成为过去。看，困难的日子不也都过去了，现在的一切，不都好好的吗？滔滔赣江北去，河流永远坚定。何况，老公、婆婆及许多亲友、同事都以他们自己的方式在帮我。此刻，且顺手摘下一朵妍妍的茶花，来止住我有些欣悦又有些悲伤的眼泪。

小时候，体育场的门是我们仨虚拟的，但它又何尝不在现实中存在？万丈阳光、千里明月，这个小小的体育场里，从来都隐匿着一个大大的生门。生门，是生命之门也是生活之门，生育为新生儿打开了生之大门，许多做母亲的没有迎来生活的新生，反而失去精神的自留地，坠了下去。生门，在男女二元世界里代表一种间隔，当无数个你我她穿门而过的那一瞬间，我们面对着两个世界——安全与危险，温暖与寒冷，熟悉与陌生，新生与衰朽。

一场雨下来，她走了，与你一样，在我的世界渐行渐远。

隐约感觉一个梦的尾巴悄然隐去了，仿佛自己是从那一个日子直接就跳到这一个日子，从一个女孩直接就变成了一个女人。我站在土地上，看脚下，长出新绿。

　　该回去了。我盯着体育场出神。一股子的中年味儿在内心翻腾，岁月深处的凉意漫过全身。我们以为告别了的，其实，常常会以另一种方式呈现。有人生活的地方，哪里又能少得了体育场呢？体育场，无处不在。我要警惕，并让奔跑把命运带到更远去。

原载《上海文学》2020 年第 10 期

雨

雨淅淅沥沥地下着，把人的心，淋得湿漉漉的。

我坐在屋檐下看书，心却穿过重重雨幕，飞到天空上去。如果从空中俯视我们村庄，一定是被水雾氤氲缭绕，犹如仙境一样吧？至于这仙境里，有没有小孩子在哭，或者像我一样，因为周一的学费还没有着落，而愁肠百结，那谁知道呢？因为雨，家家户户的哀愁，似乎都变得轻了，不复过去当街打骂的酣畅与决绝。就连人家屋顶上的炊烟，也被雨洗了一般，愈发地轻盈，洁净，接近于一种虚无纯净的蓝。

一切都浸润在雨里。一只穿破了打算扔掉的布鞋，在一小片水洼中横着，它恨自己不是船，永远没有办法驶出家门。这是春天的雨，缓慢，抒情，滴滴答答，敲打着这永无绝灭似的虚空。弟弟的玩具线箍，没有来得及捡拾，便胡乱丢在梧桐树下。如果雨一直这样下着，或许它会像井沿边那几根堆放在一起的榆树木头，在背阴处，悄无声息地长出黑色的木耳。那些木耳总是在人还没有发现的时候，就忽然间一簇簇冒出来。它们在雨中黑得发亮，好像那些被砍伐掉的榆树都成了精，生出无数黑色的眼睛。有时候，在它们周围也会长出一些白色的小蘑菇，鲜嫩可人，湿润润的，采下来洗洗，丢到汤里去，香气很快溢满屋子，就连经年的旧墙壁、红砖铺成的地面，也似乎被这雨水滋润过的蘑菇的清香给浸润了。人喝完汤水好久，坐在房间里望着雨惆怅，还会觉得有一朵一朵的蘑菇，在雨水中盛放开来。

蜗牛更不必说了，它们早就在潮湿的泥土里嗅到春天的气息。也或许，它们还在梦中，就已听到雨水打在窗棂上，发出滴滴答答的响声。那声音在梦中如此遥远，又那样亲近，一只蜗牛隐匿在这苍茫的雨幕中，睁开眼睛，伸一下懒腰，将触角小心翼翼地碰了一下草茎上的雨珠，知道外面已是温暖的春天，便放心地钻出泥土，朝昔日它们喜欢的树上、墙上或者井沿上爬去。

我和弟弟穿着雨衣，在墙根下观察一只刚刚钻出泥土的蜗牛。这只蛰伏了一冬的蜗牛，被雨水一冲，身体便绸缎一样柔软光亮。当它慢慢向上攀爬的时候，这匹闪烁着金子一样光泽的绸缎，也好像有了呼吸。这呼吸如此动人心魄，是大海一样深沉的力量，一股一股地向前。我着迷于蜗牛身体里蕴蓄的丰沛饱满的热情，注视着它爬过一根腐朽的木头，越过一块滑腻的长满青苔的石头，稍稍喘了喘气，又攀上一株细细的香椿的幼苗，在一片叶子上，摇摇晃晃停下来。原本有许多雨珠聚集在那片叶子上的，被这只蜗牛占据地盘后，它们纷纷坠落下来。恰好一只蚂蚁路过，对这场突如其来的"大雨"躲闪不及，只好认栽，在一小片水洼中艰难地游了好久，才挣扎着爬上岸去，气喘吁吁地抖一抖满身的雨水，而后拖着沉重的躯体，消失在某一座干枯的柴草垛下。

等我目送那只蚂蚁离去之后，弟弟已经用小木棍，将那只试图安静地蹲踞在香椿树叶上欣赏无边雨幕的蜗牛，给拨弄到了地上。

我有些生气，训斥他：再这样，小心半夜鬼来敲门，将你拉去变成一只蜗牛！

弟弟本来笑嘻嘻地想继续玩弄那只缩进壳去的蜗牛，听我这样一吓，立刻惊恐地呆愣住，将手里的木棍迅速地丢开，好像小鬼已经冷冷地附上了身。

这时，雨下得更大了一些，细细密密地将天包裹住。我的双脚蹲得有些发麻，便站起身来，走到院子的门楼下去。弟弟却哀戚着一张脸，怯怯地望着我。我不理他，啪嗒啪嗒地踩着雨水走向门口。

几只母鸡躲在门楼下避雨。它们蹲在地上，安静地注视着雨水顺着青砖墙壁不停地滑落，这让它们看上去更像是一群哲学家。鸡的眼睛里看到的这个世界，是怎样的呢？跟我一样静谧又哀愁吗？我不清楚。我只是学着它们的样子，放低身体，却将视线朝向永无止境的天空，那里正有雨，绵绵不绝地落下。

果　园

果园里静悄悄的。苹果尚未成熟，青涩的果子不足以吸引小偷前来，所以看护果园的人，便大把大把地荒废着时光，坐在庭院里喝一下午闲茶。

黄昏，风吹过薄雾缭绕的苹果林，发出窸窸窣窣的响声，似乎有千万只手，正温柔地抚过树叶。风也迷恋上了这一片果园，或许一整天它们都流连忘返。风从楝树高高的枝头上掠过，从玉米粉白色的花穗上飘过，从高粱细长的秆上划过，从棉花淡黄色的花朵上抚过，而后抵达大片的苹果园，并放慢了脚步。一缕风与另一缕风，在一枚青色的果实上相遇，彼此并不会说些什么，只是默默地互相让一下路，又向着东南方向，不停息地吹下去。

有时，风也会和我一样弯下腰去，贴着地上的草，犹如亲密私语的伙伴，细细碎碎地说着什么。一缕风与一株草，会说些什么呢？风一定希望草与它们一起，行走天涯，在天地间翱翔。至少，跟它们走出村庄，去往另外的村庄里看一眼那里飘荡的炊烟，或者游走的云朵。草也或许有过这样心旌摇荡的时刻，它们试图挣脱掉大地，将根须从泥土里拔出，借助一缕风，向着想象中的远方流浪。

可是此刻，所有的草都还生长在泥土里，就连可以飞翔的蒲公英，粘在牛羊的身体上四处旅行的苍耳，也还在开花。所以它们只能以忧伤的面容，回应一缕风的热情相邀，并用向着大地俯身的姿态，表达它们不能远行的忧伤。

大地上的泥土，是否会听见一株苹果树下的野草低低地呼唤呢？我不关心。我只是用镰刀将一株又一株的马蜂菜、苋菜、灰灰菜割下来，放到粪箕里去。有时候我嫌麻烦，直接用手去拔，常常端了一窝蚂蚁的老巢，让它们仓皇逃窜。也有正躺在一株蒲公英的根须旁边睡觉的蚯蚓，被我打扰了好梦，在风里慵懒地伸个懒腰，便一曲一伸地朝花生秧慢慢爬去。俯在一朵花上汲取甜蜜汁液的蝴蝶，则被我的粗鲁吓了一跳，立刻振动翼翅，慌乱地朝一片地瓜田飞去。不过，若是连泥拽出一条灰色的地老虎，慌乱飞跑出去的多半是我。我怕极了这种虫子，蚯蚓虽然也很可怕，但我终归敢用小木棍将其挑开去，可是地老虎却会让我起满身的鸡皮疙瘩。跑开的时候，还要连跺几下脚，似乎它们会悄无声息地爬到我的鞋子里去，并躲藏在其中，专门等我上床睡觉的时候，突然间现身，并诡异地爬进我耳朵里去。

好在那个傍晚，我只在草根下遇到一只肥硕的黄色毛毛虫，它正晃着浓密绚烂的毛发，匆忙地向最近的一株苹果树上爬去。夕阳最后的余晖，穿过密不透风的果园，洒落在长势不良的花生秧上。而另外一只毛毛虫，正匍匐在头顶的叶子上，随着风吹来的节奏，不停地摇晃着，它似乎已经枕在这样薄而轻的摇篮里睡过去了。

夕阳亲吻到地平线的时候，整个大地变得辽阔起来，田间地头上是扛着锄头慢慢走回家去的农人。露水从草丛中滚落下来，濡湿了我的鞋子。果园里浮起一丝凉意，树叶哗啦哗啦永不停歇似的响着，似乎在演奏一首悲伤的歌。

就在这悲歌声中，村里的疯子沿着小路啊啊地喊叫着。那叫声空洞、茫然，犹如浮出泥土的湿气，与缭绕的薄雾交融在一起，弥漫了整个村庄。这是每个夜晚来临之前，疯子都会上演的节目，人们听到他撕破黄昏的叫声，就知道可以从泥土里拔出双脚收工回家了。就连我们小孩子，也熟悉了疯子打更一样按时响起的声音，跟着一起"啊啊"叫着，沿街一跳一跳地跑回家去。

如果这个时候，有人伏到大地上，以一只蚂蚁或者蟋蟀的姿态紧贴泥土，一定会听到轰隆轰隆雷鸣般的响声，从遥远的地心深处传来。那是夜晚在路上奔走的声音，以一匹烈马的姿态奔跑而至的夜晚的声音。

于是日间栖息的生灵们纷纷出洞。蟋蟀在墙根下紧随着夜晚行走的节奏，高一声低一声地鸣叫。躲在丝瓜叶下的纺织娘，一边觅食一边"织织织"地亮开喉咙。青蛙也跳上岸来，伏在湿漉漉的草丛里，呼唤着心仪的爱人。泥土里还会钻出许多不知名的虫子，全都借徐徐下落的夜幕，避开喧哗又危险的人类，在风吹过的大地上欢歌起舞。即便累了一天的蝉，也偶尔会用喑哑的叫声，附和这仿若另外一个人间的盛大的快乐。

　　人们在这样浮动的虫鸣声中，安静地回到自家庭院，卸下一天的疲惫。只有疯子、傻子和哑巴们，突然间躁动起来，用他们含混不清、了无意义又似乎有神秘所指的叫喊，一寸寸撕开夜晚的面纱。

　　我有些害怕起来。我怕疯子跑到果园里，追着我啊啊乱叫，把我好不容易割下的草全都夺去，撒进玉米地里。甚至，他还会顺着摇摇晃晃的梯子，爬到看园人的破旧泥屋上，将我的草晾晒在上面，并举着空荡荡的粪箕，朝我哈哈大笑。

　　疯子的脚步声越来越近，好像有一千个鼓槌，在咚咚地敲击着大地这面巨大无边的鼓。我于是慌张地提起镰刀，朝果园的另一头跑去。我听到去年腐朽的树叶，在脚下发出簌簌的声响，还有草茎折断时细微的脆响，泥土被鞋底碾压时沉闷的钝响。一切声音，都忽然间在我的耳畔无限地放大。

　　疯子的脚步声已经听不见了，只有他划破天际般的吼声，随着最后的晚霞，一起朝着天际陷落。村庄在那一刻，辽远，空旷，无声无息。

河　流

　　一条河，要走多远，才能抵达一个遥远的村庄呢？会像一个人的一生那样长吗？或者像一株树，历经成百上千年，依然向着它未能抵达的天空茂密地生长。再或是从大地深处，从某个神秘的山谷里流溢而出，又穿越无数个村庄，途经无数森林，才成了某一个村庄里的某一条河流。也或许，一条河与一个村庄，是上天注定的爱人，它们未曾相见，却早已相恋，于是用尽平生力气，去完成这一场浪漫的相遇。

　　而不知来自何处的沙河，就是这样爱上我们村庄的吧？没有人知道沙河来自何处，又流向哪里。村庄里最年长的人，也只能模糊地说出沙河所流经的村庄，除了我们孟庄，还有邻近的张庄、李庄或者王庄。这些村庄的名字，如此平淡无奇，如果我可以飞到天空上去，俯视这一片被沙河穿行过的大地，一定会看到那些大大小小的村庄，有着几乎千篇一律的容貌，它们被一块一块整齐划一的农田安静包裹着，犹如一只只蹲踞在地上悠闲吃草的黄牛，那一栋栋紧靠在一起的房子，炊烟袅袅，是这些有着浓郁烟火气息的炊烟，让大地上面目模糊的村庄变得灵动起来，不仅有了生机，还有了温度，以及一抹让人眷恋的柔情。而那条从未知的远方浩荡而至的河流，或许在每一个村庄，都有一个不同的名字，人们将它流经的那一段，当成自己村庄的一个部分，至于这一条河流在另外的一些村庄，或者旷野和荒原上，有怎样的故事，又历经怎样的曲折，都无关紧要了。

就像环绕着我们村庄的沙河，只是因为河底的沙子太多，冬天断流后，会裸露出全是黄沙的河床，便被扛着锄头经过的某个老人，很自然地称为沙河。生老病死，悲欢离合，日日在沙河的两岸上演。从沙河对岸的村庄里嫁过来的女人们，内心对于生活永不枯竭的欲望常常像月经一样定期地发作。不过是隔着一条不太宽阔的沙河，站在自家的平房上，甚至能够看到娘家屋檐上停落的两只鸽子，或者一排飘摇的茅草。黄昏，暮色四合，还有女人沿街呼唤孩子回家吃饭，那孩子或许就是本家侄子，出嫁的时候还曾给她抱过鸡的。她还记得他怀里的公鸡很是不安，又受了惊吓，着急中拉下一泡热气腾腾的鸡屎。但对于女人，沙河依然像银河一样，将她与做女儿时的幸福时光，给面无表情地切割开来。除非逢年过节，因为忙碌自家的琐碎与生计，村里的女人们很少会跨过河，到娘家空手走上一圈。回娘家，那意味着需要郑重其事地提一书包不显寒酸的礼物和一箩筐准备好的漂亮话。否则，那将会给以后的交往，带来揪扯不清的烦恼。那些烦恼像盖了多年的棉被，里子上起了毛球，在冬天的夜里，摩擦着粗糙的肌肤，让人辗转反侧，无法入眠。

到了夏天，沙河里的水，每天都在哗啦哗啦地流淌，如果闭上眼睛，会以为那是风吹过树林发出的响声。正午，河两岸静悄悄的，一个人也没有，就连知了也暂时停止鸣叫，躲到树叶里小憩。对岸有一只老狗，蹲踞在高处的土坡上，不声不响地俯视着河水缓慢向前。河的中央，有一两片被虫子啃噬得千疮百孔的梧桐树叶，正打着旋，时而亲密地缠绕在一起，时而被冲刷到两岸，并被丛生的杂草拦住无法浮动。鱼儿在清澈的河底游来游去，它们从不会像落叶一样飘向远方，因为它们贪恋这一方水土，好像这里是它们永久的家园。

黄昏的时候，所有的晚霞都落进河里，于是河水便红得似火，好像正在燃烧的天空。整条河都动荡起来，似乎有什么隐秘的故事即将发生。一只鹰隼尖叫着划过被晚霞铺满的天空，一列大雁排着长队浩荡地穿过村庄。一切声息都在黄昏中下落，大地即将被无边的黑色幕布悄无声息地罩住。

静寂中，沙河的水声从地表的深处，向半空中浮动。那声音越来越大，越来越大，直至最后，风吹过来，整个村庄只听得见一条河流自遥远的天地间喷涌而出，而后沿着广袤的田野不息地流淌、向前，并带走了尘世间所有的悲欢。

河流的两岸，女人找寻孩子回家的呼唤，一声一声又响起来。

月 亮

我躺在凉席上看月亮。

天上只有一个月亮，庭院里却有好多个。一枚飘进水井里，人看着井里的月亮，月亮也看着井沿上的人。一枚落在水缸里，一只蚂蚁迷了路，无意中跌落进去，划出无数个细碎的小月亮。父亲的酒盅里也有，他"吱"的一声，吸进嘴里半盅酒，可那枚月亮，还在笑笑地看着他。牛的饮水槽里，也落进去一小块。牛已经睡了，月亮也好像困了，在那一汪清亮的水里，好久都没有动。母亲刷锅的时候，月亮也跟着跳了进去，只是它们像鸡蛋黄，被母亲给搅碎了。刷锅水都没有了，无数个月亮还挂在锅沿上，亮晶晶地闪着光。

睡前洗脸的时候，月亮便跑到搪瓷盆里。水被我撩起来，又叮叮当当地溅落在盆底，晃碎了盆中漂浮的月亮。等水恢复了平静，我将手放进水里，月亮又绽开饱满的笑脸，落入我的掌心。我忽然也想给月亮洗洗脸，于是便将水不停地撩在它身上。月亮怕痒似的，咯咯笑着，躲闪开去。

那时，人们都已经睡了，偶尔听到吱嘎一声，也是邻居女人在闭门落锁。有时，院墙外传来的轻微的脚步声，会让人心惊肉跳。若再有一个影子，忽然间从墙头跃下，人更会吓出一身冷汗。好在天上的月亮，正注视着人间。那些满腹心事的人，不管日间怀了何种鬼胎，到了晚上，抬头看到将整个大地照得雪白的月亮，总会老鼠一样，又悄无声息地缩回洞里。

等到人们纷纷关了房门，上床睡觉，月亮又飘荡到窗前。原本陈旧暗淡的房间，忽然间蒙上梦幻般的迷人色泽，在幽暗的夜里，闪烁着清寂的光。我打个哈欠，闭上眼睛，鱼一样倏然滑入梦中。

梦中也有月亮，只是梦里不再是永远走不出的村庄。一个孩子的梦境，是笼在月光里的。月光下有起伏的大海，闪亮的贝壳，飞逝的鲸鱼；而幽深险峻的山林中，则有蒙面的强盗一闪而过。因为高悬的月亮，一个孩子的梦境，变得深邃辽远，可以抵达或许一生都无法触及的世界的尽头。

半夜，我出门撒尿，睡眼惺忪中，看见月亮依然当空挂着。这时的人间，阒寂无声，似乎所有的生命都已消失，或者化成千年的琥珀。星星已经散去，只有疏淡的几颗飘荡在天边。夜空是另外一个广袤的人间，在那里，月亮与星星永远没有交集，它们隔着不远不近的距离，在浩渺的宇宙中孤独地游走。可是它们又相互陪伴，彼此映照，用微弱的光，一起照亮漆黑的大地，让走夜路的人，在安静闪烁的光里，怀着对人间的敬畏，悄无声息地赶路。

一整个夏天，我似乎都在看月亮。村里的大槐树下，天一黑下来，便三三两两地坐满人。他们跟我一样，也喜欢仰头看天上的月亮。

村口正对着大片的玉米地，晚风吹来泥土湿润的气息，青蛙躲在池塘边不停地鸣叫，蛐蛐在人家墙根下有一声没一声地歌唱，树叶在风中哗啦哗啦地响着，玉米地里也在簌簌作响，好像有谁在里面猫腰穿过。这些声音，让月光下的村庄，变得更为寂静。就连躺在席子上仰望星空的男人，也将日间的粗鲁去掉大半，用温和的声音回应着小孩子稀奇古怪的问题。那些在明晃晃的阳光里看上去粗糙的女人，此刻更是有了几分月亮的温婉和动人。

月亮离人间，究竟有多远呢？几乎每天晚上，我都要想一遍这个问题。

大人有大人的世界，对小孩子稀奇古怪的想法并不关心，他们聊的不过是谁家的男人女人私奔了。我虽然并不懂私奔，但却知道私奔的男女，一起离开他们的村庄，而且是在有月亮的夜里离开的。我因此也希望有一个人，带着自己"私奔"，离开故乡，去很远很远的地方。至于远方在哪里，我并不清楚，就像大人们从未告诉过我，月亮距离人间有多远一样。但我却痴迷于那闪烁着梦幻光泽的远方，那一点梦幻，点燃我心中浪漫的想象和对流浪的向往。

我因此迷恋月亮，我想它一定熟悉每一个村庄，但它却从不对人提及那些月光下发生的惊心动魄的故事，偷盗或者私奔，死亡或者新生，所有这些都被月亮悄无声息地记下，变成人间永不知晓的秘密。

原载《黄河》2020 年第 3 期